陈世迪 著

莫扎特的玫瑰

作家出版社

图书在版编目（CIP）数据

莫扎特的玫瑰/陈世迪著 . －北京：作家出版社，2005.9
ISBN 7－5063－3415－1

Ⅰ. 莫… Ⅱ. 陈… Ⅲ. 长篇小说－中国－当代

Ⅳ. I247.5

中国版本图书馆 CIP 数据核字（2005）第 106826 号

莫扎特的玫瑰

作者：陈世迪

策划：丹　飞

责任编辑：启　天

装帧设计：李超雄

版式设计：艾　格

出版发行：作家出版社

社址：北京农展馆南里 10 号　　　　邮码：100026

电话传真：86－10－65930756（出版发行部）

　　　　　86－10－65004079（总编室）

　　　　　86－10－65389299（邮购部）

E－mail：wrtspub@public. bta. net. cn

http://www. zuojiachubanshe. com

印刷：北京京北制版厂

开本：890×1240　1/32

字数：260 千

印张：12　　　　　　　　　　插页：2

印数：001－25000

版次：2005 年 9 月第 1 版

印次：2005 年 9 月第 1 次印刷

ISBN 7－5063－3415－1

定价：25.00 元

莫扎特的玫瑰
content I

直到黄昏，渐渐加深了时间的纹路。一个个时刻不断闪回，闪回，再闪回，生命的亮光从布满寂寞的手散发出去。

又见杀手
content II

一个人的记忆会以另一种形式活在另一个人心中。他现在谁都不是了，说得更确切一些，他成了另一个人。

莫扎特的玫瑰

deadly rosy Mozart

直到黄昏，渐渐加深了时间的纹路。一个个时刻不断闪回，闪回，再闪回。生命的亮光从布满寂寞的手散发出去。

在梦境悠长的走廊里，他试图寻找逃避世界的方式。
他甚至感觉到自己活在一种声音中：我在零散的时光中漫
步，事实上我一直住在梦里，偶尔探访现实的世界。

1 在零散的时光中漫步

最先出现的是一条走廊，洒满阳光的走廊，悠长的走廊，一直
延伸，闪闪发光。后来，画面一转，走廊外面是沙滩，白色的沙滩，
然后看见了大海——大海闪着蓝色，跳动着浪花。一个白色的影子蓦
地出现，漫步在沙滩上，朝走廊这边走来，越走越近，看得出是一个
穿白裙子的女人，拿着一把红色的雨伞，逆着光，或者说，一团红光
闪烁在她的脸上，让人无法看清她的长相。寂静中，传来女人走路时
的沙沙声。空气飘动花香，女人走路的姿态，显得轻盈。

有些东西以缓慢的速度推进。现在女人向他走来。近了，阳光
还在她脸上闪烁，他无法看清她的长相，但她脸部轮廓可以看得出来；
白裙子是无袖的，圆领低胸开口，乳房耸动着，裸露出半边，右肩胛
文了一朵红玫瑰；两条细长的手臂闪着白光。她穿着一双水晶鞋，有
一对紫色的蝴蝶图案。

所有这些背景似乎是为了勾勒她的出现。阳光、沙滩、大海、悠
长的走廊、芳香的空气，这个女人转过身子，她的背影闪闪发光……
海风吹过，鼓起了长裙，把她两条长长的腿暴露出来。女人突然把雨
伞往上空一抛，雨伞闪出光芒，徐徐向上飘起，然后女人轻轻一跃，
右手一把捉住伞柄，整个身子随着雨伞飘了起来。

这时，他冲了出来，出现在镜头中，就是说他开始出现在梦境。
事实上他不知自己从什么地方冲出来，也许是那个长廊……可以看得
出，他的长相和现实中的一模一样，只不过右嘴角多了一颗黑痣。他
站在沙滩上，仰着头，看着半空中的女人。一把伞、一个女人，就这

样出现在沙滩的上空，女人的手中突然飘出了一条红色丝巾，缠在他的脖子上。女人随着雨伞飘向大海。他拿着那条丝巾，看见上面绣着一句话：相思除是，向醉里，暂忘却。这是一句宋词。他抬起头，发现半空中没有了女人和雨伞的踪影，他四处张望，女人和雨伞消失了。难道女人坠入了大海？他朝海上望去，海水蓝得醉人，除了几只海鸥在水面上飞翔，再也看不见女人的踪影。

这时他手上的丝巾飞了起来，朝海水那边飘过去，他急忙伸手去抓，那丝巾扭了一下，他抓了个空。丝巾越飘越远，朝海上一个岛屿飘过去。这时他才注意到海上浮现了一个岛屿，他想那个女人也许飘到了那个岛屿。他看着那条丝巾飘向岛屿，影子越来越小，消失了。

看得出来，那个岛屿长着绿树。现在他很想踏上那个岛屿，可是海上没有船只，而且岛屿离沙滩至少有数公里。他站在沙滩上，直着眼睛，听着海水拍岸的声音。这时，天突然黑了，月亮升了上来，无数的星星在闪亮，更奇怪的是，海水哗哗地响亮，奏起一曲《小星星变奏曲》，只见大海空出了一条道路，直直地延伸向那个岛屿，就是说，此刻海水向两边分开，中间空出了一条像道路般的白茫茫的地带（不妨把它想象为海水生出了一条白色的桥梁），而道路两边的海水掀起了浪花。

他走近海边，踏上那条道路，说也奇怪，道路软软的，不知道下面铺了什么，闪着白光，他整个人像踩在泥滩上。就这样，他朝道路深处走去，踏向那个岛屿。他看到海水在他身边掀起，卷曲，扑倒，一点浪花都没有溅在他身上。他的心扑扑地跳动，想象浪花突然扑向他，把他埋葬在海水里。可是，他越走越远，眼看那个岛屿越来越近，他的心跳得更厉害了。这时他看到岛屿上闪烁着两个字：月光岛。突然，嘭的一声，一阵巨大的声响冲击他的耳膜……

然后，莫飞醒了，他的背脊冒出一阵冷汗。他有些奇怪为什么梦境中的他多了一颗黑痣，凝视着镜子，看着光滑的下巴，想象那里突然长出一颗黑痣，这似乎有些可笑。快乐就在细微之处，他想到这样一句话。看见床头的闹钟指向零点二十五分，莫飞记得他在零点时分吞下第一颗梦之丸。然后笑了笑，拿起床头那盒《莫扎特的玫瑰》——这是造梦工厂生产的"梦之丸"——粉红色的封面上，一把小提琴、一朵红玫瑰、一轮黄月亮……还有几行字：这里有月光，有玫瑰，更有无尽的爱情体验……他打开那个木盒，一颗颗细小圆润的梦之丸，就像一个个小美人，诱惑着他。当然，有那么一刻他觉得自己愚蠢，居然吃上了梦之丸。是无聊得靠这些药丸来打发时间？他想过放弃梦之丸。可是忍不住想那个梦境中的女人。而且睡觉是对时间的一种浪费。如果睡觉时做一些离奇古怪的梦，也是一件好玩的事情。

梦之丸似乎有某种东西产生共振，产生层次与记忆，分娩情节与细节。也许你会担心，梦境由于药丸的作用，变得有依赖性。人们担心吃了梦之丸会上瘾。可是，造梦工厂很快答复消费者：梦之丸是不会令人上瘾的。而且人们很快发现，吃了梦之丸，就像追电视剧一样想知道梦故事的结局。事实上，只要你吃了最后一颗药丸，就知道那个梦故事的结局，这和看电视连续集的录像带一样，你可以从最后一集看起。当然，很多人还是按着顺序吃下药丸。也有的人中断了药丸，并没有上瘾，你随时可以中断梦故事。

莫飞拿起一颗梦之丸，嗅到一种香蕉的味道。事实上，每颗药丸都有不同的味道，比如椰子味、柠檬味、玫瑰味，甚至是榨菜的味道。那盒《莫扎特的玫瑰》一共二十八颗药丸。就是说，这个梦故事有二十八集。每天晚上，如果你吃了两颗药丸，也需要十四个晚上；每集故事的时间是半个小时，也就是说，每天晚上你要做一个小时的梦故事。

梦之丸的出现，一开始令人难以置信，用一个成语说，匪夷所思。造梦工厂在宣传上则这样说，梦之丸除了让你在梦中感受美妙的故事，还可以让你睡得更香——不少失眠的人因为吃了梦之丸，不但感受到美梦，还一觉睡到天亮。

臭飞拿起手机，给王中维打了手机。他猜想王中维是不是在做梦呢，据说他最近在吃《帝国争雄》。手机响了十响，他才听到王中维的声音：你这混蛋，都什么时候还打电话给我。我刚才正在做《帝国争雄》第十集的梦，妈的，都被你打断了。刚才我正抱着星际第一美人接吻……

如果你被惊醒了，但你能及时入睡，往往会继续梦故事。当然，更多情况下，是难以继续的。如果你想继续这一集的梦故事，只能到造梦工厂去购买该集的梦之丸。

莫飞笑着说，哈，我赔你一粒梦之丸。我刚才做了《莫扎特的玫瑰》第一集……

王中维说，你惊醒了？

莫飞说，是啊，你说要是被惊醒，晚上还睡得着吗？

王中维说，这很正常，一开始我也是被惊醒，但慢慢习惯了，就会自然而然再睡下去。而且睡得很好。

莫飞说，我有点睡不着觉……

王中维说，你妈的，睡不着觉就上网。或者再吃一颗梦之丸。记住，一个梦故事，好比在黑暗中走路。我得继续睡了，希望这一集的药丸还有效，让我继续梦下去。

莫飞放下手机，有好一阵子感到茫然。窗外的夜空紫黑色的，月亮看上去是灰白色。窗前墨绿色的万年青一动不动。他拿起那包中南海，抽出一支，点燃，狠狠地吸了一口，因为抽得太快，几乎呛住喉咙。他打开电脑，看到电脑散发着青光，弄得眼睛酸疼。拨号上网，打开 QICQ，发现一个人在线，是林离。

林离是他的网友，他们还没有见过面……她说她最近在吃梦之丸。她喜欢吃那些有浪漫故事的梦之丸，吃的是《百分百浪漫》。她说过，平时生活没有趣味，就只能在梦中感受百分百浪漫。她还说她喜欢唱朴树那首《生如夏花》。

　　林离告诉他，她以前老做噩梦，比如，梦见蔚蓝的天空悬挂着一具具腐烂的尸体，那些尸体散发恶臭，但双眼明亮地瞪着，仿佛还有生命。或者，做梦经常掉牙齿，牙齿很疏松，像腐朽的松木，用舌头一舔就掉了下来，但是忍不住，于是不停地舔。她奇怪怎么老做噩梦。她说，也许，我会死无葬身之地。那时他笑了笑，他说，妈的，这又有什么呢，谁在乎死得怎样。安乐死是一种死法，死不瞑目也是一种死法。不过林离说，现在我不用发愁了，吃上了梦之丸，就不用担心再做噩梦。

　　事实上，在没有吃《莫扎特的玫瑰》之前，莫飞老是做同一个梦，梦见两个婴儿在空中飞，身上是血淋淋的。醒来时难免一身冷汗，莫飞觉得这个梦不时袭击他的生活。他想起了一个漫画，说的是堕胎死去的婴儿化为鬼魂向堕胎的男女报仇的故事。事实上他是扼杀两个婴儿的家伙。他的女朋友崔盈曾经怀上他的两个孩子，他都让她选择了堕胎。他害怕做梦，一入梦境就梦见那两个血淋淋的婴儿，眼睛流着鲜血。他的生活陷在这血光中。他害怕梦中的两个婴儿。他决定吃王中维送给他的梦之丸，也许梦之丸可以让他不再梦见那两个血淋淋的婴儿。

　　此刻，莫飞从 QICQ 上给林离发话：喂，在干吗？

　　很快收到她的回话：你好，我不在线，我在吃《百分百浪漫》。亲爱的网友们，有事请留言。

　　你他妈的在干吗？不是睡着了吧。

　　还是那句话：你好，我不在线，我在吃《百分百浪漫》。亲爱的网友们，有事请留言。

　　我刚才吃了《莫扎特的玫瑰》。

　　莫飞再一次发话过去。他看到还是那句回话。

　　他吸着香烟，盯着那个戴着墨镜的女人头像，心想林离可能睡了。

他记得她说过，她常常挂着线，跑去干别的事情，比如睡觉、洗澡，或者逛商店……他突然觉得一阵无聊。心想要不要再吃一粒梦之丸，好去再做《莫扎特的玫瑰》第二集的梦，至少知道他登上那个月光岛的情况。

但他想到，现在他可能睡不着了。他感觉到体内有一种兴奋的感觉。他拿起一包红狼棉花糖，拿出一颗，扔向半空，然后张大嘴巴，咬住了它。红狼棉花糖是造梦工厂生产的，据说很受欢迎。他特别喜欢吃它，一种甜味很浓、芳香可口的感觉，有时候他一天吃三四包。然后，他看着红狼棉花糖的说明书：

品名：棉花糖

净含量：100克

配料表：白糖、糖浆、葡萄糖、食用明胶、淀粉、食用香料、食用色素（柠檬黄、日落黄、赤藓红、苋菜红、胭脂红、亮蓝、靛蓝）

食用方法：直接食用

保存方法：请放在阴凉处，避免阳光、高温、潮湿

制造商：K市造梦工厂有限公司

……

莫飞看着红狼棉花糖的包装袋子，上面印着一只狼，穿一袭深红色的西装，打着黑色的领带，露出微笑，用发白的牙齿咬着一株红玫瑰，右手还拿着一支左轮手枪，枪口射出一句广告词：越吃越有感觉！狼的眼睛乜斜着他，仿佛在召唤他。他能感觉到这只狼的有趣。他突然想到红狼棉花糖，似乎和《莫扎特的玫瑰》一样，都含有浪漫的元素。它们共同的制造商：K市造梦工厂有限公司。

造梦工厂，他觉得这个名字起得还好。林离喜欢吃红狼棉花糖。她说过，咬起棉花糖，好像自己变成了一只狼。他觉得她这句话可以用来做红狼棉花糖的广告词。桌子上还放着几包红狼棉花糖的包装袋。事实上，红狼棉花糖有不同的包装广告词，比如：绵绵不绝的感觉！

咬出一串梦想！只要有快感，你可能会变成一头狼……

他从梦之丸的介绍资料中得知，有时候，有些梦故事不到半个小时就结束了，这和人的体质、情绪以及睡的环境有关，比如体质较弱者，梦会较快醒过来，吃一粒药丸并不意味着可以做完半个小时的美梦。就是说，你有时会中断某个梦故事的情节或片断。这很正常，没有什么东西是十全十美的，毕竟你是在做梦，不是在看电视剧集，一些外来的因素会干扰你，惊醒你，甚至让你无法入睡。那么一片药丸就会浪费掉。但是大多数的药丸都有故事性和戏剧性，也让人们感受到梦境的有趣。

很多细节，他忘记了，毕竟梦中的细节，往往一闪而过，而且跳跃性很强。当然，一些细节历历在目，清晰得很。当你努力追忆梦中的细节，你会想用你的生活模仿梦境。你想象生活就像梦故事的开始、发展和高潮。那些梦的碎片，串联在一起，有一种内在的联系。

他等待了好长一些时间，没有看见林离回话，于是下了线，对着发蓝的电脑屏面，发了一会儿呆，然后拿起第二颗《莫扎特的玫瑰》，放进口中，一阵嚓嚓的轻微的声响，弥散在寂静的房间。他欣赏着自己的咬啮声，然后长嘘一口气，梦之丸似乎化成唾沫的一部分，随着喉结的耸动，咽了下去。

透过窗子，他能看到高高耸立的造梦工厂的广告牌，一个漂亮的女子张着天使般的白翅膀，嘴里喷射出一串水晶石般的浪花，那句广告词闪闪发光——每个人的青春都是一场梦，一种化学的发疯形式。那句广告词在不断地变换颜色。他看到窗外那轮月亮变成淡黄色，在土灰色的云团里移动。然后他抬头看着墙上挂着两个面具，一个是狼头的面具，一个是美国总统布什的面具。他眯上眼睛，等待睡意的来临。

可是他觉得自己似乎很清醒，他站了起来，走到窗边，深深地吸了一口气，然后他走了回去，坐在电脑椅上。他突然想到，在梦境的悠长的走廊里，他试图寻找逃避世界的方式。他甚至感觉到他活在一种声音中：我在零散的时光中漫步，事实上我一直住在梦里，偶尔探访现实的世界……然后，他拿起了一张《K市日报》，看见一则新闻报道K市最近有不少人失踪，其中包括著名的法语翻译家林一洪先生，据说失踪者几乎都是A型血的。他晃了晃脑袋，心想崔盈的失踪和这些人的失踪有关系吗？难道K市潜伏着一个专门绑架人的组织？他的女朋友崔盈已经失踪了一个月，他记得她的血液是A型的。想到崔盈那张脸，他嘘了一口气，然后环视了一下昏暗的房间。

　　他打了一个哈欠，听到一只蚊子在他耳边嗡嗡地叫，这噪声似乎越来越大，混合着某种气味（可能是梦之丸残留在他嘴里的甜味，或者是红狼棉花糖的香味）。他抬起双手，揉捏眼皮，却发觉两只手乏力。他想可能是梦之丸散发药力的作用，于是关掉电脑，熄灭了灯，躺在床上，整个身体舒坦起来。

　　黑暗中，他看见月亮躲进云层里，散发着黯淡的光，然后，一个个的光圈，像一只只透明的小耗子，在眼前跳动……紧接着，呼吸开始粗重，眼皮越发沉重，那时他冒出一个念头，梦之丸是不是含有催眠作用？这时，一阵风从窗外吹了进来，窗前墨绿色的万年青颤动起来，他的心跟着颤动，好比坠在一种虚空中，慢慢变得柔软，然后他似乎失去了知觉，进入梦中。

有些细节，他可能忘记了。对于玫瑰色的天空，他记
得深刻，在那片天空下，他看见她像一个梦，闪闪发光。他
幻想她的出现，幻想和她在一起。

2 他看见她像一个梦

有时候莫飞花上一块钱，坐上公共汽车，从起点到终点，看一
路的风景。他喜欢看阳光下的人和房屋，搜索窗外马路上的女人。因
为《莫扎特的玫瑰》中的女人，他喜欢上了这个城市的事物，甚至渴
望遇上一个女人，和梦中的女人有着同样的味道。从起点到终点，从
终点到起点，公共汽车给他带来阳光。对蛰居在出租屋的他来说，无
疑是接触人群的一个机会。

在下午他喜欢坐上从市区到闸坡的公共汽车，到达那里需要一
个小时的路程。闸坡是 K 市的一个小镇，沿途要经过好几座桥，看
那些桥下的河水、田野，他感觉特别舒服。在他看来，闸坡，并没有
什么吸引他的地方，尽管它是旅游区，有长长的海滩，酒店林立，发
廊众多……当然闸坡有一个著名的景点，是靠近海边的玫瑰悬崖，一
进闸坡镇就能看到高高耸立的玫瑰悬崖，据说曾有过情侣双双从那里
坠海殉情。他往往在小镇上走一段时间，然后又坐上公共汽车回去；
有时候还会拿着数码相机，拍下一些风景和人。

他有时惊异于自己这个习惯。他猜想这是不是与崔盈的失踪有
关。

一个月前，他的女友崔盈突然不辞而别，离开了他们共同租住
的家。在此之前，他们同居了半年。一个月来，莫飞总是想象崔盈会
突然出现在他眼前，然后冲他做着鬼脸，吓他一大跳。事实上他知道，
这是不可能的。崔盈崔盈崔盈崔盈崔盈崔盈崔盈崔盈崔盈崔盈崔盈崔
盈崔盈崔盈崔盈崔盈崔盈崔盈崔盈崔盈崔盈崔盈崔盈崔盈崔盈崔盈崔
盈崔盈崔盈崔盈崔盈崔盈崔盈崔盈崔盈崔盈崔盈崔盈崔盈崔盈崔盈崔

盈崔盈崔盈崔盈……事实上他想忘记崔盈。他知道要忘掉她并不容易，也不可能，每次想起她，他觉得内疚。可是他希望能遇上一个新的女人，代替崔盈，这样，他可能会感到舒服。

后来，他坐车时碰上一个女子。

他还记得第一次看到她的情景。看到她时，他眼前一亮，她的瓜子脸白净得发亮，大眼睛隐含着一种野性的目光。她提着一个小袋子上车，目光和他的恰好撞在一起，那一刻他的心怦怦地跳了起来。自从崔盈失踪后，他已经三个月没有亲近女人，现在看着这个女子，感觉到她好像梦中的女人。当然他想这或许是一种错觉，在《莫扎特的玫瑰》中，他还没有看到那女子的长相。她穿着一袭白裙，仿佛一团白光，朝他走来，他低下头，看见她的白皮鞋有一对紫蝴蝶的图案。

她是梦中的女人？莫飞感到太阳穴在颤动，仿佛那里游动着好多条小蝌蚪。他瞥了一眼那女子的脸庞和长发，然后两只手合拢在一起，感到手掌湿润起来。他和她刚好并排坐着，闻着她身上的幽香，心跳得更厉害了。他想不到会遇上这么一个女子。有好几次他低下头，看着她发亮的小腿，甚至产生抚摸一下她的感觉。车内的空气压迫着他，他坐在那里，整个身子有些僵直，有好一段时间凝视着前面，一动不动，生怕多看她一眼，被她当成一只色狼。

她坐的是靠窗的位置，风从窗子吹入，把她身上的香气送到鼻子里，那是一股柚子香水的味道，他逮到一种窃取香气的快乐。后来，他鼓起勇气，假装看窗外的风景，用眼角余光看着她的侧面和头发。他还看见她裙子领口挂着一副茶色太阳眼镜。令他惊讶的是，她的侧面有些像崔盈。当然他意识到，她绝对不是崔盈，她比崔盈要丰润一些。后来，她戴上那副太阳眼镜，然后垂着头，似乎在瞌睡。他猜想她平时忙得很少睡觉。他看到她的鼻子微微翕动，脸部轮廓柔和，右耳明净得像一轮月亮。他想很难用什么词来形容她，他似乎钻进了一个缝隙，看见她坐在里面，披满阳光。

到了闸坡，已是黄昏。夕阳看上去很红，天空是玫瑰色的。公路上的沙子闪闪发光。下了车，他看见她提着那个小袋子，走向一辆三轮车。

　　他拿着那部数码相机，对着她，她看在眼里，冲他笑了笑，细小整齐的牙齿闪着白光。她笑得很美，他报以一笑。

　　事实上，他没有拿出那部数码相机，他想如果对着她拍照，不知她有什么反应。有那么一阵子，他盯着她的背影，那滚圆的双肩、线条柔和的背部凹洼，在阳光下闪闪发亮。她行走着，黑色的头发在风中颤动。他摸着口袋里的数码相机，看着她搭上一辆三轮车，远离了他。于是，他笑了笑，心想他未免太过多情。那天是旧历七月十日，他记得清楚。

　　后来，他又坐公共汽车去闸坡，一路上，他想起她。他心想她是闸坡人，或者是 K 市市区人。他猜想她的职业，也许是文员、业务员、美容师……如果她是妓女？他心里猛地一跳，他怎么会这样想她呢？他笑了笑，或者她什么也不是……不管怎么样，他希望再次遇上她。他在闸坡的大街小巷走着，试图看到她的身影。他有些后悔那天没有跟踪她，否则也许他会知道她住在哪里。

　　在那条街道他远远地看到她，她的旁边跟着一个男人，他跑了上去，对着她挥了挥手，说：嗨！她盯着他，露出惊讶的神情。他有些迟疑地往后挪了挪，站住了。他知道他认错人了，这个女人是有些像那个女子。他和这一男一女面对面站着，相距两米左右。刚才他奔过来太过兴奋了，这一下子他有些气喘。这时，那个跟随她的男人看着他，说：你认错人了吧。他还是盯着她，说：对不起。男人说完，便握住女人的手，从他身边走了过去。他站在那里，看着他们走远了。他们的背影刺痛了他，他感到他很孤单。

　　后来他想到这个情景，觉得他是多么可笑。然后他继续走着，直到双腿有些发麻，他站在蓝月亮酒店门口，看着那里的鱼缸浮着不少海鲜。有种叫做鲎的海鲜，鲎的外形酷似一把秦琴，全身披甲，尾柄酷似一把三角刮刀。在那个大鱼缸里，两只鲎浮着，伸展着手脚，互相磕碰，看上去相当亲密。他猜想这对鲎可能是一对恋人。

据说鲎有四只眼睛：一对单眼，两对复眼，鲎的血液是蓝色的，他想到崔盈说过，她喜欢蓝色，她渴望她的血液是蓝色的，他们的爱情是蓝色爱情……雌雄鲎一旦结为"夫妇"便形影不离。肥大的雌鲎常常背驮着比它瘦小的雄鲎一起游泳；如果捉到一只鲎，提起来便是一对，所以鲎有"海底鸳鸯"的说法。

此刻，两只鲎摇摇晃晃，棕褐色的披甲在水中发着光。这样笨重的家伙懂得什么是爱情？他突然觉得好笑，想到自己这一个下午漫步小镇，就是为了找寻那个陌生的女子——此刻他成了一只鲎？据说，鲎在3亿年前就生活在地球上，鲎要经过八年的养殖才能上市，价格却和普通的鱼一样便宜，它的肉质鲜嫩异常，有如蟹肉，鲎卵内更是充满了卵黄，用它熬出的汤，清甜可口。真正的爱情是不是也要经过八年的养殖，才能长大成人？像鲎一样的爱情？他心想什么时候，能和那个女子一起在这里喝鲎汤，那是多么惬意的事情。

莫飞没有想到这一刻她出现在眼前。他抬起头，看见她从酒店走出来。还是穿着上回的白裙，神色匆忙。她从他身边走了过去，她身上那股柚子香水的气味飘入他的鼻中。他正要跟上她时，她拦住一辆出租车，很快钻进去。他呆在那里，看着出租车喷出一溜烟的废气，很快消失在马路的拐角。

又一次失去了她？他心头一急，马上放眼四望，希望坐上一部出租车赶上她。可是，四周似乎空空，搭客摩托车也看不见一部。他撒开腿，朝马路的拐角跑了过去。他感觉到自己跑得飞快，风在耳边响着，有那么一刹那他觉得自己要飞了起来。哪里还有那部出租车的影子？他站在拐角处，喘着气，注意到路人用一种奇怪的目光看着他，他想刚才他可能跑得太快了。他笑了笑，抬头看到一个梦之丸广告牌——那个漂亮的女子张着天使般的白翅膀，嘴里喷射出一串水晶石般的浪花。每个人的青春都是一场梦，一种化学的发疯形式！这句广告词在阳光下闪闪发光。他凝视那个广告好一阵子。就算我追上了她，又能干什么呢？他内心掠过这种想法。他想刚才他有着一种化学的发疯的形式。然后他嘘了一口气，放慢了脚步，朝闸坡车站走去，一路上看见夕阳快要落山，天空是玫瑰色的，那个玫瑰悬崖在黄昏中闪着奇异的光芒。

有些细节，他可能忘记了，对于玫瑰色的天空，他记得深刻，在那片天空下，他看见她像一个梦，闪闪发光。他幻想她的出现，幻想和她在一起。仿佛越是去想象她，就越能忘记崔盈。他甚至不止一次这样想：她能代替崔盈。他明白到，一个人的想象并不能解释一切，只有身临其境的人才能体会。好比是这样：她笑了起来，像一枚枚银币坠落地上，散着响亮的声音。她的脖颈白得耀眼，在树影下，闪着一种美。她的眼睛晶亮。双颊不论从那个角度去看，美得好像月光闪在那里，柔和动人……他想她是他的月光情人。突然感觉有人拍他的肩膀，同时听到一个声音响起——那是她的声音——我喜欢你……她的声音会是怎样的呢？他希望她对他说：我喜欢你。他至今没有听到她的声音。他不止一次想象他和她变成了鲎，他伏在她的身上。他甚至在梦中看到她，站在紫荆树下朝自己微笑，他闻到她身上那股柚子香水的气味。

他期望危险的事情发生，或者可怕的遭遇落在自己身上。然而什么也没有发生。他没有看见那个女子。

3 七月十四

出来时近九点，大街两边树下都燃烧着香烛和花纸，远处传来阵阵鞭炮声，整座城市充满阴森的气氛。莫飞记起今天是农历七月十四，民间的鬼节。他突然冒出念头，如果世间真有鬼他倒情愿做一个鬼，与世隔绝。这些天他在思考搬离城南锦绣街的出租屋。最近崔盈的哥哥崔天平老是找他问话，像是非要他把崔盈交出来才肯罢休。崔天平是市公安局刑警队副队长。不知为什么，莫飞有一种预感，他现在的生活快要结束了。他浮想起车上遇到的那个女子，也许是太孤独了，他渴望有一个人陪同上路，或者一起死亡。虚无，生活是如此虚无，他不过是在虚度光阴。他有这样的预感，那个女人会走进自己的生活。

走到郎心似铁酒吧，莫飞看见门口停了不少小汽车和摩托车。小汽车的挡风玻璃粘了不少蚊子。他停了下来，看见几辆自行车挤在一处，其中一辆自行车斜靠在一根电线杆上，没有上锁。两个瘦高的保安员盯着他，似乎把他当成一个偷自行车的贼。

酒吧总让莫飞想起女人、香烟这类东西。他记起最近在电视上听到的一句话：满足男人的幻想，让女人心驰神往，就能制造一个神话。他不知道为什么会想起这句话。酒吧，也许能满足男人的幻想，让女人心驰神往。可是这个城市能制造神话吗？他晃了晃脑袋。

抬起头，莫飞看见梦之丸广告牌立在不远的天一广场，在夜色中闪闪发光。那句广告词耀眼得很：每一个人的青春都是一场梦，一场化学的发疯形式。他想起这是《了不起的盖茨比》里的一句话，居然被造梦工厂拿来当广告词。他突然想，梦之丸能制造神话吗？他暗自笑了笑，看见夜色下的街道并不寂静，匆匆而过的车辆，偶尔手牵手走过的情侣……他咬了咬下唇，走进了酒吧。

走进酒吧的一刹，莫飞隐隐怀着一个希望——也许她会再一次出现。他已经好久没有融入酒吧的氛围，记得以前崔盈在酒吧做推销啤酒的工作，现在她又会在哪里呢？他又一次浮想起来。他知道，越是往这个问题想去，越是头痛。

酒吧坐满了年轻人，昏暗的氛围仿佛夜色浮动。他坐了下来，面对一张空桌子发怔，感到自己像一团撕破了的报纸。然后他叫了一瓶青岛啤酒。一个戴着眼镜的女子坐在邻近，抽着香烟，饮青岛啤酒。他和她，就像夜色中的游魂。这样想来，莫飞禁不住笑了笑。

突然间，他觉得她像那个车上遇到的那个女子。只不过现在她穿得性感。她穿着一袭黑色的短裙，小腿隐约地闪着白光。他想象她戴着那副茶色太阳眼镜的样子。他的脑袋像一只停摆的表再次行走起来，觉得这个女人越来越像在车上遇到的女子。他盯住了她。

莫飞听到另一张台子的年轻男女在谈话，他们的声音有些大，他听得清楚。他们说起鬼的话题，一个家伙说鬼是可以看见的，一是时运差的人，二是用牛眼泪抹在双眼上的人，然后可以看见鬼。这些鬼只有上半身，没有下半身，你可以看见他们，却不可以和他们交谈，即便撞上了也没有什么，因为你可以穿透这些鬼。

莫飞侧着耳朵听他们在谈话，目光却放在那个女子身上。她似乎像一个疑团，等待他去拆开。女子看着酒吧门口，吸着香烟，突然间她的手机响了起来。他注意到女子拿起手机，不是来听，而是看——可能是有人发信息过来。然后，女子朝附近一个服务员招了招手，掏出一百元，扔在桌子上，站了起来，朝门口走去。

他马上朝附近的服务员招了招手，埋了单就快步走向门口。出了门口，莫飞看见女人已经钻进一辆出租车。她的背影让他确信她是那个在车上遇到的女人。环视四周，看不到一辆出租车和载客摩托车。这时他看见一辆自行车，没有上锁，歪在一旁的电线杆上，他走了过去，推车出来，骑上了。门口的保安员冲他嚷，哎，你干什么……他没有理会那个保安员，快速地踩动自行车。

晚风吹得他的脸有些发凉，他猛力地踩着自行车，追赶那辆出租车。幸好路上车辆挺多，出租车开得并不快。莫飞踩着踏板，显得笨手笨脚。他好久没有骑自行车了。一般来说，这个城市的青年人很少骑自行车。他想起自己曾经丢了八辆自行车，这个容易失窃的城市，充满了危险的气息。现在为了一个女人他偷了一辆自行车。在路上，他看到两拨女子像一群蝙蝠从黑暗的小巷里飞出，涌到街上，她们拿着刀子，推推搡搡，打起架来。他没有心情观看她们。

那辆出租车停在一幢商品楼旁边，莫飞骑车冲了过去。在路口，他才发觉这是一个小社区，里面有几幢商品楼。他不能确定那个女子走进了哪幢楼。他站在那里，看着路口的株树开满了花，月光照在那儿，仿佛落满了灰尘。

又一次失去了她？他睁大眼睛，看到树下遍布着打火机、塑料袋子、报纸和易拉罐等废弃物。风吹动地上翻卷的塑料袋子。阴暗的街道传来一阵摩托车的急促的突突声，他隐隐约约地感到一种危险逼过来。可是，他不害怕什么。对于他来说，城市最单调的莫过于没有危险的存在。

然后，他骑着自行车，在社区里转着，期望危险的事情发生，或者可怕的遭遇落在自己身上。然而什么也没有发生。他没有看见那个女子。

4 同在屋檐下

搬进城北向阳新街那天，莫飞看见她，那个他一直想象的月光女子，想不到会在这里碰上她。世事真巧。那时他内心涌出一阵狂喜。向阳新街有不少小巷，小巷幽深，墙上生长着青苔。她出现在小巷中，令他眼前一亮，他想不到这幽深的小巷会有她的存在。事实上她是房东的女儿。有时候想到自己以往对她的举动，他觉得莫名其妙。他知道自己自作多情，可是控制不住。

他还记得前些天，从《K市日报》看到一则新闻，蓝月亮酒店发生一桩命案，一个男子身中两枪当场死亡，据目击者说，曾看见一个女人进过死者的房间。报纸还说，经化验，子弹属于7.65口径；现场留下了一块白手帕，手帕上绣着一朵硕大的黑玫瑰，据说这是职业杀手黑玫瑰习惯的方式。传说K市有一个职业杀手叫黑玫瑰。谁也不知道黑玫瑰是男还是女，只听说他杀人从没有失过手，杀完人习惯留下一块绣着一朵黑玫瑰的手帕。警方表示行凶者可能是职业杀手，不排除黑玫瑰所为，当然也存在着有人冒充黑玫瑰的可能。那时莫飞想到，行凶者是不是他遇到的那个女子呢？她会是职业杀手黑玫瑰？想到这一点他就觉得好笑。

她的家以前是一座大屋，内部装饰有多种卷拱柱式，残留一个镂耳形墙，形状酷似官帽；中间有蝙蝠状的灰雕图案，翘起的檐口有龙头变形的灰雕；房檐下的木浮雕是植物、动物变形图案；其中骑门梁木雕是走兽飞鸟的浮雕图案，可惜都已经破旧了，遭到损坏。大屋前是三进的四合院，中间隔一个天井，楼房围着天井而建，二层。后面还有一个偏院，是旧时的花园，也是天井式的二层楼院。

莫飞租借的房间在偏院楼上，他很快知道她也住在偏院，她妈妈则住在前院。看得出来，她妈妈以前是一个美人，据说有轻度的耳聋。莫飞搬进去带了一台电脑、两大箱的书和一个装衣服的皮箱。她妈妈看见他搬进的东西，还问了一句：你就这么点东西吗？他说，就是这些。她妈妈说，你以后叫我江姨。我女儿叫江雪。他想问她你丈夫呢，但话到嘴边咽下了。江姨似乎是那种忧郁的女人，脸上布满皱纹。他猜想她母女俩的生活可能在感情上并不如意。当然，现在他知道她的名字叫江雪。

莫飞猜想江雪是害羞的女子，他搬进来时她只点了点头，没有出声，然后就躲进她的房间去了。他听到她房间传出蔡琴的音乐，是《我和我自己的影子》。后来，听到她播放邓丽君的《月亮代表我的心》时，他突然想到，她是一片隐蔽的月光。在莫飞看来，江雪是一个谜。当然，所有你喜欢的女人都是一个谜，等着你去解读。他的房间在二楼走廊的尽头，她的房间在另一条走廊上，两个房间刚好形成九十度。后来，他从窗子看到她在电脑前打字，而且还能看到网页，他想她是在上网。

他的房间并不大，只有十六平方米，正方形。一个挺大的百叶窗，墨绿色的窗帘，还有一张单人床，一个书桌。他想那窗帘是不是她选择挂上的，他注意到她的窗帘是淡黄色的。摆好了东西，他想把一幅油画钉在墙上。可是找不到铁锤和钉子。

不妨说说那幅油画：月光下的大海掀起浪花，还有一些峭壁，海滩上站着一男一女，面向大海——这就是说，你看到的，是他们的背影。这幅油画叫做《背向世界的爱情》。事实上，这幅画是莫飞创作的，那时他和崔盈来到闸坡的海滩上，面对玫瑰山画了起来，玫瑰山有一个玫瑰悬崖，峭壁几乎直成一条线，看上去让人恐惧，据说有不少情侣到那里坠海殉情。看着这幅油画他想到崔盈，皱起了眉头，尽量不去想崔盈，也许这样，他才感到轻松。

然后，莫飞盯着江雪的窗口，她拉下了窗帘。这是黄昏，阳光照在她的窗帘上，落下一层淡淡的橙色。她落下窗帘干什么呢？看到江雪他忍不住想到爱情这两个字，他还叫她月光情人呢。想到这一点莫飞觉得好笑，甚至想到江雪也许能代替崔盈。崔盈，她现在在哪儿呢？这一切都是由我造成的？这时他听到自己一颗心猛地跳起来，感到拿着画的右手颤抖了一下。这轻微的动作让他明白崔盈无时不在。为什么我不会轻松一些，或者像一个坏东西无视那些情感？他晃了晃脑袋，甚至想到，和某个网友的见面，也是为了摆脱崔盈。就是这样，为了逃离崔盈？他站在窗口，盯着江雪的窗帘，一颗心渐渐平静下来。

　　放下那幅画，走出门口，放低脚步声，莫飞朝走廊的另一头走去。在江雪的房间前停下来，里面没有什么声响，他轻声敲了两下她的房门。好一会儿，她打开门，看着他，脸色显得平静。他说，你有铁锤和钉子吗？我想在墙上钉一幅画。她摇了摇头，然后把门轻轻关上了，神色冷淡。他有点自讨无趣，心想她在干什么呢。

　　这时他看到一个女孩走进了天井，院子里还住着不少租客。他很快知道，偏院还住着一个美少女，叫张虹，是一个夜总会的舞蹈演员。张虹的房间位于他的隔壁。她似乎显得活泼，看见他时，主动地和他打招呼，还走进他的房间，随意地察看。张虹告诉他，她也在吃梦之丸，不过是星际旅行的内容，她说她喜欢探险宇宙的感觉。那时，他瞪大了眼睛，真弄不懂她会喜欢宇宙这个词。她还告诉他，她在夜总会每天跳舞 40 分钟，每月工资是三千元。

　　张虹告诉莫飞，你知道吗，江雪是哑巴。莫飞猛地一惊，想不到江雪是一个哑巴。张虹告诉他，江雪在造梦公司当秘书。他问她，江雪吃梦之丸吗？张虹说这个她不清楚，又说江雪很少和自己接触，也不让她进房间。张虹说，她好像很古怪。有时夜里听到她房间传来得得得的声音。他说，那是她在打电脑吧。张虹说，不像是打电脑，好像什么，一下子说不清楚。哦，就像电影里地下党发电报的声音。

江雪是地下党？他笑了笑，看到张虹也嘻嘻地笑了起来。不知为什么，他觉得张虹似乎在用她的活泼来掩饰她的忧郁，他看到她的眼睛里藏着一股忧郁。

偏院的天井有一株芒果树，一直长到二楼的走廊，枝叶茂密，悬着一个个青色的芒果。芒果树下有一口水井，井口有一米宽。水井旁边还有两株紫荆树，叶子绿得发亮。紫荆树下放了一个很大的玻璃水箱，养了几条硕大的红色金鱼。莫飞站在二楼的走廊上，看着那些金鱼。有时候，在阳光下，那些金鱼好比一群小孩子，嬉戏不停。夜幕落下，在昏暗的路灯照耀下，那些金鱼就像会游动的镜子，闪闪发亮。他想起崔盈喜欢金鱼，在城南锦绣街寄租时，她买过几条紫色的金鱼，她说紫色的金鱼是幸运天使。可是，崔盈失踪了，也许是消失于这个世界……莫飞突然觉得自己俨然死去了，像一个幽灵站在走廊上。然后他想到江雪，想到他在闸坡的举动，禁不住发出了笑声。笑声从他的喉咙出来，变得干涩。然后，他看到江雪的房间闪着黄色的灯光，她的身影定在电脑桌前。他知道江雪在上网。他想象有一天和江雪在网上相遇，或者在聊天室，或者在QICQ，他们用虚拟的网名游戏这个世界。他们能做出怎样的举动？一个网友说，网上的爱情有时像核导弹，你随时可以胡乱地发射……想到江雪是一个哑巴，他心里隐隐有些可惜，长得那么好看的女子却是哑巴。江雪，他幻想中的月光情人——也许他需要她，忘记崔盈。想到这一点，莫飞感觉到他一颗心在颤动：难道我试图模糊现实，寻找绝对的爱，我惟一的身份是爱的狂热饥渴者？

死在和你瞬间的激情中，也不要死在没有生气的生活里。他甚至觉察到，在他心灵深处，女性的成分远远超过男性的本性。

5 造梦古堡

从城南搬到城北的向阳新街，莫飞觉得他的生活应该有新的开始。用王中维的话来说，你好像沿着地球走了半圈。

有时候，莫飞想离开 K 市，到一个陌生的城市开始生活；有时候他会强烈地怀念崔盈。他曾经看到她家里人为她在电视和报纸上登寻人启事；他曾经走过 K 市的每条大街小巷，可是看不到她的影子。他心想崔盈会恨他，然后决绝地离开他，甚至，她可能被人拐卖了，或者被人先奸后杀，然后毁尸灭迹。这样想来，他觉得他更是卑劣，总是胡乱地冒出这些想法。

事实上，崔盈曾经是他教了一年多的学生。八个月前，他还是 K 市一间中学高中年级的美术老师，他和他的学生崔盈发生了师生恋。后来，崔盈在一次体育课中，突然大出血，送去医院后得知，她有了两个月的身孕。于是他们的恋情曝光了。莫飞不得不辞职，然后搬到城南的一个出租屋。在最初的时期，崔盈经常来看他，后来她逃学了，跑来跟他同居。当时他拒绝她，但她很坚持，她说她退学了，从家里逃出来，无论什么时候都要跟着他。于是，他们同居了。他没有想到，两个月后她又怀孕了，她想生下孩子。他记得那个时候，崔盈怀疑自己怀孕了，用测孕纸检出，结果呈阳性。后来到医院检查，尿样报告还是阳性。这就是说，她怀孕了。她问他该怎么办，他说打掉吧，她盯着他，脸上凝结着阴沉的神色。她说，这是我们的孩子，你真舍得打掉吗？然后他们谁也没有说话。她低着头，看着脚下行走的一群蚂蚁。他注意到她的肩膀颤动着。当然他们都明白，生下孩子是不明智的，也是不可能的，因为他们根本没有抚养孩子的能力，而且他们都还年轻。无疑要选择堕胎。可是崔盈不肯去堕胎，她说以前已经打掉了一个，不能再失去这个孩子。崔盈失踪了，她的父母和她哥哥找到他的出租屋，要他交出崔盈，当她哥哥一拳打在他的脸上，他知道自己应该尽快搬家了。要知道，她哥哥可是一个警察。

莫飞常常觉得他的出生是一种诅咒：母亲生下他时就去世了，所以他的亲戚都说他是一个灾星。父亲把他放在外婆那里寄养，也许在父亲内心深处，认为莫飞夺走了母亲的性命，是无法承受的。

他父亲和王中维母亲于晴的故事，烙下了莫飞和王中维的阴影。有时候莫飞认为，上一代的情感故事，不应该成为他俩的阴影。可是他无法逃避这种感觉：王中维在内心憎恨他的父亲，以致王中维把嫌恶放在他身上，即使王中维表面上没有流露出来。莫飞在父亲的情书中看到（那是一封写给王中维母亲的情书的底稿）：在我27岁的时候，我开始怀疑爱情；那时我认为，我已经不可能再有怦然心动的爱情了，直到我遇上了你，我感到激情的勃发；如果要让我选择生活，我愿意死在和你瞬间的激情中，也不要我死气沉沉的生活。

他父亲保留情书底稿，也许是担心情书在中途丢失了，也许他珍惜自己的文字。那些厚厚的信订成一册，看上去像一本厚厚的情书。他父亲还设计了一个封面：一只眼睛浮在海面上，眼睛的瞳孔里有一朵红玫瑰，旁边题着五个字：激情与分泌。他父亲把他的日记本叫做《激情与分泌》，这意味什么呢？作为剧作家的父亲，内心有着怎么样的阴影？他想在爱情的国度寻找激情，却沦为情欲的奴隶？有时候莫飞想到他父亲不过是逃避这个世界，想用激情抵达幻影，分泌内在的快乐。死在和你瞬间的激情中，也不要死在没有生气的生活里，也许父亲就是渴望这样活着。

当然莫飞知道，父亲最终还是抛弃了于晴。从信中看到，于晴想和父亲一起殉情自杀，却被父亲拒绝了。父亲为什么要抛弃于晴？难道父亲害怕死亡而不敢殉情？莫飞甚至这样想，如果父亲和于晴一起殉情自杀，那应该成为一种绝响。

莫飞从来没有感受到母爱，他曾经喜欢他的女老师，当然没有和她发生过恋情，那不过是一种暗恋。很多时候，莫飞觉得需要一个充满母性的女人来呵护自己的生活。但是他从来没有感受到这点。他更没有想到，他第一个女朋友是自己的女学生，他居然会和高三女生崔盈发生师生恋。大学毕业后他大学毕业分配到 K 市那所中学当美术教师，已经两年了。

现在静下心来回想他和崔盈的故事，莫飞记得崔盈常挂在嘴边的一句话：他的舌头是西瓜刀吗？他喜欢崔盈叭叭地说个不停的样子 。当然有些时候她很沉默，像冰山坐在你的面前。事实上他喜欢恬静，害怕现实嘈杂的场面，有时觉得自己像一个女性，沉湎于梦境和绘画的世界，甚至觉察到，在他心灵深处，女性的成分远远超过男性的本性。

这样的情景不时浮现在他眼前：回来时，她睡得正香，脸蛋浸在水中一样的平静，嘴角绽出一丝笑容。他猜想她在做梦。他喜欢她嗲声嗲气的声音、诱人的身段、红润的脸庞、身上散发夏奈尔香水的气味。他喜欢她涂口红、描眼影、搽抹防晒霜，皮肤看上去白皙细腻，两条手臂像覆盖上了雪，闪着白光。她躺在床上，腹部显出一个凹洼……

他记得她喜欢看着墙上的青苔，说青苔是人的魂灵附在那里。在他们租住的城南锦绣街的房屋，墙壁长满青苔，风吹过，墙角有一片绿在颤动。望着那些青苔，他有时想变做一块圆石，躺在梦里，不再醒来。他还记得崔盈喜欢特朗斯特罗姆的诗句：穿过一座没有装备的森林，我慢慢走入我自己。崔盈曾经参加过全国新概念作文大赛，获过一等奖。在学校里，她像一个品学兼优的学生，谁能想到这样的好学生，会成为人们眼中的坏女孩。

他和崔盈的师生恋在学校曝光后，他辞职了，他要回到自由无序的生活中。对于教师这个行业，他根本提不起兴趣，当初报考这个行业，其实是出于一种误解。现在对他来说，所有的想法都是一种误会，甚至是一种污辱——他成了一个卑劣的老师。老师，这个称号，似乎成了他生活中的恶名。从学校出来，更广阔的天地呼唤着他；或者，更狭窄的空间埋葬了他。没有什么可怕的。他只有这样：寻找更适合的活法；甚至是，寻找更适合的死法。那时他想起了一句话：他不是找寻生，而是找寻死。

事实上，从学校辞职出来，他去了招收临时记者的《K市日报》报社应聘。《K市日报》报社并不像他想象中的那么好，整个报社人员冗杂，报纸办得毫无趣味性，整天只是报道市政府开了什么重要会议，哪个领导去哪里考察了，一句话，紧跟着市政府屁股后头跑。干了一段时间，他在网上找到一个网络兼职编辑的工作，就把报社工作辞掉了。

他还记得，王中维曾经高度赞扬崔盈，说莫飞能得到这样一个美少女，真是幸福。老实说，王中维长得很帅。崔盈说王中维长得像日本明星板本龙一。不过崔盈说不喜欢王中维，觉得他有点不对劲，至于哪里不对劲她说不出来。她还对莫飞说，臭宝贝，我就是喜欢你。崔盈喜欢叫他臭宝贝。莫飞看得出，王中维羡慕他。

有一次崔盈骂王中维，你那个狗屁朋友王中维居然对我动手动脚，要不是给你脸子，我一刀子砍了他。莫飞想王中维是好色之徒，见了崔盈这种美人，难免失控，再说哪个男人不好色呢。王中维私下里就对莫飞说过，你奶奶的，我还真想强奸崔盈。那时莫飞说，你他妈的敢动她一根头发，小心我劈了你。王中维嘻嘻地笑着说，朋友妻，不可欺。

王中维住在造梦古堡。造梦古堡建设得高大古怪，甚至可以说，造梦古堡成了K市的建筑标志。造梦古堡一共三十一层，高度达二百二十二米，每层面积六百平方米。从外面看，像一座直插云霄的古堡，外墙上悬挂了一面梯子，是装饰用的。黑色的外墙，窗子密密麻麻、各式各样，有的是三角形，有的是菱形，有的是梯形。房子里面装修得更像迷宫，第一层十二米高，设计成一个巨大的鲨，楼梯像一个螺丝钉，盘旋而上。第二层则十米高，四面墙上刻着壁画、周易的符号，天花板刻了无数的走兽，比如狮子、龙头……第三层八米高，装饰成一座迷幻列车的样子，里面有车厢、轨道和车站。第四层八米高，是蝴蝶谷，设计得像一个山谷，里面有很多蝴蝶的标本……天台上则有一个天文望远台，一个停驻直升机的小型停机坪。

造梦古堡是造梦工厂的办公大楼。造梦工厂的总裁叫车婉婉，是一个女人。一个女人能经营造梦工厂，当然不简单。有人说她已经四十多岁了，有人说她才三十出头。没有人清楚知道她真实的年纪。车婉婉很少出现在报纸或电视上，像一个神秘人。K市人送给她一个外号：灵狐。

王中维是造梦工厂的总设计师，被誉为天才的科学家，据说梦之丸是他率领一班科研人员发明的。王中维经常在造梦古堡里开派对，邀请一些靓女玩得天昏地暗。有人说王中维是车婉婉的情人，王中维对此没有肯定，也没有否定。

有人称赞王中维是生物学的奇才。在这一点上，莫飞赞同。莫飞知道王中维从小对生物学非常有兴趣，大学读的是生物系，他的父亲就是一个海洋学专家。王中维和莫飞可以说是从小玩到大，自从王中维从日本留学回来，进了造梦工厂，他们的交往便越来越少。当然他之所以吃上《莫扎特的玫瑰》，是王中维推荐给他的。王中维说这个品牌至今还没有在市场推出，想让莫飞先尝尝，毕竟是好朋友，肥水不流外人田。

莫飞曾经带崔盈去过造梦古堡，她认为造梦古堡设计很酷，但她又说，再酷也酷不过喜马拉雅山。她认为自然才是美，也是真正的酷，造梦古堡设计得太过矫饰，好像没有人性。崔盈说，我喜欢有人性的东西。崔盈不喜欢梦之丸，拒绝吃梦之丸。她说，为什么要吃梦之丸！她说我自己做的梦自自然然的，要过瘾还不如去看好莱坞电影。她还对莫飞说，你也不许吃梦之丸。

　　如果崔盈没有突然离他而去，如果他每天没有做噩梦，莫飞就不会吃梦之丸，况且王中维再三向他推荐，莫飞才决定吃《莫扎特的玫瑰》。

一切艺术向往梦幻的形式。他仅仅从中看到人类的欲望是巨大的，充满利润……这个梦故事陷于一种孤寂的邪恶中。

6 那些梦故事充满残暴的意味

莫飞醒了过来，发觉自己躺在沙滩上。令他惊异的是，沙滩是红色的，一种蟹行走在那里，像兔子那么大，身子是白色的。他抬起头，看见一块巨大的石头立在不远处，闪烁着"月光岛"三个大字，走近一看，原来三个大字由珍珠镶嵌而成。那些珍珠都像椰子一样大，闪着白光。用手抚摸珍珠，光滑得很，还隐隐透出热量。这时，莫飞听到一阵奇怪的叫唤声，只见海边浮起了一座山，原来是一只大海龟，张着巨大的嘴巴，朝他赶过来，要吞下他。他心头一惊，看见那块巨石有一个小洞穴，于是钻了进去。大海龟在外面嘶叫起来，用嘴巴拱着洞口。岩洞里闪着一种红光，岩壁上刻着无数的美术作品，其中有毕加索的《海边奔跑的女人》、埃·海格尔的《海湾浴女》……他奇怪石头上怎么会刻有他们的作品，急忙朝洞里走去，通道越来越宽，海龟嘶叫的声音渐渐隐没。不久，前面出现了一个很大的洞口。

莫飞走了出去，看见前面岩石遍布，绿树成林，远处一座白塔高高耸立。丛林中，三四只恐龙在行走，还有一只鸟看上去像老鹰，却长了九个头，站在一株大树上，瞪着十几只眼睛。他站在那里，不知怎么办。这时，九头鸟呼的一声朝他冲来，尖利的爪子闪着白光。眼看九头鸟就要抓着他，一条长着翅膀的狗，从树林那边飞了过来，嘴里喷着火焰，朝九头鸟喷过去。九头鸟哇的一声，发出婴儿般的叫喊，身子一蹿，飞上半空。那只狗飞落在他身边，发出声音：快，快骑上我。他才发觉这只狗长着骏马一样的身躯，满身毛发金灿灿的，却有着天鹅一样洁白的翅膀。他翻身骑在它的身上。狗发出一下叫声，声音像老虎，然后朝白塔飞了过去。

莫飞扭头一看，那只九头鸟似乎不甘心，稍远地飞在他们后面。他对那只狗说："它还跟在我们后面。"

那只狗说："不用怕，它不是我的对手。对了，你叫莫飞吧？"

莫飞说："是的，怎么称呼你？"

那只狗说："叫我飞天狗吧。"

很快地，他们落在塔下，站在地上，看见塔高得看不见顶，八角形，每层都有窗口，底层有一扇门，门是红色的，却关上了。他看到有一个门牌贴在那里，上面全是数字，那只狗直立起来，按了按上面的数字，显然是输入了密码，然后门徐徐打开了。

"莫先生，我们进去吧。"飞天狗对他说。

"我们要干什么？"

莫飞看见里面燃着一盏很大的油灯。

"走吧。"

飞天狗先走进去了。

他只好跟着它，沿着楼梯朝上走去。

那些楼梯是黄色的，闪闪发光，好像黄金砌成，塔身由白玉砌成。他和飞天狗不知登了多少层，只觉得每上一层，空间越来越大。这使他觉得奇怪，按照常理，塔身是越往上越小，现在却恰恰相反。这时飞天狗似乎看透了他的心思，说，这是通天塔，越往上走，越感觉宽阔。

也不知登了多少层，飞天狗突然停下来，莫飞已经累得气喘吁吁，站在那里，看见塔里有一头狮子坐在一张石椅上，石椅旁边有一条铁柱，用铁链绑着一个女人。那个女人正是在海滩上出现的女人，她的脸闪耀着一团红光，让你无法看清她的长相。几团云在女人和狮子身边飘浮，云团是五种颜色的，黄红绿紫白。莫飞从塔的窗口望出去，看见外面浮着的云彩，是白色的。

这时，飞天狗说："狮子王，我把他带来了。"

那只狮子盯着莫飞，说："你知道这个游戏规则吗？"

狮子王的声音像洪钟一样响。莫飞看见它的眼睛特别大，是绿色的。

　　莫飞说："是什么游戏？"

　　狮子王说："这个游戏叫做《莫扎特的玫瑰》。这个女人，现在需要你来拯救她。"

　　莫飞说："我拯救她？"

　　狮子王说："现在你能看到她长得什么样吗？"

　　莫飞说："看不清。"

　　狮子王说："她是梦幻王国第一美人。凡夫俗子都看不清她的长相，只有拿到莫扎特玫瑰的人，才会看到她的真面目。"

　　这时，飞天狗说："我也看不清她的长相。狮子王你也看不清她的长相吧？"

　　狮子王说："不错。告诉你，她的名字叫无限。这是一个拯救无限的游戏，需要我们找到莫扎特的玫瑰来拯救她。"

　　莫飞说："莫扎特的玫瑰？"

　　狮子王说："莫扎特的玫瑰据说是一朵神奇的玫瑰，只要无限闻到莫扎特的玫瑰的香味，她脸上的光芒就会消失，美丽的脸孔就会呈现在我们面前。"

　　莫飞说："我们应该如何寻找？"

　　狮子王站了起来，将两只手臂一挥，嘭的一声，背后长出两只飞鹰的翅膀，然后张大嘴巴，朝那个女人吹了一口气，那个女人身上的铁链断了，身子渐渐变小，嘭的一下，变成一只白鸽，飘了起来，落在狮子王的右手掌上。

　　狮子王冲莫飞笑了笑，说向无限施了魔咒，让她变成一只白鸽。

　　莫飞说："为什么你要向她施魔咒？"

　　塔突然摇晃起来，好像要倒塌下去。狮子王率先攥着白鸽，从窗口飞了出去。飞天狗一把抓住莫飞，也飞了出去。只听一声巨响，塔已经倒塌下来……

这是《莫扎特的玫瑰》第二集的故事。莫飞不知道王中维和车婉婉有没有吃过《莫扎特的玫瑰》这种梦之丸，现在他觉得那些梦故事充满残暴的意味。比如，梦境里面出现恐龙、九头鸟以及各种离奇古怪的动物……这是一种暴力的形式。也许每个人的内心都有暴力倾向。对于王中维来说，可能意味着他的天才和财富，在这个梦故事的王国，王中维仿佛有化腐朽为神奇的本事。这个城市弥漫着难以想象的平庸和单调，梦故事充满快感和刺激，充满浪漫和温存，再现了王中维的理念：一切艺术向往梦幻的形式。

在造梦公司的销售处，有好几个留言本，可以看到不少顾客的留言。那些留言充满了赞美和感恩的心情。比如：

感谢造梦工厂，让我的人生充满了快乐。

从来没有体会到做梦是如此快乐的。

让我的睡觉时间变得更加有趣。

……

造梦工厂的出现，使 K 市人感受到了梦的乐趣。人们难以言说这种乐趣的理由。就像有人曾经想用弗洛伊德的《释梦》来解释这些梦故事的根源。可是，谁又能做得到呢？整个 K 市散发着梦的气息，人们都在谈论他们在做着怎样的梦，分享梦境中出现的情节与人物，他们的脸上露出快乐而暧昧的笑容。

对于这一切，莫飞不知道王中维是怎么想的，也许他内心会感觉到一种成就感，或者蔑视这些蠢笨的人们，或者仅仅从中看到人类的欲望是巨大的，是充满利润……

这些梦之丸从未受到限制。有时候看着那些谈论梦故事的人们，莫飞想象他们有一天暴动起来，闹翻整个 K 市。这好比他想象整个城市陷于一片火光中，消防车忙个不停。

事实上，像他这种吞食梦之丸的人，似乎没有资格说这种话。

他有时觉得自己陷入了一种蠢笨的状态，仿佛沦入欲望的陷阱中。这个城市，对于某些人来说，是一座孤儿院，如果他们连梦想都没有了，还靠什么呼吸与生存？他想起一个作家说的，他喜欢描写底层生活，描写那些没有梦想、只有生存的人。

有时候，他甚至认为王中维是一个阴险的人物，比如他制造这些梦之丸，是为了某个邪恶的目的。当然他会惊异于这种想法。他猜想王中维是为了快乐而制造梦之丸。

当然，梦充满奇境，因为梦是人们生活的一部分。梦之丸很快成为人们生活的一部分，它诱导大众，并产生趣味。对于这一点，莫飞作为一个消费者，同样感受到梦故事的美妙，用妙趣横生、天花乱坠等成语来形容，也不过分。没有人会质问这些梦之丸会不会毁灭他们的生活，就像没有人质问自己为什么放弃快乐的理由。

梦境诱惑你的感官，莫飞觉得梦故事会产生现实的化学作用，使他变得想入非非。对于那些迷恋梦故事的人们，他猜想他们像吃了摇头丸之类的毒品，充满迷幻的感觉。如果你的意志还算坚强，可以抵御某些欲念。可是他觉得自己无法抗拒那些梦境，他想他不是一个意志坚强的人。

王中维曾经对他说：我希望你能有耐性继续这个梦故事。莫飞说：你不是想找我做这个梦故事的实验吧？王中维说：当然不是。你到了中途，会觉得这个故事很精彩。也许梦境会变成现实呢！

莫飞继续吃食梦之丸。他发现第三集的梦故事变成了这样：他和那个女人、飞天狗、狮子王来到了 K 市，决定寻找莫扎特的玫瑰。原来狮子王把那个女人变成一只白鸽是有原因的，因为每隔一天必须把女人变成白鸽，否则她的脸就会被光融掉。在梦中，K 市是充满幻想性质的，比如城市的街道会浮动起来，雨水有着橙汁的味道。而那个女人，她伸展着双手，身子呈现的曲线，像水波一样涌动。虽然他无法看清她的长相。有时候他忍不住握着她的手，她的手软弱无力，像棉花一样，如果用力一推，就可能把她推到天上。他们在 K 市寻找着莫扎特的玫瑰。他们遇上一只长着十六条腿的老鼠，它告诉他们，要寻找莫扎特的玫瑰，必须到造梦古堡去寻找……而到了第六集时，那个女人突然失踪了。据说被造梦工厂的人绑架了……

　　莫飞没有想到《莫扎特的玫瑰》把 K 市、造梦工厂都编进了梦故事中，这使他感到王中维的可笑，也许他试图编造一个有趣的故事。他记得王中维说过，希望《莫扎特的玫瑰》这个梦故事陷于一种孤寂的邪恶中。王中维还说，所有的梦故事，就像一个陌生人……你永远不知道最后的结局是什么。他喜欢有些东西亵渎他的想象。

他似乎陷在某种絮语中，梦之丸，好比情人的吻，消散在某个暗夜。环顾四周，他甚至产生一种错觉：梦境和现实没有什么区别。也许，梦境就是现实。

7 波伏娃

四株大树立在新华北路路口，树干高直，枝叶茂密。在树顶，阳光闪烁，叶子泛出淡青色，仿佛透明，闪出接近黄色的光晕。更多细小的叶子，墨绿色的，拥在一起，密密匝匝，好像一大片绿云。一株树身上钉着一个牌子：树名：桃花心。树龄：48岁。科属：楝科。

这是黄昏。一颗心，可以在这里静寂。莫飞突然冒出这种想法。可是，这里是热闹的街市，人来车往，四株桃花心整齐站在那里，再昂然的姿态，似乎也沦为市井的俗气。他抬起头，寻找一片绿色，却无法抵挡扑入耳朵的噪声。

然后，莫飞听到孩子的叫声。在树的另一侧，三个小男孩欢叫着，一只小猫被捆绑在一株树干上，一个爆竹插在它的耳朵里，一个小男孩拿出打火机，小猫张大嘴巴，发出尖锐的叫声，整个身子在挣扎，四条腿胡乱地踢着。

你们在干什么？莫飞走过去，他瞪大的眼睛镇住了男孩们。三个小男孩发怔了，其中一个还吐出了舌头，然后他们互望一下。莫飞看到拿打火机的小男孩使了下眼色，然后他们就撒腿跑开了。男孩们奔跑的背影，让莫飞想到自己的童年。童年时期他和王中维经常玩这样的游戏，有时还在猫的尾巴绑上一串鞭炮，然后点燃……

莫飞看见，小猫安静下来，一双眼睛盯着他。那白色的绒毛间的黑眼闪亮，透出机灵。他注意到小猫浑身是泥，脸黑乎乎的，看上去像一只流浪猫。他笑了笑，抚摸了一下小猫圆乎乎的脑袋，它温顺地看着他，被绳子扎住的肚子鼓动着。莫飞一只手扶着小猫的身体，一只手解开它身上的绳子，然后捧着它，放到地上，又摸了摸它的脑袋，小猫喵地叫了一下，声音透出欢快。他冲它笑了笑，抚摸着它的下巴，它眯缝眼睛，享受起来。他抚摸了下小猫的脑袋，站起来，朝向阳新街走去。他突然感到一阵舒畅，脚步轻快起来。他看见梦之丸专卖店装修得异常高档，在人来人往的新华北路显得特别有吸引力。

走了十多步，他停下来，回头一看，那只小猫站在那里，看着他。然后，突然撒开腿儿，朝他跑了过来，很快地，跑到他的脚跟前，喵喵地叫着，还用一只前腿抚弄着他的皮鞋。他看着它，又一次蹲下来，抚摸着它的脑袋。他看到它那对眼睛显得清澈。然后，他站了起来，放慢脚步，朝向阳新街走去。小猫跟在他的身边，仰着头，喵喵地叫着。他偶尔低下头看它，它则抬头望着他，然后喵地叫一声，声音温柔。走了一段路，他忍不住捧起它，把它抱在怀里。

就这样，一只猫出现在莫飞的身边。他在井边把那只猫冲洗干净，看到它长着一身发白的绒毛，两只圆眼转动，冲他喵喵地叫，他觉得它好可爱。那时他抬起头，看见江雪站在走廊上望着他和小猫，窗前那盆玫瑰花开得火红，点缀在她背后。那一刻他决定把小猫叫做波伏娃，因为他想到崔盈以前说过如果有一天养只猫就叫做波伏娃。

他抬起头，冲江雪笑了笑，她报以一笑。他觉得她笑得很美，陶醉于她的微笑中。直到波伏娃在他手上喵喵地叫了起来，他才意识到自己有些失态，于是，抱着小猫走回房间。

阳光从百叶窗散了进来，在地板上映射成一行行黑白相间的条纹，百叶窗的褶片上蒙了厚厚的灰尘。

从窗口望去，能看到天一广场高高耸立的梦之丸广告牌，像一个巨大的白色的影子。那句广告词在夜晚不断地变换颜色，诱惑大众。他盯着广告牌，想起最近午夜他喜欢吃食《莫扎特的玫瑰》，似乎陷在某种絮语中，梦之丸，好比情人的吻，消散在某个暗夜。

此刻他抬起头，看见床头上的弹弓，木制的弹弓，是童年时玩具，王中维送给他的，他一直收藏着。他想起少年直至高中，他和王中维是那样要好，那时候他们一起去飙车、打架、赌博、玩电子游戏机……相反，自从他父亲和王中维母亲的恋情曝光，自从他们读了不同的大学，他们的距离越来越远了。他拿起那个弹弓，把一粒玻璃球当作弹丸，扯长橡筋，啪的一下，玻璃球射在墙壁上。这只弹弓做得相当有杀伤力，他佩服王中维的制作能力。他甚至这样想，他从小就懂得暴力。

在灯光照耀下，弹弓亮在那里。莫飞仿佛看到王中维发呆的眼睛，越来越无神的眼睛，拿着他母亲那副手镯。莫飞知道，王中维一直收藏着他母亲临死时拿着的手镯。据说手镯是莫飞他父亲送的。

有时候莫飞想王中维就像一个黑色的玻璃球。莫飞收藏了一大瓶的玻璃球，有时候会把它们倒在床上，看着五颜六色的玻璃球，他觉得生活破碎了，变成一个个玻璃球。

在夜晚没吃梦之丸的时候，他喜欢站在窗口，看着街道。在昏黄的路灯照耀下，能看到白乎乎的影子一闪而过，那是波伏娃奔跑的样子。最近波伏娃经常蹿到街上，有时深夜才从窗子跳回出租屋。有时波伏娃凶恶得很，跳到街道上，和邻居的猫厮打。莫飞喜欢波伏娃这股凶狠劲头。当然，有时候波伏娃很温柔，站在他脚旁，用舌头舔着他。他买了一支花露水，喜欢喷洒香水在波伏娃的身上。波伏娃似乎乐于接受香水，经常在街道上蹿来蹿去，生怕别人不知道它身上散发着香。

当然，他能看到造梦古堡灯火明亮地矗立在夜色中，像一个阴险的巨人。有时他想梦境的世界和现实的生活同样充满幻觉。环顾四周，他甚至产生一种错觉：梦境和现实没有什么区别，也许梦境就是现实。

他在日记里是这样描述的：

×月×日。也许死是平静的，而活着的人充满幻想。现在我能觉察到我对江雪的想法。当你无所事事的时候，想像力往往异常丰富。

在那里，在走廊的尽头，热量又一次侵入我的骨头。我喜欢盯着她的窗口，想象她在干什么。她的窗台放了一盆玫瑰花——好几朵花，开得异常红，一片红光罩着你的视野——想象她像玫瑰花一样开放，还有裸露……我为什么会冒出这样的念头？然后沉下一颗心，感受寂静。在静寂中，我能听到她走路的声音，就像听到我的心跳一样。或者，我跟在她身后，我的心跳声响彻整个大屋。

　　×月×日。我的幻想，就像一只蚂蚁，爬在她的指尖上，转来转去。这好比偏院那盏昏暗的路灯，仿佛一个假象存在。那天晚上，我看见她在房间做着面膜，白森森的脸，吓了我一跳。那时我想，涂着白色面膜的她，像一个女鬼。即使她是一个女鬼，我也愿意陪伴她。有时我不知道自己在干什么，脑子里只有一个她在旋转，我整个人仿佛飘浮在空中。我察觉到我和她之间的距离，还有沉默。我们保持陌生的距离，即使碰上了，也是点头微笑，擦身而过。那时我想起王中维说的，事情看似简单，其实意味着复杂。然后我站在走廊上，看着天井的芒果树，想象江雪和崔盈就像青色的芒果一样，悬挂在那里，构成了我的生活。现在我对江雪产生的幻想，就像被树叶掩映的芒果闪着绿光。甚至对江雪的幻想，会使我忘记崔盈。

　　×月×日。今天我发现第六颗《莫扎特的玫瑰》被波伏娃吃掉了。那时波伏娃躺在地上，呼呼地睡了。那颗药丸我放在书桌上，然而波伏娃跳了上去，吞食了。我想此刻波伏娃是不是在做梦，也许它梦见了《莫扎特的玫瑰》。一只小猫会做梦吗？我笑了笑，看着窗外，看到紫荆树的叶子茂密。这阵子波伏娃常常跑到江雪的房间。江雪宠爱波伏娃，让它随意进出。我羡慕波伏娃能随意进入江雪的房间。有时候我看见江雪露出微笑，把波伏娃搂在怀里，逗弄它，甚至亲吻它的额头。

8 狼人

莫飞没有想到他会变成一个狼人。

他记得那个晚上，从镜子里看到他的双眼消失了，眼睛变成绿
色的。现在他长出了狼毛，牙齿变成了狼牙，整个头部成了狼的形状。
我是一个披着狼毛的人？还是一只彻头彻尾的狼？他久久地站立，盯
着镜子里的他，仿佛看着一种惊悚的到来。

他意识到他成了一个狼人。

他无法按捺这种想法，他实在无法分辨现实和梦境的界限。当
他变成一个狼人时，世界开始有些混沌，他不知道置身梦境或现实，
还是梦境和现实融为一体。他看着手臂长出毛茸茸的狼毛，抚摸灰黄
色的狼毛，有一种光滑的感觉。夜风吹过，窗帘轻轻晃动。他听到一
种声音在他内心叩响：难道我着魔了？然后他抬起头，看着墙上那幅
油画《背向世界的爱情》。他看了好一会儿，又把目光放在墙上挂着
的两个面具，一个是狼头的面具，一个是美国总统布什的面具。现在
我好像戴上了狼头的面具？他笑了一下，又把目光放到镜子上。从镜
子中，凝视着绿色的眼睛，他感到那种惊悚渐渐消失。他安静下来。

然后，他试着跑动起来，爪子落在地上发出嚓嚓的响声，有那
么几次他嗥叫起来，那种低沉的声音仿佛来自他的心灵，如果更用力
地吼叫，他感到胸腔在颤动。他注意到自己有一个情不自禁的动作，
当他嗥叫的时候，把头朝上一仰，咧开嘴巴，发出声音……

当然，那个晚上他不敢过分吼叫，担心惊醒睡着的邻居。从镜
子凝视着自己，他感觉空气低沉，看到那些獠牙白得发亮，他控制不
住地抚摸着那些獠牙。

一个野兽的形象，他盯着镜子，逮到一种野蛮的力量感。天花板白色的日照灯亮得有些耀眼，光线带有几分透明。空气浮着寂静，他整个人站在那里。他想此刻自己安静得接近冥想。他突然想到他的弹跳力，科幻电影中的狼人弹跳力很厉害，甚至能穿梭太空。如果是这样，他可以一下子跳到冥王星。他被这个想法吓了一跳。

然后，他嘘了一口气，看到走廊静悄悄的，没有一个人。于是打开房门，走到走廊里。

夜色很美，他能嗅到风中飘来花香和树叶的气息，嗅觉异常灵敏。

他站在走廊的黑暗当中，看到江雪的房间还亮着灯。

江雪在干什么呢？他突然想无声无息地接近她，就像安静地接近冥想。江雪就像一个冥想，让他融入幻象的世界。他感到血液有种冲动，想走进去看看江雪。当然他很快意识到现在他是一个狼人。他的形象发生了变化，他成了一个狼人！他想他的狼人形象会吓坏江雪。他冷静下来，看着芒果树在昏黑中晃动。看着夜色，他看到月亮躲在云层里，久久没有出来。他想如果是月圆之日，他会躁动起来吗？后来，回到了房间，他甚至想到搬离这个出租屋，因为在这人群密集的房子，他这个狼人容易被人发现。

他再次凝视镜子。镜子是形象的再现和消失。镜子是自恋。他有时会浮现这种想法。他想象自己有一天可能暴死街头，或者死在警察的乱枪之下。然后他坐了下来，想到这一切是怎么发生的。他变成一个狼人，会不会与梦之丸有关系呢？要知道，王中维是他的朋友，会把他变成一个狼人吗？狼人，似乎是某部好莱坞电影的产物。狼人是传说中的梦境的产物。现在这个梦境落在他的身上，他成为一个狼人。

什么都有可能，他屏住呼吸，用遥控器打开了电视，阳光卫视正在播放《动物世界》，一个讲述狼的演变史的节目。他坐在床上，抚摸着身上的狼毛，现在是凌晨一点，如果出外走动，能获得什么乐趣呢？他越来越喜欢乐趣这个词。在外面，能获得什么乐趣？他又一次浮现这个想法。他早就把绿色的窗帘拉了下来，关掉了日照灯，按亮台灯，并调到最暗的光亮。环视一下屋子，他才发现波伏娃还在外面玩耍，然后听到外面传来猫叫的声音。波伏娃喜欢在这个时候和邻居的猫儿玩耍。

这时候，莫飞听到一阵声响出现在窗子上，原来是波伏娃从外面回来了，它从窗帘下钻了进来。波伏娃一动不动地看着变成狼人的莫飞，似乎一下子被镇住了。

莫飞冲波伏娃笑了笑，他说："你不认识我吗？"

莫飞听到自己的声音有些混浊。这时波伏娃说：

"你是莫飞？"

莫飞没有想到变成狼人之后，居然能听懂波伏娃的语言。禁不住吃了一惊，然后说：

"波伏娃，我是莫飞，我变成了狼人，你能听懂我的话吗？"

波伏娃说："我一直都能听懂你的话，只是你们人类听不懂我的语言。哦，现在你不是人了。"

波伏娃露出一个笑容，似乎不怕他了。

莫飞冲波伏娃笑了笑，说："你不觉得我可怕吗？"

波伏娃说："我觉得你有型哦。你怎么会变成这样的？"

莫飞想不到波伏娃会这么说，他说："我不知道啊。"

波伏娃说："会不会和你吃梦之丸有关系，我见你这些天晚上都吃它。"

"梦之丸？"莫飞摸了一下头，这才意识到，他变成一个狼人，是吃了第八颗梦之丸后发生的变异现象。

然后他说："可是不少人吃了梦之丸，不见得都变成狼人。我这不是在做梦吗？"

波伏娃说："你不是在做梦啊，这是现实世界。"

早上六点醒来的时候，莫飞发现自己躺在沙发上，记得昨夜吃梦之丸的时候，他是躺在床上。他怀疑自己的记忆出了问题。然后他想到，昨晚我变成狼人，是在梦中，还是在现实世界里？

　　这时他看到波伏娃躺在沙发上，瞪着眼看着他。它喵地发出一声叫唤。他想到变成狼人时，能听懂波伏娃的声音。他盯着波伏娃，觉得它像一个精灵。莫飞想起《莫扎特的玫瑰》的情节，似乎第八集的情节和以往的情节没有关联，记得上一集是讲述他来到了造梦工厂寻找莫扎特的玫瑰，遇到造梦工厂的总管黑骷髅，和他发生了一场打斗。令他奇怪的是，在梦中自己懂得空手道，和黑骷髅大打出手，好一阵子，黑骷髅把他打倒在地，告诉他，要想拿到莫扎特的玫瑰，除非变成一个狼人……在第八集里，他变成了狼人，可是好像没有什么故事情节，他只记得昨晚变成了狼人，和波伏娃说过话。后来做了什么，似乎没有什么印象。于是他站起来，拿着那盒《莫扎特的玫瑰》，看上面的说明书，其中第五条是这样：如果你醒了之后，发现自己丧失了梦中情节的记忆，这是正常的，因为每个人的体质不一样，对梦中记忆的强弱不一样。

　　于是他想吃《莫扎特的玫瑰》第九集，想知道梦中的情节是怎样。他捏着第九集的梦之丸，俨然捏着某个神秘的诱惑，内心强烈地涌现出一种吞食梦之丸的欲望。

　　这时手机响了。他拿起来听，是王中维打来的：

　　"你小子在干什么？"

　　莫飞说："我正准备吃《莫扎特的玫瑰》第九集。我在第八集变成了一个狼人，情节是这样的吗？"

　　"变成狼人？你在说什么？"

　　"难道《莫扎特的玫瑰》没有狼人？我变成狼人不是情节吗？"

　　"没有狼人的情节。怎么一回事？"

　　"在梦中，我真的变成了一个狼人，可是我好像感觉不到故事的发展。而且我还和我的猫说话了。我的猫你应该不认识，它怎么会出现在梦境中呢？"

"我想告诉你，我给你的《莫扎特的玫瑰》出错了，在第八集之后故事情节是空的，可能药方配置弄错了，所以第八集之后没有情节效果。"

"可是我变成了一个狼人，难道我做梦了？"

"这个我不清楚。我想告诉你，你以后可以不吃《莫扎特的玫瑰》。"

"可是我现在有吃梦之丸的冲动。"

"你可以继续吃，梦之丸不会损害身体，还能增加营养，当然你不能再享受那个梦故事。"

"我会上瘾吗？"

"实话告诉你吧，有些人吃梦之丸会上瘾，有的不会。你是在零点时分吞下第一集梦之丸的吗？"

"是的，我是在七天前零点吞下第一颗梦之丸的，当时不到半个小时惊醒了，过了大约二十分钟后，又吞下了第二集，以后是每天零点吞下一集。"

"你不妨看一下明天零点时有什么感受，如果你有强烈的冲动，证明你上瘾了，我们称之为梦瘾。一般来说，梦瘾是二十四小时之后发作。"

"如果我上瘾了，要天天吃梦之丸？"

"如果你的梦瘾发作了，能抗拒一个小时，梦瘾会自动消失。梦之丸和毒品是有区别的，梦瘾是短暂的可以抗拒的。另外，等吃完这盒梦之丸，你的梦瘾会自动消除。"

此刻莫飞凝视那颗梦之丸，感觉到体内涌现的吞食欲望缓冲了，于是他把它放回盒子里。他想不到王中维在《莫扎特的玫瑰》里出了差错。事实上他想知道那个叫无限的女人到底长得怎样。当然，想到自己会上瘾，他觉得有些惊奇。难怪有这么多人吃梦之丸，原来食了多集之后会上瘾的。然后他看着波伏娃，看到它微笑地冲他喵了一下。

如果没有灵感，我就很失落，甚至充满对这个世界的愤怒，对爱情的绝望……我就像一个秋蝉的空壳，挂在树枝，随风摇摆。

9 棺材与爱情

出于对崔盈的爱，莫飞曾经找过王中维。

莫飞知道王中维在黑白两道认识很多人。王中维答应帮莫飞找寻崔盈。有时莫飞觉得他不了解王中维。说起来，他一直不明白梦之丸是怎么生产的。有一天莫飞问王中维，梦之丸的主要元素真的是鲨的血液成分的提取剂？王中维笑着说，那是我以前跟你开玩笑的，如果是如此简单的话，那么人人都能制造梦之丸。鲨的血液成分只是很小的一部分。这个解释起来有一匹布那么长，你又何必知道它的构成成分。就像钱钟书说的，假如你吃了一个鸡蛋觉得不错，又何必要认识那下蛋的母鸡呢？

梦之丸的神秘让莫飞着迷。他知道王中维读书时很聪明，从小就博览群书。他甚至猜想，王中维蔑视一切陈规陋习。王中维似乎习惯这种表情，双眼发亮，嘴唇紧闭，嘴角凝聚一种力量。

那天，王中维和莫飞提起 2052 这个黑社会组织。他说，2052 一直破坏造梦工厂；2052 神出鬼没，策划了不少凶杀、绑架、勒索的事件；2052 要用一种疯狂来淹没这个城市。

莫飞记得王中维说过，疯狂是造梦工厂的本质，我渴望疯狂，我要像一个从疯人院出来的家伙，用疯狂制造刺激人类的游戏。

那天莫飞走进王中维的卧室，房间里充满阴冷的空气，一股浓香扑鼻而来，是玫瑰的香气。他看到几盆玫瑰放在窗前，是黑色的玫瑰，沉甸甸的花朵，好比女人的乳房。王中维告诉莫飞，那是他亲自栽培的，他喜欢玫瑰，特别喜欢黑色的玫瑰。

令莫飞惊异的是，一具很大的棺材横卧在屋里，看上去阴森森的。在棺材里，还有枕头、棉被等等。他想不到王中维敢以棺材为床。那时他想到，只有死人躺在棺材上，可是王中维喜欢以棺材为床。

那时王中维对莫飞说，躺在棺材里，我整个人会变得安详。

王中维嘴角挂着微笑，谈起棺材。棺材是他花钱特别打造的。原来 K 市取消了土葬，实行火葬。所以棺材是需要私下里订造的。谁能想到，王中维的棺材比普通的棺材大了十倍。王中维是这样说的：

"我不知道为什么从小对棺材特别感兴趣。小时候，看见我祖母死了，睡在棺材里，就感到特别兴奋，想到人只有死后才能躺在棺材里，就觉得可惜。为什么人生前不能睡在棺材里呢？你觉得我古怪吗？我觉得躺在棺材里，真的很舒服。"

王中维买了好多套清朝的官服，平时没事做的时候就穿上它，在房间里走来走去。他喜欢穿清朝官服，躺在棺材里睡觉。清朝的官服设计特别有气派，他这样说。据说有人在远处的高楼用望远镜窥视他的生活，看见他这幅模样，还吓了一大跳，以为碰见了僵尸。造梦古堡曾经传出闹鬼的事情，王中维觉得特别有趣。

王中维说："制造梦之丸，需要灵感。虽然造梦工厂有很好的工作班底，但是我喜欢亲自设计梦故事，比如《莫扎特的玫瑰》……如果没有灵感，我就很失落，甚至充满对这个世界的愤怒、对爱情的绝望……我就像一个秋蝉的空壳，挂在树枝，随风摇摆。没有人可怜我，生活一塌糊涂。这一切是我自找的……"

莫飞惊讶王中维说出这样的话，对于世人来说，王中维已经是成功的象征，住在豪华奇特的造梦古堡，拥有名声和地位，拥有无数的金钱和美女。可是王中维有着溃败感。莫飞隐约感到，王中维内心深处缺少一种安全感，或者他没有感受到爱。自从他母亲离他而去，他就感觉不到爱；甚至从异性身上，他也得不到爱。因为接近他的女人，不过是贪图他的财富和地位。莫飞记得，那天王中维看见崔盈和他手牵手来到造梦古堡，就私下里对他说："我羡慕你，你能拥有一个女孩的爱。看得出，她很爱你。可是我从来没有感觉到这种爱。"

那时莫飞感觉到房间里有一股潮湿的气息。比如，南方的春天一向以潮湿出名，镜面上，走廊地板上，都显得潮湿。王中维说他喜欢潮湿的感觉。后来，他穿上一套清朝的官服，眼睛变得毫无生气，一动不动。莫飞觉得奇怪，平时目光有神的王中维怎么会变成这样？王中维说，一旦他穿上清朝的官服，整个人特别放松，什么压力都没有了。王中维说他喜欢这种感觉，仿佛远离尘世。

莫飞猜想王中维活在一种自虐中，这是不是与他母亲的死有关呢？要知道他母亲生前很溺爱他。王中维说过，所有的情结，意味着一种空间移动，好比梦之丸，无非是一种空间移动，从一个意念的诞生到梦境的呈现。你用什么来移植梦境中的感觉？这就是，好比在一部充满幻觉的小说里，走超现实主义道路和施虐狂的风格。一个人要有足够的经历和足够的幻想，才会产生奇崛的感觉。

现在莫飞怀疑王中维患了抑郁症。据说，香港明星张国荣患上了抑郁症而跳楼自杀。王中维和莫飞谈过他母亲，他母亲生前珍藏一个盒子，一直不肯打开。后来他母亲死了，他打开盒子，发现里面几乎是灰烬，看得出来，那是一些纸片焚烧过后的灰烬，还有几片灰白色的纸末，有的写着几个字，比如：我想你，好恨，真的……他怀疑那是他母亲生前的情书，她焚烧了它们，又舍不得抛弃，就把它们放在盒子里。

莫飞知道王中维母亲的故事，她生前是一个粤曲名伶，后来爱上了一个剧作家，剧作家给她写了不少情书。于是她和剧作家相爱了。直到有一天，他俩在她的家里快活的时候，被她的丈夫撞见了。她的丈夫拿起一把刀，向剧作家砍了过去，她奋不顾身地扑向剧作家，刀砍在她的手臂上，鲜血飞溅。那一刻她的丈夫呆住了。后来，剧作家抛弃了她，和一个年轻女子远走高飞。她尝到被背叛的滋味，她没有和丈夫离婚，却患上了抑郁症，不久吞服安眠药自杀了。过了一年，她的丈夫再婚，娶了一个有女儿的离婚女人。

当然很多人都知道这个事件，那个剧作家是莫飞的父亲，就是说，王中维的母亲爱上了莫飞的父亲，并且受到了伤害。莫飞知道，王中维很爱她母亲，他仇恨这一切，仇恨莫飞父亲到了极点。王中维曾经对莫飞说过，你长得真像你父亲。那时王中维的眼睛看上去阴郁。那时莫飞猜想：王中维在内心是对我有嫌恶感。

他突然觉得生活充满戏剧性。也许小丑本身可以渐渐消失，一个人迷恋某种事物，不过是消解他精神上某种不安。

10 绑架

听到莫飞在电话里说崔盈失踪了，王中维笑了笑，目光落在办公桌上的烟斗上。那个烟斗是车婉婉买给他的。烟斗是黑色的，烟嘴镶着黄金，看上去金光闪闪。然后，他拿起烟斗，含在嘴里，开始回忆他和崔盈的故事。

王中维记得最初看见崔盈的情形。他有一个癖好：喜欢偷窃女人的内衣。他偶尔到小巷里偷女人晾晒的乳罩与裤衩。有一天他在小巷偷窃内衣时，被崔盈看见了，他撒腿就跑，崔盈紧紧地追着。她追上了他，却对他说：不要不好意思啊，不就是偷女人的内衣嘛。那时他看着她微笑的样子，突然觉得她是多么接近他心底需要的女人形象。后来，他才知道她是莫飞的女朋友。

出门时王中维戴一副黑框的平光眼镜。戴平光眼镜的他似乎在扮演另一个角色。他这样想过：他在扮演不同角色，他沉迷在自己的脚本里，不知不觉地被扮演的角色吸引了，然后慢慢接近那个角色，与其融为一体。

从造梦古堡步行到绮梦咖啡厅，只需半个小时。以前崔盈在绮梦咖啡厅当服务员。自从认识崔盈后，王中维感觉到他需要她。在绮梦咖啡厅里，光线从百叶窗狭长的缝隙射进来，在眼前飞舞，又落到脚下，成为一道道白亮的光栅。他坐在那里，抽着雪茄烟，看着窗外的马路、行人和车辆，会想起车婉婉，仿佛看见车婉婉从橱窗外走过，她的脸庞照亮他的眼睛。他需要她，需要一个海洋，她就是海洋。她的气息似乎让他透不过气，他越来越糊涂了，仿佛被她弄得神魂颠倒。然后，他看到崔盈在忙着招呼客人，他突然想到，崔盈也许可以代替车婉婉……在绑架崔盈之前，王中维感觉到她的声音像缝纫机一样响着，他喜欢她说话的声音。

听崔盈说过，在暑假期间，她曾经在海洋公园干过扮演小丑的工作。每天穿着重重的小丑衣服，戴着小丑面具，一整天下来，整个人累得满身大汗。她说，这样的工作最好玩之处就是你可以看清别人，而别人不知道你是谁；在别人眼里，你只是一个小丑，而她能任意地和每一个人玩乐。

崔盈的话让他产生了联想，一个小丑的故事，意味着什么？他突然觉得生活充满戏剧性。也许小丑本身可以渐渐消失，一个人迷恋某种事物，不过是消解他精神上某种不安。

王中维还记得，某个下午，在绮梦咖啡厅，崔盈坐在那里，侧着脸看着他，嘴里啃着一个水蜜桃。一只飞蛾绕着玫瑰形灯罩下的灯光飞舞，她歪过头看着飞蛾。他看着她，阳光忽然落在她身上，忽然又从她身上消失，她俨然是一个童话中的女孩。这个喜欢嘟着嘴的女孩，有着一张瓜子脸，长长的黑发梳理得平滑，让他有一种怦然心动的感觉。

"你染过发吗？"他问她。

"我不喜欢染发。为什么要染发呢？"她啃了一口水蜜桃，说，"你还没有恋爱吗？莫飞呀，他可是有一大打的情人。"

她的嘴角浮起笑容，仿佛藏着一种幽深的秘密。

他没有出声，看着她。

"你好过分啊。这么看着我，像一只大色狼。"

不知道为什么，王中维在她面前有一种特别的轻松感。也许是她率真的个性，她会不经意说出话来，带着让人轻松的笑意。

"我很希望成为一头大色狼啊。"

他笑了笑，看着她裸露的膝头，光滑洁白。

她嘟着嘴说："别那么色……我的腿好看吗？是不是很性感？"

"你不性感啊。像螳螂的腿……"

他扶了扶黑框眼镜，露出了微笑。

"你去死吧。这么说我。其实我的腿结实修长，很好看。"

"你为什么喜欢莫飞？"

"爱是不需要理由的。不是吗？"

"嗯，有一种东西比生命更可贵。"

"你不会是说爱情吧。好酸的话哦。"

王中维看着崔盈笑了起来，那一刻他想搂抱她。事实上，崔盈很多时候让他想到了车婉婉。他知道他不会爱上崔盈。他清楚这一点：崔盈不过是车婉婉的化身。直到那个声音不断响起：崔盈也许可以代替车婉婉……直到那天，他开着宝马，在半路上碰见她，招呼她上车，然后绑架了她。

此刻王中维才意识到，他绑架崔盈整整一个星期了，莫飞才打电话告诉他，崔盈失踪了。

墙上悬挂一面很大的电视屏幕，崔盈现在整天和电视在一起。有时他会播放莫扎特的音乐给她听。一开始她是厌恶莫扎特的音乐，她说整天播放这些音乐想弄死我吗。后来她安静下来，在莫扎特的音乐中安静下来，甚至能说出哪一曲是《安魂曲》或者《唐璜》。在此之前她从来没有听过莫扎特的音乐，她只听流行歌曲和摇滚乐。

此刻王中维捋了捋头发，打开 CD 唱机，倾听莫扎特的《小星星变奏曲》，柔和的音乐弥漫，他整个人松弛下来，两只手伸了出来，在空气中作弹奏琴键的动作。他心里回荡着一种异常轻的声音，仿佛无数颗星星在他眼前闪烁，发出轻微的声音，一点点地敲着他的皮肤。然后他躺在星的周围，浮在梦里。他不是在做梦，是浮在梦里。莫扎特的音乐总让他浮在梦里。那些强烈的厌倦感似乎消失了，他清醒在这个时刻。他醒着做梦。

然后他看了看房间放置的那具棺材，他想躺在那里，好好做一个梦。然而，他却拿起一个遥控器，打开了墙上悬挂的电视，然后他再在遥控器上输入密码，屏幕上出现造梦工厂的造血车间，他把这些车间叫做"玫瑰车间"，那是规模很大的一系列车间。

王中维和车婉婉在造梦工厂装置了摄像监控的设备，每个车间、办公室和走廊都安装了微型的摄像机，通过墙上的遥控电视或电脑，可以随时看到现场的情况。

现在屏幕上呈现的是"玫瑰一号车间"：那是提取鲨血的车间，车间立着一排排玻璃瓶，玻璃瓶很大，有三米高、一米宽，贮存了超过两米高的鲨的血液。鲨的血液是蓝色的，乍看上去，玻璃瓶就像蓝色的导弹。

在鲨的血液里，有着蓝色玫瑰。王中维突然这样想。然后他笑了笑，点燃一支雪茄，慢慢闭上眼睛。

王中维嘴角掠过一丝笑容，突然想到特朗斯特罗姆的诗句：蓝天的马达是强大的,我们置身在抖颤的工地上。此刻《小星星变奏曲》又一次响起，他感到特别的兴奋。这是他和车婉婉打造的王国。他将打造更加美妙的世界。

他突然想知道此刻车婉婉在干什么。

如果没有她的许可，车婉婉不准他进入她的办公室。事实上他住在第三十层楼，她则住在第三十一层楼，办公室附着一个总统套房。他们住的都属于五星级酒店标准的总统套房。我们要享受生活，这是车婉婉的格言。他很少进入她的房间。她却随意走进他的房间。他曾经反对她这种强盗式的闯入，她则笑着说，男人应该学会尊重女士。她喜欢当一个闯入者。她有他房间的钥匙。对于这一点他反对过。当然他内心觉得无所谓，事实上他喜欢她当一个闯入者。不过她最近很少闯入他的房间。

他的卧室还有一个密室，就是囚禁崔盈的密室。所谓密室是相对于房间来说的，其实密室和他的卧室差不多，透光度十分好。车婉婉似乎没有密室的钥匙。他喜欢睡在密室里，因为那里有他特别喜欢的一副棺材，那副棺材是在柳州订做的，比普通的棺材大了十倍，刻了不少蝴蝶。他把它叫做"蝴蝶棺材"。他睡在蝴蝶棺材里，觉得安宁。他想车婉婉应该知道他有这样的密室，不过她似乎从来没有走进去。在他的记忆里，她只在他的总统套房里度过了一个夜晚，那时他和她睡在密室外面的卧室里，照样放着一副棺材，那时车婉婉和他躺在棺材里，笑着说他和她是梁山伯和祝英台。

他在她的房间、卧室和办公室都偷偷安装了微型摄像机，通过微波发射到他的接收器上，然后透过电视或电脑偷窥她。他没有她的密室钥匙，也没有进入她的密室。他觉得彼此应该保留最后的隐秘。他相信车婉婉也是这样做的，没有进入他的密室。

按了按遥控器的密码，通过办公桌上的电脑他能看到车婉婉正蹙着眉头看一个文件。他喜欢她这种认真劲儿。在他看来，车婉婉是个公私分明的女人。在工作上一丝不苟，雷厉风行；在玩乐上放荡不羁，花样百出。她今天化妆有些淡，嘴角口红抹上了淡黑色，眼影是浅紫色。一般来说她看上去像个时髦女郎，而不是一个公司总裁。他相信不少男人会迷恋她的魅力。

他叼了根雪茄烟，扭过头看着密室，想看一看密室里面的崔盈，他想此刻她在干什么。也许她在睡觉，或者瞪着眼睛看窗外？她感到无聊？一个被囚禁起来的少女有怎样的感受？他打开了电脑上监视密室的摄像机窗口，看到崔盈正躺在床上，看着窗外，一动不动的。他能看到她两眼发呆。这个少女就这样被他囚禁了。他突然觉得自己有些残忍，就这样折磨一个好动的少女，是多么可怕的事情。他狠狠吸了一口雪茄烟，然后慢慢喷出烟雾，很快产生一种舒畅感，他觉得看着一个美少女如此受到折磨，是一件快乐的事情。他想快乐本身寄托在别人的痛苦之上。也许有一天他厌恶了囚禁崔盈的方式，突然把她放了。或者把她当作制作梦之丸的牺牲品。这个念头让他的心猛地跳了一下。他对崔盈的感情会走到那一步吗？王中维不清楚这一点。他不想猜测这些，只想好玩一些。生活应该呈现好玩的意味，而不是死气沉沉。他绑架了崔盈，似乎唤醒了内心沉睡的另一个他，原来内心潜伏着虐待别人的另一个自己。他在虐待崔盈。虐待是游戏，他喜欢游戏精神。低下头，看着脚尖，尖尖的皮鞋让他眼前豁然一亮，想到了芭蕾舞女演员的鞋子。

王中维踮着脚尖走了过去，打开密室大门，走了进去。他看到崔盈回头瞄了一眼，又扭过头看着窗外。他走进更衣室，脱下衣服，换上一套芭蕾舞女演员的白裙子，然后赤着脚，对着镜子用脚尖轻轻抖动几下，镜子出现一个白色的天鹅在搔首弄姿，他冲镜子笑了笑，踮起脚尖，打开CD播放机，《天鹅湖》的音乐弥漫出来。他放慢脚步，走到崔盈的身后，带着笑意哼了一声。崔盈扭过头看着他，忍不住咪地笑了，但很快板着脸。自从绑架崔盈以来，他第一次看到她笑的样子。他踮起脚尖，轻舒双臂，在崔盈面前跳起了芭蕾舞。崔盈偶尔忍不住笑出声来。

"你很恶心。"崔盈终于说话了。

王中维停下来，看着她，说："其实你笑起来很好看。"

崔盈说："你什么时候放我？"

王中维说："我舍不得你走。"

崔盈说："你好无聊。"

王中维笑了笑说："也许有一天我不无聊了，会放了你。"

崔盈再次转过身子，看着窗外，不理会他。

王中维看着他身上的芭蕾舞裙子，舒了一口气，然后抬起头，看着窗外。窗外浮动着一团很厚的白云。他猜想崔盈此刻在看云的流动，也许以前她从来没有细心观察过云的变化。然后他看着崔盈，她的手就像微光中的小刀闪亮，背影给他一种幻影的感觉。

透过墙上的监视器屏幕，他看到车婉婉朝他的办公室走来。

11 深蓝之吻

又是黄昏，办公室浮着淡淡的红光，透过窗子王中维看到太阳
在薄薄的云层中渐渐下落。此刻车婉婉出现在他的面前，她嘴里咬着
一根雪茄烟，看着电视屏幕。他瘫在沙发上，看着天色变得黯淡。他
就着亮光仰视这个女人，惊讶这个城市会出现她和他。如果他俩是恶
的同盟者，那么这个城市充满他们的恶习。

我惟一的恶习就是妄图统治人类。王中维想象那种君临天下的
情景。

车婉婉看着屏幕，仿佛欣赏一出好玩的戏剧。屏幕里出现玫瑰
一号车间，导弹一样的玻璃瓶闪着幽蓝的光。她脸上浮现微笑，下巴
微微仰着，有一种倨傲的意味。

他迷恋她，觉得她有着强大的心智。他内心响起一种声音：天
才和恶习紧系在一起。和她相处的时间越多，他越看到她的野心日益
膨胀，这同样感染他，他愿意停留在她的身边，甚至对她有一种说不
出来的迷恋。

她戴一副平光的金边眼镜，这使她看上去很文雅。她透过眼镜
朝他瞥了一眼，咳了一声清清嗓子，然后说：梦之丸需要血来滋润。

他被她这句话镇住了。

看着她的侧面，那里的曲线有一种优美的闪光，她微微皱着眉头，
他从她的眉宇间看到一种邪恶的道德。成功意味着你名留青史。现在
他没有时间去琢磨这些，只想凭着他的天才去从事"深蓝之吻"的研
究。深蓝之吻是一种高级的梦之丸。

此刻他沉浸在不同寻常的情绪之中，进入深蓝之吻的世界，就像拿着猎枪在幽暗的树林中到处追杀动物。

突然映入眼帘的是星光，他看着夜色降落这个城市，降落于身边这个美人身上，就着屋内的灯光他看着她的脸庞，产生了一种惊叹：她的美可以杀死任何一个男人！和世俗的美女几乎一样，她身材修长，肤色白皙，乳房丰满，身上呈现"美艳"这个词，只是她的眉宇比世俗的美女多了一份冷酷之美。他想象她以往妖艳的风韵及其艳史，就像他在她身上感受到淫荡的声音。这个集放荡和野心于一身的美女，拥有比男人更可怕的摧毁力。

此刻他看着她，轻声说：

"我们的行动绝对要小心。"

她扭过头看着他，眼里流出坚定的目光。她说：

"你这句话等于废话，我们的行动绝对小心，我们挑选的血盟成员是经过考验的，是经过严格训练的敢死队。"

王中维看着她，陶醉于此刻她的神情。

"不过据说警察已经派出卧底来侦查我们。"车婉婉轻轻闭上眼睛，舒了一口气，然后睁开眼睛，"我们研究梦之丸，警察已经注意到了我们，当然他们现在拿不出什么证据。"

"你害怕了？"

"我从不害怕什么，这就像猫和老鼠的游戏，越刺激越好玩。只要我们有更多的金钱，就能开发更多的梦之丸，到时候我们可以统治世界。想到这一点，我就感到兴奋。"

现在这些词语落在他们身上：野心家、狂人、杀人犯、阴谋家……他同样感觉到兴奋。没有什么能驱逐身上那种疯狂的念头，他们将统治世界。正是统治世界的野心攫住他，他将变得伟大，他的天才将更加明亮。

后来他们走上造梦古堡的天台，沐浴着月光和凉爽的风，站在那里，观看夜景。当然他们可以坐上天台上的直升飞机，享受夜色下的飞翔。她甚至购买了一架豪华专机。

他俩走进天台上的"天文台"里，那是一座按照天文台设计的房子，正面几乎由玻璃构成，放着一部巨大的天文望远镜，墙壁镶有一面弧形的镜子，月光从窗子射进来，把天文台照得有些发亮。有时他呆在这里，观察宇宙的星体。宇宙的浩瀚让他惊叹自身的渺小，甚至产生远离尘世的感觉。

王中维借着月光看着车婉婉的身姿。他想到，有时她压在他的身上，以一种汹涌的激情压倒他，就像一朵硕大的花朵压弯了枝叶。她同样以她的姿色和手段压倒了不少富有权势的人，凭借一个女人的手腕在社会这个激烈的战场上打拼，呼风唤雨，来去自如。他相信她内心有一种自豪的感觉，毕竟她拥有令世人羡慕的成功，甚至是很多女人崇拜的偶像。就像有些报刊报道她是这个时代最富有魅力的女人；甚至还说她是一朵充满野心的火玫瑰。

成功就是一种野心的坚持，这是她常挂在嘴边的声音。她是一个懂得享受的女人，享受奢华，引领时尚，她认为她的奢侈就是一个时代的象征。用她的话来说，如果不能享受这个时代的奢华，我就含恨死去。她的卧室就像一个金碧辉煌的王宫，她是高高在上的女皇。

从车婉婉的身上，他感受到追逐成功的趣味。也许应了那句话，与人奋斗，其乐无穷。他和她都是与社会苦斗的坚强的力量。现在名誉、地位、权势、奢华他们都拥有了，更渴望统治世界的局面。他不知道前面等待他的将是什么，也许是死亡和审判。即使有一天他像鲜花一样枯萎下去，他同样感受到其乐无穷的过程，尽管有时他隐隐感到，他的生命莫名其妙地消耗在虚无之中，可是每次他都告诫自己，惟有野心支配的人，才能抵挡虚无的攻击。

王中维抬着头看着天空，缓缓地说：

"你相信狼人会出现这个城市吗？"

车婉婉望着窗外，她的声音有点平静：

"狼人？难道你想制造狼人？我最近看了一个关于狼人的电影，如果真的有狼人出现，这个世界会更有趣。"

然后车婉婉叹了一口气。王中维笑了一下，用手指在她的手臂上轻轻弹着。

"你觉得狼人是科幻片的产物？"

"难道狼人会出现在现实生活中？"

"嗯，有一天狼人会出现在你的眼前。"

"那应该是一个奇迹。"

"奇迹是由人制造出来的，就像梦之丸出现在我们的世界。"

"梦之丸是一种乐趣，让人们有快乐的理由。"

"狼人是一种奇迹，让人们感觉奇特的存在。"

"你就是喜欢和我拌嘴，有本事你制造一个狼人出来。"

"我会制造出来的，你等着看吧。"

他笑了笑，又说：

"这个城市会出现狼人，我能制造出来。难道你不相信我的能力？"

车婉婉转过身子看着他，嘴角浮起一抹笑容，说："我一直相信你的能力。你到底想搞什么？"

他耸了耸肩头，说："没有搞什么，只不过制造一个游戏。"

"游戏？"车婉婉说，"你想把生活弄得更紧张？"

王中维笑了笑，拿起一支雪茄烟，点燃，然后狠狠吐出烟雾。

"我们的精力应该放到梦之丸身上，狼人能带给我们什么利益？"

"你获得利益的目的是什么？只要是好玩的东西，就有存在的价值。"

"我不觉得这有什么好玩，你别给我惹麻烦。"

"好玩的还在后头呢。"

"你不听我的话。"

"你以为你是我的主人？你说过，我们是恶的同盟者。狼人就是恶的表现，是这个世界的缩影。"

"我们喜欢恶的力量，就是恶的力量能带给我们利益。没有利益，我们做的东西有什么意义？中维，听我的话，别去想什么狼人，我不想让它带给我们麻烦。"

"我只听从我的心灵。狼人就是我的心灵的一部分，就像梦之丸是我的心灵的表现形式。"

"你别跟我嚼舌头，我讨厌你的咬文嚼字。"

"你讨厌我的事情多着呢。我当然没有别的男人那么好玩。"

"还是把精力放在梦之丸身上吧，我们不需要恐怖，需要的是利益。我们需要梦之丸，需要它制造快乐，制造财富和权势。"

"其实狼人就是梦之丸的一部分。我现在正拿我的朋友莫飞做试验品，莫飞吃了我的梦之丸，然后变为狼人，现在莫飞就在梦境中，当然他像梦游。"

"你说莫飞因为吃了梦之丸才变成狼人，这怎么可能？"

"只要有梦想，凡事皆可能。这句话你难道不明白吗？可惜你从来不吃梦之丸，你为什么不吃梦之丸，这么好玩的东西。"

"我不用靠梦之丸寻找刺激。你刚才说莫飞变成狼人，还在梦境里？"

"不错，他整个大脑还处在梦中，不过他的思维、反应和现实没什么区别。就是说，他的梦来到现实，他的大脑还在梦游的状态。"

"我有点不明白，既然他和现实的人发生了冲突，他在现实中到处奔走，怎么还会停留在梦中？"

"这就是梦的化学反应。"王中维笑了笑，说，"当梦和现实融为一体，一个人就成了梦游人，他的思维能力、反应能力都和现实没有差别，甚至还能刺激本身的潜能，做出在生活中不可能的事情。"

车婉婉瞪大了眼睛，说："这太不可思议了。如果莫飞醒过来，他还能记得梦中的情形吗？"

王中维说："他能记得，不过他从梦中醒来时，他已经恢复了人的样子。"

车婉婉说："只有吃梦之丸，他才能变成狼人？"

王中维说："我在梦之丸中放了狼的基因，当然还有其他成分。"

"他知道他在梦境中吗？"

"嗯，他知道他在梦境中，但随着吃梦之丸的成分增强，他就不再需要梦境，会在固定的时间里变成一个狼人。我在梦之丸里设置了药物周期性反应，比如，莫飞在零点变成狼人，然后在早上六点恢复为人。"

"莫飞一直会这样成为狼人？"

"我现在还没有能力让他永远成为一个狼人。在梦之丸里我设置的时间限制最多是一个月，就是说，他开始吃梦之丸后，在一个月里会成为狼人。"

"你什么时候发明了这种梦之丸？你给莫飞的梦之丸叫什么名字？"

"我把这种能产生基因裂变的梦之丸叫做深蓝之吻，这名字好听吗？"王中维挺直身子，说，"我给莫飞的梦之丸叫做《莫扎特的玫瑰》，只要他吃了这个梦之丸，就会按照梦的指引来行动，就是说，在梦故事进行到一定的阶段，他不再是躺在床上，而是来到了现实。当然这个时候我的梦故事不再是情节式的，而是按着梦的指引来和现实的人发生关系。"

"深蓝之吻，很好听的名字，很有诗意。好复杂的构思。"车婉婉双眼闪闪发光，"什么是梦的指引？"

"就是说，如果我在梦之丸设置一个意念，比如叫他去做某件事，他就会采取行动；就是说，他吃下了这颗梦之丸，便成了我的工具，会按照梦中的意念来执行我的任务。"

"好厉害的深蓝之吻。"车婉婉看着王中维说，"你太棒了，你会改造这个世界。"

王中维说："你错了，我没有改造世界。世界其实就是人心，我永远改造不了人心。深蓝之吻，可以让你得到整个世界，关键是你怎么利用它。"

"不管怎么样，你是一个天才。"车婉婉朝王中维露出了微笑，她说，"我想吻你。"

然后，车婉婉搂着王中维，吻他的嘴唇。

王中维感觉到一阵轻微的眩晕袭击了他，他搂住车婉婉。他俩接起吻来，长久地吻着。她脸庞发光，照亮了他。空气俨然被点燃，充满了她身上的芳香。王中维突然有恋爱的感觉，他沉浸在这种感觉中。有那么一段时间王中维感觉到她的舌头搅动了他的整个世界。车婉婉在他怀里成了一个蒙娜丽莎，不管她的微笑有多么神秘，他要的是此刻的感觉。此刻他感觉到，他和她成了两条深海的鱼，他们在进行深蓝之吻。她是他眷恋的深海的鱼。尽管他隐约感觉到，在他们身后，有一个幽暗的影子来回走动。可是他不想去想了，他要的是此刻的沉醉，沉醉在她的身体语言上。

现在她背向他，整个光滑的背脊闪着白光，闪出波浪般的曲线美。他眯着眼睛，双手握着她的乳房，吻了起来，从她的脖子一直吻下去，他的吻落在她的肌肤上，仿佛把他的心一点点融进里面。她肌肤漫出的香气，浸润着他。他听到她舒出呻吟，声音越来越细长，汇成一种回响，敲击在他的心坎上。有那么一刻，他的脸贴在她的背脊上，感觉到她的心跳动着，怦怦怦，越跳越响。然后他转过脸，看到镜子的车婉婉，头垂得很低，头发披下来遮住前额，挡住了半边面孔。他抬起头，看到窗外挂着一团幽暗的云，在发蓝的天空蜷曲成一个人形。

他希望自己拥有一种伪生活。除了死亡，他什么都想尝试。他窥视母亲的爱情生活。像一个被母亲溺爱的孩子，什么都想玩耍一回，也许有一天，他愿意尝试死亡的滋味。

12 感觉时刻

王中维在日本留学时有过一个女友，后来女友和一个富家子弟好上了，他有好长时间忘不了她。其实他并不爱她，而是不想面对她抛弃他的现实。准确地说，是半年，他都沉浸在失恋的痛苦中，甚至想拿起手枪干掉她。事实上他清楚自己不爱她，可是又想杀掉她，这种矛盾的心理让他惊讶。后来，他终于挺了过去。有一天晚上她突然打电话给他，他听不出她的声音，他说你是谁啊。那一刻他才知道自己已经把她忘记，走出了她的阴影。当然，有时他会想起和她在一起的日子，毕竟她是一个挺有味道的女人，特别是在床上，给过他不少的欢愉。从某种意义上，她更多的是给他肉体上的快乐。他想分手时他之所以痛苦，是因为他不能够再分享她的肉体。

直到在日本遇到车婉婉，她成熟的身体吸引了他，并迅速坠入她为他设计的广阔的前途中。她说过，跟住我，你会荣华一生。事实上，她是做到了，她创立的造梦工厂很快成了跨国企业。没有人清楚这个女人身上包裹着怎样惊人的力量。据说，她背后有许多财阀支持她。据说许多财阀都是她的情人。为了成功，我们要不择手段，这是车婉婉常挂嘴边的话。

我渴望从车婉婉身上挖掘出什么呢？他不时这样想。车婉婉和别的女人一样，他为什么要这么想她。放轻松些，不就是一个女人吗？可是他越是这样想，就越感觉她站立在身边，用蔑视的眼光盯着他。他突然明白自己是一个输不起的男人。就像最初他看到莫飞带着崔盈来到身边，他感到嫉妒：一个穷光蛋居然拥有这么如花似玉的女孩。

绮梦咖啡厅和街道在王中维眼前是虚幻的，好像一些尘埃飘浮着，阳光照在那里，闪闪发光。他有时奇怪自己会喜欢崔盈那样的少女。她不过是一个美少女，用得着他劫持她吗？当这样的声音责问他，他觉得自己远离了生活。

他记得那天踏进绮梦咖啡厅时，崔盈对他说：有什么有趣的事情吗？她似乎喜欢一些有趣的事情。他注意到她喜欢说"好无聊啊"。或者冲他嚷："你真奇怪，没有一点情趣，是个大笨蛋。每天还要活着。"也许因为她说这话的语气，嘴角会朝左边翘上去，脸上露出两个小酒窝，他喜爱她这种俏皮的形象。

他感觉到他着魔了。那个下午他第一次看见崔盈，就感受到心跳，崔盈像一个梦境，突然闯了进来。直到他看见莫飞用那辆破旧的摩托车载走了崔盈，他头一次感到嫉妒与失落的感觉。后来他很多次走进绮梦咖啡厅，还用数码相机拍下崔盈。

那天晚上，他第一次学会了手淫。看着用数码相机拍下的崔盈照片，看着她的脸庞和微笑，他突然有一种冲动，于是用手忙碌起来，想象着崔盈让他快乐。当精液喷射出来，他体会到一种从未有过的快感，原来手淫也有这样的快乐。崔盈会让他产生奇妙的性幻想。他内心泛起一阵回忆，对比起车婉婉，他觉得崔盈身上有一种女孩子的芳香。

于是这种幻想越来越强烈。有时深夜想起崔盈他禁不住手淫，或者和别的女人做爱时，也会把那个女人当作崔盈。就像一个人对着镜子长久地凝视着自己。崔盈，让他越发觉得自己的孤独，有一种自虐般的快感。有时候，他甚至怀疑他对车婉婉的爱到底有多深，为什么一个崔盈就占据了他的脑袋？他想他活了这么久，好像还没有真正爱恋过一个女孩。而车婉婉是一个成熟的女人。

这个游戏，仿佛是命中注定的。他必须走过这一关，不能跌入崔盈的陷阱。后来，他不可抑制地找借口接近崔盈。甚至在她下班的路上，开着小车等她。可是崔盈似乎对他有一种说不出的嫌恶感，甚至恶狠狠地对他说："我只爱莫飞，你这个白痴，别在我面前出现。"他感到愤怒，他觉得自己长得比莫飞英俊，又比莫飞有钱，为什么崔盈只爱莫飞，对他不屑一顾？！于是愤怒终于难以抑制，他绑架了她，把她关在造梦古堡的密室里。这一点，车婉婉也不知道，他在车婉婉的面前伪饰得很好。他希望自己拥有一种伪生活。

此刻他把手放在卧室的棺材上，看见一缕阳光洒下来，一股薄雾从棺材里升了起来。这样的意象，富有双重的意义。他脑海里闪烁这种意象。他滑进了那片空间，视觉、幻觉和触觉的多重世界。他隐约看到，棺材渗透出血水，缓缓地流向地板。那些血水，有几种颜色，赤红、紫红、玫瑰红、胭脂红……他的脚踵寒冷，意识到这一点，一股寒气从脚踵涌出来，直串上心头，整个身子颤抖起来。他伸出双手，用力地抚摸着光滑的棺木，听到手掌滑出吱吱的声音，双手发热起来。在阳光映照之下，这具棺材闪着厚重的黑色的光芒，仿佛贮藏着一个和谐的世界。他凝视着，双眼发亮。阳光突然消失了，他眼前一片灰暗。他眯上眼睛，他愿意停留在这灰暗的世界。他享受着这一刻。

他看见母亲时常戴在手腕上的那副手镯，玫瑰红的，闪闪发光，就像一个咒语，诅咒了她的命运。母亲死在莫飞的父亲的手上……也许母亲死在爱情中……他珍藏着那副手镯，在梦里还看见手镯闪着黑色的光芒。那个手镯是莫飞的父亲送给她的生日礼物。有时候他拿着那副手镯，眼泪流了出来，滴在手镯上。这种情感使他沉浸在对母亲的记忆中。事实上他明白自己沉浸在幻想中，那团黑色的虚空，和他的幻想融在一起。一次又一次，他辨认这种幻觉所具有的力量感。除了死亡，他什么都想尝试。他窥视母亲的爱情生活。像一个被母亲溺爱的孩子，什么都想玩耍一回，也许有一天，他愿意尝试死亡的滋味。

王中维可以肯定，在母亲死后，他遇到的女人，都没有她的娇美。即使车婉婉在他母亲的面前，也会黯然失色。他感觉自己像一个病人，活在对母亲的记忆中，这种感觉常常很强烈地袭击他。他沉溺这时刻。

就像一种声音划过空中，音波颤动，渐次消逝。

　　他曾经不止一次做过一个梦：一具棺材在空中飘浮，他站在棺材之上，空中翻涌着黑色的云朵，云朵下滴着血水。一群鸟儿飞过，那是长着两个脑袋的鸟儿，它们的身子是赤红色的，翅膀是透明的，叫声像老鹰一样尖锐。后来，那些鸟儿飞在他的头顶，盘旋，尖叫，从嘴里喷出一团团的火焰，火焰是各种颜色的。一团火焰蹿了过来，燃烧着他……他整个身子在燃烧，脑袋也在燃烧，只有眼睛还在转动，他看到那些鸟儿叫得更加尖锐，这时才注意到它们的眼睛是红色的。

也许他陷进一句歌词里：那个傻瓜把脚趾当作玫瑰……他体验了杀人的恐惧。他杀死了一个人，并把缓慢的想象放在现在的背后。一个由抽象概念、虚幻的故事与大众趣味构筑的现在。

---

13 缓慢

下了一场大雨，整个城市弥漫一股湿润的气息。街道显得虚幻，多年来王中维常来这里，看见这里的街道，就像看见春天长满了虱子。王中维常常记不起这些街道的名字，好像它们是陌生人。比如，他和车婉婉，他俩走的是同一条路，却有同床异梦的感觉。他有时候是这样想的：在上流社会，他是长不大的孩子。

在这些虚幻的街道，他想起少年时杀人的情景。

十六岁时他杀过一个人。

那是一个晚上，他上完自修骑自行车回家，在阴暗的小巷，突然蹿出一条黑影，他刹住了车子，一个高瘦的青年左手按住他的车头，右手拿着一把亮晃晃的刀子，指着他说，把车子留下来，否则捅了你。他的心一下子跳得怦怦地响，他还是第一次遇到抢劫的，那辆自行车刚买不久，是母亲奖励他考上重点中学。

想到这辆崭新的自行车将落在抢劫者手中，他感到痛心。他慢慢地跨下了自行车。那家伙却急切地拍了下他的头，扬了扬手上的刀子，说，快点，想找死啊。他感到脑袋一阵发麻，愤怒起来，将肩上的书包猛地砸在抢劫者持刀的手上。

抢劫者的刀子落在地上。那家伙想不到他会反抗，捏起拳头向他打了过去。王中维将书包狠狠地砸向他，弯下身子捡地上的刀子。那家伙也弯下身子和他抢地上的刀子。谁知那家伙脚下一滑，整个身子失去重心扑向他，然后那家伙的眼神一下子凝固了。他手中的刀子刺入了那家伙的心窝。他恐惧地退后几步。那家伙一只手撑着地，一只手拿着插在心口的刀子，瞪着他。昏黄的街灯照耀下，那家伙的眼神显得痛苦而恐惧。他皱着脸，瞪着眼，指着他，徐徐倒了下去。

他急忙捡起书包，一把拎起车子，翻身上车，飞快地朝家中冲去。那个晚上他躲在床上，翻来覆去地想着是不是杀死了他，他到底有没有死呢……

第二天，他不敢路过那里，从另一条道路回校。后来，他听说那天晚上，一个青年被人用刀子捅死在小巷里。他想那个青年是被他杀死的，他杀死了一个抢劫者，却没有报警。

那些日子他担心警察出现在他面前，然而一晃几个月，也没有看见警察走到他身边。就这样，杀人的事件渐渐模糊，不再让他感到揪心。

从那天晚上他懂得了，杀一个人是容易的，但要忘记一个人临死时的眼神却很困难。当然，回想起当时的情景，那抢劫者临死时的目光，他还是有一种恍如隔世的感觉。有时候，他甚至有一种庆幸的感觉：毕竟他杀了一个人。要知道在这个世界上，你能杀死一个人是不简单的事情，他体验了杀人的恐惧。他杀死了一个人，成了他学生时代隐秘的事情。

此刻他站在造梦古堡的办公室里，临窗而立。办公室是位于这幢楼的第三十层，窗子旁边的墙上挂一面很大的镜子，跳跃着白光，映照着另一面墙的窗子。现在他俯视这座城市，觉得自己像秦始皇一样君临天下。窗子前还有一面望远镜，透过它能清晰地看到这座城市的街道和人群。

通过微型摄像机，又一次偷窥车婉婉，他看到车婉婉和她的保镖在她的办公室脱得光光的。车婉婉的保镖长得高大，右臂文了一个黑色的骷髅，人们都叫他"黑骷髅"。王中维不喜欢黑骷髅这家伙。令他惊异的是，车婉婉在她的办公室摆了一排兵器，有长枪、关刀、铁棒等等。车婉婉和黑骷髅翻江倒海的场面让他感到恶心，他不能忍受车婉婉如此放荡。当然这是他经常见到的场面，有时他会想这是车婉婉的权利，她有寻欢作乐放纵自己的权利。然后他关掉了电视，再一次临窗而立，感觉这座城市在他脚底下漫延。

事实上，对于这个城市的一切，他不太清楚，好像这个城市的腐败与阴暗都是别人的，或者在他的眼睛之外。他对政治不感兴趣，甚至常常记不得 K 市市长的名字。在 K 市里，他仿佛是一个局外人。他想起车婉婉说过：你不熟悉地球上的东西。她将他看作一个外星人。他笑了笑，觉得她似乎不理解他，可是那又能怎么样，你在别人的眼里，就是对世事一窍不通。

有时王中维想到这座城市的历史。他想他应该怎么样描绘这座城市。现在 K 市已经是一个中等城市，他曾经翻阅过县志，县志其实挺简单的，没有什么深刻的记载。他想知道关于这座城市的野史，一些不为人所知的性史和事件。就是这样，居民、街道和房屋，虚幻般地存在。如果他是一个作家，他想好好描写这个城市，几乎每一天。

他想起禁色俱乐部最近又发生了一桩命案，杀手黑玫瑰在那里枪杀了一个副市长。他常去禁色俱乐部，为了打发时间。对他来说，那里有一种放纵的感觉，他不想道貌岸然地做人，讨厌那种整天绷着脸的人，可是他感觉自己就是那样的人。有时他走上市区最高的望眶岭上，看着远处绿蒙蒙的山丘，觉得他的天地太小了，那些风景好像梦幻，远离了自己。

王中维点燃一支雪茄烟，他知道很多人好奇梦之丸的生产。梦之丸是他发明的。他似乎洞察了人类存在的愚昧，映照出自身的幻想。这是他的天才发明，一个由抽象概念、虚幻的故事与大众趣味构筑的现在。梦之丸入侵了人们的精神世界和日常生活，这就是，由身体分离出来的感觉，变成了人们脆弱的快乐——他们依靠梦之丸，来寻找庸俗的短暂的快乐。

哪里有想象，哪里就有奇崛。比如，现在他转换狼的基因，把一个人变成一个狼人，这似乎成为无稽之谈。想象把无形的快乐变为商品，梦之丸是出售幻想的符号，预示着情感主宰世界的可能。梦之丸意味着情感的杀戮，这是一次戏剧空间的模拟，并由此引发趣味。真实的个性不再是遥远的回声，他想从繁衍的变异或陌生的事物中制造出接近内心的东西。现在他把莫飞变成一个狼人——莫飞吃了掺进狼的基因的梦之丸，成为一个狼人。他将不断制造出各种充满幻觉般的东西，把这视为深蓝之吻。

匪夷所思的深蓝之吻由他制造出来，必将震惊世界。他明白这不只是科学的发明，更是游戏的存在。在某种程度上，人们追寻失落的情感。而人类往往背负着放弃绝望的可能，或者背叛自身的绝望。这是他所追求的：和谐的梦想，自由解放的梦想，不断疏导欲望的形式。这是一种繁复的镜子游戏，反射、界定、记录和扭曲每一个瞬间。他陷入了一种不可预期的游戏，也许到时候什么结果都没有，只有虚空的漩涡。

这些日子他睡得并不好，也许他得依靠梦之丸进入梦境。事实上他至今没有吃过一套完整的梦之丸，那些梦故事他知晓得清楚，觉得再食用下去也是无聊的事情。没有人会可怜他，在这个世界上，他永远是孤独地感受哭泣与耳语。他想到了柏格曼的《哭泣与耳语》，在那个电影里，他记得三个女人正在等待另一个女人死亡，她们轮流照料她。他羡慕那个女人，在临死之前能有三个女人照料她。也许他临死之前，只能看到空气在流动，甚至还可能有一只蜘蛛爬在他的身上，这个八脚怪物可以唤起你内心深处的恐惧。我害怕死亡吗？他又一次问起了自己。

王中维想起他在日本和一个有夫之妇的故事，那个女人怀疑得了乳腺癌，却不想切除乳房，只想等待死亡的到来。他记得她说过，我不是害怕失去双乳，只是想静静等待死亡的降临。她说死亡应该是一件美丽的事情。他知道那个日本女人的婚姻过得并不如意，她丈夫在外面有了别的女人，她有一种生的厌倦。他记起自己吮吸她的乳房时，想到里面充满了癌细胞，就觉得在吮吸正在腐烂的红杏。他还记得日本女人喜欢唱好莱坞歌舞电影《雨中曲》的一句歌词：那个傻瓜把脚趾当作玫瑰。她唱起来的声音高尖，把脚趾高高地扬起、晃动，仿佛要把它们晃成玫瑰。后来她亲吻他的脚趾，不断地舔着他的脚趾，她说这是玫瑰之吻。直到有一天他听到这个日本女人在家里纵火了，自焚在火焰中，据说她纵火时穿了一件绣满红玫瑰的和服。每次想起这个日本女人，他便想创作一个梦故事《玫瑰之吻》。

他清楚一点：他的性欲从十四岁开始。

他十四岁强奸了自己的妹妹。那是后母的女儿，并非亲妹妹。后来妹妹突然失踪了，他父亲登报也找不到她。那时他想，妹妹一定是无法面对他，才离家出走的。那时他不明白自己为什么会强奸妹妹。那个夏天，是五四青年节的一个下午，天气闷热，妹妹洗澡后，裹着浴巾，从冲凉房里走了出来，身上散着一股香气，肌肤闪着白光，乳房耸动着。他看在眼里，莫名地涌出一种快感，他才发觉十二岁的妹妹有着丰满的身段，那时他坐在客厅里看电视，电视正播放一部电影，荧屏里出现一对男女躺在床上亲热的镜头。他看着妹妹走进她的房间，屁股像两瓣玫瑰花，一动一颤，一颤一动，他猛地生出一股莫名的力量，走进了妹妹的房间，在妹妹的尖叫中，扯下了她身上的浴巾，然后把她按倒在床上，他记得他最先是把嘴巴含着妹妹的乳头，完全不顾她的尖叫、抽打……那时他什么都忘记了，就是想和妹妹融化在一起。直到妹妹哭泣着蜷在床角，他看着洁白的床单有一摊血，才像从梦中醒了过来，整个身子有一种发凉的感觉。然后他走出妹妹的房间。吃晚饭时，妹妹不见了，父亲还在说难道你妹妹被人拐卖了。

自从妹妹消失后，他有一种负疚感。他的目光喜欢停留在女孩子身上，想在她们身上找到妹妹的感觉。他甚至认为，他也许爱上了妹妹。在心灵一隅有过任何女人都代替不了妹妹的念头。这样想来，他觉得困惑，甚至觉得车婉婉也无法代替妹妹的位置。可是为什么车婉婉却不时闯进他的脑袋，占有他的幻觉？也许妹妹的影子就是车婉婉？他的疑问不时泛起，看不清自己的世界和欲念的方向。

没有想到妹妹失踪两个月后，他又一次涌起强奸后母的念头。他觉得父亲对后母太好了，让他觉得父亲忘记了母亲。他母亲的忌日的下午，天气闷热，他看见后母裹着浴巾从冲凉房里走出来，身上散着一股香气，肌肤闪着白光，乳房耸动着。她这个形象让他想到强奸妹妹的那个下午，那时他照样坐在客厅里看电视，电视播放一部电影，荧屏里出现一对男女躺在床上亲热的镜头，他突然觉得这些场景和那个下午一模一样，然后他看着后母走进她的房间，屁股像两瓣玫瑰花，一动一颤，一颤一动，他整个脑袋陷入了昏昏然，他想象自己闯进后母的房间……当然，他控制住了，在记忆里，那个下午他没有做什么，只是静静地看着电视。他没有想到，第二天晚上，后母悬梁自尽了。医生说她患了抑郁症，因为女儿失踪后她的精神一直恍惚。

很多时候，王中维感到自己绝非寻常。有时对着镜子，他能看到车婉婉的脸庞。他觉得自己很奇怪，不断涌现关于车婉婉的幻觉：她躺在房间里，两眼发直，望着天花板。一只飞蛾在天花板上碰碰撞撞，光线稀薄，身影有点拉长，他突然有种强烈的现场感，仿佛置身于那里，看着车婉婉跳了起来，挥舞着手中的胸罩，搅动空气；然后她眯缝着眼，把舌头探出来，舔着他。他奇怪这些感觉：比如，母亲、妹妹、车婉婉、崔盈，她们的影子搅拌在一起，他无法区别他的情感——他到底喜欢她们当中哪一个？也许他不过是想从她们身上寻找失去的情感。就像母亲很早就印在他的内心，使他无法忘却关于她的点滴事情。

他想到母亲的偷情，以及被莫飞的父亲抛弃，这种事情有着污点的痕迹，成为他生命中的一种羞耻。也许他陷进一句歌词里：那个傻瓜把脚趾当作玫瑰……也许他最后会说出：这是我的宿命。

那是永远无法弥补的不幸。他感到疲乏，双手枕在脑袋下面，想念着母亲。很多时候,母亲就像一片月光融进他的生命,他感觉到她,随时随地的,即使在阴暗的角落里。那些散落的往事浮了上来,他看到她站在阳光下,朝他微笑,风吹起她的发梢,阳光在她的发髻上跳跃,映照得她更加动人。当然,有时他会想起妹妹,那个长得像母亲的妹妹,仿佛和母亲跑在一起,围着他转了起来。他沉醉于这个情景,不愿再醒来。

有时他还想起和妹妹一起捉蚂蚁的情景,他们捉住一只只蚂蚁,放进一个木盒子,准确地说,是那种很小的棺材盒子,是父亲在广西柳州出差时买的,那小小的棺材做得精致,上面有"天"、"什"之类的红字。从小时候起,他就喜欢棺材。他记得妹妹拿着那棺材说,如果能躺在里面,一定很舒服。妹妹的声音唤醒他内心某个睡熟的狮子,现在他喜欢睡在棺材上,仿佛印证了妹妹的话语。每次躺在棺材上,他感觉到安宁。像棺材一样安宁,他相信这句话是富有魅力的。然后,他躺在棺材上,做着各种各样的梦。

有一次,他梦见了母亲,那时他面对一面巨大的镜子,仿佛能产生幻觉的镜子,镜子里面是蓝天、白云、大海、海滩,一切都在闪着白光——镜子给了他幻觉,他看见母亲出现在镜子里,从远处走了过来,踩着海水,宛如仙女,慢慢地走上沙滩,然后,他看见她双眼喷出火焰,一股股火焰闪着各种颜色,以绿色最为浓厚,火焰是狭长的,足有一米长,在她眼前呼呼地闪动、消失。她双眼不断地喷出火焰……后来,听到轰的一声,她整个身子燃烧起来,变成一个火球,滚动着向他冲过来。火球呼地冲出镜子,冲到他跟前,砰地化作一阵烟雾。烟雾是绿色的,向四周消散开来,然而,仿佛有一股奇异的力量扯着它们,烟雾很快地聚成一股柱子状,嗖地朝他的鼻子钻进去,他的喉咙发出一种颤响,身子渐渐变得透明,绿色的烟雾在他体内游动……后来他回想这个梦境,还能听到自己心跳的声音。从那个时候起,他热爱梦境,觉得梦境能让他看到不可思议的东西、消逝的事物和难以想象的幻觉。

　　所以他制造梦之丸，不过是对梦境的致敬。

　　现在，王中维扭过头，面对镜子，冲着镜子挤眉弄眼，挥舞拳头，他想击倒镜子中那个怯弱的男人。直到呼吸急促起来，他垂下双手，一动不动，凝视着镜子中的自己。他的眼睛在镜子里变得没有瞳仁，只有白茫茫一片。每次幻觉都是这样，停留在某一刻。他想他快要死了，临死之前的幻觉就是这样。车婉婉和崔盈没有什么两样。他是这样想的：一个女人脱光了，其实没有什么两样，即使你和一个女人做爱，你也只是在和感觉做爱。

　　然后，他站到窗子旁边的望远镜前，低下头俯视远处街上的行人，搜索着行人的表情。他喜欢这种窥视。他甚至想，他不过在窥视他自己。每一个表情是一种存在。他发现行人没有血性的表现，更多的是面无表情。没有表情的表情。哪一种表情能通往自由？当这个想法浮上来时，他又一次感到脸上肌肉颤动，他觉得自己好像患上了羊角风。然后他告诉自己不要去思考这种哲学式的问题。每一个哲学式的问题，只会让他脸上的肌肉颤动。

他所有的感觉抵触这一个事实：他绑架了一个女人，成为一个罪犯。现在他和她完全裸露在海水中。他试图在海滨上发现狮子，却发现面前站着一条大白鲨。

14 飞鸟和鱼

这是闸坡的海滩。那头骆驼几乎脱光了毛，露出的皮是灰黑色，四条腿干枯，如果不是身上那两个山峰，它看上去就像一头黑水牛。那匹白马同样瘦得很，肋骨差不多全露了出来。一头骆驼、一匹马，两眼无神，有气无力。整个海滩没有人影，除了她和他……风吹过，一种水母腐臭的味道扑过来。这个海滩的滩头是黑乎乎的，他惊异于沙滩上的沙子是黑色的。海水是灰色的，有些发黑，好像卷着泥沙一样。王中维走在这个海滩上，感觉仿佛走在发硬的泥土上。在海滩上的某个角落，搭有几个帐篷，里面装着家庭用品。住在这里的人，就是靠沙滩上那头骆驼和白马过活？他惊异于这些人——他们怎么过日子？旅游者会花钱骑上那瘦弱的骆驼和白马？

王中维听到天空中传来一种低沉而响亮的声音，是飞机的响声。飞机飞了过来，几乎擦着他们的头顶飞了过去。他抬起头，盯着飞机，觉得它像一只大鸟。

这是偏僻的水域。现在他看见车婉婉游在海水中，缓缓地扑打双臂。她回头冲他笑了笑，白色的屁股一涌一动，好像两个柚子，随着水波紧贴在一起，互相挤压。他告诉车婉婉，最近他制造了一个叫《百分百浪漫》的梦之丸，里面有一个情节，讲一个女人追寻百分百浪漫的爱情故事，来到一个海岛，海滩上空出现一百架滑翔机，有着各种各样的颜色，带着某种弧形，闪过她的眼睛……可惜车婉婉对梦之丸没有兴趣，她说她不需要依靠梦之丸寻找刺激。有时他想，如果让车婉婉吃上梦之丸，就是他的成功。可惜车婉婉拒绝梦之丸，就像拒绝他的感情一样。

云块渐渐变得灰暗，向他们这一边移了过来。王中维甚至有一种感觉，那些云块快要掉下来。他浮在水面，两眼发光，盯着云块，想象那些云是野马，是蛋糕，是无数幻象，然后纷纷坠了下来。

这时，沙滩上出现了一只狗。他喜欢那只狗，它跑起来并不快，挪动着屁股，闪着尾巴。他想起他编写的《莫扎特的玫瑰》，莫飞最近在吞食它——莫飞会梦见一条狗长着翅膀，飞了起来，嘴里喷着火焰……他还会梦见一只海龟，大得像恐龙，张着一个巨大的嘴巴，在海滩上追赶他，要吞下他。

此刻他想象车婉婉就像《莫扎特的玫瑰》中那只巨大的海龟吞噬了他。这种想法似乎有些荒谬。有时他觉得自己来到了一个荒岛，哦，就是那个月光岛，那里生长着恐龙、九头鸟……他沉湎于这种想法，饶有兴趣，又自觉可笑。毕竟，梦中的故事，和现实的世界是两回事。他不可能活在《莫扎特的玫瑰》里。

朝岸上望去，看见车婉婉留在沙滩上的脚印，他突然想到，海水漫过来，脚印慢慢消失，痕迹无从找寻。有很长一段时间，他不知道如何面对自己，甚至不明白他为什么要绑架崔盈。他所有的感觉抵触这一个事实：他绑架了一个女人，成为一个罪犯。他不可能脱离这种现实，仿佛醒了过来，发现四周一片黑暗。他突然想到一种声音：深秋里，恐怖增长，我们在海滨上发现狮子。在他看来，他自己就是狮子，而莫飞就是蚊蝇；在充满野心的狮子的周围只有可笑的蚊蝇在打转。

夜色落了下来。海水浸润他俩，水面闪着黑蓝色的光。偶尔看见远处的海面上出现一些亮光，缓缓移动，想必是船只。他抬起头，看见海滩边那片岩石，他们的衣服放在那里。远处的椰子树笔直，散着枝叶。他知道，在椰子树附近的沙子，是白色的，可以想象在月光下，他和她走在沙滩上，看见沙子闪闪发光。他朝她瞥了一眼，她潜入水里，没过了头顶，几乎听不见水声。注视着水面上消失的她，他心想她在水下能憋得多久——她喜欢夜间游泳，光着身子，像一个做梦者漂浮水中。好一会儿，她猛地钻了上来，口中呼呼地舒着气。然后，她哼起了《生如夏花》。她的声音低沉，一起一伏。他游了过去，拥住她的腰肢。

他看着她，想象她是一个怎样的女人——一个成熟的女人？一个疯狂的女人？一个无知少女？或者什么也不是。一个女人，没有角色……他和她隐含情人的关系，躲避于世界……两年前他们还是陌生人，现在他们似乎成了熟悉的陌生人。这是闸坡的某个旅游区的海湾，尽管是夏天，还是很少有人，海滩上显得静寂，接近荒芜。海风吹着头发，就像寂寞在弥漫。这个女人，现在和他完全裸露在海水中。他没有想到他俩开着宝马跑到闸坡，然后一起裸泳。

开始认识车婉婉的一段时间，他发现她似乎患上了偏执症，老是认为这个社会这也不行，那也不好……有时他讨厌她这种个性。可是，这不是重要的。他需要的是她的金钱、她的肉体，也许还有爱情……那时他从来不往爱情那方面去想。王中维觉得他和车婉婉是不会有爱情的，他和她只有赤裸裸的金钱与肉体的关系，就像她不止一次和他说过，我们不过是恶的同盟者。

他凝视她裸露在水面的乳房，仿佛水中浮着两个月亮，颤动着，闪着白光。然后他把手移向那里，抚摸，揉捏，一种柔软的波浪在她的胸前散开，他感觉到她的心隐隐泛着暖意……她突然偏离了他，哼着《生如夏花》，从偏僻的水域游向海水深处。他追随着她，看见海水变得越来越黑，一只鸟儿飞过海滩，没入树林中。

鸟儿和鱼儿相爱了。可是，他们活在两个世界。于是，鸟儿伤心地飞向另一片海域，鱼儿游向海底最深处。车婉婉和他说过这些话。他有时想他和车婉婉就是鸟儿和鱼儿。当然，有时他也这样想，他和车婉婉保持情人的关系，好比鸟儿和鱼儿在相爱。

这样的日子会持续多久呢？他不想猜测。抬起头，看到远处高高耸立的玫瑰山在夜色中时隐时现，他努力辨别玫瑰悬崖的轮廓。王中维记起《K市日报》刊登了一个殉情的报道，一个妇人和一个比她小十岁的男青年一起从玫瑰悬崖坠海自杀，两具尸体紧紧抱在一起，难以剥离。这个消息使他着迷，对于变异的事件他总是感到兴奋。他想车婉婉有一天会害怕她自己变得老朽而丑陋吗？这个爱美的女人会不会选择殉情的方式？殉情将使他们融合在一起？他想象他们的肉体交融在一起，他看到她哼着《生如夏花》扑打着水花，肉体和无数的水泡一起浮现。

此刻，在浅水中，她背向他，站了起来，在夜色里闪出淡淡的光晕。他突然觉得她像一条鲨鱼，一条巨大而骚动的鲨鱼。他试图在海滨上发现狮子，却发现面前站着一条大白鲨。然后，他看见海水中一些玻璃樽在飘荡，渐渐模糊了视线。

一切的行为都是为了刺激视觉和满足性欲。不是多少人能疯狂起来的，疯狂是需要付出勇气和代价的。这种想法攫住了他，他觉得她是一个性欲的手榴弹。

15 《肉体2052》

又是零点时分，莫飞突然有一种想吃梦之丸的强烈冲动。他坐立不安，觉得一群蚂蚁在咬啮他的内心，他想他上瘾了，控制不住，于是拿起《莫扎特的玫瑰》第九集，一下子把那颗丸子吞了下去。很快地，那种瘾消失了，他感觉到脑袋有点昏然，长嘘了一口气，站在镜子面前，他看到自己变成了一个狼人。

他很快想到一本书《狼人传说》中的介绍：这些不幸的人们兽化成两腿站立的狂狼，嗜食生肉和鲜血，每逢月圆时都会对着满月狂嚎，眉毛在眉心聚会，犬齿则是异常发达，双耳末端较尖，并且指向脑后，手指也比一般人要长。

现在他就是这样的狼人。他清楚这一点。

在以后几天零点时分，莫飞都会变成一个狼人，直到凌晨六点再次回复到正常人的样子，变回他自己。对于这样的变身，一开始他感到震惊，以为陷于一个梦境当中，或者是在梦游。但他很快知道，这一切是真的，他成了一个狼人。有时他难以想象于这一点。当然他继续吃《莫扎特的玫瑰》，否则会感觉到极其难受。他甚至产生一种想法，变成狼人是不是与吃梦之丸有关？当然他抗拒不了，他像一个隐君子吞食梦之丸。

过了一个星期后，他习惯了这种生活。他想他得面对这种生活。他不知道为什么自己会变成一个狼人。这一切显得像一个游戏，他置身其中，无法摆脱。当然，在零点之后，他害怕再和人相处。事实上，他的朋友并不多，在变成一个狼人之后，他更学会了远离人群。他惟一的朋友就是波伏娃，每次波伏娃看到他变成狼人时，都会对他说，莫飞，你好酷。当然变成狼人的他能听懂波伏娃说话。

有时候，他走在午夜的街头，望着月亮，发出一声撕心裂肺的尖叫，这尖叫弥漫出去，他有一种说不出的快感。现在他明白了，为什么电视上那些狼喜欢引颈长叫，这是它们发泄抑郁的一种方式。

有一天晚上，他在网上遇到林离。那时候已经午夜一点了，他变成了狼人。尽管变成狼人，他还是拥有自己作为人的记忆和思维，这一点使他感到惊诧。

莫飞好几次向林离提出在现实中见面，都被她拒绝了。林离说：她相信网络充满自由，现实总让人失望。她不想失去莫飞这个朋友。因为在网上他们能无所不谈，一见面，什么都将消失。

他在 QICQ 里告诉林离，他就是人们谈论的那个狼人。

林离说，最近狼人成为这个城市的热门话题，比梦之丸还吸引人。

莫飞说，你不相信我是狼人？

林离说，我相信你是。

她传来一个哈哈大笑的表情。

莫飞打了一个哭泣的表情。他说，你不相信我。

林离说，即使你是一个狼人，我也爱你。

她传过一个红心的表情。

莫飞说，你为什么不和我见面呢？

林离说，如果你真是一个狼人，我会见你的。

莫飞说，我在零点会变成狼人，直到第二天早上六点。

林离说，我喜欢狼人，我想和狼人做爱。

莫飞说，你看见我是狼人的样子，说不定会晕倒。

林离说，我在报纸上见到狼人的照片，狼人看上去很有型，如果真是你，我喜欢。

莫飞说，真不小心让人拍到了我是狼人的照片，不过午夜我喜欢出去走动，嘿嘿，难免被人拍到。

林离说，哦，你变成狼人，还有人的思维吗？

莫飞说，我还有人的思维，准确地说，还有我的思维。我不过是变成狼人的模样，其实大脑还是我的。

林离说，真奇怪哇，你怎么变成狼人的？

莫飞说，我也奇怪啊，可能和我吃梦之丸有关系。或者可能和我吃红狼棉花糖有关系吧。天知道呢，反正现在我变成了一个狼人。

林离说，我想变成一个狼人，应该很好玩吧，会飞檐走壁。

莫飞说，我还是想成为一个人。

林离说，你白天不是成为一个正常人吗？

莫飞说，我不想成为狼人。

林离说，为什么？

莫飞说，谁敢和狼人在一起？

林离说，我愿意和狼人在一起。

莫飞说，我们见面吧。

林离说，也许你为了和我见面，故意说你是一个狼人。你装上视频，让我见到你是狼人，我才和你见面，我还会为你唱一首《生如夏花》。

莫飞说，你有视频？可是你从来不让我见到你。

林离说，等你有了视频，我们开始视频，大家都能看到对方，不会亏本。

莫飞说，晕，你好像一个生意人。

林离说，我本来就是一个精明的生意人。

莫飞说，晕，你以前说你是一个女杀手。

林离说，呵呵，女杀手也是生意人啊，杀人是最原始的生意。

事实上莫飞不知道林离是干什么的，也不知道她长得怎么样。这并不重要。他只不过想在网上找一个无所不谈的朋友。当然他们现在以"亲爱的"相称，这在网上再正常不过了。他奇怪自己会告诉她，他是一个狼人，也许他觉得他需要倾诉，他不想向全世界隐瞒他是一个狼人。当然林离可能当他在开玩笑。

莫飞感觉到林离的神秘，这种虚拟的感觉让他对林离着迷。有时他猜想林离长得怎么样，甚至猜想她有美国影星玛丽莲·梦露一样的性感；或者说，她是一个妓女；甚至是一个呆板的已婚女人。

莫飞记得，林离说过她是一个女艺术家。她说她最近在做一个装置，叫做《肉体2052》。装置是这样的……林离一再担心描述出来，怕别的艺术家剽窃此装置，故没有详细说明。她说这样的装置能刺激人的神经系统，将欲念提高到更高的境界。她认为性爱，其实是互相交换能量，那是动力和快感的结合。

林离的奇思异想让莫飞感到好笑。莫飞猜想她并非艺术家，也许她不过是拿这些话题和他开玩笑。那又能怎么样呢？谁会追究网络上的真假？可是莫飞觉得她说得还有些意思。他记得她在QICQ上说过，这世界变成了她的游戏场，她不会放弃神秘世界的性体验。将自己放松，好好享受，一切的行为都是为了刺激视觉和满足性欲。

有时候林离从QICQ上发来一些色情的文字，她说是她写的——也许是她随手在网上复制一些文字发过来——莫飞想，或许林离根本就是一个男子汉，故意拿我寻开心。

林离说，她是一个放逐自己的女人。她说她的生命就是无数次性的满足。她说人体的方程式就是，你必须尽力释放能量，尽量疯狂。她还说，爱不过是梦的游戏，梦就是性的游戏。莫飞有些惊异她这样说。他记得有人说过，只要一次性的满足，我愿意付出生命。莫飞猜想林离为了性的满足，放逐自己。他想起画家达利的话：一切的恶都来自性的不满足。现在莫飞想到，一切的恶，因为爱被践踏。他猜想林离是一个失去爱的女人，她付出的爱曾经被某个男人践踏过。

我叫什么？我是谁？我为什么哭泣？难以想象的生活现象多得很。莫飞断断续续地闪过一些往事：闪烁的街灯、夜色、薄雾、被掐灭的烟头、一个闪烁的记忆、崔盈、江雪、变成狼人的他。情欲把他卷入她的想法的，他感到，林离身上蕴藏着一种疯狂的意味。他这样想，也许人要快乐，必须尽力释放能量，尽量疯狂？不是多少人能疯狂起来，疯狂是需要付出勇气和代价的。

莫飞还记得那天他们聊了一个通宵。那时变成狼人的他点燃了一支香烟，看着电脑发出白光。他想不到变成狼人的他依然喜欢抽香烟，还喜欢上网。有时候他想，如果那些网友知道他是一个狼人，他们会怎么想呢？他甚至想买一个视频，和那些网友一起视频，让他们看到他的狼人模样，也许他们会惊奇地瞪大眼睛，甚至发出尖叫。他突然感到双眼酸疼。可能对着电脑太久了。这时他才注意到窗外，天已经发亮。他瘫在电脑椅上，闭上眼睛，好一会儿，猛地睁开，一颗颗金星闪了出来，游丝一样，渐渐消逝。他狠狠地抽着香烟，眼前仿佛蒙上了一层白雾，那些缭绕的烟雾，就像一个女人在半空中扭曲着身子。

林离是怎样的女人呢？在无聊的时候莫飞心中不断浮出这个问题。

有人说，变态是贬低所有乐趣的乐趣。林离在QICQ上老说她是变态的女人。林离是变态的女人？当然，他对变态的女人有一种向往。他意识到，他想占有这个女人，那是肉体上的。他想起林离对他说的：能意识到自己的欲望就是自由。还有一句话：吻你爱人的时候，枪不要离手。他笑了笑，想到林离有一天成为他的情人，那是怎样的感觉呢？也许是一种枪不离手的感觉。

莫飞奇怪林离讲起这些趣事，他怀疑她是乱说一通。可是，她说的这些性游戏让他震动。这个女人让他产生了更大的想象空间。莫飞问她为什么坐牢。她说她用一把刀扎进了旧男友的下腹中，当然没有扎死，因此坐了三年牢。她还说，在监狱中她后悔没有拿一个手榴弹把旧男友炸死。莫飞想林离就像一个手榴弹，随时爆炸。这种想法攫住了他，他觉得她是一个性欲的手榴弹。莫飞记得她说过：我是手榴弹，是迫击炮。当然，莫飞猜想，林离说的那些女犯人的事情，也许是从网上一篇关于女犯人的文章中复制过来的。以致他怀疑林离说话的真实性，也许她编造她的故事，不过是故意戏弄他。

当然，莫飞还是继续和林离聊天，即使在午夜变成狼人，他还是和她聊天，甚至不止一次想买个视频，然后和林离一起视频，让她看到他成为狼人的样子。

精妙的恶比粗杂的善更美。他们在内心都赞美野性的力量。我似乎有几分醉意，我捕到爱上江雪的兴奋感。爱情带来的不是悠闲，更多是一种折磨。

16 莫飞的日记

×月×日。那天我和王中维相约绮梦咖啡厅，对于这个崔盈工作过的地方，我怀着某种感情。我们坐在临窗的位置上，透过窗子，能看到街上行走的人群，特别是来往的美女。我甚至希望能看到崔盈。王中维穿着一袭运动服装，这让我想起崔盈，她以前喜欢穿运动服装。

那时我说，你看起来不像科学家。

王中维笑着说："我不属于那种埋头苦干的科学家，我是一个寻找乐趣的科学家，也许我属于一个幻想家。我喜欢编故事，喜欢深入梦境般的幻觉。有时候我想让自己像一个电影导演，在制造人类的奇妙影像。"

他把双手放在桌面上，两只手修长纤细，看上去没有什么攻击性。我记得他喜欢看拳击的电视节目，可是他这种手掌是不属于拳击类型的。我记得他喜欢弹钢琴，也许他喜欢弹莫扎特的曲子，所以把送给我的那个梦之丸叫《莫扎特的玫瑰》。

他又说："我重视视觉形象的细节，每个梦故事，是为了把故事讲得更清楚，更吸引人。如果你只懂得埋头苦干，却没有天马行空的想像力，是不可能拥有成功的。对于人类，梦之丸不是陶冶情操，而是给予趣味。"

我说，《莫扎特的玫瑰》是一个好故事吗？

谈到《莫扎特的玫瑰》，他双眼发亮，咂了咂嘴说：

"《莫扎特的玫瑰》是一个充满奇想的故事。你知道什么是莫扎特的玫瑰吗？那是一种将浪漫、唯美和古典主义结合在一起的美学，它是你精神上的狂想……"

然后他低下头，看着放在桌面上的手。

我注意到他将一只手握成拳头，但很快松开了。

他笑了笑，我看到他的眼睛凹陷下来，猜想他最近在思考什么。酒吧的灯光散在他身上，一半明亮，一半阴暗。然后他拿起一根雪茄，抽了起来，那些烟雾弥漫开来，纷纷扬扬，变得轻薄。

后来我们谈到那个叫黑玫瑰的杀手。王中维带着一股愉悦的语气说："我觉得黑玫瑰在制造他的幻觉，他试图引起世人的注意，他在寻找自己的乐趣。我们都有双重自我。或者说，一个人的身上潜伏着好几个人。我想黑玫瑰是一个复杂的人。我喜欢黑玫瑰这个人，他身上有一种忘却的力量。"

忘却的力量？我没有想到王中维会说出这样的话。

王中维说："是的，忘却的力量。我喜欢废墟和人造美女。废墟充满原始的死亡气息，它不是自然死亡，是被制造出来的死亡。比如那天我看到一部叫《广岛》的电影，里面呈现广岛遭遇原子弹轰炸后的废墟场面，我觉得震撼。有什么比人类自身制造出来的废墟场面更让人觉得震撼？我觉得人造美女有力量感，她是人为打造的、刻意的，这种美使你感觉到惊奇。比如，黑玫瑰刻意制造出杀戮的事件，甚至刻意留下一块白手帕，还绣着一朵黑玫瑰。这种刻意的惊悚，就是美的化身。"

王中维还对我说："也许有一天你会杀死黑骷髅。"

看着王中维脸上发着光，我突然觉得他和黑玫瑰有着共同的趣味，他们都想引人注目，为了内心的趣味来制造幻觉般的存在，他们在构造惊悚的世界，尽管采用的方式不一样。也许他相信这句话：精妙的恶比粗杂的善更美。他们在内心都赞美野性的力量。他们崇尚假面的自白和暴力的启示。

我笑着说，你是一个有梦想的人。

仿佛过了很久，他才缓缓地说："梦想就是信念。有时我需要刺激，才能想到更好的梦故事。我视梦境为一种信念，你知道什么是信念吗，那就是你完全投入其中，忘掉一切。为了信念，你可以牺牲一切的，包括自己的生命。"

我感受到王中维身上那种力量，我不知道怎样形容这种力量，也许你从他身上能看到一种熠熠闪亮的恶的力量，一种让你忘却道德之类的力量。也许这就是他说的"忘却的力量"？在这种意义上，忘却就是一种力量？我觉得王中维是一个喜欢诉诸言语的家伙。我猜想他平时一定很少和人说话，现在面对我忍不住说出话来。

×月×日。那天晚上我回想《莫扎特的玫瑰》，食用到第八集的《莫扎特的玫瑰》，在梦中我变成了一个狼人，出现在 K 市里。这是很奇怪的想法，一个狼人开始在 K 市寻找莫扎特的玫瑰。那时我突然想，一个狼人出现在这个城市，是一个幻影，还是我内心虚无的存在？我记得有人说过，梦之丸充满意外的惊喜，而《莫扎特的玫瑰》似乎有着奇思异想，情节似乎无迹可循，梦故事变得琐碎。这好比，日常生活塞满了琐碎的意外事情。不管什么真正的现实，那些隐秘的想法，就像秘密警察驻足在我脑袋里，不时冒出来。我觉得我的脑袋有些混乱，甚至开始怀疑自己，关于梦故事的记忆变得不确定——这样的记忆靠得住吗？也许那些记忆，不过是我自己脑袋里产生的。甚至是，我试图依靠幻想生活，支撑我可怜的呼吸。后来我想到，我对《莫扎特的玫瑰》产生了一种依恋，需要靠它寻找趣味，这种想法有压倒一切的力量。后来我决定靠吞食梦之丸忘记现实生活。

×月×日。我在楼梯碰上了江雪，几乎撞上了。我看着她低垂的长睫毛，感觉到一种令人温柔的东西在那里跳动着。我的手在颤抖，因为她脸上柔和的光线，呈现一种怦然心动的美。我突然发现我对她的爱意是如此尖锐，那是没有减弱的爱。我心里燃烧着另一个强烈的意愿，那就是把她拥入怀里。这种感觉来得及时，我听到自己的心怦怦地跳——如果有人发现我的隐秘，我会产生一种恐惧感。我希望在内心上爱恋她。

　　然后，我们擦身而过。我回到出租房，坐在电脑椅上。一些想法像灯光一样散开，又聚集在一起。屋内的空气变得异常沉闷，光线阴暗，我几乎不能辨认墙上那幅油画《背向世界的爱情》。那幅油画成了一种记忆，因为那幅画，我记得崔盈。像往常一样，我无法入睡，因为这种情感的袭击，不断涌来江雪的脸庞，她的声音……我捕获到爱上江雪的兴奋感。爱情带来的不是悠闲，更多是一种折磨，我明白到这一点。对于江雪的想象，占据了所有的想法。站在窗口前，我看着夜色中的紫荆树，看着她亮着灯的房间的窗口，我为自己的双重感情感到惊异———一方面我在别的女子面前扮演一种放浪的角色，而在江雪面前扮演一种沉默的角色。即使对于崔盈，更多是一种记忆的幻影：在幻影里，爱情呈现的方式，无非是一种负疚感。

17 偷窥

此刻王中维窥视着车婉婉，仿佛从一个锁孔向里张望她。他浑
身开始微微颤动，脑子里闪过一种想法：他现在是车婉婉的囚犯，也
许有一天他变成一只蜘蛛，贴近她的身边。想到这一点，他笑了笑，
空气中浮着一种沉闷的气味，身上散发出一股汗气。他想这炎热的天
气把人囚禁在充满汗气的世界。当然现在他在办公室里，空调开到
22℃，他奇怪身上还冒出汗滴。

那天他梦见车婉婉戴着一个狼头的面具，狼的额头还绣着一朵
黑色的玫瑰花，右手在空中划了个圈，然后指向他。然后他想象她拥
抱了他，那是令人心醉的拥抱，他闻到她身上的玫瑰花香气。《莫扎
特的玫瑰》是献给她的，那是一种疯狂的形式。疯狂意味着另一种形
式的囚禁，他突然想到这一点。现在她不断脱下身上的衣服，在梦中
她却脱不完衣服的，她丰满的身子仿佛裹着无数件衣服，她喘不过气。
风吹动她长长的秀发，她站在那里，闪闪发光。后来他看到车婉婉睁
大了眼睛，不停地抖动身子，像一个艳舞女郎，摆出各种诱人的姿态。

事实上，此刻他坐在电脑前，看着她。他知道她有着一些不寻
常的经历。他甚至想，这个遭遇过强奸、轮奸、抛弃、欺骗、堕胎的
女人，骨子里流着可怕的血液。现在他是这样想的：他敬畏车婉婉。
他知道这个游戏是怎么炼成的——在造梦工厂，员工对于车婉婉就像
敬奉神，服从神的诫命。他曾经想过用各种方法摆脱车婉婉的阴影，
从而获得独立自主的自我。现在他发现，他根本逃不过她的手掌心。
这个女人掌握着太多的权力和秘密，她可以随时毁灭一个人，也可以
随时捧红一个人。K 市那些政坛上的大人物，几乎都和她保持友好而

暧昧的关系。

车婉婉的办公室里还有一个男人，王中维知道那个男人是 K 市副市长。她几乎每天都带着男人来到办公室，各式各样的男人。他只能惊叹她的性欲真旺盛。他们在她面前表演各种各样的花样，或者说，他们和她做爱的姿势是各种各样的。她喜欢玩花样，甚至越变态越新鲜她就越兴奋。

现在，那个男人跪在她面前，伸着舌头舔着她的脚趾，看上去就像一只狗。她眯着眼看着这个男人，嘴里呻吟起来。她喜欢骑在男人的身上，这个姿势她一直保持着，和各种男人都要用到这个姿势。她要骑在男人的身上。在她眼中，男人不过是她的玩具。王中维直觉到她的野心与厌恶。可是她离不开男人准确地说，她每天需要男人，满足她的性欲。

现在姿势又变了，男人学着狗叫，向前慢慢爬着。她抚摩着自己的胸部，看着那个男人，她整个脸充满快意；然后她骑在男人的身上，让他继续爬行。那是一个三十多岁的男人，王中维不明白他为什么可以忍受她这样的折磨。难道可以从中得到乐趣，这种动作使他感到情欲的迸发？王中维看在眼里，他身上某些感觉似乎被唤醒了，然后车婉婉拿着一把刀子，刀身细长，刀锋闪出亮光。那个男人坐在那里，眼睛闪闪发光，充满快意地看着她，有那么一刻，他把嘴唇探过去，伸出舌头舔着刀子……

王中维坐在电脑前，感觉到整个脑袋肿胀，他不能忍受车婉婉和另一个男人如此快活，甚至想现在跑过去，拿一支手枪击毙那个男人。如果那个男人换成是他，他也愿意这样做，和车婉婉在一起，他什么都能干出来。他是这样想的，什么都可以，我变成了另一个人，或者那个人才是真实的我。

王中维嫉妒那个男人。他对那个男人充满了敌意，他觉得那个男人窃取了他的快乐，占据了他的女人。车婉婉是疯狂的，她相信血和暴力，甚至在性爱中都沉浸在血和暴力当中。车婉婉和那个男人还在剧烈地运动，他们开始尖叫起来……王中维觉得自己身体有些东西破碎了。这个性爱的现场，他目睹了，并且感到疼痛。他看着车婉婉快活得眯缝着眼睛，嘴唇努成一个O形，发出长长的叫声。

我从来没有感觉到这种快活？王中维脑中浮出这个问题。即使和车婉婉在一起时，他也没有感觉到这种快活。他捏着拳头，感觉到掌心渗出汗水，他真的想枪杀那个男人。谁和车婉婉发生过关系，就必须死亡。这是他的耻辱，他必须杀死那个男人，才能摆脱这种耻辱。

他甚至产生这样的想法：车婉婉再也没有找过他，甚至说和你在一起我没有高潮。她拒绝和他做爱。这样，她远离了他。他不能忍受这一点。一瞬间他感觉到一种撕裂他的疼痛。

这里有一种色情的味道，不断强化的肉欲不过是一场对爱情的渴望。他有一种置身梦境的幻觉。他像一个享乐主义者亲吻她。他享受女色其实是享受着自己的孤独。

18 禁色俱乐部

王中维吸着烟，望着窗外，整个天空阴沉沉的，云层烙着灰色，一动不动。他坐在禁色俱乐部的酒吧里。他喜欢禁色这个词，这让他想到三岛由纪夫的一个小说，他喜欢那个作家桧俊辅的角色，当然，禁色也让他想到香港乐队达明一派的同名歌曲。这个下午和其他的下午没有什么区别。他来到这里，到底想寻找什么？酒吧天花板的灯光，闪烁出各种颜色，灯光黯淡，不断旋转，给人一种置身梦境的幻觉。

他有时来这里玩。这个俱乐部有一种色情的味道，汇集了来自全国各地的美女，她们大胆开放，出卖肉体。他不喜欢嫖妓，却喜欢坐在俱乐部里面的酒吧，看着各式各样的女人走来走去，有时会叫上一个小姐，陪着喝酒。他似乎漫无目的地在这里打发时间。他喜欢沉思的感觉，在这样的环境下沉思，他觉得有趣。那些小姐和他没有亲密的来往，他出手阔绰，却不热衷她们的身子。他厌恶人与人的交往，没有什么比面对孤独更让他感到踏实。莫飞成了他在这个城市惟一的男性朋友。也许他根本上没有朋友，他是如此孤僻，以致怀疑自己是否厌恶了这个世界。事实上他知道，他无法剥离这个世界，他需要朋友，这使他感到自己的软弱。一个真正强大的人是不需要朋友的，他需要的是创造的热情，或者是毁灭的热情。

在夜晚，从他办公室窗口望去，他能看到禁色俱乐部的霓虹灯闪烁。他时常想象，俱乐部里的男女，就像狂奔的兽群，身体柔软、开放、轻灵，他们的身体舞了起来，脸上都戴着面具——那是锐舞，那些脸，那些面具，那些撕裂的色彩，完全跃进无法歇止的强劲的音乐；那些男女歇斯底里地吼叫，用身体语言埋葬一切。夜晚就是这样点燃。禁色俱乐部成了堕落生活的时刻。事实上,他喜欢堕落的生活。他想成为一个堕落的男人。对堕落生活的热爱,成为某种活着的动力,成为迷恋肉体生活的开始。这好比他迷恋车婉婉——就像迷恋一个有着梅毒的漂亮女人。

俱乐部的老板绰号叫田鸡,田鸡长得胖胖的,喜欢穿着名牌西服,戴一副平光眼镜。田鸡说过他戴平光眼镜是为了显示斯文。对此,王中维觉得好笑,他也戴平光眼镜,不过是觉得好玩。他想不到自己和田鸡会有同样的嗜好。他知道田鸡有黑社会的背景。他有时会赠送一盒新出的梦之丸给田鸡,当然田鸡并不知道王中维的真正身份,不过是把他当作这个俱乐部的贵宾之一。田鸡在俱乐部里会出售梦之丸,而且生意还不错。在这里出没的都是有钱人,他们热衷各种奇异的梦之丸,越是刺激越是受到他们的喜好。梦之丸渗透到各个阶层,特别是上流社会和中产阶级,对于他们奉行的那种无所事事的享乐主义,梦之丸适合他们。

王中维听到周围女人们发出一阵阵浪笑,这个寻欢作乐的地方,充满了光明的色情。现在他身边坐着一个叫绮梦的女人,他奇怪她会叫这样的名字,也是他看到那个小姐花名册时选中她的原因。他喜欢绮梦这个名字。在他看来,梦之丸是一个个绮梦的呈现。绮梦是一个不到二十岁的女孩,笑容甜美,脸庞清秀可人。这些小姐总让他想到戏剧性的事件,比如,绮梦这样的女孩随时会死在一场斗殴中,或者死在一场谋杀事件中。他想象他变成一只凶猛的秃鹰,用爪子把绮梦抓住,飞上半空,然后狠狠地摔了下来。想到这些,他舒了一口气,环顾四周,墙壁有几面镜子,他又舒出一口气,低下头看着脚上的黑皮鞋,皮鞋擦得光亮,然后往旁边的镜子里看,他怔住了:车婉婉浮现在镜子里,朝他露出笑容,又渐渐消逝。

绮梦为他打开一瓶法国红酒,她的手臂在昏暗的灯下发亮,他才意识到她有着很白的皮肤;他想起了车婉婉,同样有着白得几乎透明的皮肤。哪里都有车婉婉的影子，他轻嘘了一口气，看见红酒倒进杯子里，在红烛的映照下，闪着血光。

他伸出手臂，把绮梦搂了过来。绮梦嘤了一声，小脑袋靠在他肩上，整个身子几乎贴在他胸前，微仰着脸看着他。他看着这个女孩，见她的眼睛亮得出奇，又一次想起了车婉婉的眼睛，有时车婉婉的眼睛也亮得出奇。他把酒杯拿了过来，然后慢慢倾斜，倒向绮梦的嘴，她张开了嘴巴，红酒落在她的嘴里，然后，他把酒杯拿得高高的，红酒倒下去时，像细长的瀑布注了下来，就这样，一杯红酒慢慢地落进了她的嘴里。他看着那个空酒杯，想象把玻璃杯口砸碎了，把剩下的半截刺进绮梦的胸部。

绮梦的胸口起伏着，她的脸庞有些红，笑了笑，露出发白的细小牙齿。他把酒杯放在桌子上，伸出手轻轻托起她的下巴，然后把嘴唇探了下来，吻她的嘴唇。女孩迎合他。有一阵子女孩的舌头探入他嘴里，搅拌得他整个心在颤动。他的快感在涌动，他双手把她强烈地搂在怀里，感觉到她肉体的温暖，他感到她整个身子融在他怀里。她眯着眼睛，享受接吻。那一刻他再一次想起了车婉婉，他渴望车婉婉的嘴唇，渴望跟她热烈地做爱。然而他却把感情放在这个叫绮梦的女孩身上。女孩的喘息声越来越粗，像水面不断掠过的泡沫漫过他的心头，他就这样继续吻下去，仿佛在吻着车婉婉的嘴唇，他用力地吻着，像要把女孩的嘴唇弄破。

就这样，他吻得女孩几乎要窒息。女孩有一刹那离开了一下，他马上搂过她，再次吻了起来。女孩被他的举动弄得有点发怔，还是迎合他。他撒野般地用力吻着女孩，额头都冒出汗珠。他把女孩紧紧地搂在怀里，以一种姿势搂着她，热烈地吻她。

他仿佛在虐待女孩，她几乎没有选择地迎合他，就像一场接吻对抗赛来迎战他。他似乎拥有一种摧毁的激情，女孩的喘息声颤抖得近乎痛苦，他还是一味沉湎在他的激情中。直到女孩喘着大气，伏在他胸前，颤抖地说：我不行了……他才仰起头，轻眯眼睛，看着天花板上微暗的灯光，闪出各种颜色，在不停变幻。一道道倏然掠过的闪光，就像他脑袋里掠过的奇异的想法。他突然觉得刚才的接吻就像一种愚蠢的动作，可是他觉得有趣。这种有趣的愚蠢，会有多少次重复？我刚才像一个享乐主义者吗？我不是在享受女色，而是在享受自己的孤独？他又一次想到孤独这个词。他感觉到孤独，即使女孩伏在他怀里。他知道，每次来到禁色俱乐部，不过是想摆脱孤独。现在他才知道，他所有的动作不过是对孤独的逃避。他低下头，看着女孩在怀里虚脱般地看着他，她脸上有一种媚态，他笑了笑，亲吻一下她的额头，然后用右手轻轻地抚摸着她的脸庞。

19 醉心于某种癖好的人是幸福的

从禁色俱乐部回来，走进密室，王中维感到轻松。

他软禁了崔盈，他要她尝尝被虐待的感觉，甚至直到有一天她爱上他。他想起一部电影，一个女人被某个男人绑架、虐待，最终爱上了男人。现在她成了凭他摆布的布娃娃，看着她怒骂他的样子，细小整齐的牙齿闪着白光，分开的双唇微微颤抖着。他想她快要气疯了。

掉过头，抽了一口雪茄烟，他把矿泉水放在她面前，说："你喝口水吧。"

崔盈说："王中维，你把我放了吧，别这么无聊了，你不觉得这样很无聊吗？"

他看着她，说："我也不知道……不知道为什么会弄成这样……"

崔盈说："你真可怜，我一开始还恨你，现在我觉得你好可怜……"

他笑了笑，说："你还是可怜你自己吧。"

他狠狠地抽了两口雪茄烟，然后坐在沙发上，看着崔盈说："我就是要强逼你……我觉得这样有趣。"

"你别把无聊当有趣了。"

她的语调突然变得干涩。

他站了起来，走近她，靠近她的脸庞，把口里的烟雾吹在她的脸上。

崔盈突然把右手伸上去，抓向了他的脸。

他叫了一下，雪茄烟从手中掉下来，感觉到眼角一阵发痛。他退后几步，站在镜子前，看见眼角多了一道血痕，然后他看着她的右手，她的指甲闪着光。

崔盈努了努嘴，瞪着他。

他笑了笑，说："我更喜欢你了。"

王中维站在那里，感觉崔盈就像一股强烈的台风肆虐了这个城市。这短暂的间歇，就像一把尖刀，砍在他身上。他明白，他和她仿佛是梦故事里的人物，而不是现实。他告诫自己不要这样做，可是他无法停止走进她生活的欲望。如果说直到遇上车婉婉时他还没有爱过谁（或者说，他还不知道怎样去爱），那么遇到崔盈，他知道有些感觉是不可抑制的，他需要一种情欲的力量。他明白，情欲意味着暴力和危险。然而他绑架了崔盈，却感觉到那种情欲的力量消失了，他对她没有丝毫的淫念，他只想每天见到她。

也许，一个梦故事让他持续下去，走进她的生活。那个梦已经激起他的幻想，就像一种奇妙的回响出现在他的生活中。屋子一片沉寂，他听到他的心怦怦地跳，那股欲火没有熄灭，而是转换成另一种形式的存在。他甚至想到，按照弗洛伊德的观点，越是受到压抑就越会充满焦虑。他像躲避一把刀子，闪在黑暗之处，观察着明亮的她。

他站在那里，想象他不停地弯起肌肉健壮的手臂，炫耀自己的肱二头肌。事实上他长得瘦弱，弹的一手很好的钢琴。人们说，会弹钢琴的孩子不是坏孩子。或者说，弹钢琴会让他遇上未来的女朋友。崔盈所说的每一句话他都记在心里。当然那些都是辱骂他的话。有时候他会想起香港警匪片的声音：你现在讲的每一句话，都将会笔录，成为呈堂证供。

他打开电视，转到凤凰卫视中文台，看到女主持人在说，人最大的优点是善于遗忘，否则人的脑子每天面对那么多的信息，不充塞脑子才怪呢。他回头看了一下崔盈，崔盈也在盯着电视。

他把崔盈囚禁在这里，从来不对她动粗。他像一个君子对待她，希望她能感觉到他的爱意。她从最初几天的绝食到现在能进食，这似乎是一个好的开始。他甚至相信，她会爱上他。

"你应该善于遗忘，遗忘莫飞。"

他笑着对崔盈说。他看见她的裙子闪着白光，他压抑着把手伸进她裙子里的邪念。在这一点上，他像一个为人怯懦的小职员。他没有想到他会对这个女孩着迷。

崔盈哼了一下，说："你这白痴，快放我出去。如果让莫飞知道了，他一定杀了你。"

他说："他现在不知道多么信任我。"

他走了过去，拿起《太阳照样升起》。他在崔盈的面前只放了海明威这部小说，他喜欢这部小说，觉得这部小说适合现在的崔盈阅读，因为她每天能观赏到太阳照样升起。他翻阅起来，然后念着："我已有几分醉意。并没有真醉，但说起话来已经到了不择词句的程度……呀，你发起脾气来真讨人喜欢，我要有你这套本领就好了。"

然后，他看着她，又说："你不觉这些文字很好吗？"

崔盈说："垃圾，超级垃圾。白痴、疯子，快放了我。"

他笑了笑，说："别动怒，让我为你弹一曲《小夜曲》。"

他把那部书扔在崔盈面前，然后坐在钢琴前，双手弹着琴键。琴声飘了出来，他几乎眯起眼睛，陶醉在音乐中。

"世间很少有人能听到这么优美的琴声……"

他抬起头，微笑着对她说。

"超级垃圾、疯子、白痴、傻瓜……"

"骂人应该有创意一些。骂些好听的。"

他继续抚弄琴键，琴声就这样弥漫在房间。现在只有他俩一起分享这些琴声，这个密室隔音效果很好，外面的人根本就听不到。

"超级垃圾，疯子，白痴，傻瓜……"

"继续，我喜欢你骂人的声音，比我的琴声更优美……"

然后他的手机响了，他看到是莫飞打来的。

他笑了笑，说："莫飞给我打电话。"

崔盈说："你这白痴……"

王中维笑了笑，走到窗子的另一边，去接听莫飞的电话。莫飞在电话里说他变成了一个狼人。然后他一边看着崔盈，一边含着笑和莫飞说话。

他看见崔盈整个人陷入了愤怒中，还在破口大骂他是疯子白痴……他喜欢她骂他。只要每天看见她，他就会感到一种快乐。在某种角度上，他觉得自己比莫飞更爱崔盈。他曾经对崔盈说，你是莫扎特的玫瑰，我爱你。当这样的声音落下来，他却感觉到自己在扯谎，当然他认为，有时候扯谎是另一种真实。

20 金黄色的感官

这段时间，王中维患上自闭症，患上阅读诗歌的症状。他不知道为什么会这样。在莫扎特的音乐中，他阅读一本本的诗集。此刻，他看到一个金黄色的蝴蝶标本夹在詹姆斯·K·巴克斯特（1926–1972）的诗集《秋之书》里，他久久地凝视着那个蝴蝶标本，仿佛陷进一种金黄色的感官当中。他掠过这些想法：和诗歌在一起，会不会毁了我的勇气？或者，诗歌摧毁了我，我成了不合时宜的人？甚至我不过是一个蝴蝶标本？然后他高声朗读那首《秋之书》：我们梦境的核心是洞穴，世界把它译作妓院……直到喉咙有些沙哑，他才停止朗读。他站在窗前，看着窗外浮动的白云。他这个下午沉浸在诗歌当中，似乎变成了另一个自己。

他看着桌上翻开的日记本，里面写着设计《莫扎特的玫瑰》的构思。目前《莫扎特的玫瑰》只生产了一盒，就是莫飞吃食的那盒，生产这样的梦之丸需要不少时间。他想过一个星期再生产一盒含有狼的基因的梦之丸，也许他可以吃上它。有时他想吞食含有狼的基因的梦之丸，然后变成一个狼人，行走在这个城市。当然每次情绪低落时，他告诫自己，他和车婉婉将统治人类，他要疯狂的念头驱逐低落的情绪，不断释放充满力量的灵感，制造出更多的东西。

于是他的内心响彻这个声音：统治世界的野心攫住了我，我变得伟大，我的天才闪烁不停。他必须研制出可以控制狼人意念的梦之丸。现阶段他无法控制它，原来的程序设计是变成狼人的莫飞在梦中和现实都受到梦之丸的意念控制，就是说，变成狼人的莫飞会像一个梦游人受到王中维思想的控制，而不是拥有莫飞的大脑。可是莫飞脱离了这种轨道，还是有着自己的思维和意志。他的深蓝之吻程序还要继续研究，才能彻底控制狼人的意念。不过莫飞作为狼人只能维持十一天，因为他手中的《莫扎特的玫瑰》只有十一粒。

王中维终于明白，他只是想证明，他不是在逃避，不是害怕失败，而是在不断挑战这个世界。他想起车婉婉的话：当你控制大众的思维和意志，你就统治了这个世界。现在他要控制大众的思维和意志，他要统治这个世界。

对着镜子，王中维看到他的脸色潮红，两只拳头还紧紧攥着。他忽然发现自己激动得失去了常态，然后抽起丰收牌香烟，感受到舌头略微发麻。这种粗劣的香烟，拧紧他的神经，就像一个长相丑陋的女人，无法挑起你的情欲，却能让你反常地渴望一种美的享受。

事实上，他故意买这种廉价的香烟。他喜欢舌头发麻的感觉，粗劣的烟草会刺激他的神经。他躺在沙发上，打开墙上悬挂的电视，电视上正在播放林青霞主演的《窗外》。他叼着香烟，紧紧盯着林青霞那张脸，想象林青霞挂着微笑，从电视里走出来……他整个身子颤抖了一下，才看到叼的香烟快要燃尽了，烟头几乎烫着嘴唇。把烟蒂放在烟灰缸上，又拿起一根丰收牌香烟。划亮火柴，点燃香烟，深吸两口，却没有吐出烟雾，他鼓着腮帮子，烟雾充满了整个嘴巴，舌头发麻起来。他想起少年时和莫飞偷偷抽香烟，喜欢用这种方式比赛谁把烟雾在嘴里含得更久些。此刻他在虐待自己，感受烟雾充塞嘴巴与喉咙的虐待。好一阵子，他才慢慢吐出烟雾，看着袅袅上升的烟雾，突然咳嗽起来，他不停地咳嗽，好像要咳出心脏似的。他咳得连眼泪也挤了出来，整个人变得全身发软。

捏着那包丰收牌香烟，看着烟盒上"丰收"这两个字，王中维想到和车婉婉在一起的日子，除了记忆，什么也没留下；他想起车婉婉喜欢抽烟，甚至一天能抽掉三包大中华；他想起她和他躺在她卧室的床上一起抽香烟的日子，闻着她头发里的香气和身上的烟味，那些纠缠在一起的烟雾，俨然凝聚成一个活着的车婉婉。可是很多时候，他觉得这是个死了的时刻，这个时刻一直在抱紧他，从不休止。这个时刻，就是记忆。他甚至有休克的感觉，因为他活在渴望车婉婉的记忆中。

世界不过是一个妓院，你随时可以控制那些欲念。她的声音消失了片刻，他还能记得车婉婉说这话的样子。那时她和他躺在她卧室的床上，她站了起来，俯视着他，嘴角向上翘了翘，眼睛射出阴冷的光芒。他感到她的双眼在昏暗中闪烁着，那是惟一的亮光。她的手看上去近乎苍白，他看着她，感到她的眼光落在他身上，似乎会压缩他。这个女人像隐藏在他背后的阴谋家，指挥造梦工厂向前走。她会提出一些好玩的游戏，比如，制造一个狼人出来，是她说过的。虽然是她不经意说出来的。然后，她说，那是不可能的，除非在电影或者电子游戏里。可是他捕获一种好玩的意味，他想制造出一个狼人来，用科学技术来制造一个狼人。这看起来有些荒谬，他却认为荒谬是真实的开始，荒谬会带来智慧。于是他开始研究狼的基因和人类基因的数据和转换。用一句话来说，在某处所隐藏的，可能在另一处得以揭示。他相信，一个狼人会在他手中制造出来，并且走进真实的日常生活。

王中维笑了笑，感到自己的笑声有些空洞。他的视线移到镜子上，看到里面有一具骷髅，张着空洞的没有眼睛的眼眶。他吓了一跳，摇了摇头，看见镜子里的骷髅消失了，恢复了他的影像。打开水龙头，看见流出的是血水，像一股黑红色的浊流冲击他的眼睛，眼睛似乎被刺痛了，他"啊"的一下，血水又变成了白花花的自来水。他晃了晃脑袋，心想自己是不是患上了幻觉症。前些天，他看见地上爬的几只蚂蚁变得像老鼠一样大，黑色的身子变成了血红色，张牙舞爪，朝他冲了过来。

再次躺在沙发上，眯缝着眼抽着丰收牌香烟，看着电视里的林青霞，他想象林青霞变成一个狼人会是什么样。一个狼人、一个人，本质上没有什么区别。莫飞变成狼人，却没有咬人，可是在现实中，人咬人却常常发生。他突然想到鲁迅的话："没有吃过人的孩子，或者还有？救救孩子……"也许有一天我也写一篇《狂人日记》，不过不是写关于吃人的日记，而是写关于梦境的日记，我不过是活在梦境中，他甚至这样安慰自己。当然，有时候他弄不清梦境和现实的关系。这两者有什么关系呢？这好，他变成一个狼人，成为嗜好血肉的野兽。

然后他解开上衣，看到胸前的文身，最近他在胸部文了一个露出尖尖牙齿的狼头。为什么我要在身上文下一个狼头呢？也许，我渴望变成狼人？总有一天我会像莫飞一样变成狼人？他伤感地抚摸着胸部的文身，就像抚摸一种烙印。那个没有文身的我不再存在了。我不知道哪一个是我。他低下头，感觉到风在耳边吹过。他仿佛看到他戴着平光眼镜走在街上，眼镜掉在地上，被一辆货车碾碎了，咔嚓的声音，像是货车碾碎了他的心的声音。死掉了，冒牌的你死掉了。他皱着眉，看着被碾碎的眼镜。一切是虚无，他脑中浮出这句话，然后狠狠地抽着香烟，烟雾缭绕中，看到车婉婉从窗子飘了过来，一丝不挂地浮在半空，闪闪发光，然后渐渐消失。

他一个食指在她的身上游移。一阵阵快意自下体蔓延开来，他突然感觉到没有什么能激起这种奇妙的快乐。那是原始的欲望与魔幻的感觉相互交织着。他似乎意识到，他手里掌握的，是她的整个生命。

21 幻想中的女人

房间灰暗，光影把他裹在灰暗的世界中，他躺在棺材里，睁开了眼，看见天花板上的一只蜘蛛垂下一条银丝，坠了下来。蜘蛛慢慢地沿着银丝爬下来，像一个患了慢性病的病人走着。他轻叹一口气，这卧室仿佛只有他一个人的存在，一个人的世界，还有一只蜘蛛。他摇了摇头，想拿起床边那包丰收牌香烟，只听噌的一下，蜘蛛变成了一个美女，像手掌那么大，穿着一袭紫色的裙子，徐徐地降落下来，紫色的光与影飘浮，覆盖整个房间。

王中维呆住了，想不到蜘蛛突然变成了女人，他伸出右手，接着飘下来的美女。他的眼睛瞪得更大了，原来美女长得和车婉婉一模一样，她落到他的手掌上，朝他笑了笑，却一声不吭。

空气里飘着一缕玫瑰的香气。光线变得亮了起来，仿佛在他的头顶簇拥花白的一群鸟。他晃了晃脑袋，看着她，一颗心怦怦地跳着。空气充满他的心跳声，越来越密，擂鼓般地响着。她笑了笑，慢慢脱下紫色的裙子……

王中维凝视着她。这个小巧玲珑的女孩，现在毕露在他的面前。王中维咬了下嘴唇，一下子不知如何是好。她像一个小人国的女子出现在他的手掌上，她笑了笑，用手指朝王中维飞了一个吻，然后指着他的另一只手掌，让它划过来。

于是王中维把左掌移了过去。她露齿一笑，轻轻按下他的手掌，他的掌心感受到她急促起伏的肋骨，指尖触到她的乳房。小小的乳房就像一枚果子，晶莹别致。王中维感觉到一股暖流直串到下体。

好像遥远的地方白鸟在唱歌似的，传来她的声音：

"我叫车婉婉……"

车婉婉？王中维怔了怔。他看到她的眼睛闪了一闪，把他裹进一个白色的世界。

"我要你摸我这里……我喜欢你抚摸我……"

他忍不住用一个食指抚摸她的脸庞。

她的脸庞白得几乎透明。

他不敢大力抚摸她，仿佛一用力，她会全身粉碎。

现在，她用两只手把他的左手按在左边乳房上，让手掌完全包着它，似乎需要他揉捏它。娇嫩的乳头贴着他的掌心，发着红光。他似乎听到她剧烈的心跳要穿破脆弱的胸腔。空气充满她身体的馨香，还有压低的喘息。他一个食指在她的身上游移，一阵阵快意自下体蔓延开来，他突然感觉到没有什么能激起这种奇妙的快乐。那是原始的欲望与魔幻的感觉相互交织着。他似乎意识到，他手里掌握的，是她的整个生命。

房间充满紫色的光影。她整个人看上去像一只小白兔。她的脸上泛着光，脖子上的汗珠往下淌，雪白的胴体，充满弹性的……她呻吟着，披散的长发在紫光中跳动。王中维觉激动起来，禁不住探出舌头，向她的身子俯下去……

不知是什么时候，是她身体上的汗，还是她体内的水，一滴滴落到他的掌心，他的手不由自主的轻轻一颤、一抽。仿佛花园里一阵花雨飘落，他的手掌脱离了她的躯体。受惊的她从他手中逃走了，向上一跃，悬在空中，又是一折，飞向门边。门无声地掩上。

她消失了，紫色的光影慢慢消逝。王中维瞪大了眼睛，看到整个房间重新陷入一片灰暗。

他屏息等待。棺材里搭着她刚才脱下的胸罩，紫色的，有细微的花边，似乎她整个灵魂都还在那上面，气味芬芳。一个小小的白色蝴蝶结落在一边，那是她刚才脱落的。他轻轻触摸紫色的胸罩，细微的电流再次穿过他的身体。

　　静静听了很久，屋里再也没有什么声音，他就那样一动不动躺了很久，直到窗外的天色渐渐变白。摊开手掌，小小的白色蝴蝶结停在他手心。那是她的灵魂还是什么？然后他看到蝴蝶结慢慢升上半空，嗖地从天花板上消失了，回头看那个胸罩，发现它也消失了。

　　"你像只蝴蝶在天上飞……"

　　他听到远处有人唱歌。然后，他醒了过来，瞪着眼睛，似乎看到车婉婉在空中飘舞，忽隐忽现。他想不到他会做这样的梦，要知道他没有吃梦之丸。他躺在棺材上，拿起一支丰收牌香烟……

22 五四手枪

那天早上，邮差来时莫飞还没起床。是江雪的妈妈在楼下叫醒他的。他趿着拖鞋，啪啦啪啦地跑下楼去，看到那个长得瘦削的邮差送给他一个笑容，然后递给他一个邮包。他看到邮包上的字迹，显得清秀，就想是女人写的。地址是 T 城前进街四巷 22 号，寄信人署名是林离。他想起那天，在 QICQ 上林离问他要地址。他问她干什么，她说想过来看下他。他没想到林离会寄东西给他。

他拿着邮包，路过天井时，看到江雪正在洗衣服，袖子挽起来，手臂显得比茉莉花还要白。他故意将拖鞋拖得响响的，江雪抬头看了他一眼，又低下头洗衣服。她看他的时候，莫飞听到自己的心怦怦地跳了起来，然而，他扭过眼神去假装看金鱼缸，那些金鱼在缸里显得特别大。他吹起《甜蜜蜜》的口哨，啪啦啪啦地走上楼去。

拆开邮包，里面居然有一支玩具手枪，是铜制的，仿五四手枪，有几颗塑料制成的子弹，还有一张明信片，明信片的图画是一只骆驼，一个穿着西装打着领带的男孩牵着它，另一只手抓着一朵玫瑰，上面印着四行字：当你看到骆驼的时候，／你会想到沙漠吗？／当你手抓紧玫瑰时，／还会想到什么？林离的文字是这样的：亲爱的，当你吻你的爱人时，枪不要离手。

林离是什么意思呢？他禁不住笑了，居然寄来一支玩具手枪，还有一张骆驼明信片。于是他拿起手机，很快拨了林离手机的号码，然而她关机了。他记得林离说过她的职业是教师，现在也许她在上课吧。后来她还说过，她的职业是一个女杀手。她干什么又有什么重要呢，其实他还真希望她是一个女杀手。他曾经想到江雪是一个女杀手。

哦，女杀手。这个城市会有这样的职业吗？莫飞想到 K 市传说的女杀手黑玫瑰，也许林离是黑玫瑰呢。事实上，杀手的行业是多么令他向往。可以想象，拿着手枪，步入房间，脸孔冷漠，枪声响起，鲜血飞溅……

他躺在床上，握着那支五四手枪，他能感觉到床板和他的四肢一样僵硬，也许他应该像一个梦辗转起来，甚至想他此刻是一个杀手，然后弹无虚发地射向猎物。他忍不住想：现实中的我是无趣？我的生活仿佛窒息如坟墓？所以林离邮寄一支玩具手枪给我？

这时他听到远处响起了音乐，歌声飘荡，隐约听到歌词：永恒不是一种承诺，而是一种决定……也许每一个人，记忆里都有一个神……爱速度，爱征服，梦想不怕多。有什么事情想说就说，想做就做……他突然觉得这些歌声就像一种噪音，他真想拿枪射杀播放这些音乐的家伙。

他把子弹埋进了手枪的子弹夹中，然后双手握着那支五四手枪，移到窗口，看见院子里的江雪把水倒得哗哗地响。他提起手臂，枪口对准了她。只要右手食指轻轻一按，子弹就会射中她。他发觉枪口是对准她的屁股。这有一种下流的意味？他突然觉得自己有些可笑。这时她扭过头来，朝他的窗子望了过来，他的双手很快放了下来。他冲她笑了笑，故作轻松地吹了一下口哨，口哨声居然很响，吓了他一跳。她看他的时候，脸上依然毫无表情。她垂下头，继续洗她的衣服。看着她的背影，他突然想她为什么不会放松一下自己呢？永远板着脸做人？可是他似乎和她一样，经常板着脸。

莫飞打了个呵欠，感觉到一种无聊。抬起头，看见一只白鸽扑扑地飞了过来，落在走廊的栏杆上，眼睛滴溜溜地转着，仿佛在找寻着什么。白鸽跳动着向他这边踱了过来。

他突然想起在《莫扎特的玫瑰》中，那个女人变成了一只白鸽。这些天他在继续吃梦之丸，他想知道他怎么才能找到莫扎特的玫瑰，让那个女人闻到它的香味，现出她的脸。他想看到那个女人到底有着怎样一张脸。

他把手枪对准了那只白鸽，猛地一扣扳机，子弹嗖地夺膛而出，白鸽扑棱棱地飞了上去，子弹射空了，射在凉台的栏杆上，弹向天井。他看着那颗子弹落在江雪的头上。他的心怦怦跳了起来。江雪捡起子弹，抬头看着他，眼神似乎凝结着一种幽怨。她很快低下头，又继续洗衣服。

莫飞的脸红了起来，倒是希望她会骂他一句，可是她却毫无反应。他看着手中的手枪，又打了个呵欠。站在走廊里，他能看到高高耸立的造梦古堡，还有那个造梦工厂的广告牌。在蓝天下，一个漂亮的女子张着天使般的白翅膀，嘴里喷射出一串水晶石般的浪花，那句广告词闪闪发光——每个人的青春都是一场梦，一种化学的发疯形式。这句广告词使他想起大学时看过的《了不起的盖茨比》。只是他更感兴趣的，是那个女孩黛西，那个不诚实的女孩——如果他没有记错的话，她叫黛西——在某个瞬间，他会想起崔盈，她像大颗的露珠一样滚落。他甚至想到爱情像大颗的露珠一样滚落。

然后，他看到太阳突然不见了，整个天空暗了下来，渐渐布满了乌云。他看到江雪拿起衣服，走进了她的房间。江雪的生活是否窒息如坟墓？他这样想她：她突然觉得自己躺在坟墓里。她的生活窒息如坟墓，像被人打得半死的苍蝇在痉挛，扑哧扑哧地拍打着翅膀，对此她并不诧异，把那些痛苦折叠起来……她无法凝固成一种隐秘的狂喜。然后，他抬起头，看着飞檐上那个蜘蛛网（他经常站在二楼的走廊上，或者透过他的窗口，看着那个蜘蛛网）。他盯着浮动的尘埃、白色的蛛丝，那只灰色的蜘蛛坐在中央，像一个钓鱼者，一动也不动。他想象自己是一只蜘蛛，而不是变成一个狼人。

他不知道站了多久，天空又亮了起来，太阳出来了。阳光照着那个蜘蛛网，蛛丝闪闪发光，他想象他像一缕阳光贴在蜘蛛网上，或者，这一切都化成密集的放射性的光线——橘红色、玫瑰色、黄色、淡淡的桃红色——在耀眼的光线里，他看见江雪走了过来，穿着白裙，双眼发光。可是一想到现在他是一个狼人，他感到抑郁：他又怎么能接近江雪呢。一个狼人不吓坏她才怪呢。他猜想她见到他变为狼人的样子，也许会吓得尖叫起来，他倒希望江雪像林离说的那样，即使你是一个狼人，我还是爱你。

江雪是林离？那一刻莫飞浮出这个想法。

当然他想，这是不可能的。

江雪怎么会是林离呢？

莫飞很快枪毙了这个想法。

江雪用手揽着莫飞的手臂，像一个恋人依偎在他身旁。莫飞惊异她这个突然的动作。他感觉到她身子的柔软，内心涌现出一种说不出的狂喜。他没有想到这个晚上他会这么亲密地和她在一起。

23 邂逅

整整一个星期了，莫飞没有见过王中维。他很想问王中维，他现在变成了狼人，是不是跟他的梦之丸有关系？要知道王中维在他面前显得神秘莫测，甚至他的身上充满了诡异。

事实上莫飞不清楚王中维的身份和工作，他不知道在造梦公司王中维到底是干什么的。他没有问起过。莫飞想：王中维干什么和我又有什么关系呢？莫飞猜他是一个科学家，或者是造梦公司的领导骨干。王中维对莫飞来说，更多是一个模糊的符号。在莫飞的脑袋里，存在更多的是他俩童年时玩耍的片断。他愿意停留在那一刻，至少那时他们是快乐的、亲密的。现在他们疏离了，似乎无话可谈。他们见面，还能说些什么话题呢？当然他会说他的梦故事，会彼此问过得怎么样，可是他感觉到王中维的陌生，他们似乎无法有一种心灵的亲近。

和王中维在一起时，莫飞觉得别扭，是王中维已经富甲一方，还是因为自己的自卑心理作怪，他说不清楚。而且每次想到父亲对王中维母亲的伤害，他会感觉到与王中维之间存在着一层隔阂和难堪。

莫飞再次看见王中维，是在造梦古堡的聚会上。王中维给他打电话，要他去造梦古堡参加一个化装舞会，他在电话里很快答应了王中维。

看见王中维时，莫飞惊讶于他眼角多了一条伤疤。

王中维看见莫飞，向他伸出手，说："莫飞，你这段时间搞什么去了？"

王中维嘴角隐含着笑容，语调显得低沉。

莫飞说："我成了一个狼人。"

王中维脸上露出一丝惊讶，说："狼人？你开什么玩笑。"

不知怎么的，莫飞感觉到王中维的语调是掩饰的，他似乎早就知道他成了狼人。

莫飞看着王中维眼角那条伤疤，说：

"你眼角挂彩了！"

王中维笑着说："是被女人用指甲弄伤的。"

莫飞笑着说："这女人还真厉害。"

王中维说："是啊，简直是一只母老虎。"

莫飞说："想不到你会搞这样大型的聚会。"

王中维说："是车婉婉的意思。"

聚会上的男女衣着入时，看来都像上流社会的人物。莫飞看见K市的市长也来了，还作了讲话，说造梦公司给K市带来了很好的税收，还说今天是王中维二十八岁的生日，也是K市建市四十周年的生日……

莫飞想看一下车婉婉长得怎么样，要知道他一直觉得她像一个神秘莫测的梦境。然后轮到了车婉婉讲话，莫飞看见一个穿着蓝色旗袍的女人走了上去，她长着杏脸，戴一副眼镜，身材苗条而丰满。他突然觉得她有些熟悉，似乎在哪里见过。

车婉婉说：……王中维是造梦公司的首席科学家，也是造梦公司的开创者……

她还说，王中维是一个天才的科学家，他将创造人类历史的新纪元……

莫飞看着车婉婉，越发觉得她熟悉。穿着旗袍的她显得雍容华贵。她戴着眼镜，很难看出她到底有多少岁，从外表看来，她显得精明能干，脸庞的肤色又像少女一般。他努力地回忆在哪里见过她，也许是在电视上见过她，或者在报刊上见过她，所以感觉到熟悉。可是他有一种感觉，他是在日常生活中见过她，但此刻脑袋里一片迷糊。

这是造梦公司的十五楼，莫飞站在靠近阳台的角落里，能看见黑蓝色的夜空。后来舞会开始了，他看见车婉婉和王中维跳起舞，他们的舞姿吸引了全场大多数人的目光。这时他才注意到，车婉婉和王中维都戴着同样一副眼镜。那是近视眼镜吗？他想那是平光眼镜，他们在掩饰自己罢了。

他突然觉得无聊。他不会跳舞，于是来到阳台上，看见一个女人背倚着栏杆，凝视着走过来的他。他冲她微笑了一下。她也向他微笑。这时他才看清楚，她是江雪。她穿着一袭白色的裙子，看上去很美。双手握着栏杆上的横杆，不停地来回滑动。看到莫飞时，江雪眼里亮了一下。莫飞听到他的心跳了起来，冲她笑了笑，说：

"你怎么不去跳舞？"

江雪露齿一笑。莫飞这才想起她是哑巴，于是尴尬地笑了笑，扳着手不知说什么好。他注意到她裙子领口还挂着那副茶色太阳眼镜。

"我在看他们跳舞。"

莫飞突然听到她的声音，惊讶于她原来不是一个哑巴。她看着王中维和车婉婉，莫飞感觉到她的目光有一种投入感。

莫飞说："你不是哑巴？"

江雪瞪着眼睛说："谁说我是哑巴？"

莫飞说："我平时见你总不说话，又听到张虹说你是哑巴……"

江雪笑了笑说："我是很少讲话的。他们都说我有自闭倾向。"

莫飞说："我感到荣幸，能听到你的声音。其实你的声音很好听。"

江雪笑了笑，没有出声。

莫飞不知道说什么好，他说："你一个人来这里吗？"

江雪看着莫飞，说："我是造梦公司的员工。你是王中维的朋友吧？"

莫飞说："是啊，你怎么知道的？"

江雪说："我看见他和你说话。你和王中维是很好的朋友吗？"

莫飞说："我们从小玩到大的。我叫莫飞。在你家租房子后，我们好像还没有认真说过话。"

"我叫江雪。"她笑了笑，扭头望着跳舞的王中维，说，"有时无声胜有声呢。"

莫飞轻吟了一下这个名字，凝视着她的脸庞，她的眼睛出奇的明亮。

她再一次看着王中维，说："我有时不明白王中维，觉得他好难理解。"

莫飞说："每一个人都有多面性，有时人连自己都不能理解，何况是去理解别人。"

江雪笑了笑，低下头看着自己的鞋子。莫飞注意到她穿着一双蓝色的高跟鞋，腿显得修长。他突然有一种感觉，她爱恋着王中维，也许她对他有着哀怨。他抬起头看着夜空，突然感觉到夜色温柔，然后，扭过头冲她微笑了一下，说：

"我能和你做朋友吗？"

江雪说："当然可以。"

莫飞微笑着说："谢谢你。其实到你家租房子之前，我见过你。"

江雪看着他，说："哦，你以前见过我？"

莫飞说："我在去闸坡的公共汽车上看到你。那次你穿着一袭白裙，拎着一个小袋子。当时我恰好坐在你旁边。"

江雪笑了笑，说："可惜我忘记了你。我去过好多次闸坡。"

莫飞说："我觉得你很美。"

江雪说："谢谢。"

不知怎么的，莫飞觉得她有着异样的美。她的眼睛散着一种忧郁的目光，即使在微笑时，也含隐这种忧郁的成分。她似乎在压抑着一种爱。可能是对王中维的爱？他掠过这种想法。

莫飞看着她裙子领口的茶色太阳镜，他说："你很喜欢戴这种眼镜吗？"

江雪笑了笑，然后戴上太阳眼镜，说："好看吗？"

莫飞说："很好看。"

江雪摘下眼镜，说："送给你。"

莫飞拿着那副眼镜，颤着声音说："谢谢你。"

江雪用手理了理一绺头发，说："你能陪我到外面走走吗？"

莫飞说："去外面走走？"

江雪说："嗯，我不喜欢这里，人太多，太热闹了，我们到外面走走吧，哪怕是到大街上。"

莫飞内心掠过一阵惊喜，他说："我也不喜欢这里。我们走吧。"

江雪用手揽着莫飞的手臂，像一个恋人依偎在他身旁。莫飞惊异她这个突然的动作。他感觉到她身子的柔软，内心涌现出一种说不出的狂喜。他没有想到这个晚上他会这么亲密地和她在一起。

莫飞再把目光转向舞池，看到王中维和车婉婉还在跳舞，他们似乎用眼角的余光看着他和江雪。莫飞迈开步子，和江雪离开了造梦古堡。

每天看见你，我觉得宁静。这是不是爱？这是不是爱？
这是不是爱？……所有的艺术不过是接近内心的表现。他
突然浮现一种思想：我渴望艺术的死法。

24 睡美人

从舞会回来时，王中维看见崔盈睡了，她躺在蝴蝶棺材里，像
一个睡美人。他记得最初崔盈看见密室里放着一副棺材，大骂他变态。
现在她敢躺在棺材里睡去。他用手链和脚链锁着她，防止她逃走。对
于他来说，每天能看见她，似乎是忘掉忧郁的开始。车婉婉这几天并
没有来找他，事实上他和车婉婉的性关系并不多，也许车婉婉看中的，
是他在科学上的天才，而不是他的性功能。

我们都是恶的同盟者，车婉婉曾经这样对他说。恶的同盟者？
他笑了笑，看着睡梦中的崔盈，感到自己像一个恶魔，这是自然而然
形成的。房间充满闷人的暖气，他拿起一个装着玻璃球的玻璃瓶，看
着五颜六色的玻璃球，感到一种虚无。他想起童年时和莫飞一起玩玻
璃球的情景，那时他们在水泥地上弹玻璃球，看谁最先击中对方的；
或者在泥土上挖一个小坑，看谁最先把玻璃球弹入小坑中……他记起
那天在麦当劳快餐店里，他对莫飞说，我们的生命是如此虚无，我们
都在虚度光阴，不管你如何光荣或低贱，你迟早都会死去。

王中维记起前些天他命令血盟成员买了一些狼回来，伪装成狼
人吸血，可以嫁祸给莫飞这个狼人。他注意到电视台、电台、报纸、
网络等传媒不断播放了关于狼人的讨论和消息，大街上关于狼头的面
具热销起来，不少小孩子都戴着狼头的面具做游戏。和梦之丸一样，
狼人呈现了娱乐性，成为这个城市的热门话题。

房间里还养着几条淡蓝色的金鱼，他知道崔盈喜欢蓝色。金鱼
优雅地游动着，仿佛水是它们身体的一部分。他记得有人说过——鱼
说：你不能看见我的眼泪。水说：我能感觉到你哭，因为你在我心里。

现在他却想到没有人感觉到他的哭。他走了过去，把手伸进鱼缸里，感到水的凉爽。他很快握住一条金鱼，紧捏在手中，仿佛捏着一种虚无。握在手里的金鱼挣扎着，盯着它凸起的眼睛，王中维想象用牙签刺瞎它——这有什么样的感觉？他笑了笑，正想把金鱼扔进鱼缸里，这时崔盈辗转身子，醒了过来。她睁开眼睛，看着他。

崔盈说："你在干什么？"

他说："我想用牙签刺瞎它的眼睛。"

崔盈说："你这疯子，你不如刺瞎你自己的眼睛！"

他说："如果我的眼睛瞎了，怎么能看到你这美人？"

崔盈说："你这猪头，快点死吧。"

他看着她生气的样子，装作陶醉地欣赏着，"我喜欢你生气的样子，显得更美。"

崔盈说："猪头！"

他把金鱼扔进缸里，金鱼滑进水里，张着嘴巴，吞吐气泡，他想到他就像一条金鱼，无非和崔盈玩着水中的游戏。

崔盈说："猪头，你要囚禁我到什么时候？"

他说："到我厌倦为止……"

崔盈说："莫飞还把你当作好朋友，你这猪头，人渣……"

他说："我就是喜欢你骂我的样子。"

崔盈哼了一声，说："你到底想干什么？"

他长嘘一口气，说："我也不知道我想干什么，也许我想你会爱上我……"

崔盈说："你休想，你这猪头，我死了也不会爱上你。有种你就杀了我。"

他叹了一口气，说："你不觉得我对你很好吗，除了用铁链绑着你，还从来没有对你非礼过。我只想软禁你，每天看见你……"

崔盈说："你是疯子！"

他说："我也不知道怎么了，每天看见你，就觉得宁静。这是不是爱？这是不是爱？这是不是爱？"

崔盈说："你是疯子、猪、笨蛋……"

绑架了崔盈这么久，他还没有抚摸过她的脸。现在，近距离地凝视着她，他的心怦怦地跳起来。崔盈扭着脸，嫌恶地睨着他。他伸出手掌，抚摸她的半边脸。

崔盈哇哇地叫了起来："你这只猪，别碰我……"

他觉得好笑，当她越是骂他时，他越觉得兴奋，他从来没有品尝过被人辱骂的感觉。然后，他的手掌在她的脸上轻抚着，他眯着眼。崔盈狠狠地将唾沫啐在他的脸上，他并没有生气，只是继续抚摸她的脸，在她的辱骂声中，他的抚摸，仿佛成了一种坚持。富有弹性的肌肤，光滑柔软的肌肤、让他沉浸于一种奇妙的快感当中。后来，他停了下来，凝视着她。崔盈似乎骂累了，狠狠地瞪着他。

他笑了笑，说："我希望每天都能抚摸你……"

崔盈嘶哑着声音说："猪，猪……"

他摇了摇头，说："我有什么比不上莫飞的？我比他英俊，比他富有，比他……"

崔盈说："你什么都比不上他，你是一只猪！"

他笑了笑，望着窗外，说："我只是同自己较量一番，然后死去。"

崔盈盯着这个男人，眼里流露出不解。

王中维抬起头，说："就像我喜欢你，其实不过是喜欢我内心里的一个影子。你明白吗？"

崔盈说："我觉得你像一个疯子。"

"我希望我疯了，你知道吗，我想制造一个叫《上帝疯了》的梦故事，可是我找不到灵感。我制造了《莫扎特的玫瑰》，莫飞吃上了，这个故事有些疯狂，莫飞会变得疯狂。"

"你为什么要让莫飞吃《莫扎特的玫瑰》？"

"因为我想使他变得疯狂，参与一个游戏。"

"你想让他参与你的较量？"

"所有的较量，收获的是虚无。你想听一听这个故事是怎样的吗？"

"是什么故事？"

"其实我不知道这是一个怎样的故事，或许我也控制不了这个故事……"

然后他不再出声，觉得再多的话语是多余的，甚至沦落为一种诡辩。最近造梦工厂的科研小组在研究梦之丸对人体产生的副作用——据说有些人吃了梦之丸产生慢性中毒的现象。王中维心情烦躁，灵感一再消失，他翻看了一些关于阐述艺术的书籍，沉迷于艺术的境地。他觉得艺术不过是接近内心的表现。科学上的发现来自灵感，他相信灵光一闪的作用。他需要放松身体和心灵，现在他绑架崔盈是不是一种放松呢？然后他想到一句话：艺术欠缺理想之光，逐渐变得腐朽。绑架崔盈是一件艺术事件，他惊讶于这种想法浮了出来。绑架崔盈是一件艺术事件，绑架崔盈是一件艺术事件，绑架崔盈是一件艺术事件……然后他想到梦之丸应该是一种艺术，生活是最好的艺术。他看了看窗外，天空接近透明的蔚蓝，浮着几朵白云。我渴望艺术的死法，王中维想。梦之丸追求快乐的原则：让我娱乐你。现在他用梦之丸娱乐整个人类。

他静静地看了崔盈好一会儿，然后走出密室，来到卧室。相比起囚禁崔盈的密室，这个卧室要湿润得多。屋子里有一股潮湿的寒气。他喜欢这种潮湿的感觉。看着墙壁镶嵌的那面大镜子，此刻镜中的他毫无生气，眼睛一眨不眨。然后他穿上一袭清朝的官服，整个人变得舒畅多了。他喜欢清朝的官服，颜色鲜艳，图案分明。

天气开始热了起来，房间还是潮湿，王中维奇怪自己喜欢湿润的空间，他就像一只青蛙躲在洞穴里。他平时抽雪茄，喜欢雪茄的味道和浓郁的香气弥漫在喉咙。现在他喝着蓝山咖啡，翻着杂志，看到上面那些关于梦之丸的广告，各种形式的广告都有，甚至包括访谈的文字，一种变相吹捧的广告。整个 K 市流行吞食梦之丸，然后流行各地。杂志由此跟踪报道，掀起新闻炒作的热点，时尚杂志更是不知疲倦地报道，因为吞食梦之丸，是上流社会和中产阶级、小资们的喜好之一。

他想起《莫扎特的玫瑰》已经推向市场，那个梦故事并没有吸引多少人，有些可惜。但放进狼基因的梦之丸，只有莫飞一个人吞食。想到这一点，他露出一丝笑容。他要像熄灭香烟一样熄灭莫飞？他想起他和莫飞还是朋友，为什么要这样呢？有时候他无法解释自己的行为。也许是莫飞的父亲侵犯了他母亲；也许他看见莫飞就想到了他父亲，谁叫莫飞长得那么像他父亲，他一辈子都无法原谅莫飞的父亲；也许，崔盈不应该爱上莫飞；或者莫飞是一种障碍，是阻止他快乐的理由；或者说，让莫飞吞食《莫扎特的玫瑰》，王中维感觉到快乐的滋味，看到莫飞的疼痛他感到快乐，他要慢慢看着莫飞怎样沦为一只野兽，然后欣赏这出戏剧，尽管他有时弄不懂，在这出戏中自己扮演了什么角色。

此刻王中维想到莫飞，心里异常的坦然，他俨然施展他的魔法，攫住了莫飞。这是一个游戏，他感到他和莫飞的故事会越来越有趣。

他绑架了崔盈，引导出一个结论：快乐是建筑在别人的痛苦之上。能干出这种事情，必须天生是盗贼，他觉得自己就是一个天生的盗贼。这个城市随时制造出令人恐怖的事情，比如，一个女人因为不堪忍受丈夫的虐待，割下了他的生殖器。这些报上刊登的新闻事件，比你想象的东西要来劲得多。他思考。每一个新闻事件都有令人深思的含意，他沉醉于那些惊悚事件中，然后展开想象。他看到镜子里的自己露出了一种讽刺的微笑。

这一刻，他身上的恶压倒了一切，他想不择手段，成全自己。也许，没有恶，那不过是另一个他出现了，这个他和另一个他每天交战，甚至和好几个他在交战，最大的敌人就是自己。你必须按照自己的方式塑造自己。可是，什么是自己的方式？有时候，时间欺骗了他，他变得厌倦，逃离一切。他一直认识这个世界，这是一个没有生气的空间，它充满幻觉，远离真实。

这个世界始终充满斗争、敌对、统治和诱惑的关系。他必须扮演自己的角色，用几分狂热，和这个世界对着干。他记得车婉婉对他说过，我们从小就受到了大人的蒙骗，以为世界是所谓的贡献自己，发光发热，其实世界是在互相斗争中更新换代。

他想起车婉婉的声音：很多人的观念好像还停留在性即是爱上，其实做爱不过是和握手一样的身体接触，只是较为深入，哈哈……他突然想到，我从不了解车婉婉——许我从来不了解自己。他要自己蔑视她，在精神上战胜她，也许她和他一样，都在试图征服对方。情爱本身并不重要，重要的是你的感觉；情爱好比一场角斗，就是试图征服对方，让对方完全屈服。我没有必要再为她烦躁，我寻找到的，是对她的伤害。这样我更胜过她的阴冷。

他一直认为，每个时代都有一些不一样的人，来推动社会的进展。如果这是真的，那么现实将变得有趣。梦境成为谋杀现实的武器，这样，我成为一个隐藏狂想的阴谋家。他笑了笑，抽着雪茄，感受到烟雾里飘着一缕香气。他喜欢阴谋这个词，那是一种富有力量感的享受。

抬起头，凝视着天花板，天花板用檀木雕刻成图案，几百朵绽放的黑色的玫瑰花。王中维凝视着这些形态各异的玫瑰花，渴望得到一种解脱，在这些玫瑰花身上寻找想象，忘却现实。他伸出手掌，一只纤细白皙的手掌——令他惊诧的是，车婉婉居然出现在手指间的半空中，飘浮着，眼睛瞪得很大，逼视着他。整个房子弥漫着她的气味。他晃了晃头，看到车婉婉消失了，墙上镜子里的他，脸上浮着一丝笑意，那只手掌闪着白光。这一刻，他有些困乏，想象车婉婉睡眼惺松地走进卧室,她一定是从哪里鬼混回来。这个念头让他的手掌颤动了一下,她饱满的胸部在眼前晃动,让他再一次陷进了对她的欲望中:此刻她裸露在他面前,就像一张白纸,可以随意地涂抹……

她的声音有诱惑男人的味道，他的心扑扑地跳了起来，尽管他习惯了她亲昵的动作。然后他看了一下窗外，觉得没有什么力量能阻挡她肉体的诱惑。

25 昼变

一只粉红色的蝴蝶飞进王中维的房间，好像细碎的花朵飘动，尾翼长如丝带，闪闪发光，对于他来说，这只蝴蝶的出现，好比一个梦境的出现。

事实上，这只蝴蝶是他从街市买回来的，他曾经买过四十多只蝴蝶，然后把它们放飞在房间里。蝴蝶的身影让他沉迷于某种幻影。他浮想起车婉婉的身影，这个女人停留在他脑袋里，状如飞絮的模糊的一团。蝴蝶，这柔弱的生物，试图飞出那个窗口。回忆中，他的双手抱着她的肩头，轻轻地拥她入怀，然后他说："你就像一只花蝴蝶，今晚睡在这里吧。"

他想起这样的梦中场景：车婉婉的胸口突然喷出一股血红一样的东西，在风里慢慢散开来，是蝴蝶，蝴蝶越涌越多，渐渐把她的身体包裹起来，再后来，风把这些蝴蝶慢慢吹散，他发现她消失了，消失在蝴蝶之中。蝴蝶缓缓从空中飘下，一落到地面就消失，他伸手想接住，还没到手便消失了。他的内心有些失落，一只蝴蝶终于落在他的手心，化成了一滴水珠，他捧着它，晶莹透亮，他伸出舌头把它吸吮到嘴里，咸咸的，有着眼泪的味道。

窗外下起了雨，王中维看着雨点滑行在玻璃窗上，像无数的泪珠在滚动，这种景象使他动了心。他觉得自己的世界充满了阴暗的雨，不停地无声地落下，仿佛永远不会停下来。那只粉红色的蝴蝶飞舞在他的头顶，他的目光追逐着蝴蝶的身影，心跳得更快。脑海里有一个声音：蝴蝶的尖叫。可惜他无法听到蝴蝶尖叫的声音，看着蝴蝶的影子，心想他的世界似乎虚幻不安起来。

他突然明白，其实自己一直很孤单。车婉婉就是他生命中的蝴蝶，是他的梦境。也许有一天，车婉婉会从他的生活中彻底消失。在他看来，梦境是令人激动的事情，尤其是为别人活着的时刻，有时他觉得踏进造梦工厂那一刻，他开始为车婉婉而活着。

打开电视，看到电视正转播 K 市新闻，K 市人民礼堂因为年久破旧，实施定时爆破，他看见围观的群众露出一双双期待的眼睛，突然想到，如果有一天他把造梦古堡实施定时爆破，那会怎样呢？电视上很快传出人民礼堂爆破的场面，只听一声巨响，整座人民礼堂轰然倒塌，隆起了滚滚烟尘。

这时，车婉婉走进了他的房间。看着她丰满的身段，王中维仿佛看到那只粉红色的蝴蝶，他硬生生将视线挪开，害怕和她的视线碰撞在一起。然后，他听到她轻轻叫了一声，抬起头看着那只蝴蝶，说：

"哪来这么一只好看的蝴蝶？"

"你不觉得你像它吗？"

他笑了笑，点燃一支雪茄烟。

"我什么都不像……我只是我。"

车婉婉整个人显得冷静，目光透出一种凌厉。

透过桌面上立着的小镜子，他看到自己的脸色有些苍白。他笑了笑。

"最近营业部传来信息，说有人吃了梦之丸产生副作用，甚至有人心脏病发作了。"

车婉婉看着他，当他们的目光撞到一起，他忙不迭地将视线移开。他试图追看那只蝴蝶，却发现它消失了。王中维感到一种失落，摇了摇头，觉得脑袋有点晕眩。

"你怎么啦？"

车婉婉的声音变得低沉。

"我早就告诉过你，梦之丸目前是有副作用，我们在说明书上也注明了心脏病患者慎用……"

他低声说，看到自己的指甲显得苍白，喷了一口烟，整个身子发软。

"看来我们得继续好好宣传，别让那些副作用搞垮了我们。"

车婉婉的眼睛发亮，是他喜欢的亮光，是他不能支配的她的目光。他突然想起她说过，只要有野心，世界就会向你让步。

"我们必须拿出更好的方案和设计，让梦之丸变得完美。"

车婉婉走过去，拿起桌上那盒雪茄烟，抽出一根，点燃，狠狠吸一口，然后缓缓吐出烟雾，又说：

"或许我们不能支配所有人，但必须使我们的造梦工厂的形象更有力量。你明白吗？"

电视上还在转播 K 市人民礼堂定点爆破的专题报道，房间里的空气充满火药味，也许有一天，他的目光要点燃这房间。然后，他狠狠抽了一口雪茄烟，看着缭绕的烟雾，突然想到：我和你的距离，在香烟与手指之间，靠得近了，便痛了。

然而，车婉婉却挪近了身子，手放在他的脸上。他听到她的声音，你好像瘦了。她的声音有诱惑男人的味道，他的心扑扑地跳了起来，尽管他习惯了她亲昵的动作。他看了一下窗外，天空放晴了，夕阳冒了出来，一团团白云悬浮，好像女人的乳房膨胀着。然后他看着靠过来的车婉婉，似乎看到她胸前飘出了两朵白云，他觉得没有什么力量能阻挡她肉体的诱惑。

光线半明半暗，他看到她伸了一个懒腰，双手向上撑起，
嘴唇张成一个O形，乳房波动。他隐隐约约听到一种声音
像马蹄得得地发响。

26 O形的天空

这是黄昏，在他的房间里，窗子射进的光芒显得黯淡。车婉婉
仿佛凝固了一个阴暗的反影，她的脸在他面前闪闪发光。在毛蓬蓬的
肉体隐秘深处，那是一个甜蜜的绝望，光线半明半暗，他看到她伸了
一个懒腰，双手向上撑起，嘴唇张成一个O形，乳房波动。他隐隐
约约听到一种声音像马蹄得得地发响。他想到，肉体为我们提供了交
流的机会，衣裳是肉体的掩饰，我们得以体面地走在大街上。

王中维知道车婉婉是这样的女人：她不再局限于政治的诋毁与
攻击，往往用生活的腐化和堕落来攻击对方，结束对方的政治生涯，
这是有力的武器。最近她联合某个副市长，就把K市那个组织部长
弄下了台。她是放长线钓大鱼，把那些威胁她的敌人轰下台，女色是
她运用得较好的武器。她是一个懂得玩弄权术的女人，懂得利用女人
的优势来增长自己的权势和结交朋友。

此刻，她松弛的脸，明显地垂下来的眼袋，让你感觉到她陷在
某种模糊不定的快乐中。他甚至产生过这种想法，没有任何的默契，
没有任何的故事，他们之间不过是一个陌生人与一个娼妓的交易。他
们之间没有温暖、没有鲜花、没有呼吸……他感觉到沉闷的空气，感
觉到淡淡的羞愧感。他想象车婉婉是一个娼妓。

想起她和某个男人刚刚睡过，哦，那个男人还长着一个草莓似
的紫红鼻头，王中维有点呕吐的感觉。可是，他还是抓紧了她的双手，
夹在他的双掌里，揉搓着。她的手渐渐变细，变细，一下子变成了两
条蛇，在他的手掌间吐出舌头，红红的，尖尖的。他晃了晃脑袋，为
刚才这个幻象嘘了一口气。事实上她的双掌放在她的膝下。她静静地

坐着，看着窗外的天空。他看到她翕动着嘴巴，脸侧仿佛凝聚着什么，闪着薄薄的光芒。

这个时候，他看到她整张脸拉长了，噘起嘴。他突然想，这个女人有粗野的味道。他想象他把她拉进怀里，用力地搂着她，把嘴唇探向她的嘴，她挣扎着，左手掐着他的手臂，右手推着他的脸，甚至向他吐唾沫，他喜欢她的唾沫散在脸上的感觉，一种芳香的味道。

这些卑鄙的想法稍纵即逝。有时现实和他的幻想完全一样，他甚至这样想。

车婉婉眨了眨眼睛，摇晃了一下脑袋，烟雾在她的脸上移动，他想起她在高潮时发出一种像鸟叫的呻吟，声音怪诞。也许，她注意到他盯了她很久。

他甚至想让她恼怒起来，她的脸因为恼怒扭曲得变了形。他想变得更加虚伪，或者在她面前变得虚张声势。是的，他觉得他没有信仰了。只有金钱，只有情欲——或许这会使他变得快乐一些。他想象车婉婉就像一个金戒指套住了自己，他感到疲倦，充满厌恶，整个脸庞充满了一副冷嘲热讽的表情。就像从镜子中看到，这个喜欢讥讽世界的家伙，他的脸像一张盾牌，呈现铅灰色的讥讽表情。他屈从了，屈从这个现实世界，龟缩在这个小小的空间。然后他看到，她的冷漠闪耀着一种美。

女人看着他，哼了一下，把他拉近胸前。他的内心仿佛起了一场骚乱。他要自己表现乖巧，听到骨骼响动的声音，像是从地底冒出来。

她的手是那样温和，抚摸着他的身体，然后她脱光了衣服，低下头，亲吻着他。她亲吻发出的声音散开来，使他涌起一种暖暖的快感，就像落日的余晖落在他的身上。维维，你好爽的样子，女人的声音低沉。她圆润直挺的脖子，在他面前晃动，他感觉到她像一块肥皂一样光滑。车婉婉的臀部有一个五分硬币大小的红痣，王中维想象这个女人和那些男人发生关系时，不少男人会抚摸她这个红痣。

嗯，你总是让我感觉到爽，他的声音浮起来。他想象她怀孕的样子，他想要一个儿子，他和她的儿子。可是这样的想法很快消散了，他知道这是一种幻想。他们也许根本不存在感情之类的东西？他们只意味着身体，意味着什么东西被削除了？他不想思索得太多。在这个女人的生活中，他扮演着一个奇怪的、暧昧的角色，并且无法加以改变。

这时候，他看见天空洒下了雨点，开始是毛毛细雨，慢慢变成一滴滴，豆一般大，闪着白光，后来，越来越大，像青蛙般落了下来。他张开嘴巴，看到雨点像青蛙般落了下来。他奇怪自己为什么会看到这种情景，这一场青蛙雨，好比一阵突发的幻觉袭击了他。

他突然觉得自己陷进了一种蓄谋已久的幻觉之中。然后，他听到她发出了笑声，女人发出的笑声扑了过来。他的耳边响彻她的笑声，可是她分明静静地坐在沙发上，嘴巴合得紧紧的。

王中维记起车婉婉说过，她常常看见死去的姐姐的灵魂出现，站在面前和她说话。难道这一刻，她又看到她的姐姐了吗？他笑了笑，低下头，看到自己十个手指的指甲长长的。

他一直相信幻觉的力量，现在他清晰地看到，这个世界正在以一种幻觉的力量毁灭他。他看到自己的手颤抖着，一种抑制不住的颤抖，他觉察出恐惧，一种来自内心的恐惧。

他抬起头，看到她流出了眼泪，泪珠闪着一种白光。他扑过去，拥着她的肩膀，凝视着她整张脸。她冲他笑了一下，然后闭上眼睛，泪水还在流。今天是她姐姐的忌日，在这个日子里她会流下眼泪。

这个冷傲的女人居然会流下眼泪。他的心怦怦地跳。他知道她姐姐是自杀的，据说她姐夫在外面有了别的女人，她姐姐知道后服毒自杀了。后来，那个男人在一场车祸中死去。王中维能猜想到，那个男人是死在车婉婉的手中，她谋杀了他，为她姐姐报了仇。

他感到内心充满了爱怜与迷惘，他低下头，吻着她的眼泪，感觉到一颗心变得柔软，他把她紧紧搂在怀里，一颗心仿佛在水波里颤动。当他亲吻她时，内心的恐惧渐渐消失，有些东西似乎与众不同，这一切他从来没想过。这一刻，他想进入她的身体，比任何时候都想。这种感觉来得很强烈，以致他双手变得有力。谁携带春天进入你的眼睛，那是她翕动的嘴唇，他想起了这样的一句诗。于是，他更加强烈地搂抱了她。那一刻，他想到了爱情，想到他爱着她，爱着她的一切。即使她的脸色越来越难看，即使他告诉自己，永远不要告诉车婉婉——他爱着她。

现在他们安静下来，躺在沙发里，她双手枕在脑袋下面，看着天花板。

"最近网络上，有人指责梦之丸，指责造梦工厂在制造毒害人的麻醉品。"

王中维看着车婉婉，阴郁地说。

"不要期待人人都说你是好人。除非你不属于这个世界，否则你得承受有人指着你的后背说三道四。"

车婉婉哼了一下，抽出脑袋下的双手，用拳头捶了一下枕头。

"我不在乎别人怎么说。"

王中维看着她的侧脸，沙发旁边那盏暗黄色的台灯把她的脸映照得柔和。

"我在乎别人说过的话。我要封住那些可恶的人的嘴巴。"

车婉婉嘟哝地说，把手指关节按得啪啪地响。

"可惜你不是大人物。"

王中维笑着说了一句。

"我到窗口看日落。"

车婉婉站了起来，向窗口走去。王中维看见她的身体闪着白光。肉体的交锋过后他感到疲乏，他的身体变得僵硬，躺在那里，凝视着车婉婉的背影。他看到那个夕阳又红又圆，从窗口射进微光，把车婉婉的影子拉得长长的抹在地上。他关了沙发旁边那盏暗黄色的台灯，脸没入阴暗里，感觉到身体浸在疲乏中。他曾经想到，生活应该呈现更完美的形式，可是，生活给他无休止的疲乏，仿佛在一个漫长的夜晚，看不到时间的尽头。

他站了起来，跳下床，走到她的身边，伸出手，把指尖轻轻地触在她的面颊。她闭上眼睛，仿佛享受这一刻的温柔。

"有一天我会杀了你。"

他轻声对她说。

"你没有勇气杀了我。"

她笑了笑，把手放在他的肩上，捏了他一下。

"杀人是需要勇气的，有一天我会找到这种勇气……"

他仰起头，看着夕阳在薄薄的云层中下落。

"幻由心生，是你把事情想得复杂了。"

她裹紧了身子，笑了一下。

"幻由心生？我想把事情想得简单。"

他点下头，把手再探过去，搂住了她的肩膀。

她不再出声。

"我的厌倦就是我的勇气……如果有一天我彻底厌倦了，我就找到了勇气……"

他听到自己的声音变得有些异样。

她笑了笑，向上伸出双手，似乎想抓紧半空的东西。

他攥紧了拳头，感觉到手心里有些湿润，可能是汗水渗出来了。为什么这一刻我会紧张起来？刹那间，他觉得整个身心都聚拢在她的动作之中，他突然感觉到身子绵软。

他看到她的眼睛在闪亮，然后她叹了一口气，声息有些虚弱，犹如泡沫浮在水面，很快消失。

有些东西似乎悄然合上，他咀嚼到一种茫然；有些东西比阴暗的色调还冷，在岑寂中他看着自己的手掌，微微发白，仿如幻象。然后，他抬头看着窗外，天色开始灰暗，西边有一抹亮光，太阳坠下了。

27 夜晚的现实他是一个狼人

一只鸽子的羽毛,落在走廊上,莫飞拿着那片羽毛,端详起来,然后,趴在阳台上,看着远处工厂的大烟囱放出又直又粗的黑烟,心想如果塞上这个大烟囱会有什么感觉。那个大烟囱用红砖砌成,笔直得很,直插天空。砖壁上还可以看见用白石灰涂成的文字:时间就是金钱,效率就是生命。当然,在这里你还能看到天一广场那个叫《倾斜》的雕塑,那是一个高大的男人倾斜着身子,抬起一只脚,手托着一只地球,像掷铅球的运动员一样要将地球掷出。

和天一广场那个雕塑一比,这条大烟囱显得粗糙。他喜欢大烟囱呈现出一种粗暴的味道,仿佛看见不少生活在底层的疾苦的人们,呼吸着那些充满烟灰的空气。他想,如果有一天大烟囱倒塌下来,会造成怎样壮观的景象呢?他想象自己在夜晚变成狼人,跳上那条大烟囱,对着月亮发出长长的嚎叫。

夜晚的现实他是一个狼人。他想到这一点。

在这些日子里,狼人的形象不断地消失和离去,又不断地在每天零点时分出现。很快地,他注意到这个城市开始议论狼人。人们说在夜晚看见一个狼人出现,有的还拍到了照片。他注意到报刊上刊载了不少关于狼人的讨论文章,比如狼人嗜好什么、电影中的狼人形象、出现在 K 市的狼人是不是一种基因变化……各种各样的文章显示了趣味的流向,更多人认为出现在 K 市的这个狼人是城市工业化的一种生化异种,人们谈到各种各样的异形问题,比如在美国某个州的下水道出现了一只像婴儿那么大的老鼠,而且它富有思维能力,喜欢在公路上设下陷阱，袭击来往的汽车和人。对于这些讨论，他有时觉得有趣。当然，不少人对此抱着怀疑，他们认为这个城市根本就没有狼人，那不过是人们的错觉，或者是有人故弄玄虚。甚至还有人看见了狼人杀人，报纸上刊载了这方面的报道，某人的死亡和狼人有关……更多的人是这样认为：狼人的眼睛是绿色的，他会飞檐走壁、撕咬人类……他感到恼怒，因为他并没有杀死任何一个人，这种嫁祸于他的手法令他想到背后可能存在着阴谋。他猜想一定有人杀了人，嫁祸于他这个狼人。

然后，莫飞低下头，看着阳光照进小巷里，淡黄色的，闪在青石板上。巷子里的菜香、晃着尾巴的黑狗、门槛上静坐的老人、麻将声响、小孩子的吵闹声，它们显得那样静止。在这静寂的时刻，他远离了变成狼人的感觉。现在他是一个纯粹的人。

他看见隔壁的女人牵着她的小狗，走在青石板上，整张脸略微歪斜。那只小狗浑身雪白，长毛几乎拖垂到地，耳朵披挂在脑袋两边，眼睛乌溜溜地看着人。那粉红色的舌头不断伸出来，一舐，又一舐，舐得让你觉得世界仿佛就是那样肮脏。他注意到这个女人长得还算好看，年纪似乎过了三十。当然，这个情景是想象中的，或者是一个回忆，因为那个女人和她的丈夫在三天前开煤气自杀了，尽管有人说他们死于谋杀。

然后，他看到江雪出现在窗口，那窗口被夕阳照得微微发红。他乜斜着眼睛打量她，装作什么也没有看见。她站在窗口前，看着天空，天空发蓝，几团白云往西边移动，那个夕阳又圆又大，把西面染得红红的。他突然产生一种怪想，这个有些神秘的女子，是不是存在着精神上的变异呢？如果这个女子像一个疯子……他想象江雪握住刀，刺进他的下腹，血溅射出来，像喷雾一样。事实上，他喉咙里吞咽着唾沫，看着她，仿佛忍耐着一种疼痛。也许，他得尽快躲进他的角落，消除这种压抑的疼痛。

然后，他笑了笑，拿着那片鸽子羽毛，拐进他的房间。

　　他喜欢落下竹制的窗帘，屋子里的昏暗与墨绿色的窗帘融成一体。从竹子的缝隙间，他能看见她的房间以及天井。他看到她拿出一条黑白相隔的格子裙，是很久以前流行过的裙子，现在再穿起来，给人一种恍如隔世的感觉，她站在那里，对着镜子，比划身上那条格子裙。然后，她往窗外望了几眼，似乎冲他的窗子瞪了一眼。然后他看到她点了支烟，在火光闪动的一刻，露出一丝微笑。他想不到她会偷偷吸烟。她仿佛在烟雾中漫步。

　　现在她平静下来，嘴里叼着一支烟，从窗口望去，她的脸似乎透露出一种不安，他明显感觉到她在掩饰什么。然后，他点燃一支烟，屋里很安静，能听到火苗跃动的声音。他和她隔着走廊，隔着百叶窗的掩饰，这就是说，他在窥视她。后来，他拿着那支香烟，点燃了那片鸽子羽毛，看着羽毛慢慢地燃烧，空气中散着一股焦化味道。

　　一会儿后，江雪挽起袖子，在天井的井口边洗衣服。天空蓝得透明，她穿着一袭天蓝色的裙子。他张着嘴，傻乎乎地看着她。她用一块红头巾系在脑袋上，显得异常动人，侧影看上去有点像崔盈。莫飞没有想到自己会如此迷恋江雪，仿佛埋藏在心底的秘密浮了上来。他想起那天和江雪一起在午夜漫步的情景，那时她用手揽着他的手臂，像一个恋人依偎在他身旁。他一直沉浸于这个动作，就像他一直在感觉她身子的柔软。那个晚上他和她亲密地走在一起，他俩都没有说话，只是默默地走着，一直走到这座大屋，然后各自回到自己的房间。莫飞惊诧于自己的不会讲话，此时无声胜有声，他想就这样慢慢地陪着她走下去。她身上的馨香萦绕着他。

　　他意识到他对她的生活一无所知。江雪平时怎么过活？他突然想知道这一点。他想象一堵高高的混凝土墙把他和她隔开了，比如她有洁癖、有偷窃癖，喜欢到店铺偷窃东西……他能感觉所有的表象隐藏了一种戏剧性。看着墙上那幅油画《背向世界的爱情》……他想象这样的情景：他张着嘴，有些结结巴巴地说，江雪，我喜欢你。我敢在江雪面前这样说吗？他想到她噗哧笑出声的样子，脸上现出两朵红晕，眼睛流出娇媚的目光……这样，他陶醉于她的美，她凝眸注视着他的眼睛，她的眼睛是那样深邃而清澈。现在她的眼睛再一次浮现在他眼前，慢慢扩大开去，仿佛整个房间都浮着她的眼睛。

有时候莫飞会拿江雪和崔盈比较，也许那是一种愚笨的想法。人一比较，就显得没有意思了。当他幻想爱情时，他有一种满足的感觉。那些通往虚构世界的幻象，令他如此沉迷。他记得王中维说过，青春，也许会像刀子闪着锋利的故事。莫飞是如此渴望像一把刀子，插进江雪的生活。

屋里的空气凝固起来，那股烧焦了羽毛的味道还没有散去，莫飞感觉到体内有一种东西在跳动。然后他拿起江雪那天晚上送给他的茶色太阳眼镜，手中似乎握着她整个生命，他第一次意识到自己爱上了江雪，这种感觉显得那样真实。一种真情裹住了他，现在他不是在玩罗曼蒂克的游戏，而是陷入了一种虔诚的感觉中。然而，面对这个女人，他感到一种无力的感觉。她的脸庞消失了，就像灯熄灭了，黑暗立即吞没了房间。梦境消失了，剩下的是现实。

夜晚的现实他是一个狼人。感觉到这个时刻的到来，他像一片羽毛远离了对爱情的幻想。然后，他想象狼人的形象带给他投入黑暗的感觉。

有时白天他走到动物园，看那些笼子里的狼，它们瘦小，眼睛无神，他就有一种莫名的悲哀。虽然不觉得是它们的同类，但无形中却有一种亲近它们的感觉，它们见了他，直着眼，一声不吭。他以为它们看得出他会变成一个狼人。有一次一只狼冲他叫了起来，声音悲切，让他莫名地惊慌起来。

后来，有一天午夜，他跑到那里，狼看见他的时候，特别兴奋。令他惊异的是，他变成了狼人，能听得懂动物的声音。那些狼贴近笼子边，纷纷对他说：老兄，你长得好帅……有的则说，你是人们都在谈论的狼人吗？听说你咬死了好几个人。你真厉害……真羡慕你，可以到处跑。他听到旁边一头黑豹对他说：喂，你咬死人的感觉怎样，说来听听。他想不到他咬死人的谎言，连动物都知道了。他对它们说，我没有咬死人，我从来不咬人。那头黑豹则说：靠，你小子成名了，电视上都说你呢。那些狼更是张着满口牙齿，嘿嘿地笑着，有的说哥们儿，你是我们的偶像啊，我们都关在这笼子里，对人类像哈巴狗一样听话，我们也想冲出去，好好咬一咬几个人。

他看着它们，突然觉得一阵心痛。他说，动物要和人好好相处啊，和平相处才是正常。他想不到这些动物如此憎恨人类。

在夜晚时他走在寂静的城市，感到自由。那时月光白得晃眼，夜风吹着他，他有时仰天嗥叫起来。我的声音会不会惊吓那些人呢？他不想猜测这一点。他能觉察到这个城市有些人想捉拿他这个狼人。没有什么显示这是一个有趣的夜晚，他更觉得有一种冗长的快感：他在路上飞驰。他用飞驰这个词来形容这一切。当他从一座楼跳到另一座楼时，那种飞跃的快感是难以形容的。对于他来说，夜晚属于月光和阴影。有时他难以辨认跳跃的方向，从一幢楼转向另一幢楼时，他只感到在月光下跳跃。他甚至能闻到空气里有一种月光的气味，现在他能理解狼是喜欢月光的，月光下的狼有着勃发血性的快乐。作为狼人的他，更沉浸于月光感觉当中。你可以想象，一个深蓝的午夜，一个偌大的月亮，一个狼人奔跑、尖叫，整个世界显示在狼人的形象当中。

当然莫飞会想象某些危险在等待他。比如想象那些警察突然从某个角落涌出来，他们真枪实弹射向他，或者试图捉拿他。这个城市充满了陷阱等待着他。有什么比捉住一个狼人更有趣？他这只狼人不但具有科研作用和商业价值，还能产生巨大的娱乐效应；另一方面，这个城市的人都试图依靠吃食梦之丸寻找快乐。现在他们从一个狼人身上获得刺激，这是正常的事情。

但是在这苍白的时刻，什么烦扰着你，
什么在给那栅栏的黑色的手缀边呢？
暮霜、雨后的宁静，不知为什么
把我们的梦转向流放和黑夜……

---

28 幻想的自由

前几天，一对夫妻在房间双双自杀了，据说是开煤气自杀的。那个女人经常牵着小狗去散步。一对活得好好的年轻夫妻为啥要寻死呢？莫飞记得他们就像一对热恋中的男女，常常手牵手漫步街头，看上去像一对亲密无间的鞋子。有人怀疑那对夫妻的死是仇杀。可是，警方却没有表示什么说法。后来传出消息，那对自杀的夫妻胸部都文了一个狼头，这更引起人们的猜疑，为什么在他们胸部文上一个狼头？难道他们与出没在 K 市的狼人有关？

然后是江雪突然失踪了。莫飞一连几天没有看见她的身影，几天之后，有人在她母亲的房间里看见江姨的尸体，谁也想不到江姨会死了。令人奇怪的是，江姨身上中了两枪。有人猜想，她的死和那对开煤气自杀的夫妻有关联。

莫飞没有想到，崔盈的哥哥崔天平来调查这个案件。K 市毕竟很小，他们再度见面，在此之前，为了躲避崔天平，莫飞曾经搬了四次家。

崔天平看着莫飞，两眼似乎冒出怒火。后来，崔天平走进他的房间，盘问那对夫妻死去的晚上他在做什么。莫飞觉得，崔天平是故意找碴子，可是他又能怎样？对于崔天平的刁难，他显得平静。如果是以前，他可能会再度搬家，可是他现在不想搬离江雪。面对江雪，他感到平静。尽管江雪失踪了。

崔天平："那天晚上你干什么去了？"

莫飞："我在房间听音乐。"

崔天平："听什么音乐？"

莫飞："莫扎特的《安魂曲》。"

崔天平："《安魂曲》？你是需要好好安你的魂。"

莫飞："我知道……"

然后，崔天平盯着莫飞。莫飞不知道如何面对他，只好打开电脑，播放莫扎特的《安魂曲》。事实上他是受王中维的影响来听莫扎特的音乐，王中维说过，在莫扎特的音乐里你会感觉到宁静，世界是宁静的水，你会消失在水中。

这时候张虹走了过来，看见崔天平盯着莫飞，感到奇怪。然后，楼下传来崔天平同事叫他的声音，天平，你问得怎样了？崔天平哼了一下，转身噔噔地走了下去。

张虹望着崔天平的背影，说："什么狗屁警察，有什么了不起。"然后，她拍了拍莫飞的肩膀，又说，"他和你有仇吗？他怎么那样瞪你？"

莫飞靠在电脑椅上，拿起那包中南海，发现烟盒空了。他说："你有烟吗？"

张虹走回她的房间，又走了过来，扔给他一包红双喜。

莫飞说："你怎么抽这种烟？"

她说："昨晚去外面消夜，酒店不开发票，就送了这个。"

莫飞拿起火柴，点燃一支，青灰色的烟雾缓缓散开。他右手还捏着那根火柴，黄色的火焰燃着，缓缓接近他的手指。火焰哧地触及了他的手指，一阵针刺的感觉涌了过来，他还握着火柴。火焰倏地熄灭，手指被烫得肌肤发黄。

"你干什么吗？"张虹叫了起来。

莫飞狠狠地吸了两口烟，含着烟雾，并不吐出来。烟雾在嘴里鼓动，他的面颊鼓了起来。

张虹嘻嘻地笑了，然后一掌打在他的肩膀上，她说："你这家伙，搞什么呀。"

莫飞一下子呛出烟雾，鼻涕也飞出来了。

张虹大笑起来。莫飞用手指擦拭鼻涕，鼻涕稀薄，沾在手指上，好一会儿没有滴下去。他手指一弹，鼻涕嗖地射向张虹，沾在她的脸上。张虹哇哇大叫，嫌恶地用手拭去鼻涕，然后嘟着嘴，捏着双拳，朝他的胸膛打了过来。

他静静地看着她，任由她打了过来。她被他的眼神镇住了，双拳捶到他的胸前，停住了。他看着她的双眼，仿佛看到崔盈，崔盈曾经也是这样嘟着嘴，喜欢用双拳捶打着他。他伸出双手，一下子把张虹搂在怀里。他把头枕在她的肩膀上，然后慢慢地闭上双眼。张虹也没有出声。他们就这样搂着。《安魂曲》在弥漫……

现在他们赤裸着身子，躺在床上。莫飞没有想到，张虹告诉他，她是一个同性恋者。

莫飞说："你为什么会跟我……"

张虹说："因为第一眼看到你，就感觉到好舒服，我也说不清楚为什么。以前我对男人是很拒绝的，从心里的拒绝。所以我很少跟他们交往。"

莫飞凝视着他抬起的手掌，发现指甲好久没有剪过，尖长得很。

张虹说："男人留长指甲，一般有同性恋的倾向，而且是扮演女人的角色。"

莫飞笑了笑，说："我就是有同性恋的倾向，什么都玩过，就是同性恋还没有玩过。"

张虹说："同性恋不是用来玩的，同性恋是一种美好的感情。"

莫飞说："什么感情如果用心去爱，都是美好。"

张虹说："同性恋，就像白糖，充满洁白的甜美。"

莫飞没有想到她会打这个比喻。他说："你什么时候发现你是同性恋者？"

张虹迟缓了一下，闭上眼睛好一会儿，然后睁开眼睛说："我读高中时，和一个女同学……可以说是她诱惑了我，从此我对女孩子就有感觉……"

莫飞说："也许有一天我发现我有同性恋的倾向，然后变成了同性恋者，甚至是一个双性恋者。什么样的感情都可能存在。不是吗？"

张虹说："嗯。我记得我那个同学说，同性恋，就像衣服，让人温暖。"

莫飞说："这样一句话，和你刚才说的同性恋像白糖，似乎差得远了。"

张虹说："你喜欢诗歌吗？"

莫飞说："当然喜欢。我特别喜欢法国诗人保尔·法尔格一首诗歌，叫《苍白的时刻》，我念给你听。"

然后莫飞抽了一口香烟，轻声念了起来。

有一天，在暮霭中，我们走过，在雨后，
沿着公园的围墙，那儿美丽的树木在做梦……
我们久久地追随着。时间悄悄地过去，
黑夜的手在旧墙上缝补着裂缝……
但是在这苍白的时刻，什么烦扰着你，
什么在给那栅栏的黑色的手缀边呢？
暮霜、雨后的宁静，不知为什么
把我们的梦转向流放和黑夜……

不是你的缺陷，而是你不再在梦中。她选中他，不过是把他当作某个幻影，或者当作一个发泄。他对于她夜晚的来访并不奇怪，也许这个女人喜欢制造意外的游戏，就像她在网上喜欢说些莫明其妙的事情。

29 梦巢与梦鸟

莫飞撂下电话，长嘘了一口气。林离说要过来看他。她说自从吃了梦之丸，越来越想浪漫了。她认为和他在一起是浪漫，所以决定来找他。想到她会来，他还有点担心江雪会看到。也许，她认为他是一个坏男人，然而江雪现在失踪了。

莫飞曾经设想林离是 K 市人。事实上，林离在 QICQ 上告诉他，她是 T 城人。T 城离 K 市还有一百多公里。那天，看着她寄来的包裹，看着 T 城前进街四巷 22 号，他决定去 T 城找林离，他想给她一个惊喜。这样想来，他坐上了通往 T 城的汽车。但是他没有想到，T 城前进街四巷 22 号不是一个私人房子，而是一间商场。据商场经理说，以前这里是有一个叫林离的员工。他问她长得怎么样，商场经理说，印象有些模糊了，长得挺漂亮吧。他又问，她是 T 城人吗？商场经理说，这个就不清楚了。据说她辞职后，商场发生了一个命案，总经理的脑袋被人用枪射爆了。

他想起林离说过她是一个女杀手。事情已经清楚得很，这个女人在欺骗他，这一切都不符合逻辑，这个女人比他想象中要古怪。当然他不敢肯定林离会来看他，她不过是一个游戏者。事实上他不知道为什么要找林离，后来，他想到他找到她不过是完成某个游戏。

他们曾经在 QICQ 上聊过：

莫飞：我去 T 城找过你了。

林离：我根本就不在 T 城。

莫飞：可是你寄给我的包裹上，是写着 T 城。

林离：因为那时候我还在 T 城。快递公司要我填地址，我只好胡乱填了。

莫飞：你现在在哪里？

林离：呵呵，我在 K 市。

莫飞：我想见你。

林离：你知道我不会和你见面。当我们的认识是一个游戏吧，你只和一个游戏的人聊天。

莫飞：我想见面。

林离：在游戏中死去，那是最终的结果。

在游戏中死去，那是最终的结果。林离这句话使莫飞想起王中维说的：在梦中死去，那是最好的结束。这是一种怎样的感觉？或许，死亡是神秘的惟一的体验，就像你感觉到露珠从手臂上缓慢地滑落。任何死法都有可能。

那夜特别长，是莫飞和林离第一次见面的夜晚。

莫飞没有想到林离会来看他。她映入他眼里，戴着一副墨镜。然后他才注意到她的脸庞和身材。她是一个美人，这是他的第一印象。可是他似乎在哪里见过她，又一下子说不出来。她穿了一袭黑色的衣服。黑色是代表神秘吗？那时他浮现出这个想法。当然，那袭黑色紧身衣把她的身材勾勒得凸凹有致。这个女人穿着如此性感的衣服来诱惑我？他笑了笑，对于她夜晚的来访并不奇怪。也许这个女人喜欢制造意外的游戏，就像她在网上喜欢说些莫名其妙的事情。

她送给他的礼物是一只鸟笼，一只会旋转的鸟笼。里面有一只会唱歌的鸟儿，不过是木头做成的，做得逼真，只要按动开关，那只鸟就鸣叫起来，声音婉转，俨然真的鸟儿一样。他有些奇怪她会送他一只木鸟，也许这个女人一开始就是奇怪的女人。他并不拒绝古怪的女人，就像他现在并不拒绝什么古怪的事物。林离说，那个鸟笼叫梦巢，那只鸟叫梦鸟，制造这个鸟笼的人起了这样的名字。她把鸟笼挂在屋子里，鸟笼旋转着，旋转着屋子内黄色的灯光。她看了好一会儿，然后问他，你喜欢这个鸟笼吗？喜欢那只梦鸟吗？

他说他喜欢。面对这个鸟笼，他突然想到他吸食了梦之丸之后，不再梦见那两个血淋淋的婴儿。

后来他们躺在床上，莫飞直觉到她是一个喜欢直接的女人。他喜欢她的个性，不拐弯抹角。事实上，他们穿着衣服躲在床上。

林离说，我喜欢躺在床上。

莫飞说，床是人们做梦和寻欢的地方。

林离说，床是一个很好的意象，人的一生有三分之一的时光花在床上。

你吃过梦之丸吗？莫飞问她。

我不吃梦之丸。林离还是戴着墨镜，她说喜欢戴着墨镜，在任何时候。

你不是说过你吃《百分百浪漫》吗？

那是我在网上和你乱说的。我不吃梦之丸。告诉你吧，我老是做同一个梦，我享受着这个梦境。她用手顶了一下墨镜镜框，又说，我梦见一个男人的嘴唇，吻着我……

你认识的男人？莫飞故作惊讶地问她。

在梦中我没有看到那个男人的脸，只看见他的嘴唇，不过那嘴唇我熟悉。

你曾经爱过的男人的嘴唇？

林离笑了笑，是的，我最爱的男人的嘴唇。

他死了吗？莫飞觉察到她有些忧郁。

你不反对我戴着墨镜吧？林离没有回答他的话，又用手顶了顶眼镜框。

只要你开心，我无所谓。莫飞耸了耸肩头，然后，拿起书桌上那副茶色太阳眼镜，那是江雪送给他的太阳眼镜，他蓦地想到了江雪，对着墙上的镜子，他慢慢地戴上了太阳眼镜。

你不想和我做爱吗？她盯住他。

莫飞扭过头，看着她的墨镜闪闪发光。他说，和一个戴墨镜的女人做爱？

林离笑了笑，难道一个戴墨镜的女人让你不能勃起？

莫飞说，既然脱光了身子，为什么不摘下墨镜呢？

林离说，因为我还想保持一点神秘，眼睛可是心灵之窗，我不想你看到我的心灵。

莫飞看着那个旋转的鸟笼，看着那只还在鸣叫的梦鸟。他说，为什么不给梦鸟戴上一副墨镜呢？如果我是那个工匠，我一定给梦鸟戴上一副墨镜。

林离呵呵地笑了起来。她说，你认为我是一只梦鸟？

莫飞笑了笑说，人和梦鸟没有什么区别。也许我就是一只梦鸟。

你不想看我脱光的样子。她嘴唇轻轻翕动。

我很想看你摘下眼镜的样子，很想看到你的眼睛。

莫飞摘下了他的茶色太阳眼镜，抚摸着镜片。

不要逼一个女人做她不喜欢做的事情，你应该尊重我，有风度的男人应该学会尊重女人。

也许我从来不是一个有风度的男人。

你应该学会做一个有风度的男人。

莫飞感觉到这个夜晚特别长，是因为他们都在谈话。后来他决定整理他的情绪：这一切是怎样发生的。他发觉自己越来越发困。

他的房间刚好有一瓶红酒，他看着她啜饮的样子。红酒在杯子里晃动着，她捏着酒杯脚，轻轻地晃着杯里的酒。那种晃动的红色，就像瞬间的神秘在晃动。她吟了一句诗：不是你的缺陷，而是你不再在梦中。她念了三遍，说这是叶慈的诗句。

然后她哼起了《生如夏花》这首歌：也不知在黑暗中究竟沉睡了多久，也不知要有多难才能睁开双眼，我从远方赶来恰巧你们也在，痴迷流连人间我为她而狂野。我是这耀眼的瞬间，是划过天边的刹那火焰，我为你来看我不顾一切，我将熄灭永不能再回来。我在这里啊，就在这里啊……

　　他直觉到她不会爱上自己。她选中他，不过是把他当作某个幻影，或者当作一种发泄。他就这样凝视着她。她理了理头发，朝他露出一个微笑，然后继续哼着《生如夏花》……一路春光啊，一路荆棘呀，惊鸿一般短暂，如夏花一样绚烂，这是一个不能停留太久的世界……她的声音有一种刻意的别扭，她仿佛不是在唱歌，而是发泄内心的郁闷。他突然产生一个奇异的想法：此刻他面对的是一具尸体。这个女人是没有感情的，她的内心虚空，早把自己掏空了。

　　他注意到，她的头发呈波浪形，闪着黑光。她抖了抖头发，卷曲的发梢弹了弹，又恢复了平静。他突然发现她长得像车婉婉，虽然至今他只看见车婉婉一次。当然他已经不记得车婉婉长得什么样了。其实她是谁都不重要，他现在对她没有多少欲望。

　　他不想探查这一切，弄清真相并不能使人快乐，他还是他自己。而她，也许已经不是她了，她变成了另一个人，接近他，并且诱惑他。现在，她变成了另一个人，这是确定无疑的。

　　那晚他们什么也没有做，后来她睡着了，穿着那袭黑色衣服睡着了。他当时看了闹钟，她睡去的时候是晚上十一点，她看上去困倦。她有一种深入骨髓的困倦？这个女人来他这里就是为了好好睡觉？他看着她睡觉的样子，她睡得安静，没有发出呼噜声。他猜想她是不是做着梦呢？谁会出现在她梦中？他看着她，抚摸着那副茶色太阳眼镜的镜片，想起了江雪。他不知道这一切是怎么发生的。为什么他会接近林离，为什么他不去接近江雪？然后他再一次戴上太阳眼镜，觉得整个屋子都充满了茶色的温暖。

　　那个午夜零点来临的时候，他变成了狼人。

　　变成狼人的他看着睡觉的林离，目光变得冷静。

　　然后他戴上美国总统布什的面具，从阳台跳下楼去，想去找张虹。

141

不是你的缺陷，而是你不再在梦中。你透过镜子，试图寻找一种角色，却发觉什么也没有……她的眼睛射出一团火焰，火焰是黑色的，一下子燃烧了他……他消失了背影，成了一个没有影子的人。

30 喘息

那天晚上王中维打开电脑，打开了监视莫飞的摄像机，他看到车婉婉出现在莫飞的出租屋，他没有想到她会去找莫飞，虽然车婉婉化了装，戴着墨镜，他还是认出了她。那时候他的心跳得厉害，偌大的办公室仿佛只有他的心跳声，他面对着电脑发愣，不能容忍车婉婉居然去找莫飞。他紧紧地握着鼠标，这个动作使他有一种转移疼痛的感觉，他仿佛再一次感觉到耻辱：莫飞的父亲伤害了他的母亲。有那么一刻他眼里几乎挤出了痛苦的眼泪。然后他看着车婉婉和莫飞在说话，幸好她和他没有肉体之欢，后来车婉婉躺在床上睡着了。他弄不明白为什么她会去找莫飞，然后睡去。难道她故意刺激我？她找上莫飞就是为了让我感到嫉妒？这个女人就是喜欢虐待男人？看到男人的嫉妒她会更开心？王中维有一阵子喘着气，点燃一支雪茄烟，狠狠地抽着。

整个办公室充满烟雾，他似乎葬身于烟雾之中。头顶上只有一盏灯亮着，散着昏暗的黄光。他看着旁边的金鱼缸，色彩缤纷的金鱼在水草中游弋。

有那么一会儿，他听到她念了一句诗：不是你的缺陷，而是你不再在梦中。她念了三遍。她为什么会念这句诗？他看着她送给莫飞的那个鸟笼，仿佛看着一个疯狂的车婉婉融入其中。然后他听到她唱起了《生如夏花》，他知道她喜欢这首歌，但他没有想到此刻她会唱起这首歌。他看着她几乎眯着眼睛唱着这首歌。

像车婉婉一样疯狂。他浮出这种想法。太多的人用疯狂来形容不及物的状态。这时候，他眼前呈现出一个幻象：车婉婉冲他微笑，牙齿闪闪发光，然后她的眼睛射出一团火焰，火焰是黑色的，一下子燃烧了他……现在车婉婉躺在莫飞的床上，她在做梦吗？她为什么要跑到莫飞的床上？他看到莫飞变成了一个狼人，看着床上的车婉婉表情平静，然后他戴上美国总统布什的面具，走出阳台跳下楼去。那间屋子只有沉睡的车婉婉，似乎死了。

王中维眯上眼睛，耷拉着下巴，靠在椅背上，试图睡去。然而，他睡不着。他不想再看车婉婉躺在莫飞的床上，这个凝固他的忧伤的形象。

然后他站了起来，把手伸进金鱼缸，移动臂膀，感受到手臂有一点酸疼，他想是刚才握了太长时间鼠标。他拿起一条金鱼，看着它扭动的身子……我就像一个婴儿，有时候我就像一个婴儿般纯洁，他掠过这种想法。他看见自己的指甲尖长，藏了不少污垢。他想象他的指甲扎进金鱼的肚子里，血味地冒了出来，浸润着他的手指。他突然想到，也许有一天他会用金鱼的血来制造梦之丸。然后他笑了笑，把金鱼抛进鱼缸。

透过镜子，他看到自己板着脸，更准确地说，他脸上没有表情。他想到一种声音：你透过镜子，试图寻找一种角色，却发觉什么也没有。现在 K 市在他的记忆里不再是好玩的地方，昏暗的房间只有他惟一的侧影，以及被他劫持的女子崔盈。于是他走进了密室。

他看到崔盈躺在床上睡着了。她是他的白昼，充满明媚的阳光。他想到了明媚这个词。看着她裸露的肩膀和手臂，这个可怜的女孩成为被捆绑的羔羊。现在他用铁链把她系在床上。也许有一天她会无声无息地消失在这个房间——她会死掉？被我杀死？我成了一个屠夫？哦，我早就是一个屠夫？这种想法浮了出来，他感到自己的可笑。我只是一个乖戾的男孩，他突然这样想。

他走了过去，看着她发白的皮肤，抚摸她的手臂。他的手放得

143

很轻，仿佛放在水面上，在昏暗中他感觉到有些凉意。这是他第一次在她睡觉时抚摸她。事实上他没有肉欲的感觉，只是想抚摸一下她的皮肤，甚至感到有些忧伤。他的手顺从了他的忧伤，在她的手臂上轻轻滑动。

她的脚踝显得纤细而圆润，发出白光。他轻轻抚摸那个脚踝，就像抚摸钢琴的白键。他想象那个脚踝发出优美的声音。事实上，他感觉到那个脚踝传递出无声的优美。更多时候，美是沉默的。此刻他一言不发，抚摸那个脚踝，他的手是那样轻柔。他沉浸在这种情感中。空气中仿佛飘动一种香气，暗香浮动，他接近酒醉的感觉，仿佛有股磁力，吸引他。那里有一种白色在迷惑他，他能看到脚踝浅浅的纹路，还能看到肌肤白里透红，有一种使人沉静的洁净。他感到那种洁净在不断延伸，漫向他的心灵，他突然觉得那个脚踝成了美的化身，四周都弥漫了那种脚踝的美。他想亲吻那个脚踝，可是他控制住了，轻轻嘘了一口气，继续抚摸它。他荡漾在那种美感里。

崔盈一再拒绝他。当然他不期待她委身于自己，这不是他想看到的，他劫持她仅仅出于一个偶然。他出于偶然的快感劫持了她。就像某个黄昏，他突然吹起了《生如夏花》的调子；就像某个意念突然袭击了他，他劫持了崔盈。一切都没有周全的计划，仅仅是出于偶然。他喜欢突然袭击，喜欢看战争纪录片，喜欢闪电战。他想象自己是一个战争狂人，比如希特勒……记得在中学毕业他给同学留言时，在最崇拜的人一栏他填上了希特勒的名字。

现在他抓住崔盈这个女子，不过是把一枚硬币抛了出来。这种动作，不属于道德范畴，也不属于幻觉的性质，不过是他用眼睛的余光来打量这个世界的一种方式。现在他用目光缝纫她的身体，听到那种声音哒哒哒地走在她的身上。把她剥得干净？有什么比用力地看着一个女人更有趣？也许崔盈会唤醒一只冬眠的癞蛤蟆？

他站了起来，看见钢琴映照出他高瘦的身子，拉扯得长长的。

他疑惑地看着他的手，沾染邪恶的手。现在他成了一个犯罪者，他的心往下一沉，看到睡着的崔盈的嘴巴撇向一边，他想象她醒了过来，嘲弄地看着他。他会受不了她嘲弄的目光，以及无声的嘲笑。那时她成了另一个车婉婉，他受不了这种神情。

他的喉咙发出轻微的咕噜声。他右手攥住拳头，整个人仿佛变成了一只狼。他想起了莫飞，他把莫飞变成了一个狼人，这是他的发明。他笑了笑，却感觉到寒意，仿佛他的背影离开了他。他消失了背影，成了一个没有影子的人。然后他看着那副棺材，棺材闪着黑光，一种充满诱惑的黑光。

现在我享受她的沉静。淡淡的光圈在她的乳房上，闪动，跳跃。光圈隐含着朦胧的尘埃。我又一次有恋爱的感觉……当梦境和现实融为一体，你超越现实。

31 莫飞的日记

×月×日。这个下午，我搂着张虹。她的乳房有苹果的气息，我贪婪地呼吸，窗外有阳光照了进来，光亮落在她的乳房上。我看着她的乳房一半在阳光照耀下，一半陷在阴影里，我突然觉得她的两个乳房像走兽挪动，晃得我的眼睛有点落了下来。现在我跳了起来，准确地说，是我的心随着手掌在跳动，我的手掌落在她的乳房上，每一下揉捏，我的心随着一跃，像一个小孩子荡着秋千。她的肉体成了一个秋千，我的手滑动，有一种快乐的转动，她的身体在命令我，我听到她的皮肤发出轻微的响声，那是肉体的音乐。她藏在我视线后面的脸，变得潮红。我能从镜子里看到她的脸，我触摸着丝绸的感觉，触摸着她每一寸的皮肤，不再隔着梦境摸索她，而是在她的身上交叉跑动。她的呻吟不断回响，在这燃烧的瞬间有着火焰的味道，肉欲让我失去灵魂，我将寻找快感。她身上仿佛萦绕着半透明的水，或者她身上散着一层薄雾，我看不清她。她身上有着不可侵犯的诗意，我明白这一点。现在我享受着她的沉静，淡淡的光圈在她的乳房上，闪动，跳跃。光圈隐含着朦胧的尘埃。我又一次有恋爱的感觉，那时我似乎忘记了崔盈和江雪。我后来惊讶地发现，我不过是沉浸于张虹身上那种不可侵犯的诗意中。因为你和一个女同性恋者发生了肉体与情感，那是一种沉入深海的感觉，你除了感觉窒息，便是忘却世俗。那天张虹说，你别对我好，我会害怕。我不明白她为什么这样说，那时我搂紧她，想一直对她好，陪她度过每一天。

×月×日。那天晚上，接近零点。林离再一次来到我的出租屋。她穿着一袭黑色的旗袍，大腿白得刺眼地亮在我眼前。一个声音传了过来："莫飞，我又来了。"我注意到她转过身子，旗袍把她的身段勾勒得更加诱人，手臂白得发亮。她还是戴着墨镜。我现在肯定她是车婉婉。我弄不明白她为什么主动来勾引我，我想象她的两只眼睛就像两处伤疤晃动，这个想法让我感到恶心。为什么我会这样想象呢？一刹那我几乎呕吐了。我不知道该说点什么，此刻我不知道应该表达什么，沉默是最好的表达。我感觉到我的身子有些僵直，我知道我厌倦了林离这种女人，或者准确地讲，我厌倦了车婉婉。

她的话似乎有一种暗示，但我不想猜测是什么意思。她不是我喜欢的那一类女人，至少她让我感到可怕。我泡了一壶茶，茶叶是王中维送给我的，王中维说那茶叶昂贵，要几万元一两。他说茶的名字叫"靡梦"。我没有听说过这种茶的名字，甚至怀疑是王中维编造了这个茶名。我想车婉婉能直觉到我的冷漠，这种女人应该对男人很敏感。她呷了我递过的茶水，我注意到她的口红是黑色的，她再怎么涂抹，我也能看出她是车婉婉。

茶非常热，冒着清香。整个房间飘着茶的香气。这次车婉婉没有睡去。我不明白她来我这里，是勾引我还是想干什么。难道她无聊得把这当作一个游戏？我无法猜测她的行为意味着什么。当然想到张虹时，我对她没有肉欲的念头。当她伸出手要握住我的右手时，我拒绝了，我用右手捏了捏眉心。我说，我已经有女朋友了。然后我看到她笑了笑，她的牙齿很白，可是我直觉到她的笑有些阴冷。然后她站了起来，一声不出地走了出去。我看着她的背影消失在窗外，感觉到她的到来和离去充满着难以理喻的意味。后来我一直不明白为什么车婉婉深夜来我这里。

后来，看着那盒《莫扎特的玫瑰》，我想如果再吃一颗梦之丸，我会沉睡下去，当然还会做梦。窗外的夜显得墨黑，房间亮着白炽灯。我凝视那颗梦之丸，我不知道这一集梦故事会发生什么，也许，我在梦里再次变成狼人……我不想去想象故事会变得怎样，梦境让人失去了时间概念，还是消失了现实界限？我再次思考这个问题，这是让我头痛的问题。想到这问题我的头像被什么硬物撞击了，我很快不去想了。如果说这是一种愉悦心性的游戏，那么我不想猜度王中维为什么设置了这个梦故事。

×月×日。现在我明白了，《莫扎特的玫瑰》和现实重叠了，就是说，我在梦中的情境其实和我的行动一样，我变成狼人不仅在梦中，也来到了现实。我像一个梦游人。这种双重身份的梦故事使我惊骇于王中维构造的梦的国度。当梦境和现实融为一体，你超越了现实，这是王中维的声音。现在我明白了王中维构造梦世界的野心。

最后一集的《莫扎特的玫瑰》到底是怎样的呢？那朵莫扎特的玫瑰我能拿到吗？当这样的疑问浮了出来，我感觉到未来是不可预测的戏剧事件。当然我想到王中维说的：《莫扎特的玫瑰》设置错误了，可能没有结局，从第八集起就已经停止了故事情节。我拿着最后一集的梦之丸，心想要不要吃下去。那一刻我有一种要咽下梦之丸的强烈愿望，我感觉到心痒痒的。我一直想逃避这个世界，我想用梦境的形式逃避这个世界。现在我明白了这么多年王中维一直是依靠梦境活着的。

他想到生命不过是一场闹剧，也许有一天他像一只闹钟剧烈地响动，却很快地死在寂静中。当然他可以认为这不过是一场游戏，毕竟好久没有玩这么刺激的游戏了。

32 刺激的游戏

那天深夜莫飞变成了一个狼人，他决定出外逛一逛。他去了禁色俱乐部。张虹在禁色俱乐部的夜总会跳舞。他穿着一套有点宽大的黑色西装，戴着美国总统布什的面具。最近这个城市流行戴着面具，在晚上你能看到不少青年戴着各种各样的面具出现在街头或者在公路上进行非法赛车。当然最流行的莫过于戴着狼头面具。毕竟那个狼人出现在 K 市，弄得人心惶恐。然而，越是惶恐越是有趣，青年人都幻想他们是狼人的化身，给这个城市制造新气象。莫飞感受到一个狼人给这个城市制造了闹剧。当然他想到生命不过是一场闹剧。也许有一天他像一只闹钟剧烈地响动，却很快地死在寂静中。当然他可以认为这不过是一场游戏，毕竟好久没有玩这么刺激的游戏了。莫飞是这样想的，现在他变成一个狼人，戴上一张面具可以掩饰他狼人的脸。

夜总会充满了喧哗的气氛，十几名女子穿着色彩缤纷的衣服，戴着玛丽莲·梦露的面具，出现在舞台上，她们开始跳踢踏舞。准确地说，她们的衣服是一种轻纱，绣有各种颜色的蝴蝶，让人想象她们就是随风舞动的蝴蝶。她们跳着踢踏舞，身上的蝴蝶随着她们的身子逸动。她们在踢踏一种接近梦幻的舞步。据说踢踏舞舞王每分钟可以跳二百多下。莫飞有那么一刻被这种气氛迷住了，他的心很快融入这种潮水般的节奏中。他似乎被这种快得来不及眨眼的舞姿迷住了。他想在那十几名女子中辨认出张虹，可是他觉得她们的身材几乎一样，发亮的肌肤随着她们的美腿闪出优美的舞蹈，轻快的音乐在大厅里回旋，莫飞站在黑暗中某个角落，看到场内的观众都尖叫、喝彩起来，有的吹起了哨子。

透过夜总会的窗子，他能看到附近的造梦古堡灯光明亮。他想起造梦工厂的一句广告词：这是一个令人激动做梦的国度。他又想起王中维的声音：造梦工厂就是我的梦想。然后他想到马丁·路德金那句名言：我有一个梦想。梦想？梦想。梦想！梦想？！梦想……莫飞脑袋里充满了梦想这个词，他奇怪这一刻怎么冒出梦想这个词。也许他需要时间清理这一切，包括吸食梦之丸变成狼人的情况。

莫飞把目光放回夜总会，看到大厅里有一个人戴着和他一样的美国总统布什的面具。那家伙穿着黑色的西装，手里拿着一支手枪。他转过身子，朝莫飞这边望了望，然后朝一个包厢走去，他走得身子笔直，莫飞突然觉得他的背影有点熟悉。音乐声越来越强劲，舞台上的女子跳得更疯狂了。莫飞朝那个包厢的方向走过去。在他接近包厢时，那个家伙已经从包厢走了出来，他看了一下走过来的莫飞。两个戴着同样面具的家伙相互望了一下，然后擦身而过。那一刻莫飞能闻到那家伙身上有一股淡淡的香水味。莫飞走进包厢，看见三个人躺在椅子上，额上都有一个弹孔，血还在流。显然那家伙的手枪有消声器，很可能刹那间就击毙了这三个人。他注意到包厢桌子上放着一块手帕，上面绣有一朵黑玫瑰。难道那家伙是杀手黑玫瑰？莫飞放眼望去，那个家伙已经走到夜总会的门口，他马上跑了过去，决定追上那个杀人者。

莫飞追到夜总会门口，发现那个杀人者已经没有了踪影。夜总会门口是一个更大的大厅，他很快地翕动鼻子，辨别出杀人者留下的气息。他判断杀人者走出了大厅，然后他朝大厅门口走去。这时门口三个高大的保安朝他走了过来，他们试图拦住他。莫飞没有想到三个保安会拦住他，他一下子猛地朝他们冲了过去。他跑动起来就像一只黑豹，一下子冲开了三个保安的身子，然后朝大厅门口奔去。三个保安猛地扑了过来，其中一个抓住了莫飞的小腿，莫飞一下子摔在地上。他弹出另一只脚朝那个保安踢了过去，嘭的一下，踢中了他的胸部，然后他整个身子斜飞起来，摔倒在一个角落里。另两名保安惊呆了，他们没有想到这个戴着面具的家伙会这么厉害。莫飞跳了起来，朝大厅门口奔了过去。

夜色昏暗，莫飞凭着嗅觉判断那个杀人者坐上了宝马。令他奇怪的是，那个杀人者已经脱下了面具，他正在发动宝马。莫飞朝他冲了过去，他能看到杀人者的脸，是造梦工厂的黑骷髅。黑骷髅没有想到莫飞会走近他，他扭过头朝他笑了笑，然后手中执着一支五四手枪朝莫飞射了过来。莫飞一纵身子，跳上了车顶。黑骷髅一下子开动汽车，汽车冲到了路上，飞驰起来。莫飞整个身子卧在车顶上，双手抓着汽车两端的窗框。黑骷髅把宝马开得更快了，风灌进莫飞的耳朵，就像无数的虫子咬啮他。

黑骷髅突然刹住了车，莫飞一下子从车上飞了下去，落在宝马的前面。黑骷髅马上开动车子，试图撞死莫飞。然而，莫飞一纵身子，呼地朝宝马的挡风玻璃扑了过去，一拳头击碎了玻璃。

然后莫飞蹿进车内。黑骷髅想不到莫飞如此勇猛，惊讶地拿着手枪试图射向莫飞。莫飞已经抓住了他持枪的手腕，只听咔嚓一声，黑骷髅的手腕被扳断了。宝马晃了几晃，停了下来，莫飞夺过黑骷髅的手枪，扔出窗外。

黑骷髅望着戴着布什面具的莫飞，惶恐地问：你到底是谁？

莫飞冷笑了一声说：你是不是杀手黑玫瑰？

黑骷髅说：不错，我就是杀手黑玫瑰，我每次杀人都留下一块有黑玫瑰的手帕，就是为了让人们记住我。

莫飞说：我还以为黑玫瑰是女的，原来是你。

黑骷髅说：你到底是谁，难道你是警察？

莫飞说：我不是警察。如果你老实回答我的话，我会放了你。

你为什么要杀死那三个人？

黑骷髅说：我是去杀禁色俱乐部的老板，另外两个人不过是陪死的。

莫飞说：是谁派你杀死他们的？

黑骷髅说：你到底是谁？

莫飞说：你别管我是谁，反正我不是警察。你要老老实实回答我的问题。

黑骷髅说：我不过是……

然后他把目光看向莫飞的背后，脸上现出惊恐的样子。

莫飞扭头去看是怎么一回事。

黑骷髅冷笑着一脚踢向莫飞，然后打开车门，滚出了车门。

莫飞被他踢得倒在一旁，等他打开车门，发现黑骷髅朝一条小径跑去了。那是一条通往造梦古堡的小径。他抬起头看着灯光明亮的造梦古堡，感觉到它逼迫过来，突然想起王中维说过的：也许有一天你会杀死黑骷髅。

你会需要某个潜伏物，深藏在我幸存下来的灰烬里……这是爱欲交缠的世界，跳动的乳房、狂热的吻、无休无止的炽热的空气里燃烧着隐秘的狂喜。

33 一条淹死的鱼

那天下午，张虹在报纸上看到王中维的照片，那是一个关于王中维的访谈，王中维就梦之丸的销售和前景谈了他的看法。张虹看着王中维的照片，拿报纸的手在颤抖。莫飞注意到她这个细节。后来，张虹告诉他，王中维是她的哥哥。

莫飞没有想到张虹就是王中维的妹妹。自从莫飞的母亲死后，他就没有去过王中维的家，事实上那时他们的来往越来越少。他知道王中维的父亲娶了一个有女儿的女人，但从来没有见到他这个所谓的妹妹。他没有想到张虹会爱上她的哥哥，她说她母亲带着她改嫁给王中维的父亲时，她第一眼看到王中维就喜欢上了他。张虹告诉他，王中维强奸过她。他有些奇怪，王中维居然强奸他继母的女儿。然后张虹告诉他，因为抑郁症她母亲悬梁自尽，而她跑到外面，结识一帮花天酒地的朋友，还一度沦为出卖肉体的女人。直到后来她找到了在夜总会跳舞的工作，才不再出卖肉体。她一直想忘记王中维，可是多年来她一直没有办法忘记他。她恨他，可是内心还潜伏着那种最初遇到他的喜爱。对此，她感到矛盾。她说，我是一条淹死的鱼。

张虹来的时候莫飞还没起床，他有些羞涩地看着她。他想象有一些云雾样的东西飘进眼睛里，停泊在他的心上。除非他变得枯竭了，再也无法感受到感情。他惊讶地看到，她好像躺在摇篮里的婴儿，瞪着有些发白的眼睛。他发现她瘦了，脸颊几乎平平的，脖颈一下子细弱好多，整个人像被刀削瘦了。

她坐在他的床上，阳光从窗帘的缝隙钻了进来，落在床上，有几滴落在她的脸上，跳跃着。阳光、光线和阴影的交叉，就是这样……

然后他看到她拿出香烟，点燃——她抽烟的动作让他想到一句诗：你会需要某个潜伏物，深藏在我幸存下来的灰烬里……

长长的火苗颤动，映得她的影子在晃动。她摇晃着上身抽着香烟，烟雾散了过来。他惊异地看到，她的手臂像榕树根须伸展到他的腰间，从一端到另一端，她的手臂显得瘦弱，像一座颓废的城市陈列着发青的毛细血管。然后，烟雾渐渐加浓，弥漫着，他们之间仿佛存在着一种薄雾似的东西。这种窒息般的空气俘获了他的心，同时也俘获了她。

张虹伸出手摸了摸他的脸，很快又放下。她望着他，眼睛里流露出一种亮光，嘴唇绽出笑意，很美。然后，她把手再次抬了起来，放在他的脸上，轻轻地抚摸起来，从左脸颊到右脸颊，从鼻梁到额头，从眼睛到头发，她的手充满了温柔，像细腻的水，一遍又一遍地流过。她的眼睛轻轻眯上，嘴唇翕动。他享受着她的手，享受着身边不断鼓动的空气。有那么一阵子，他半眯着眼睛，像完全歇息在一段柔软的乐曲里。然后，她裸露，她脱衣服的动作是那样轻盈，他愿意用"轻盈"这个词。她像云朵一样的轻盈。

那个下午，直到黄昏，渐渐加深了时间的纹路，一个混合的记忆。她忧郁得像一只脱掉了羽毛的孔雀。她试图用情欲驱逐她的忧郁。一个个时刻不断闪回，闪回，再闪回。生命的亮光从布满寂寞的手散发出去，他停留在那里，她的舌头、她的吻、她身体的一切，融入了充满炽热的空气。他愿意用想象描述这些情欲的镜头。然而他不知道怎么样去描述，奇妙的感觉是难以描述的。他沉湎于她的裸露。哦，一个人仿佛有许多的舌头。他会发出这样的感叹：张虹，你用舌头使我燃烧。后来，他感觉到他的身体成了一枚巡航导弹，射向了她。

此时此刻，他突然明白了什么是真实。对于他来说，真实的生活比虚构作品更有戏剧性。这些思考来得较迟，现在他看得出来，她不过是他指尖上的蚂蚁，一上一下地疲于奔命。甚至他看到她的眼神射出野兽的光芒。这是爱欲缠缠的世界，跳动的乳房、狂热的吻、无休无止的炽热的空气燃烧着隐秘的狂喜、一对享受火葬的男女，用一句流行歌词来说：无法复制的肉体，惟有你解我的渴……

　　这一刻，他感到他的身子变得柔软。他要躺在敌人的怀抱里。哦，她就是他的敌人。她就是他的小娼妓。可是他感觉到迷惘，激情过后，他看到她瘫在床上，她的眼睛散着阴暗的光。她就像废弃的油轮，搁置在荒凉的海边。她的身子不再勃发出热情，就像冬天的树顶，落叶飘零。

　　房间半明半暗，光线浮着尘埃，让人陷进不知是哪里的错觉。张虹坐在那里，手腕有几条割过的伤疤，那是为哪个男人割过的？那个男人就是王中维，她一直想用死亡来逃避他，然而他一直浮现在她眼前。莫飞知道他永远都不会是她内心的疼痛，他不过是王中维的替身，即使她搂着他，也许在内心一隅还是想着王中维。这个沉溺于过去的女人，永远不会清醒，她内心还是眷恋着强奸过她的王中维。

　　他知道她最近在猛吃某种梦之丸，那是一种有着强烈幻觉的梦之丸。她甚至还说，我就是幻觉。现在他看着她，想象她成了一条淹死的鱼，瞪着眼睛，看着头顶上荒凉的天空。她在他的眼睛中倾斜。他看到她的眉头皱了皱，能感觉到她接近死亡的气息。那是一句诗：将死亡的味道制成药物，永不腐烂。谁说过，诗歌靠消化感情，刺激生存。可惜他好久不写诗歌，有多少感情，就有多少质疑。他知道他没有资格去质疑她的感情，他们之间根本就没有存在爱情。可是他知道，爱情是由白日梦构成的。有时他感觉到她跑到了世界的另一端。也许因为王中维，她跑进了幻觉。他想到，她用身体虐待她自己。

　　莫飞打开电视，中央六台电影频道正播放着《星月童话》。他看到张国荣对常盘贵子大声吼：男人都一样的，这边甩了你，那边又搂了一个，放聪明点吧。张虹把她的脸贴在枕头上，看着荧屏，没有出声。他轻轻抚摸着她手上的伤疤，一条，两条，一共六条。这是怎样的一个女人，她怎么才能清醒？也许她愿意埋葬在那里，因为她会觉得为爱活着。他看着她的脸，她的眼睛仿佛闪着泪光。

然后，她冲进了浴室。他呆在床上，看着她的背影。浴室里，水洒了下来，混合着从窗子射进的阳光，散着斑驳的亮光。她光滑的身子在水中发亮。这个情景刺激了他，他冲了进去，双手搭在她的肩膀上。然后，他看到他的手在颤抖。

屋子对面的墙壁上黑白相间的瓷片，在日光里出奇地发亮。他听到她哭泣了，像只剩一丝风的风箱。他带着敬畏的心情看着她，她的脸一半陷在阳光中，一半陷在阴影中，仿佛随时会消失在那片阴影中。这时，电视机传来了枪战声，砰砰地响着。

搂紧我。她带着哭泣的声音说。

他把她搂在怀里，她的脸埋在他肩头上。他能感觉到她那种悸动，她的眼泪落在他的肩膀上，有一种温热的感觉。他还听到她粗重的呼吸声。

精神上的背叛比肉体更重要。如果你得不到某件东西，那么你就毁灭她，这样你就永远拥有了她……一个女人必须强悍，才能在这个男人的世界活得精彩……爱情总是两败俱伤。

34 缓冲

一场台风卷过 K 市。天空充斥着乌云。整个天空成了一个水中倒映的坟墓。看着那些大团的乌云，他想到一个词：阴险。现在我成了一个阴险的人？他低下头，看着他白净的双手。这双手沾染了血腥？他感到世界正在收缩。这是一个没有乐趣的世界，他活在这个世界是为了寻找乐趣。现在他看到，一切在坠落，毫无情趣。他眼含泪水，看着那架黑色的钢琴，那些对情感所产生的冲动，一下子化成了厌倦。

现在他开始害怕打开电脑，因为一打开电脑，他就忍不住偷窥车婉婉的办公室和房间，会看到他不想看到的景象，这让他感觉到耻辱和嫉妒。他又一次浏览了监视器，发现车婉婉正在上网。他用了一个大特写，注意到车婉婉的电脑 QICQ 上闪烁着。他想不到她上网聊天，而且用 QICQ 和 ICQ。她的 QICQ 的名字叫林离。他想找她聊天，又怕被她识破。QICQ 用林离的名字的人并不多，他确认那个号码是她，他看到她的个人说明是："在不应错过的花期，我们彼此遗忘，幻象疯长。在我的口袋里，藏着别人看不到的忧伤。"他向她发了好友信息，而且得到了她的确认。他不知道和她聊什么。他甚至有一种虚脱的感觉，他不敢和她聊天，仿佛面对一个可怕的怪兽。

然后，他停止了打字，拿着车婉婉的照片，端详着，把嘴唇放在她的嘴唇上，狠狠地亲了起来。他感觉到车婉婉出现在他面前，他亲吻着她，他的喘息越来越快。在喘息中，他俨然在跟踪她，从一条街道到另一条街道，这种跟踪的乐趣使他变成另一个人。他想象着她几乎低垂着眼睛，浅浅地笑，脸上现出两个酒窝。

车婉婉出现在他面前，眼睛里有把火在烧。她点上一支雪茄烟，

157

吞云吐雾地抽了起来。他想她是在用抽烟来掩饰内心的凌乱。她那双眼睛闪着焦虑的神色。

"我不知道为什么要这样做，我想杀死崔盈。"她说，脸上渐渐浮起笑容，一种自嘲的笑容。"我嫉妒崔盈的美丽，也嫉妒你对她的爱。而我，似乎永远活在内心的黑暗中。我只有毁灭她，才能得到那种快乐，看到她内心的痛苦，我才有快乐。我从别人身上的痛苦中得到生活的满足。"

"你知道我和崔盈的事情。"

"你的一举一动都在我的掌握之中。"

车婉婉站了起来，走过去，拔出了墙壁上那把武士刀。她脸上浮出笑容，那把刀锋利得很，刀口看上去像一串水银在闪耀，把人的眼睛照得发光。王中维追随着她的一举一动，像一个训练有素的猎犬看着她。

车婉婉用手指抚摸着那把刀，缓缓地说："我告诉你一个办法，如果你得不到某件东西，那么你就毁灭它。这样你就永远拥有了它。"

王中维说："你要我杀死崔盈？"

车婉婉盯着王中维说："难道你要一直这样下去？"

王中维迎着她的目光，淡淡地说："我喜欢看着她，即使她发怒，我也喜欢。面对她，我有一种快乐的感觉。"

"别忘了，你还是造梦工厂的人。"

"也许你应该说，我是你车婉婉的人。"

"所以你不应该背叛我。"

"我在背叛你吗？"

"精神上的背叛比肉体的更重要。你要找什么样的女人没有，却偏偏喜欢一个崔盈，这样的女人满街都是。"

"人就是这样奇怪，得不到的东西总是最好的。"

"你认为你得不到她？"

"难道你认为我能得到她？"

"如果毁灭了她，你就可以重生，然后你可以过上安静的生活。"

"如果毁灭了她，我还有什么乐趣？"

"乐趣是你自己找的。这好比全世界的人为了找寻乐趣都会吃梦之丸。"

"可是你却制造了梦之丸。"

"因为那是金钱的驱使。你只有满足别人的快乐，才能得到金钱。"

"所以我不能杀死崔盈，因为她现在满足了我的快乐。"

"你以为这样就可以使你变得安静？"

"难道你会变得安静？"

"至少我不会做绑架别人的事情，只有男人为我变得疯狂。"

"车婉婉，你永远都不会过上安静的生活，因为你没有安静的心，你这个嫉妒的女人、心胸狭隘的女人，只有死亡才是你最好的归宿。"

"难道死亡不是我们所有人的最好归宿吗？"

"有的人是因为爱情而死，而你却因为可悲而死。"

"难道你会因可喜而死？"

车婉婉略微笑笑，脸上现出两个酒窝，看上去是那样端庄。

"你知道杀手黑玫瑰是谁吗？"

王中维说："是谁？"

车婉婉缓缓地说："黑骷髅。"

王中维皱了一下眉头说："他是黑玫瑰？"

车婉婉说："嗯，他是我最得力的杀手，替我杀了不少阻碍造梦工厂发展的人。我故意要他每次杀人后留下一块绣着黑玫瑰的白手帕，是为了让人想象他是一个女人。"

王中维说："也许他就是你的替身。"

车婉婉笑了笑说："如果我杀了崔盈，你不会怪我吧？"

王中维说："你已经杀了不少人，你说我还会怪你吗？"

车婉婉说："我想起一部电影的台词，杀人是会上瘾的，就像吸毒者难以戒除毒瘾。"

王中维说："你说爱一个人会上瘾吗？"

车婉婉笑了笑说："你说爱情会使人上瘾？可惜我是一个不相信爱情的女人。爱情总是两败俱伤，你不觉得这是一个真理？"

他坐在大班椅上，看着她。她迎着他的目光。他不再有羞耻感。如果说绑架崔盈这个女子似乎成了一种自然而然的动作，那么面对车婉婉他就像面对一场龙卷风。他的生活卷进一场龙卷风。也许，这是他期待的生活。

墙上贴着一幅切·格瓦拉的图像，这个男人用有力的眼神注视着他，王中维觉得他有时陷在切·格瓦拉的目光中，切·格瓦拉用目光缝纫他的身体，他变得强悍起来。很久之前他阅读切·格瓦拉的日记，就涌出了热血，他期望那种火与血的浸润。他想起切·格瓦拉的声音：硬币被抛出，在空中翻了几下，掉下来时有时是正面，有时是反面。

此刻他看着 QICQ 上车婉婉的头像，那是一个戴着墨镜的女人头像，他想这个女人喜欢扮酷，制造神秘。他这样设想车婉婉：现在她坐在那里，看着桌子上的咖啡杯，这是一个赌局。她才不会理会是非曲直。她欣赏的是这个世界胜者为王。没有什么东西能阻止她前进的步伐，除非她自己放弃。在她看来，感情是没有限制的，只有利用。她必须利用一切，来玩耍一切。黑暗中闪过一丝光芒，那是她嘴唇边的雪茄烟。她喜欢抽雪茄烟。她感到拿着雪茄烟的自己显得强悍。一个女人必须强悍，才能在这个男人的世界活得精彩。

甚至他还可以想象：她对着镜子，冷漠地看着镜子中的自己。那个她是真实的她吗？我已经老了。谁会更爱我脸上苍老的皱纹？哦，我不需要爱，我只爱自己，我还有我来爱自己。你生命中的欢乐已经结束了，你只有玩耍、玩弄这个世界，世界不过是你的玩具。你对这个世界开了一个个玩笑。生命不过是一个玩笑，如此而已。她看见一株花儿在风中摇曳，那些男人不过是摧残她的风，她在风中哭泣，一切不过是她的哭泣。

现在他渴望这一点，他牵着她的手，和她一起跳下悬崖。他想象他和车婉婉来到那个玫瑰悬崖上，他俩来到了这个世界的尽头。他想起莫飞的那幅画，那两个背向世界的情侣的影子。然后他慢慢眯上眼睛：我和车婉婉会在这个世界的尽头一起跳下去吗？

他感觉到一种超越现实的快乐。在他变成狼人时，依然会说人话，只是声音变得低沉，有些模糊不清。当然他长啸起来，更像一只狼，声音颤动，散布夜空，一种划破天际的尖锐。

35 边缘

那天晚上，莫飞变成了一个狼人，他拿出那部数码相机，拍下成为狼人的他。然后，他看见镜头中的自己，张着满口狼牙，绿幽幽的眼睛……他想象和某个变态杀人犯有类似的情形，比如，在夜晚变成一个狼人，咬伤、咬死好几个人。

更重要的是，他越来越无法控制自己。他无法控制自己晚上吃《莫扎特的玫瑰》，原来变成狼人是会上瘾的。如果最初变成一个狼人，能到处奔跑，跳跃，是一种兴奋感，现在他似乎丧失了那种兴奋感。可是他感觉到一种超越现实的快乐，有人目睹了这个狼人，报纸、电台都在报道，他们奇怪这个城市怎么会出现一个狼人。

因为电视上播出了他那天晚上飞檐走壁的镜头（是一个摄影爱好者跟拍到的），整个城市都在谈论他的特异功能，人们认为，这个狼人充满魔力。科学家则推测、分析，这个狼人是一种变异的狼，由于生化及进化等原因，使这只狼产生了生态上的裂变，从而成为非一般的狼。专家表示会进一步研究。

如果人们知道他就是那个狼人，他们会怎样想呢?

令莫飞头痛的是，这个城市出现了不少被狼咬死、喝光血液的尸体，很多人都在说那个狼人咬死了人。事实上他没有咬死那些人。当然他想到，也许有人故意陷害他，他陷入了一个阴谋当中。他惊奇地发现，他的梦境和现实融为一体，这使他感到迷惑，他不知道这一切是怎么发生的。

这几天，他屁股长了一个痔，一开始隐隐作痛，屁股像塞上了东西，或者像夹住了东西，后来越来越痛，一坐下来，都泛出疼痛，甚至走起路来一扭一扭的。坐下的时候，得侧着身子，轻轻坐下。他想不到会这么严重，用手指摸屁股那地方，感觉到发肿，传来阵阵疼痛。于是到药店买了"痔炎消颗粒"，他注意到痔炎消颗粒的成分是：火麻仁、紫珠叶、金银花、地榆、槐花、茅根、白芍、茵陈、枳壳、三七……卖药的医生说，他可能是热气，产生无名病毒，需多喝清凉的东西。他说他最近在吃红狼饮料。医生便说，红狼饮料太过热气了，喝多了对身体不好。有的人就是因为喝多了红狼饮料，长出了狼疮。这把他吓了一跳，他想喝红狼饮料怎么会长出狼疮？他不敢想象长出狼疮会是什么样子。

患上了痔疮，这阵子他不敢喝红狼饮料。在夜晚他变成一个狼人时，他的屁股照样疼痛。他不敢走出外面，因为跑起来疼痛，而且一旦被警察发现，他们很容易干掉他。在他变成狼人时，依然会说人话，只是声音变得低沉，有些模糊不清。当然他长啸起来，更像一只狼，声音颤动，散布夜空，有一种划破天际的尖锐。

吃了一个疗程的"痔炎消颗粒"，他的痔疮渐渐消退，不再疼痛，只是开始发痒。那里面一阵阵发痒。他想这可能是痔疮好起来的一种症状。于是他拿万金油涂抹在那里，一开始，整个屁股仿佛被烫上了，辣辣的，过了段时间，便有一阵舒服感。

因为好久没有在夜晚出去走走，他决定跑出去，尽管屁股有时会发痒。在出去之前，他站在镜子前，看着他那狼头，绿幽幽的眼睛闪着坚定的目光，狼毛梳理得整齐。他有时想，在夜晚，他穿上人类的衣服，会变得怎样呢？

当然，他还是不想穿上人类的衣服，毕竟那太过做作了。成为一个狼人，就能感受飞檐走壁的快乐。

莫飞突然想，如果他能随意控制自己，那该有多好啊。就是说，他能说变身就变身，好比电视上那些蒙面超人。而他只能吞下一颗《莫扎特的玫瑰》后，在零点时分变成一只狼，而且不再随时随地变成一

163

个人。这真麻烦。

他感觉到成为一个狼人其实是很孤独的。没有人会理解他，整个 K 市的人都想消灭他，因为他咬死了五个人，咬伤了不少人。他发现有些罪犯、黑道中人杀死了人，也将尸体弄成被狼咬死的样子。这样，他蒙上了不少不白之冤。

是啊，谁会喜欢上一个长相凶狠的狼人呢？虽然他觉得他挺帅，而且温柔。有时候，他觉得狼的叫声其实很温柔。

莫飞意识到这点，王中维完全不在乎他们之间的友谊。他奇怪的是王中维会用这种手段来处理他们之间的关系。也许王中维制造了他这个狼人不过是出于一种野心。他似乎能理解王中维的野心，毕竟他能感觉到变成一个狼人的快乐，一种超越现实的快乐。就像在夜晚他来到大街上，深深吸了一口气，然后缓缓吐出来，有些东西愈来愈近，他看见周围没什么动静，仿佛任何一点空气都能点燃他的幻觉。然后，他跳了过去，发觉他能跳得更远，从一幢楼跳到另一幢楼，至少有五米之远。

这天晚上，黑暗中传来了一阵细微的声音，莫飞被这异常的声音吓了一跳，他很快镇静下来，去听那声音，应该说，是两个声音在响：

哎，他现在是人还是狼？

他是狼人，你没见到报纸上说他害死了不少人，还吸掉了他们的血。

他会不会吸我们的血？

我们是老鼠，他不会吸我们的血。

顺着声音，莫飞扭过头来，看见床底下有两只老鼠在说话。他没有想到他变成狼人后，能听懂老鼠的声音。他想不到老鼠会看报纸。他很想对这两只老鼠说话，但控制住了，他还想听它们会谈些什么。可是它们聊了一会儿，嗖地一下消失了。

莫飞感到失落。他看见波伏娃瞪着他，然后它说：

你怎么啦，好像不高兴了。

莫飞说：是啊，你刚才没听到那两只老鼠在说话吗，他们说我是杀死那些人的凶手。

波伏娃说：一定是有人陷害你。

莫飞说：我得找到那些凶手，还我一个清白。

波伏娃冲他笑了笑，说：其实你变成狼人还挺帅。

莫飞朝波伏娃笑了一下。

波伏娃说：你在怀念崔盈？

莫飞说：是的，我觉得内疚。

波伏娃说：爱情是一件美好的事情，你们男人应该懂得珍惜。

莫飞瞪大了眼睛，想不到这只猫居然和他大谈爱情。

你谈过恋爱了吗？莫飞看着波伏娃的眼睛说。

波伏娃哼了一声，说：像我这么高贵聪明的猫，有谁配得上？

莫飞说：原来你没有恋爱过，别装恋爱专家啊。

波伏娃晃着身子，哼起了《甜蜜蜜》的调子。

莫飞听得清楚，它居然哼起《甜蜜蜜》，他瞪大眼睛看着它，觉得它越发可爱。波伏娃扭转身子，把屁股朝向他，居然扭起了舞蹈。他忍不住笑了。

莫飞看见它的脚在踏动，显然在跳踢踏舞。他想起前些天电视上转播的那个踢踏舞大赛，想不到波伏娃这么快就学会了这种舞蹈。

波伏娃停了下来，看着莫飞说：我觉得你的朋友王中维是一个坏蛋。

莫飞说：你说他是坏蛋正抬举他呢，他以自己是坏蛋为荣。

波伏娃说：他身上有一股邪气。

莫飞说：他就是喜欢邪恶的家伙。他走在邪路上。

波伏娃说：你喜欢他吗？

莫飞说：他是我从小玩到大的朋友。我没有多少朋友。

波伏娃说：我觉察到他对你怀着不轨的念头呢。

莫飞说：我有什么值得他动不轨的念头？

莫飞点燃了一根香烟，抽了起来。

波伏娃用爪子掩了一下鼻子，说：真讨厌，变成狼人也抽烟。你真是十足的烟鬼。

莫飞决定带着波伏娃去漫游午夜。他想到漫游这个词。波伏娃当然高兴，它站在他的肩头，仰着头，一股得意的样子。他难以想象，一个狼人，一只雪白的猫出现在这个城市的街道上，人们看见了会有怎样的感觉？

又一次,他沉没在她的气味里。她的灵魂进入了他体内。可是他不觉得这有什么不好,能体验一个狼人的滋味,其实感觉不错。他不再好奇什么,而是想拥有一个女人的爱情。

36 暗夜

他想起一个说法:狼行成双。他沉迷于 Bressanon (布列瑟农)的《BLEEDING WOLVES》的音乐里。他却是一个孤独的狼人,行走在夜色的城市。他开始尝试成为一个狼人的感觉。他不可撤退。

透过窗口,他能看到那些老旧的房屋,墙皮斑驳脱落,看上去像一对对破旧的鞋子。通道幽暗弯曲,飘散着一股发霉的气味。窗帘落下来,使得房间显得更昏暗。他想象江雪不吭声,直勾勾地看着他。他注意到她的眼神阴冷。她像一颗铁钉子立在他面前,他想象这个情景:她迟疑一下,把右手放在左手背上。她似乎在安慰他的沉默。他把前额贴在她的脸上,然后把耳朵贴近她的胸前,倾听她的心跳。他感到眼睛发涩,光线射在他的脸上。他们隔着桌子面对面坐着,桌上有一个插着一枝玫瑰花的瓶子,瓶子画着唐朝飞仙。空气里一股沉闷在响,他听到这股沉闷的声音,却比任何声音更响。莫飞深深地呼吸了一下,感到整个胸部一涌一动。也许他能吸进她的灵魂,他掠过这种想法。

在他的房间里,他闻到她的气味。她的气味有一缕香气,而且他直觉到这缕香气是刚才她留下来,她可能刚离开不久。自从他能变成狼人,他的嗅觉比以前敏锐了许多。他打开书桌的抽屉,发觉抽屉有被翻过的痕迹,即使这种痕迹是细微的,他也能发现这一点。他把鼻子凑到抽屉里,能闻到她的气味,她的手指一定翻过他抽屉里的东西。事实上,抽屉里只有一些日记本和几本书。她为什么要潜入我的房间? 莫飞站在那里,环视着房间。此刻房间还潜伏着她的气味,甚至能感觉到她的影子在房间行走。这个狭长低矮的房间,充满了她的气味。又一次，他沉没在她的气味里，她的灵魂进入了他体内，这是他快乐的一刻。他盯着桌子上那枝玫瑰花。

在哪儿都有她的味道。他几乎是凭着嗅觉寻找她的气息，现在他能知道她住在哪儿了，她从那座大屋逃到这幢大楼。他看着她房间那个窗子，想象午夜时他从这幢楼逐个阳台跃了上去……阳光照在窗子上，照得铝合窗的茶色玻璃闪闪发光。他站在一株白玉兰树下，盯着窗子好一会儿，然后低下头，看见水泥地上有一摊水，阳光在水面上跳跃着，然后他探出脚尖，在水面上缓缓地搅动。这时一片玉兰树叶飘了下来，落在水面上，闪着青光。他突然想，也许她的月光情人，就像玉兰花一样清香。月光、玉兰花、江雪，月光、玉兰花、江雪，月光、玉兰花、江雪，月光、玉兰花、江雪……他一边想一边搅动着那摊水，要是退回他不是狼人时，他可能没有勇气去见她。现在，他却可以在午夜潜入她的房间去看她。这种感觉真好。他嘘了一口气，突然感觉到生活还是有意思的。现在他像一个被押送的犯人，禁锢在狼人的形象中。可是他不觉得这有什么不好，能体验一个狼人的滋味，其实感觉不错。他不再好奇什么，而是想拥有一个女人的爱情。

这个午夜，他变成狼人，在这个城市的街道随意地逛了起来。他突然觉得饿了，想嗜血的念头涌了上来。这种念头不时涌来。月光洒在窗子上，他很快爬上了一个超市的大楼，然后用拳头打碎其中一扇玻璃，跳了进去。那是超市的三楼，他的眼睛在黑暗中能看清物体。三楼有不少冰冻的食品，他拿起一包冰冻的鸡翅膀，放在嘴里咬嚼起来，他感到一股爽快的滋味润滑舌头。就这样，他一口气吃了七包冰冻鸡翅膀，觉得味道不错。原来没有煮熟的鸡翅膀的味道真不错。然后，他又吃起了冰冻牛肉片。直到肚子舒服起来，他朝窗子走去。他并不觉得生吃鸡翅膀和牛肉片是一件坏事。现在他体会到了这一点。

他默念着江雪的名字，然后朝她的房子走去。路上幽静，偶尔有一辆摩托车驶过。这午夜的街道，路灯跳动着幽静的光线。他没有从阳台逐个跳上去，是从墙上爬上来的。然后掰开她的窗户，跳了进去。这幢楼是十层，她的房间位于第七层，可能是天气炎热，她没有关上窗子。莫飞站在她的床前，屏住呼吸，盯着她睡觉的样子，她的脸庞、她的姿态、她的呼吸都成了一种清晰的存在。应该说，整个房间充满了她的气味。黑暗仿佛凝重起来，托着他的身子，他俨然悬浮起来，感到晕眩。这一刻他感觉到他俨然悬浮起来，在她的气味里。他挪动了一下右手臂，才发觉因为站得太久，右手臂发酸了。他的右手臂一直抓着他的大腿，这个姿势一直保持着，以致手臂发酸。

他的神情安静。现在他意识到，他的生活发生了变化，他有过那种感觉，比如一个人要在他心爱的女人身边走动，是需要勇气的。现在他屏住了呼吸，走近了这个女人。他现在是一个狼人，却走近了他心爱的女人。他闻到她身上散发着橘子的香气，穿着一袭白色的睡衣，呼吸缓和。她的嘴角浮出一些笑容，也许她在做着美梦。他突然想：这个梦中情人，现在睡得像一朵百合花。他看着她睡觉的样子，她的嘴唇像一朵玫瑰花，他禁不住低下头，探过嘴唇，轻轻吻了她。她的嘴唇挪动了一下，然后整个身子往外辗转了一下。他吓得整颗心几乎跳出去，他怕惊醒了她。他没有想到自己会这么冲动地亲了一下她。此刻他看见她半个乳房露了出来，闪着白光，他的心怦怦地跳。那半个乳房越来越耀眼，乳房之间沟壑显得迷人，仿佛呼唤他亲吻它。他晃了晃头，眯上眼睛，感觉空气逼迫他的眼睑。然后他很快睁开了眼，透过窗子，看见街上的路灯划出一道道苍白的光圈。月光从窗外照了进来，投在墙上，显出长方形的光带。他的影子静止在墙上，比他的身子放大了好几倍。

这时一只东西飞过来，是一只蟑螂，他嗅到那种蟑螂的气味，蟑螂从他身边飞过去，贴在那片有月光的墙上，缓缓地爬动好一会儿。注视着这只突然出现的蟑螂，他觉得他此刻就像一只蟑螂，试图窥视江雪，尽管他现在是一个狼人。这时，蟑螂呼地飞了过来，他腾出右手，猛地抓住那只蟑螂。蟑螂在他手掌心蠕动着，他看到它的爪子闪着亮光，然后猛地把蟑螂朝窗外扔出去，他看见蟑螂晃动一下，消失在窗外的黑夜中。他没有想到一只蟑螂打扰了自己刚才的心情。

然后，他低下头看着他的睡美人，他希望这一刻能停下来，他可以长久地看着她，这种感觉是多么美妙。他伸出右手，想抚摸一下她的脸，可是他感到他的手在颤抖，他的心在怦怦地跳。然后，他的手停顿下来，在犹豫是否抚摸她的脸，刚才他很快地亲了一下她，现在却不敢抚摸她的脸，就这样他的手伸在那里，一动不动。好一阵子，他垂下手，然后，捧过一张椅子，坐下来，看着他的睡美人。

他就这样坐着，看着她，没有倦意地看着她。直到他听到一种声音噔噔地响了起来，是钟声，一共响了五下，是附近农业银行大楼的钟声。透过窗子，他能看到楼顶那个大钟指向五点。他知道，他必须尽快离开这里，否则过了六点，他就不再是狼人。于是他轻声跳上窗子，再纵身一跃，跳到下面的阳台上，就这样逐个阳台地跳了下去，跃在地面上。

37 莫飞的日记

×月×日。我无法按捺这种想法，有时候我实在无法分辨现实和梦境的界限。当我变成一个狼人时，世界开始有些混沌，我不知道置身梦境或现实，还是梦境和现实融为一体。我看着我裸露的手臂长出毛茸茸的狼毛，抚摸那些灰黄色的狼毛，有一种光滑的感觉。我依稀听到一种声音在内心碰撞着：我现在是一个狼人。晚风吹过，窗帘在轻轻晃动。我听到一种声音在我内心叩响：难道我着魔了？

我有嗜肉的倾向，还是嗜血的倾向？那些尸体，真是我干的吗？我恍惚记得昨夜发生的梦故事，难道我现在还身陷梦之丸的世界：在《莫扎特的玫瑰》里，我变得嗜血了，或者我成了一个双重的人。我不断地质问：我无法区分现实和梦境的界限？各种念头萦绕在脑海，吃食梦之丸之后，头脑似乎不再那么清晰了，就像幻想和罪恶的想法混淆在一起。

警方开始了捕猎行动，他们要捉拿我这个狼人。谁又能弄清楚我到底为什么会变成一个狼人？我想我的形象会吓坏很多人。拿起一包红狼棉花糖，想到现在我成为了狼人，和经常吃这些棉花糖有关系吗？我突然觉得可笑。这真像一个玩笑切入了我的生命中，我感到自己在与某种隐秘而强大的力量抗争，也许我最终白费气力，或者不得好死，可是我想弄清楚这到底是怎么一回事，为什么我会变成一个狼人。

×月×日。那天下午王中维来到了我的出租屋。这是王中维第三次来到我的出租屋，他看见了波伏娃，惊叹它身上的毛的雪白。那时王中维说，看见这只猫，想到了雪花。我瞄着波伏娃，冲它挤了挤眉头，做出一个鬼脸。我看见波伏娃伏在地上，喵了一声。当然现在我听不懂它说什么。王中维走过去要抱波伏娃，它却嗖地跳了起来，跑到了床角落。

王中维说，它是女的吧，还懂得害羞。

我说，它还真是女的。

王中维说，你给它起了什么名字？

我说，波伏娃。

波伏娃？！王中维瞪大了眼睛，又说，你应该叫它萨特。莫飞，你把这只猫送给我吧。

我怔了一下，想到我变成狼人，波伏娃陪伴我的情景。于是我说，我现在没有多少朋友，只有波伏娃陪我多一些。

王中维抬起头，看着墙上那个狼头面具，他说，你把波伏娃借给我玩一阵子。

我说，你这么喜欢猫？

王中维说，我只是想借你这只猫用一下，我最近在研究某个动物课题，我觉得你这只猫很合适。你借给我一个星期怎么样？然后我还给你。我可从来没有向你借过什么东西。

我说，你研究什么课题？

王中维说，是关于动物的基因进化问题，这个东西讲起来复杂，估计你也听不懂。

我是不想把波伏娃借给王中维，可是又不好意思拒绝他。于是我只好说，好吧，就借一个星期，你可别把它弄丢了。

王中维笑了笑说，怎么会呢。

然后王中维看着墙上那幅油画《背向世界的爱情》，他说，这幅油画不错，是你画的？

我说，是的，是为崔盈画的。

王中维说，这么久了，还没有她的消息吗？

我说，没有，可能她去了别的地方吧。

王中维说，看见你这幅画我想到了一首词。

我说，什么词？

王中维说，林花谢了春红，太匆匆，无奈朝来寒雨晚来风。胭脂泪，相留醉，几时重，自是人生长恨水长东。

我看着王中维晃着脑袋念这首词。我有时怕见王中维，这也许是一种心理障碍。我想到父亲抢走了王中维心爱母亲的爱，也许王中维恨他。这种障碍潜伏在他心里。我不想看到王中维的影子。可是我却吃上了梦之丸，有时我不明白自己为什么要吃上梦之丸。王中维赠给我的梦之丸，也许我觉得欠了他的人情，也许我不想拒绝他，也许我因为崔盈的失踪，也许我想逃避……一句话，王中维让我感到不安。我当然可以找到不少理由来解释自己吃上梦之丸。现在我要把波伏娃借给他，难道也是这种障碍在起作用。

我看见波伏娃伏在地上，一动不动看着我。

王中维吟完那首宋词，又说，你这幅画的名字是什么？

我说，背向世界的爱情。

王中维哦了一声，不再出声。

那个下午我看着王中维抱着波伏娃离开的背影，突然有一种失落感。

×月×日。我在K市电视台看到一个关于梦境的专集，有人说看见自己被外星人绑架，他说他知道那不是做梦，当时他完全清醒。从神经生理学角度，医生分析了人在迷糊状态和清醒时所做的梦，意志薄弱的人难以分辨梦境与现实的界限，他们会整天质问自己是置身梦境还是现实，人也可能在清醒时做梦……我于是想到了梦之丸，如果我是在清醒时做着梦，这些梦境连绵复现，我难以区分真实与幻象的界限。我难以相信梦境的真实。有时我难以消受真相。一个平庸的故事难以消解生活的平庸。我觉得王中维在构建他的王国，他打造梦的王国，来抵达艺术的幻象。也许他从内心蔑视艺术，不过是依靠艺术来制造趣味，以此取悦大众，获取名利……事实上，如同蜷缩进硬壳里，我头一次感觉到退缩的打算。我不想再吃食梦之丸，我想忘记那些梦故事。有人说，失去记忆是残酷的。我会死在哪里？我想象着瞪着眼睛死在午夜的街头。

　　×月×日。因为吃了梦之丸，我自觉地睡在床上（有时我倒在那张扶手椅子上，或者睡在地板上）。那时我心中涌出的想法：我成了被梦境拘留的病人。事实上我看不起这些从梦境中寻找乐趣的人。每次再恢复为人的样子，我觉得四肢沉重，有一种无法言说的疲惫。王中维的声音在我的房间回荡着，这个城市充满了堕落，梦境是惟一拯救我们的途径。我被王中维的想法激动起来，看见乳白色光柱落在我的身上，想象深夜时分我陷入了内心的黑暗，无法拒绝王中维的梦之丸。我想象我也许就是那个身份不明的野兽。开始是恐惧，结局是迷惑，一切都在黑暗中旋转，我看到那个闪着光芒的女子仿佛站在眼前，这一切没有结束，仅仅是开始。每一次吞食下一颗新的梦之丸，我都感觉到是新的开始。我的身体被一种神秘的力量唤起，这种奇幻的力量和日常生活融在一起。比如，有时梦故事继续有效，在梦中我看到那个叫无限的女子在水中移动，我们都成了金鱼，只不过我们的身子是金鱼的身子，我们的头部还是我们的头部，我沉没于没有出路的幻觉，乐此不疲，直到在水中找到一种叫"靡梦"的水草，然后我吃了下去，再次变成狼人，而那个叫无限的女子还是闪烁着光芒。当然更多时候，我成了一个狼人，出没于这个城市，到处游荡。我猜想王中维到底想给这个梦故事怎样的结局。然而我发现，那些梦故事不断地失效，不断地中断，像记忆的碎片袭击我的大脑。有时我置身梦境，有时却来到现实。我无法猜测哪一颗梦之丸会使我在梦境和现实中获得统一。如果在这个梦故事中我似乎在寻找莫扎特的玫瑰，那么更多时候，我不再陷于一个虚构的梦境，而是来到现实。

×月×日。我没有想到，张虹死于梦之丸的世界中，那天她吃了一个叫《玫瑰花开》的梦之丸，据说那种梦之丸是属于"深蓝之吻"系列，具有强烈的致幻作用。她吃了之后，不是出现在梦境，却跑到高楼的天台上，跳了下去，那时候她想飞，结果却摔死了。

我知道，张虹一直爱着王中维，可是这种感情是如此可怕，她爱上了一个伤害她的哥哥，而且他曾经强奸过她。即使这样，她无法忘记他。后来，再一次从电视上看到《星夜童话》，我脑海中浮起她的声音——搂紧我——那个声音回响着，颤动着。空气传来了一阵阵的钝响，那是她粗重的呼吸，张虹那双大眼睛在空气中闪闪发光。所有的故事都有歇息的时刻。一切不会重新开始，只有结束。

×月×日。那天深夜我变成了狼人，这一次我没有在梦中睡去，而是融入了现实里。我看见波伏娃出现在我的房间里，原来它从造梦古堡逃了出来。波伏娃告诉我，王中维绑架了崔盈，并把她囚禁在造梦古堡，囚禁在他卧室的密室里。那一刻我惊骇住了。当然我想到去营救崔盈，我必须趁现在是狼人时去营救她。

爱是伸出双手拥抱的幻影。王中维享受那一种畸形的
爱意。他脆弱的心无法得到同情，因为他得不到爱。他渴
望的是爱。没有人会给他们庇护，他们都是孤单的孩子。

38 追捕

那天深夜，莫飞吞食下一颗梦之丸后，变成了狼人。他看见波
伏娃出现在他的房间，还说王中维绑架了崔盈。莫飞感觉到有些东西
被消耗掉了。他意识到，王中维不过是利用他的权势，来玩弄崔盈。
他开始以为这根本不是真的，是他的幻觉。但事实恰恰相反，这是真
的，是王中维一手制造的。他的目的是占有崔盈。现在莫飞能感觉到
这种痛心：他不能躲避事实真相。王中维是一切邪恶梦境的制造者。

他整个身子陷进一种燥热中。想到崔盈会死在这个人渣手中，
他会发疯的。他绑架了崔盈，是出于爱？出于嫉妒？出于游戏？出于
报复？……他无法理解王中维，这个男人手中有的是钱，他要什么样
的女人都可以，为什么要选中崔盈？他到底爱上崔盈哪一点呢？他站
在那里，抽着香烟，看到江雪的窗子亮着，透过窗帘，他能看到她的
背影。他知道这是一个幻觉，事实上江雪已经搬离了这里。这并不矛
盾，你有时会爱上一个女人，不顾一切。就像他爱上了江雪。那种幻
觉的声音——谁说过，爱是伸出双手拥抱的幻影。也许王中维和他一
样，都有一种宿命感——他在乎这一切，却无法拥有崔盈的爱，于是
自尊心受到了伤害。他绑架了崔盈，享受那一种畸形的爱意。他脆弱
的心无法得到同情，因为他得不到爱。他渴望的是爱。然而，莫飞很
快想到，没有人会给他们庇护，他们都是孤单的孩子。他突然明白，
王中维和他一样，他们都是孤的孩子。

是的，他从没想过是王中维囚禁了崔盈。

这一刻，他仿佛看见黑暗中的崔盈抬头望着他，眼睛中现出一
缕缕血丝。他惊愕地意识到，王中维是一个可怕的变态的人，他感到

自己没有能力保护崔盈，感到遭遇了一种屈辱。他屈服于这种耻辱之中。

这并不是梦境，而是真正的存在。那个梦境其实是真实的。波伏娃告诉他，从第八集开始，梦境和现实融为一体。王中维还派人跟踪、拍摄他，还在他的出租屋装上了监视器。就是说，当他吃下梦之丸，稍微入睡之后，就醒了过来，准确地说，他梦游起来，那时他像一个梦游人，开始了梦境一般的活动。当然有时他会睡得久些，然后在梦中发生着王中维设置的梦故事。但那些梦故事一旦中断，他就醒了过来，然后他来到现实，变成一个狼人来到了现实。

现在他变成了一个狼人。对着镜子，他看着自己绿幽幽的眼睛。

他已经想过了，为了拯救崔盈他不惜一切，包括生命。这样一想，他轻松起来，看着房间那支五四仿制手枪，如果这是一支真正的手枪，他将射杀王中维。不管怎么样，他必须救出崔盈。

莫飞戴上了那个布什的面具，很快蹿出街道，走向造梦古堡。这个世界仍然属于血腥与阴谋，他能感觉到这一点。他感到王中维就像一把尖刀切进他的世界。王中维多么熟悉而陌生，就像观看一座山，好像挺近，又似乎遥远。在他看来，造梦古堡不是一座山，而是迷宫、惊愕、迷幻……

现在他要去营救崔盈，他甚至想到要用锋利的爪子杀死王中维，然后撕毁他。

令他兴奋的是，造梦古堡二楼的窗子打开着。他很快沿着墙壁爬上去，惊异于自己爬墙的速度之快。狼人的跳跃力很强，爬墙的本领也不错。进入二楼，他想到这座古堡应该安装了不少摄像机，决定放弃沿着楼梯往上走，从二楼的窗子钻出去，再次沿着墙壁往上爬，他想一直爬到第三十层楼，然后从窗子钻进去。造梦古堡的墙壁是冰凉的，他看见整个城市在他脚下，夜色深黑，他却沉浸在兴奋当中。莫飞不知道等待他的将是什么，他内心一再响着这个声音：不管怎么样，我必须营救崔盈出来。

现在他爬到了第三十层楼，从窗子看到里面是一条走廊。他用力扳开窗子，钻了进去。微暗的长廊，像地狱一样曲折，几乎一点光亮也没有。一种虚脱感袭击了他，他感到自己像一条冰冻了的鱼，抛入了厚重的黑暗。

突然间走廊里变为一片漆黑，接着墙壁亮了起来。他才意识到墙壁嵌着银亮的水晶，他陷入一个水晶的世界。

一条光柱突然向前方冲去，弥散着黄色的光亮。他看见黑暗中突然豁出一片很大的亮光，像一个飞碟般的东西落在前面，散着各种颜色，闪闪发光。这时候，他看见王中维和车婉婉出现在当中，他们坐在一张桌子旁，桌子上还摆着香槟、蛋糕和玫瑰花。而在车婉婉的一旁，一个女人被绑在一条圆柱上，她的脸逆着光，他看不清她的脸。可是他凭直觉感到她就是崔盈。

莫飞听到王中维对车婉婉说，祝你生日快乐！

哦，原来今天是车婉婉的生日。他咬了一下牙齿，心想今天应该是她的忌日。

他很快蹿了过去，凌空朝崔盈扑了过去，他的利爪在灯光中闪亮。车婉婉发出一声尖叫，随手把桌上的蛋糕扔向他。

突然枪声响起，莫飞感到一阵剧痛，整个身子从半空中摔了下来。

门口出现了一个高大的男人，原来是车婉婉的保镖黑骷髅，他手中拿着一把手枪。黑骷髅身后还有好几个持着冲锋枪的家伙。

莫飞被子弹射中了臀部。这时他看清被绑在圆柱上的女人不是崔盈，而是一个三十多岁的女人，他觉得像是经常上电视讲话的女官员。

莫飞从地上爬了起来，呼地朝窗台上跳去。黑骷髅等人又向他开枪。这些子弹都射空了，莫飞跳到阳台上，然后沿着墙壁爬了下去。

整座楼响起了警报的声音，蓝色警灯闪烁。

就这样，他逃出了造梦古堡。

然而，莫飞没有想到，他很快处于军警的重重包围之中。电视台开始转播了，这一刻世界在晃动，人们可以通过电视直播观看到一个狼人遭到军警的追捕。他没有想到从造梦古堡出来，会很快陷进军警的包围，他猜想王中维早就知道他会来造梦古堡，所以一早通知军警来捉拿他。

那时他想到，他成了一部警匪片的主角。他不知道那些观看电视的人有什么感受，也许他们认为一个狼人带给了他们前所未有的刺激。

他就是那个带给他们娱乐的狼人。

现在他躲在离造梦古堡五百米外的一幢大楼上，看见楼下闪烁的警车和不断涌来的警察。他们包围了附近这几幢大楼，警车的探照灯，射在十几层楼的墙上，亮晃晃的。

这一次他们出动了大量的军警。空中还有两架直升飞机，同样用亮晃晃的灯光射向这幢大楼。一种危险的声音冲击着这个午夜。他的心怦怦地跳了起来，他知道他身陷险境。

莫飞决定跳到另一幢楼上，但那幢楼离他所在的这幢楼还有二十多米远，他可能跳不过去。他注意到两幢楼之间还有一排柏树，位于两幢楼的中间。

在黑夜里，这些粗壮的柏树仿佛召唤着他。

这些柏树只有四层楼那么高。然后他从七楼跃了下去，一直跃到六楼，他听到武警的声音。他贴在墙上，听到他们走过来的脚步声。他有些害怕他们手中的枪，也许他们会把他击毙。

一瞬间，他纵了出去，然后听到枪响的声音，子弹在他身边呼啸而过。站住，站住……武警们尖叫的声音，他们从各个方向涌了过来。

他很快从六楼跃向五楼，五楼只有四个武警，其中两个正和他面对面，他一下子击倒了他们，他们手中的枪也飞了出去。

这时，楼上的武警冲他开枪，子弹再一次在他身边呼啸而过，在墙上射出无数的洞眼。他拿起一支冲锋枪，冲锋枪很轻，他扣动了扳机，朝楼上的武警射了过去。趁他的火力压住他们之际，他一下子从五楼跳到一株柏树上，然后再跳到另一株柏树上，就这样他跳到了另一幢楼上。

两架直升机朝他开火了。然而，那一瞬间他已经跳到了那幢楼里，楼里的房子都关上了房门和铁闸，他能感觉到楼房里死寂的氛围。

当然他更能听到军警的叫声、直升机盘旋的声音。

他很快蹿过背向直升机的楼道，听到房里有电视直播的声音。他听到主持人的声音：现在那个狼人跳到了另一幢楼，他是跳过五株大树才跳到那幢楼的，他的弹跳力让人吃惊，而且他还冲武警开了枪。显然这个狼人是有相当智慧的……

他看到武警朝这幢楼跑过来。一架直升机的灯光射向了他，子弹也随之落在他身边。他纵向另一个墙角。

事实上，直升机现在盘旋得很低，只有七楼层那么高。他现在站在六楼上面，只要用力一纵，就能抓住直升机的底架。

当然他不会这么做。

他瞄了一下那架直升机，然后纵向另一个楼道，另一架直升机的探照灯射向了他身边。

两架直升机把这幢大楼照得雪亮。他躲在直升飞机照不到的墙角，寻思着怎样逃出去。他知道他必须在武警包围这幢楼之前逃出去。

事实上，这幢楼是孤立的，它周围没有什么大楼了，除了刚才他跳过来的那幢楼。难道要再次跳回刚才的楼？显然这并非好主意。

两架直升机在高度戒备，他显然一下子难以逃脱。

他伸出拳头，嘭嘭两下击在墙上，然后从墙上抽出一块砖头。他握住砖头，用力地朝直升机砸了过去。唧的一声，那架直升机的探照灯破灭了。

说时快，那时迟，他从这幢楼阴暗的墙角溜下楼去，他看见警车和武警冲向了这幢大楼。他环顾四周，找到了一个下水道的铁盖，掀起来，跳了下去。

他知道这个社区的下水道相当阔大，高度足有两米，而且通向环城河。下水道臭气冲天，他还是撒开腿跑了起来。脚步声回荡在下水道，他不知道后面有没有武警追来。

就这样，莫飞跑了一百多米，然后从另一个下水道口爬了上去，那是一个幽静的社区，站在街道上，他还能看见远处警灯闪烁的警车，以及闪亮的直升机。

夜风吹来，他深深地呼吸了一口气，想到这个夜晚的惊险，不由得笑了起来。然而，一阵剧痛朝他涌来，他才发现臀部一直在流血。他感到眼前一黑，便晕过去了。

他变成了一个狼人，却无法找到方向。在午夜的街道上，他失去了方向感。他不知道怎样才能打发时光。也许去江雪那里，他的灵魂会得到安息。现在面对着这个女子，他再一次感受到安静的意味。

39 劫后

梦境变成了真实。莫飞醒了过来，躺在床上，看见床上一片血迹，他的臀部在发痛。他中了枪？隐约记起昨晚发生的事情，有那么一刹那，他以为是在一个梦境里。如果昨晚是一个梦境，他怎么会中了枪？他简直无法相信这是怎么一回事。他变成了一个狼人，却无法找到方向。在午夜的街道上，他曾经失去了方向感；不知道怎样才能打发时光；也许去江雪那里，他的灵魂会得到安息。此刻他看着这个房间，感觉到它的熟悉。

就在这时，他看见江雪出现了。她正站在床边，望着他。无疑，江雪一直在这个房间里。他睁着眼睛，想象江雪怎么会出现在这个房间。难道这是一个梦境？他下意识地摇了摇头，这才看到床边的书桌上有一个铁盘子，上面盛着一颗子弹。他才记起这个房间是江雪躲藏的地方，那个晚上他变成狼人，曾经来这里看着她熟睡。

江雪朝他笑了笑。他想问这到底是怎么一回事，他怎么会出现在她的房间。他有些迷惘地看着她，感觉到坠入了一个梦境。

这时他听到江雪说："你知道吗，昨晚你被警察追捕了。"

莫飞嗯了一声："昨晚你救了我？我睡了很久吗？"

江雪说："昨晚我听到枪声，就知道你出事了。我昨晚给你打了麻醉针，取出了子弹。"

莫飞说："我变成了狼人，你知道吗？"

江雪说："嗯，我知道。"

莫飞说："这到底是怎么一回事？"

江雪说："据我所知，你的体内出现了狼的基因。而你吃了梦之丸，就开始梦游，一个仿制梦境的过程。"

"我的体内出现了狼的基因？一个仿制梦境的过程？"莫飞说，"可是我觉得变成狼人后，我有自己的想法。难道还是陷进梦境里？"

江雪说："这个我不是很清楚。据我所知，王中维研究深蓝之吻系列梦之丸是可以控制人的意志和意念的，如果你还有自己的想法，也许是他研制失败吧，毕竟有些人的意志是强大的，梦之丸也难以控制。"

莫飞说："我以前来过你这里。"

江雪说："我知道，那天晚上你变成了一个狼人。"

莫飞惊讶地说："你知道？"

江雪说："我那天晚上其实没有睡，我看见你走了进来，如果你有什么企图，我是可以枪杀你的，我的手枪就在枕头下。"

莫飞说："你知道我爱着你？"

江雪说："其实女人是敏感的，从你踏进我妈的出租屋，我就从你的眼神里看到了你的渴望。真不好意思，我曾经潜入过你的出租屋，看了你写的日记，我看到你写到了我……"

莫飞禁不住红了脸，说："那都是我的真心话。我感觉你很美，面对你我总是自惭形秽。"

江雪说："如果你知道我的真实身份，你就不会这样想了。我只是一个杀人机器。"

莫飞说："杀人机器？"

江雪说："是的，我是车婉婉养大的，我原本是一个孤儿，她把我训练成一个职业特工，也许准确地说，我是一个职业杀手，出租大屋的江姨并非是我的亲妈妈，她也是特工，我俩组成母女，不过是用来掩饰身份的。"

莫飞说："那个江姨为什么被人杀了？"

江雪说："我和她都属于车婉婉领导的2052组织，这是一个杀手组织，我厌倦了杀人生涯，于是想离开车婉婉，车婉婉不肯放过我，于是派黑骷髅来追杀我，江姨和我相处久了，多少是有感情的，事实上她也厌倦了杀手生活，也想过正常人的生活，所以那天晚上他们来杀我的时候，江姨为了掩护我，被他们杀了。"

莫飞说："黑玫瑰是你吗？"

江雪说："我不是黑玫瑰，可能黑骷髅是。"

莫飞说："王中维真是奇怪的人。"

江雪说："我以前喜欢王中维，现在却不这样想了，我看过你的日记，感觉到你对我的爱。你是让我有心跳感觉的人。在面对你的时候，你让我感受到真实地活着。"

莫飞禁不住握住江雪的手，感觉那只手温婉。现在面对着这个女子，他再一次感受到安静的意味。

莫飞说："你知道王中维绑架了我的女朋友崔盈吗？"

江雪说："我不清楚。我听王中维提起过崔盈，但没有想到他会绑架她。你很爱崔盈吗？"

莫飞说："我觉得对不住她。我这个人很差劲吧？有了女朋友还对你想入非非。"

江雪笑了笑说："有时候爱一个人是很莫名其妙的。我以前喜欢王中维，是属于暗恋，不过这场梦已经醒了，我不想停留在噩梦里，我觉得我不应该爱上一个不值得爱的人……你和我在一起很危险的，造梦工厂的人不会放过我。"

莫飞说："因为你要脱离杀手组织？"

江雪说："我知道车婉婉不会放过我，因为我拷贝了造梦工厂的犯罪证据。造梦工厂还有一个组织叫血盟，专门绑架人。现在我手头有这样的证据光盘，他们当然害怕我把光盘送给公安局。"

莫飞说："你已经把光盘送给了公安局？"

江雪说："是的，我已经把光盘寄给了 K 市市长和公安局局长，我想造梦工厂快要完蛋了。"

他把两只手掌合拢在一起，抱成拳状，放在胸前。这个姿势富有纪念意义。这是她母亲临死时的动作，这个动作是爱情的象征。他有一个渴望：希望在他临死时，是用这个动作去死的。

40 即景

太阳升了起来，清晨的薄雾刚刚消散，天空显得清新。他站在造梦古堡的天台上，观看晨光。他看见造梦古堡旁边驻扎了不少军警。现在警察和武警在通缉那个狼人。对于这一切的局面，王中维想得很清楚。

王中维清楚莫飞会成为一个狼人。事实上，这是他需要的，让莫飞变成一个狼人，然后他拍下那些影像，播放给崔盈看———个狼人出现在 K 市，崔盈还会爱上莫飞吗？当然，事情还有一个真相，那就是王中维一直想试验动物的基因转移在人的身上，会出现什么反应。他想不到，莫飞有如此强烈的反应，成为一个行走如飞的狼人。莫飞成为狼人，也成为《莫扎特的玫瑰》的一部分。他却没有想到莫飞会来造梦古堡营救崔盈，莫飞是怎么知道他囚禁了崔盈的？王中维惊讶于莫飞凌晨的举动。他知道现在他无法控制莫飞了，自从莫飞变成了狼人，《莫扎特的玫瑰》的梦故事彻底失去了效果，更多的时候莫飞是用一个人的头脑去思考事物，而不是受到梦故事的控制。幸好他的手下一早就监视到莫飞会来造梦古堡，所以决定报警捉拿莫飞。他决定牺牲这个狼人，狼人的科研成果应该结束了。

然后，王中维走入半明半暗的房子里。崔盈已经醒了过来，看着窗外。他打开凌晨的录像给崔盈看，然后倚在墙壁上，点燃一支雪茄烟。面对崔盈，他保持这种僵直的姿势。崔盈看着凌晨的录像，变成狼人的莫飞怎样跳起来扑向绑在住子上的女人。一开始，崔盈以为是看一部电影，直到她看清那个狼人的脸是莫飞的，她发出一声惊叫，她说："莫飞，他怎么会变成这样……"

那时候王中维笑了，说："现在警察和武警都在通缉那个狼人。如果你想变成一个狼人，我也可以让你梦想成真。"

崔盈说："又是你在搞鬼，你为什么要这样做？"

王中维嘿嘿地笑了一阵，说："多么奇异的世界，是我一手创造的。科学上的发明能实现野心家的乐趣。我是真正的野心家，我要让全世界的人享受基因变化的快乐。人们可以随意变成一头大象，或者一头豹子，当然还有狼人！"

崔盈说："疯子，什么基因，什么狗屁，你是疯子、人渣、猪……"

王中维喷了一口烟雾，说："我就是喜欢你骂人的声音。我将探索灵魂的幽暗国度，在那里感受人们变成动物的快乐。"

崔盈说："你是一只猪！录像带上那个被捆绑的女人是谁？"

王中维说："那是车婉婉的一个仇敌，她派人绑架了她，来庆祝她的生日，莫飞可能把她当成你了。"

他抬起头，看着那个窗子，窗子位于头顶很高的位置，只能看见蓝天的一角。

崔盈躺在棺材里，她似乎不理会王中维。最近她懒得理他，也很少骂他。也许她觉得再辱骂他也是浪费口舌。她喜欢躺在棺材里看窗外。他看到白猫波伏娃躺在她身边。他想起那天他捧着这只猫走进这个囚室，那一刻她皱起了眉头。

波伏娃瞪着眼睛，看着崔盈。然后它回头望了下他。王中维笑了笑，他想不到莫飞的猫充满了灵性，这只猫会去告诉他的主人，王中维绑架了崔盈吗？这个念头一闪而过。当然他觉得这个念头可笑。然后他走近崔盈，对她说："忘了告诉你，这只猫叫波伏娃，是莫飞从街上捡回来的，好像养了一个星期，现在我是它的主人。"

崔盈哼了一下，说："你只会捡莫飞的东西。"

"我绑架了你，也是捡他的东西哦。"王中维笑了笑，指着波伏娃说，"你觉得它可爱吗？"

崔盈说："是莫飞的猫，当然可爱。"

王中维把波伏娃放在地上，他耸了耸肩头说："崔盈，你不觉得我也很可爱吗？"

崔盈说："王中维你连猫都不如，你是一个可怜的懦夫。"

你是一个可怜的懦夫。他没有想到这句话会从崔盈的口中说出来。要知道车婉婉曾经也这样说过他。他横着眉说："我不是懦夫。"

崔盈又哼了一下，一字一顿地说："王中维是一个可怜的懦夫！"

王中维整个人陷进了恼怒中，他龇着牙，抬起右臂，挥动着，一个劲儿地说："我不是懦夫，我不是懦夫……"

崔盈撇了撇嘴，一迭声地说："王中维是一个可怜的懦夫，王中维是一个可怜的懦夫，王中维是一个可怜的懦夫……"

"我不是懦夫，我不是懦夫……"王中维双手捏成拳头，放在胸前，整个人拼命地嚷着。好一阵子，他停了下来，盯着崔盈。

崔盈嘴角挂着冷笑，用一种嘲讽的眼神看着他。

王中维猛然意识到他上了崔盈的当，她就是要激怒他。然后他回过头来，看着波伏娃。波伏娃抬起头，看着他，似乎被他刚才的举动与声音唬住了。

王中维笑了笑，回过头来望着崔盈，轻声地说："我之所以拿只猫回来，是想让它陪伴着你，你可能不会感觉到寂寞。"

崔盈说："我经常想着莫飞，怎么会寂寞？"

王中维说："你想气我？你以后和波伏娃玩吧。"

崔盈说："我当然会和波伏娃玩，它是莫飞的猫，看到它，我会更想念莫飞。"

王中维说："想念莫飞是应该的。我也想念莫飞。"

崔盈看着波伏娃，轻声地说："波伏娃过来。"

波伏娃像听懂了她的声音，噌地跑了过去，跳上了崔盈躺着的棺材。

王中维看着波伏娃，想不到这只白猫这么通晓人性。难道它听得懂人类的声音？他有些惊讶地看着波伏娃伸出舌头舔着崔盈的手臂。

他看着波伏娃伏在棺材里，耸着耳朵看着他。他想如果这只猫会说话，那应该很好。他突然想到，变成狼人的莫飞会听懂波伏娃的话吗？他产生了把自己变成狼人的想法。当然他想到，不是任何人都可以变成狼人的，这和基因突变有关，人的基因要和狼的基因有着某种神奇的联系，才能产生奇妙的变化。现在他注视着波伏娃，看到它的两只大眼睛盯着他，好一会儿，波伏娃转过身子，朝崔盈身上看去。

王中维坐在沙发上，点燃了一支雪茄烟。烟雾缭绕，他避开崔盈的目光，看着那只猫，这只莫飞送给他的猫。此刻猫瞪着他。他叫了声"波伏娃"，波伏娃走了过来，用舌头舔着他的脚跟。他想也许应该给它找一个男朋友萨特。他笑了，然后抚摸了一下波伏娃的头，对波伏娃说，回到你的女主人身边吧。波伏娃噌地跑到崔盈身边。

好一只通晓人性的猫，他暗暗感叹。如果这只白猫叫车婉婉？他突然想到车婉婉就是他的障碍。障碍这个词冒了出来。他想绕开这一切，却无法绕开她。爱情其实就是一种谋杀。他不能在她面前直接说出来。他想象车婉婉裸露的模样，一丝不挂，或者露出上身。种种迹象表明，她在玩耍他，他心里升腾起愤怒的冲动，他感到自己不能再忍受这种折磨。他想她的嘴巴有些大，像那个女明星舒琪一样有一个大嘴巴；她的身材也像舒琪，崔盈的身材却是娇柔而丰满，一个少女和成熟女人的区别。她们的身子似乎又没有什么区别，同样充满诱惑的肉欲气息。在崔盈面前，他是无所顾忌的，甚至想：我没有慌乱的感觉，只有变态。他想起有人说过，变态是贬低所有乐趣的乐趣。

现在，他含着雪茄烟，走了过去，低下头，寻找崔盈和车婉婉之间的细微差别。他逼视着她，抓紧她的双肩，摇晃她的身子。崔盈似乎对他没有兴趣，只是撇了撇嘴，冷漠地看着他。她懒得骂他了。她的眼睛隐含着怨恨。

然后王中维笑了笑，他想硬要崔盈看他的表演，然而他很快止息了热情，又走回沙发坐下，把两只手掌合拢在一起，抱成拳状，放在胸前。这个姿势富有纪念意义。这是她母亲临死时的动作，这个动作是爱情的象征。他有一个渴望：希望他临死时，是用这个动作去死的。现在他的想像力又一次丰富起来，他想起莫飞那幅画《背向世界的爱情》。也许有一天他和车婉婉会到那个玫瑰悬崖上，然后跳下去，一起殉情。

他虚构梦境，无法真实，也许这应了一句话，你不过是一个对想象的乳房具有怪癖的人。他以为他的影子是巨大的，其实是短小的。他惊讶地看到这一点：我仅仅拥有一个缩影。我靠着我的影子取悦自己。

41 缩影

现在车婉婉挺着身子，骑在那个男人的身上，她的身子有节奏地运动着。王中维不知道那个男人是谁，现在他又一次目睹了车婉婉在她的办公室和别的男人鬼混。他再一次勃发难受的感觉。他觉得自己好像生活在殓房里，却不得不面对车婉婉散发着香气的尸体。他甚至希望车婉婉在他的心灵中死去。

车婉婉脸部的特写，眼睛眯了起来，嘴巴舒成Ｏ形……他滑动手中的鼠标，车婉婉的表情被放大了。放大的情欲，放大的淫秽、放大的嫉妒、放大的死亡……他突然想到这样的情景：一个囚牢的门打开了，车婉婉躺在那里，裸着全身，任由狱警殴打，一道从窗子射入的阳光照在她的脸上，她充满快意。这个身陷监狱的女人依然想着诱惑男人，她是至死也改不了恶习的，甚至恶毒的野心也一直起伏着，试图毁灭这个世界。王中维看着车婉婉脸部的大特写，不断地浮出念头。他板着脸，目光阴冷地看着手提电脑的显示器。

王中维打开电脑的监视器，打开了一周的录像生活，他想知道车婉婉到底在办公室过着怎样的生活。他快速地浏览，发现她几乎每天都和一个不同的男人在办公室鬼混。又打开监视莫飞的录像，在过去几个星期的录像中，他发现莫飞对邻居江雪充满暗恋的情结。江雪是他的秘书，一个很少说话的秘书。王中维喜欢江雪的工作能力，她总是把秘书工作处理得井井有条。当然他知道，江雪是车婉婉派来监视他的，江雪是车婉婉从小收养的孤儿。后来，他打开以往的录像，看到江雪在办公室工作的情形，才意识到江雪长得很漂亮，难怪莫飞会对她充满感情。他笑了笑，江雪在他身边已经两年了，他却从来没有留意她身上的女性魅力,他把更多的精力放在车婉婉的身上。当然,现在江雪不在造梦古堡,她逃走了,她复制了玫瑰车间的监视录像,就是说她复制了造梦工厂的犯罪证据。他知道造梦工厂面临着溃败的局面。

王中维的内心蒙上一层阴云,他知道警察在无孔不入地侦查造梦工厂。对于这一点,车婉婉早就和警察内部的高层有着联系,花了不少重金以及各种手段收买了不少高层人员,包括市政府的要员。王中维阴郁紧锁的眉头舒展了,他并不在乎可怕的结局。伟大的过程才是重要的,即使有一天他疯狂得死无葬身之地,这也并不重要,重要的是他曾经无所顾忌地活过。只是他想不到造梦工厂最终会毁在一个叫江雪的女子手中,而且她是车婉婉一手抚养成人的。

事实上王中维知道造梦工厂快要完蛋了,就像他明白他和车婉婉的感情快要走到尽头一样。

他开始回顾他和车婉婉的感情故事。车婉婉似乎揣摩到他的心思,甚至能把握住他的想法。情爱就是一场战争,她战胜了他。在这个战场上,他输了,他体会得到这一点。他不想知道她和多少个男人鬼混过。他现在看得清楚:不管怎么样,他都无法抓住她的心。他甚至想在她面前像一只狗那样哀叫。哀叫,只能落下耻辱的痕迹。她会更加蔑视他。

王中维又一次闭上眼睛,车婉婉站在黑暗中,对着他笑了笑,在这样的时刻,她是一个狂热者:她吸毒、放肆、疯癫,并渴望自由。可是她束缚在自己灰暗的心灵里,看不到未来的意义。她诅咒来自她的世界的任何东西。

永远,或者几乎永远如此……他想到他永远得不到她,一种心痛的感觉油然而生。两种感觉混在一起,他弄不清他是爱她还是想占有她。爱情就是一种占有,永远占有的故事。故事只是矛盾的平衡,现在他整装待发。他想到莫飞化身为一个狼人,仰天长啸,充满悲怆。

我为什么把莫飞变成一个狼人？为什么要选中他？王中维现在也弄不清楚，仿佛身陷噩梦当中，他不知道他要什么。或许，梦境激发他的情欲？爱情使人迷狂？爱情是他惟一的哭泣？黄昏来了，他站在窗前，在暗红色的霞光中想念车婉婉。事情继续变得好玩。他想如果他是一个狼人，也许会有另一个故事产生。

后来他拿起笔，在纸上写着：梦境＝能量。他的记忆除了虚构就找不到别的。也许有一天我的记忆会消失掉？王中维看着纸上那几个字，想到一个词：可能性。这个词浮现起来，他感觉到一切皆有可能。梦境是发现的过程，一切的问题都落到这个点上：是自由和权力的问题。表现一个野蛮的狂想的梦想，这是我要做的，我成了一个收集梦想的人。一天，我开始制造梦之丸，自以为寻找意义，不过是给这个世界添加狂想。王中维停留在狂想中。

现在他发现了这个梦境：他试图依靠想像力，抵达纯粹的梦想。梦境是一种探测，他控制着梦境。从那一刻起，他觉得一个梦境是可以控制的……寻找、联想、观察、虚构、反复、迂回、玩耍概念，他可以继续想下去，要知道梦境制造者习惯扯谎，这好比蓄谋已久的情欲，那种陡峭的想法、细节、场景、色彩、意念、技巧，一切都在狂欢，他在制造着自己的商品。梦境是可变的炼狱。他感到了某种神经质的轰炸，权力尽归于想象。世界是属于狂想家的。作为恶的同盟者，他逃避到抽象中去。他虚构梦境，无法真实，也许这应了一句话，你不过是一个对想象的乳房具有怪癖的人。

他想起莫飞对他说过的话：你给人的第一感觉，眼神很阴冷。王中维想起了和莫飞的友谊，我们存在着友谊吗？我不相信友谊，他宁愿相信这一点。在这个世界上，人和人不过是互相利用，友谊不过是互相利用。我讨厌这个世界，就是我再努力，我也无法去认知它……他想起某个科学家说过，黑洞以每秒钟吞食一个地球的速度存在于宇宙间，现在车婉婉就是一个黑洞。我现在知道什么叫天堂和地狱！我有点恨她！现在就是想哭！王中维看着窗外，感到眼睛酸疼。外面的光线并不强烈，他却感到酸疼。他似乎成了一个害怕光亮的人。也许我应该躲在黑暗中，他心中浮上这个念头。我在乞讨快乐。时间是残酷的杀手！这世界上没有一个人会去亲吻一只青蛙。为什么一夜之间就可以将一个人颠覆得如此？他看着墙上的影子，有一种可怜的昏暗。他摇动着身子，影子在晃动，这就是他的形象，接近暧昧的形象。这是他最初拥有她的印象，现在一切逆方向旋转，他终于相信，他永远不能占有她。他以为他的影子是巨大的，其实是短小的。他惊讶地看到这一点：我仅仅拥有一个缩影。这一刻我靠着我的影子取悦自己。

42 无能的力量

王中维很久没有去玫瑰悬崖了，他开着那辆红色宝马去了闸坡，一直开上玫瑰山顶。通往玫瑰山顶有一条盘山公路，他想如果车子从山路上坠下去，会有什么感觉？下午的阳光在眼前跳动，他觉得太阳像一颗被砍下来的头颅。大海呈现辽阔的湛蓝色的景象，海岛隐隐可见，在那里他和车婉婉曾经有过裸泳。裸泳的情景又一次浮了起来，她的胸部闪着白光，随着蝶泳的动作，闪出幻影。幻影似乎蒙住了他的眼睛，他看不见外面的世界，只看到他内心的虚幻世界。

这一天他感到孤独，一种深入骨髓的孤独。站在玫瑰悬崖上，看着海面驶过的渔船和点点白帆，他突然想到，也许大海是他最后的故乡。有一天他化成了深海的鱼，不再是一个野心家，心里产生不出任何感情。后来，从车上拿出母亲遗留下来的那副手镯，他不知道为什么今天会带着它们来到玫瑰悬崖。他一直珍藏着这副手镯。现在玫瑰色的手镯在阳光下闪闪发光，用右手高举着它们，看到手镯亮得像能滴出血。不知为什么，他突然厌恶了这副手镯，觉得它们陪伴他太久了。这种厌恶并没有使他感到意外，和他现在对梦之丸的情绪没有区别。自从研制出《莫扎特的玫瑰》，他开始对梦之丸产生了厌恶的情绪。尽管他知道他的野心要他一再深入研究。他曾经这样想：故事到此结束，他回到了自己的世界，他要远离车婉婉。

然后他垂下手臂，仰视蓝天，突然听到一种声音，这个世界充满了阴谋诡计，人类是一种错误，你无法逃离人性本恶的宿命。他看到车婉婉浮在天空中，双眼闪闪发光。你让我发现内心最深处的情感，对一个女人最真实的情感。我希望她能过正常人的生活。他内心又转出了几种声音，然后从口袋里掏出车婉婉的照片。

看着车婉婉的照片，他听到一种声音在吼叫：你是属于我的，谁也别想从我手中把你夺走。他脑袋里跳着各种想法，那些想法蜂拥而至。他想到自杀的光荣，瞬间决定了你的命运，无数个瞬间汇成了恐怖时分。他知道车婉婉喜欢性游戏，一般的性游戏刺激不了她，她需要更多的刺激。这个喜欢制造恐怖的女人，活着仿佛是为了性刺激。他渴望的鱼水之欢，不过是驳倒自己的影子……因为爱，他有时美化了车婉婉的形象。他左手紧紧捏着车婉婉那张照片，扭过头来，想寻找他在悬崖上的形象。现在他能看到崔盈站在那里，闪闪发光，她的双手被手铐铐在十字架上，那是他发明的十字架，现在崔盈成了一个女耶稣。这个幻象让他感到某种宗教的意味，他想为什么不把车婉婉铐在十字架上。

他想起一个星期前和车婉婉的对话。车婉婉说，别以为你在我的办公室、卧室装上微型摄像机，就可以掌握我的一切，难道我就不可以在你的办公室、卧室装上微型摄像机？现在他才明白，他的房间和办公室被车婉婉装上了微型摄像机，他的一举一动都被车婉婉窥视了。车婉婉故意让他看到她和无数的男人寻欢作乐，甚至故意做出一些动作刺激他。他以为窥视了她的全部，事实上她才是他背后的黄雀，他又一次输了。

我必须与车婉婉保持距离，这是维护我的自尊的惟一方法。越接近她，我越是接近死亡。王中维看着远处的轮船，他想到了生活在远方。是距离，一种致命的距离。可是我是多么渴望贴近她，每天都想贴近她。王中维听到这些声音在心里不停地响着，接近一个人的胡言乱语。他听到海水在悬崖脚下拍打的声音，感到手中车婉婉的照片变得沉重。他似乎捕捉到车婉婉慢慢倒在他肩上的感觉，她发出轻微的呻吟声。就像莫扎特的《安魂曲》响了起来，那是一群有着金色翅膀的天使在唱歌——在《莫扎特的玫瑰》中他想到了一群有着金色翅膀的天使，他想描述莫扎特玫瑰的存在，那是透明的玫瑰，闪烁着七彩的光芒……

事实上，他不知道怎么描述莫扎特的玫瑰，那是什么美妙的存在呢？就像爱情，就像诗歌，就像莫扎特的音乐……他记得在《莫扎特的玫瑰》最后一集中，他是这样描述那朵玫瑰：玫瑰的花瓣缓缓散开，化成了无数的血色的薄雾，薄雾缓缓聚在那个闪烁着光芒的女人的脸上，然后脸的轮廓渐渐显示出来，是车婉婉的脸庞，一半充满明亮，一半充满灰暗——然后车婉婉的脸慢慢融化了，因为美只能存在一瞬间……他是这样构思最后结局的，可是这样的结局变得没有方向，没有美感，于是他最终没有决定《莫扎特的玫瑰》的结局。

现在他站在悬崖边缘，又一次举起那副手镯，迎着阳光，看到手镯闪着血光。他把左手举了起来，把车婉婉的照片举得和那副手镯一样高。手镯、母亲、照片、车婉婉。手镯、母亲、照片、车婉婉。手镯、母亲、照片、车婉婉……他的双眼来回看着那副手镯和车婉婉的照片，他觉得内心有好几个人在争吵——一个声音在响：恶是使你人生丰富的手段。另一个声音在嚷，抑恶扬善吧，善使你更加富有。还有一个声音在响：不要在乎什么，亦正亦邪，随意一点，才是快乐的人生……这些声音显得如此通俗，他想逃避这些声音，拥有另一个空间的宁静。

然后那副手镯从他手里落了下来，闪闪发光，直掉下悬崖。照片也飘了下去。他怔怔地看着它们落下去，看着悬崖下的海水盘着白色的浪花，阳光照在脸上，他有一种发冷的感觉。

就这样，他把她的额头当成了一架钢琴，他的手指翻飞，似乎听到莫扎特的《费加罗的婚礼》响了起来，披着洁白的婚纱的崔盈在微笑，他穿着一身白色的西装站在她面前……

43 崔盈之死

从玫瑰悬崖回来，他走进那个房间，决定在临死之前再看一下崔盈，或者把她释放了。他突然觉得自己绑架她，是一个无聊的动作。可是，这个城市生活渗透了那么多无聊。这样想来，他又觉得没有什么。

他曾经以为，他抓住崔盈这个女子，不过是把一枚硬币抛了出来，这种动作，不属于道德范畴，也不属于幻觉的性质，不过是他用眼睛的余光来打量这个世界的一种方式。他曾经想用目光缝纫她的身体，听到那种声音哒哒哒地走在她的身上。他甚至想到把她剥得干净，然后静静地审视她；有什么比用力地看着一个女人更有趣？也许崔盈会唤醒一只冬眠的癞蛤蟆？他想让崔盈唤醒他这只冬眠的癞蛤蟆。现在他只想释放了她，不管她会有什么反应，即使她跑去找警察告知这一切。

光线黯淡，空寂的房间在黄昏中散着幻觉，似乎变得陈腐。王中维看着崔盈，她的面色苍白，双眼像死鱼一样瞪着，胸中插着一把刀子，血染红了她身上的白裙子。

他瞪大眼睛，走近了她，抚摸着她的鼻息——她没有呼吸了，她死了。这是谁干的？他没想到在这个黄昏走进囚禁崔盈的密室，看到她死了。

王中维突然觉得坠入了一种迷茫中。

他无法忍受有人杀了崔盈，如果要毁灭她，应该是他亲手来杀死她。

是车婉婉，他很快想到了凶手。除了车婉婉还有谁会这样做呢？他慢慢地抚摸着崔盈那张脸，脸上已经没有了温暖，隐隐地发冷，世界在这一刻突然停顿了。他注意到他的手指有节奏地颤动。他使劲地抽了几下鼻子，一种血腥味袭击了他。他感到晕眩，双腿发软。

然后，他蹲了下来，大口喘着气。他闭上了双眼，有好一阵子，睁开眼睛，看到窗外露出一个太阳，血红色的。一刹那他流出两行眼泪，仿佛一个习惯黑暗的人，看见了光亮就感觉到眼睛酸痛。

　　车婉婉杀死了崔盈，是出于什么目的？也许是出于嫉妒。就像他嫉妒车婉婉身边的男人。他耳边似乎传来一阵声响，若有若无，仿佛来自神秘的世界——那是他的喘息声，还是他的心跳声，抑或是死去的崔盈的声音？他抚摸着崔盈发冷的脸，看到一缕阳光射在她的额头上，白得发亮。他的手掌滑行在她的额头上，没有发出一点声音。

　　十个手指慢慢滑行在她的额头，他想起他弹钢琴时，细长的手指会弹出美妙的音符。现在，伸出双手，像弹钢琴一样，敲着她的额头。他不知道为什么要这样做，他感到一切似乎远离了自己。

　　事实上，他并不想这样做，可是抑制不住了，仿佛用手指弹着崔盈的额头，他的心会静止下来。就这样，他把她的额头当成了一架钢琴，他的手指翻飞，似乎听到莫扎特的《费加罗的婚礼》响了起来，披着洁白婚纱的崔盈在微笑，他穿着一身白色的西装站在她面前……为什么我会想到和崔盈结婚？为什么我没有想到和车婉婉结婚呢？我爱的是崔盈还是车婉婉？他瞪大了眼睛，又一次看到窗外的阳光。

　　他站了起来，俯瞰着死去的崔盈，她的双眼已经合上了。他想可能是刚才弹她额头的时候，她的双眼闭上了。他想到莫飞，如果莫飞知道崔盈死去了会有怎样的感觉？他笑了笑，看到镜子里的他露出一个暧昧的笑容。死亡变得如此静寂，他似乎在幻想中待得太久了。现在看到崔盈的死，他觉得一切变得静寂。静寂包裹了他，使他有一种异常的轻松。面对死亡，这一刻他变得轻松。

　　站在镜子面前，拨了拨头发，他看到自己的脸色冷静，刚才那种喘息的恐怖感消失了。他舔了舔舌头，再一次转过身来，看着窗外，感觉到阳光把他的眼睛弄得晕眩。在晕眩中，他似乎看到车婉婉出现了。

我们都活在自我的世界里，不肯承认自己会彻底地爱上一个人，因为我们害怕对方拒绝，害怕承受不了这种伤害。我们的自尊比爱情更重要。

44 虚拟的毁灭

"崔盈死了，你很伤心吗？"

车婉婉的声音响了起来，王中维看见她走过来。他想她应该知道警方要捕拿她和他的消息，他们在警方还有内线。造梦工厂将要崩溃，她又有何想法呢？也许什么样的想法都不重要，重要的是她和他曾经拥有辉煌。

他笑了笑说："你不想逃吗？"

她说："逃亡？你觉得有这个必要吗？"

他说："你说我们会判多少年刑？"

她说："你害怕了吗？"

他笑了笑说："我从来就不害怕什么。"

她环视了一下屋子，说："我们不会坐牢的。我相信会有人帮我们打赢官司……"

他感到她的声音明显有些虚弱。

他抬起头看着屋子，笑了笑说："我舍不得这座造梦古堡。"

她说："你舍不得这座造梦古堡？"

他拿出那个遥控器，笑了笑，说："你知道这是个什么东西吗？我在造梦古堡埋进了许多烈性炸药，只要一按这遥控器，整座造梦古堡就会炸毁。"

她说："你疯了，为了那个女孩，值得你这么干？"

他说："崔盈又值得你去杀了她吗？"

她说："我本来没打算杀她的，那个下午我走进你的密室，看见她被铁链锁在里面，想象她忍受你的虐待，觉得好笑，我本来想放走她，于是我对她说，你想出去吗？她却说，你们这帮疯子、猪，快点放我出去。我一听就发火了，我怎么能忍受这样的女孩辱骂我，于是我说，如果你求我的话，我就放你出去。可是她是硬骨头，还不断出言辱骂我，说我和你都是疯子，是猪。于是，我一气之下，拿起刀子，放在她脸上，想恐吓一下她，我说我要毁了她的容貌，看她还怎样诱惑男人。谁知道她挣扎起来，飞起一脚，踢着我的阴部，那种疼痛感让我感到快要死了，她蹲下去，要抢我手中的刀子。幸好她的手和脚都用长长的铁链捆绑住了，并不灵活，我情急之下，就拿刀刺她的胸部，想不到那么一下，居然就刺了进去。我看着她喘息着，慢慢地死去。我还是第一次看着一个女孩慢慢死去。"

他盯着她，说："不管怎么样，是你杀死了她，你只是一个心胸狭隘的女人。"

她笑了笑说："难道你是一个心胸开阔的男人？所有活在爱情中的人都容不下第三者的存在。你能容得下莫飞的存在？你不是也想叫他死吗？"

他说："你以为我爱上了崔盈？"

她说："难道你不是吗？"

他说："我想爱上一个人，可是我发觉我不能了。"

她说："你爱的只是你自己。"

他说："我和你都是一样的，爱的只是自己。"

她说："你为什么要绑架崔盈？"

他说："因为那样做，我会觉得活着还有些意思。你为什么要杀死崔盈？"

她说："我们都是疯狂的人，都是同一类型的人。"

他说："所以说，我们应该是天生的一对，可惜我对你从来没有爱的感觉。"

她说："你骗我，你是爱我的，只是你不敢去承认，因为你受不了我身边出现的那么多的男人，所以你绑架崔盈来刺激我，你要把你的爱意放在崔盈的身上，来埋葬你对我的感觉。"

他说："你似乎高估了自己的魅力。告诉你，我从来没有爱过你，我对你从来就没有爱的感觉。你这个恶心的女人，你只懂得去虐待别人，去虐待别人，我才不会上你的当，才不会为你自虐……"

他的脸仿佛撕裂了。他挥舞着手中的遥控器。

她说："哈哈，你终于承认了，我就是喜欢虐待别人，我要你看着我和别的男人亲热，让你一颗心感受自虐的滋味，我早就知道你爱上了我……"

他说："我从来没有爱过你，我对你从来就没有爱的感觉。"

她说："你再否认也没有用。我从来不会为一个男人寻死觅活，我只为自己的快乐而活着。"

他说："恶心的女人，可是你却忍受不了我的冷漠，我绑架了崔盈，看着她的脸，我忍不住喜欢上了她，于是你受不了了，因为你发现我对你开始冷漠……"

她说："那是你装出来的，难道我不清楚吗？"

他说："如果你不在乎我，就不会在那个密室里装上微型摄像机，来窥探我在做些什么。"

她说："所以你故意装出对崔盈亲热的样子，好来刺激我。"

他说："一开始是，可是我发觉我真的喜欢上了崔盈。我觉得她是一个值得我爱的女孩。"

她说："哈哈，可是她不爱你，她爱的只是你的朋友莫飞。所以你再一次感受到嫉妒的滋味，你下了狠心，要让莫飞变成狼人，你在他身上实行了科学试验。"

他说："我再一次感受嫉妒的滋味？谁能说清楚一个人内心的变化。哈，我连自己都不理解自己，你这恶心的女人居然能分析我？"

她说："我很理解你，所以我会骑在你的头上。"

他挥了挥手中的遥控器，说："现在你还想骑在我的头上吗？"

她说："中维，你想毁灭你和我？你有这个胆子吗？"

他说："我敢埋藏炸药，就有这个胆子。你太低估我了吧。"

她说："我是你最爱的女人，你舍得炸死我吗？"

他说："我再重复一次，我从来没有爱过你，我对你从来就没有爱的感觉。"

她说："哈哈，你永远是懦夫。你连爱都不敢承认，你不是懦夫还是什么？"

她慢慢地向他走了过去。

"别过来，再过来我就按了！"

他向后退着。

她盯着他，慢慢地向他走过去。

他靠在墙壁上，眼睛睁得大大的。

她一手按在墙壁上，一手托着他的下巴，缓缓地说："宝贝，你爱我，这有什么罪过，其实我的内心一直爱着你，你知道吗，我爱你。"

他看着她，嘴巴在嚅动，却说不出话来。

她的手沿着他拿遥控器的手臂慢慢地往下滑，然后停在他手掌背上。

他皱着眉头说："你爱我？"

她说："我爱你，就像你爱我。我们都活在自我的世界里，不肯承认自己会彻底地爱上一个人，因为我们害怕对方拒绝，害怕承受不了这种伤害。我们的自尊比爱情更重要，不是吗？"

他说："你爱我？"

她从他的手中夺过了遥控器。

然后她退后几步，说："你说呢，我会真的爱你吗？"

他说："我不管你爱不爱我，这都不重要了。至少你能说出'我爱你'这三个字，已经足够了。"

她说："我这种恶心女人的话你都会相信？"

他说："我想去相信，可是我相信，再过一分钟，这座造梦古堡就会爆炸！"

她说："你按了遥控器？"

他说："在你说我爱你的时候，我就按了。"

她说："你，你……"

他说："这不是很好吗？我们能死在一起。"

她突然笑了，哈哈地大笑。

他静静地看着她，一脸平静。

她停止了笑声，长嘘一口气，说："这很好，不错的结局。"

他说："我可以搂抱你吗？"

她说："你想和我搂抱着一起死去？"

他说："这是我一直想的，甚至在梦中都这样。"

她笑了一下，眼睛流出一行泪水。她扔了遥控器，伸出手臂，向他走了过去。那个遥控器噌地坠在地上，巨大的爆炸声响起，猛烈的火焰吞没了一切。

现在，王中维站在窗口，回想起刚才和车婉婉的对话，然后展开了狂想，他想到他在造梦古堡放置了巨量的炸药，把它炸毁了，他将和车婉婉一起在爆炸声中殉情。他是如此渴望这种死法，这种虚拟的毁灭伴随着他的心跳，变得像鸟一样自由。他甚至掠过一种念头，他会和车婉婉从闸坡的玫瑰悬崖上跳下去。当然他想到她是不会跳下去的，她是自私的人，不会为爱去死。这个念头同样一闪而过……

他环视四周，那面镜子映出空间的形象，越来越近。这个空间打开了他的想象，他不想在她面前掩饰什么。现在他一个人潜伏在这里，他有时想，他不属于这个世界。她的形象和他的意念纠缠在一起。现在造梦工厂就要被警察包围了，他甚至听到警车逼近的声音，造梦工厂因为绑架杀死无数人、制造对人类身体有害的梦之丸，将被警方起诉。他和车婉婉将沦为罪人。造梦工厂崩溃了，他和车婉婉建造的王国毁灭了。

仿佛某种东西清脆地响了一下，一只蝴蝶飞了过来，他有些惊讶地看着这只蝴蝶出现在这里。蝴蝶犹如一种噪声袭击着他，一只蝴蝶玷污了他的清静。他想象这只蝴蝶是邪恶的化身，咬着牙齿，伸出双手来拍打那只蝴蝶，他看到两只手掌都沾了蝴蝶的粉末，那只蝴蝶被拍得稀烂，沾在右手掌心上。他想起他以前买过不少蝴蝶，为什么对蝴蝶这么迷恋，难道是因为车婉婉身上纹了一只蝴蝶？他奇怪这只蝴蝶的突然出现。他对这只蝴蝶抱着敌视的态度，但很快转变了念头，他觉得一只蝴蝶也有出现在这里的理由，为什么一只蝴蝶就不能出现在干净的世界？有时我不过也是一只蝴蝶，一只拍打着可耻的翅膀的蝴蝶。然后他低下头，平摊手掌，看着那只蝴蝶，仿佛它就是车婉婉——此刻车婉婉躺在他手掌上，用一种嘲弄的目光看着他……车婉婉，她从来不在乎我的感情，她从来不了解我，她从来不懂得什么是爱情……

　　他猛然把那只蝴蝶放进口里，用力地咬啮那只蝴蝶，他听到牙齿响动的声音，一种激情包裹了他，他感觉那只蝴蝶转化成一种哭泣，那是他内心的哭泣。激情渐渐消耗，然后他呕吐起来，他不明白刚才为什么会咬啮一只蝴蝶。这使他惊恐起来：难道我在玷污我的感情？这一刻是真实的吗？可能吗？我不过是活在我的幻象里？就像那些梦故事包裹了我？

　　在他忘掉她以前，他想他应该给这个世界一个惊喜：所有梦境都意味着罪过。情感是一种罪过。这时他才想起今天是圣诞节。他感到焦灼，这个城市沉浸在圣诞节的欢乐之中，他却沉浸于杀戮的情感当中。你是野心家、杀人犯、绑架者、情圣、梦幻人……王中维感觉内心有几个自己在打架。有时他不清楚自己扮演的是什么角色，也许他在寻找梦境。对他来说，爱情永远不是什么。可是他为什么会迷上了车婉婉。最初他想占有她，占有她的财富和心灵，现在他却陷入了她的世界。在她的冷漠之后，他开始了这种尴尬的想象，他不是拥有了她的爱，而是拥有了她的嘲笑。这不是一时冲动的想法，是他的世界，是绝望的镜子，是开往死亡国度的地铁……他试图掐灭他的想法，却看着他的思绪随意飘浮。他一直以为他是个恃才放纵的人，现在却陷入了对一个女人的情感中。他逐渐屈服于她的眼神，现在他输了，他在她面前是一个懦夫。爱情让他沦为一个懦夫。他听见他的心在黑暗中搏动，无法融入宁静。

他看到造梦古堡顶着晚霞，在黄昏中有一种悄悄升起的感觉，他想到王中维那张阴冷的脸，他阴冷的脸上有个故事，看起来完全可能的毁灭的故事。

45 最后的拥抱

整个 K 市似乎被掀翻了。K 市电视台播放造梦工厂被查封的消息，播放造梦工厂绑架人的罪证，还采访了一些曾经吃食梦之丸的人，他们都惊惶地表示愤怒；镜头展示玫瑰车间的场景、造梦古堡奇形怪状的建筑；还出现车婉婉被捕的情景，她被警察捉进警车时，神情冷漠，目光阴冷；另外，还发出通缉令，通缉另一名主犯王中维。警方表示能够侦破造梦工厂犯罪的事实，是经过长期跟踪取证，并派出过卧底潜入造梦工厂。由于造梦工厂有着严谨周密的组织，而且在政府部门有他们的党羽和保护势力，所以侦查一度陷入困境，但警方凭着正义的力量，冲破了种种阻挠，终于一举破灭造梦工厂……K 市电视台还报道了警察崔天平英勇殉职的事迹，崔天平为了追缉造梦工厂的头目黑骷髅，在重伤的情况下击毙了黑骷髅，崔天平最终因失血过多而光荣牺牲。

整个下午莫飞在他的出租屋发愣，他知道江雪已经失踪了，在此之前她把造梦工厂的犯罪证据的光盘交给了警方。江雪留给他一封信，其中写道：莫飞，我感谢你对我的爱，是你让我有勇气面对真实的我，也有勇气把造梦工厂的犯罪证据交给警方；我希望你不要再吃食梦之丸，不要变成狼人，成为一个人不是比成为一个狼人更好吗？可是我感觉到我是一个充满罪孽的人，我杀过不少人，我不敢面对你的爱；我感觉到生命是如此珍贵，是因为有你的爱的存在，也许有一天我会变得更加真实，我会去找你……

那时候，莫飞站在窗前，拿着那副茶色的太阳镜，慢慢地抚摸镜片。他猜想她会去哪儿，也许就隐蔽在这个城市，对于受过特工训练的她，要躲避警方她应该做得到，他想象有一天她突然出现在他眼前；然后他想到崔盈，她被王中维绑架了，她会去哪里呢？警方没有在造梦工厂找到她。王中维会把她怎么样？然后他想到了王中维，同样失踪于这个城市，他丧失了造梦工厂，还能成就什么呢？他也许有无家可归的感觉？透过窗子，莫飞看到院子里的紫荆花开得浓密，嘘了一口气，倚在窗前，看着天色一点点地变化。他看到造梦古堡顶着晚霞，在黄昏中有一种悄悄升起的感觉，他想到王中维那张阴冷的脸。他阴冷的脸上有个故事，看起来完全可能的毁灭的故事。

莫飞没有想到王中维会出现在他的出租屋。那是黄昏的时刻，王中维来了，他穿着一套白色西服，看上去文雅。

莫飞盯着王中维，发现王中维的脸明显瘦了，眼睛陷了下去。

"崔盈在哪里？"

"她从造梦古堡逃了出去，我也不知道她在哪里。她没有来找你吗？"

王中维看着莫飞，语调冷静。

"你为什么要绑架崔盈？"莫飞说。

"我不知道为什么。"王中维眯上一会儿眼睛，然后睁开了。

莫飞说："我真想狠狠揍你一顿。"

"如果你想要我的命，我也可以给你。"

王中维从口袋里拿出一把弹簧刀，嚓地弹出刀身，刀锋亮晃晃。他看着刀子说：

"如果你想杀了我，可以拿这把刀杀了我，我绝不会还手。我绑架了崔盈，我很抱歉，说真的，我喜欢她，希望她还活着，我不想她死了，宁愿我死去。"

王中维突然把刀子朝自己的左臂戳去，鲜血一下子染红了白色的衣服。他呻吟一下说：

"这一刀是献给崔盈的，如果你觉得不够，我可以再扎下去，你如果觉得不解恨，也可以拿刀子扎我。"

莫飞摇了摇头，咬着牙齿说："你是不是疯子？"

王中维拿着那把还在滴血的刀子，说："我说过，疯狂是我们的本质。我们不过是为快乐而活着，你应该可以理解我。"

莫飞说："现在你来这里干什么？不会是来找快乐吧？"

王中维笑了笑说，"我想见一下你，你是我惟一的朋友。当然现在朋友这个词可以抹去，也许你是我惟一认识的人。"

莫飞说："我真的希望我从来不认识你。"

王中维伸出舌头舔了一下那把滴血的刀子，眯上眼睛舒了一口气，然后盯着莫飞说：

"也许这是宿命，我们注定是认识的，就像你父亲害死了我母亲。这两天老梦见我母亲，我很想去陪伴她……

王中维转过身子，看着墙上那幅油画，说："背向世界的爱情，这个名字起得好。莫飞，我知道你喜欢江雪。如果有一天江雪被警察抓住了，你会不会想方设法救她出来……我从来没有怀疑我的才华，可是想不到输在江雪手上，我不恨她，真的不恨，她把造梦工厂的犯罪证据给了警方，是正确的。造梦工厂留在这个世界，只会害死更多的人。也许我这个人不应该出现在这个世界，我应该早一点死去，早一点去陪伴我母亲……"

莫飞看着王中维的背影，看着他左臂的血不断滴在地上，叹了一口气说："你要不要包扎一下伤口？"

王中维转过身子，看着莫飞说："莫飞，你肯原谅我了？我知道你是心肠软的人……这点伤算不了什么，我就是想感受一下疼痛，我犯的罪孽应该挨千刀……你现在手中还有几颗《莫扎特的玫瑰》？"

莫飞说："你现在还眷恋梦之丸？"

王中维说："梦之丸是我的梦想，是我惟一的呼吸……告诉我，你手上还有几颗《莫扎特的玫瑰》？"

莫飞说："还有三颗。"

王中维嘘了一口气，说："很好。把它们都给我。"

莫飞说："你拿来干什么？"

王中维说："当然有用。你放心，我不会用来害人，我是快死的人，只想用它们去救人。"

莫飞说："你去救人？"

王中维说："是的，去救我的爱人。你知道吗，我的爱人就是车婉婉，我要变成狼人去监狱里救她出来。如果我吃下这最后三颗梦之丸，就会变成狼人。"

莫飞说："这三颗梦之丸能让你变成狼人？"

王中维说："嗯，我要每天凌晨吃一颗，到第三天凌晨才能变成狼人，到时我就可以去监狱救出车婉婉。"

莫飞把《莫扎特的玫瑰》的盒子递给王中维，说："把这三颗梦之丸给了你，不知道是害了你还是……"

王中维扔掉手中的刀子，捧着《莫扎特的玫瑰》的盒子，看着盒子里的最后三颗梦之丸，他的手在颤动。

王中维说："莫飞，我知道你一直把我当作朋友。可是我内心一直甩不掉你父亲害死我母亲的事情，你知道我很爱我母亲……其实我很怀念我们小时候的情景，那时我们玩得多么开心……莫飞，谢谢你。"

莫飞看着王中维的眼里闪出泪花，事实上他不知道此刻为什么会对王中维这么好，还把最后三颗的《莫扎特的玫瑰》送给他。

"莫飞，我可以拥抱你一下吗？"

莫飞冲王中维嗯了一声，看到王中维带着微笑朝他走过来，搂着他的双肩。莫飞能感觉到王中维两只手在颤抖，然后抬起头，看到窗外的天色昏暗下来，造梦古堡上空的晚霞几乎消失了，天边惟有一抹淡淡的红。

一种微妙的声响弥漫在他俩中间，只有绝对的爱才是永远……大海蓝得醉人，就像一朵绽放的花朵，那里将绽放我们的灵魂，绽放我们绝对的爱……那些梦故事随风而去，甚至连故事的锋芒都不再重要，重要的是他选择了一个悲壮的结局，这是他一直渴望的。

46 殉情

王中维拉着车婉婉的手，狂奔起来，他听到她的喘息声跳动着，感觉到自己的一颗心随时都将蹦出来。直到站在山崖边，他深深地吸了一口气，看见沿岸的峭壁散着黄色的光，他抬起头，看见太阳闪出一个个光圈，在他眼前跳动。警车呼啸着从山脚冲了上来。

现在他们从监狱里逃了出来。王中维昨夜变身为狼人，从监狱里救出车婉婉，那时他看到车婉婉惊惶地尖叫起来，他说我是王中维，不要害怕。车婉婉没有想到王中维会变成狼人救她出来。看着穿白色西服的狼人，她才隐约从轮廓中辨认出他是王中维。此刻已经是早上六点，王中维从狼人变成了一个人。车婉婉看着王中维那狼人的脸突然消失，变成一个正常人的王中维，禁不住惊叹起来。

悬崖在王中维的眼前垂了下去，只要他纵身一跳，海底就是他的葬身之地。

然后，他看着车婉婉，朝阳照亮她苍白的侧面，另一侧笼罩在阴影中，风吹过，掠过发梢。寂静覆盖着她和他。在这个山顶上，他们就像朝阳下两颗微弱的光斑。他想他们会像落叶一样飘向海里。没有什么能抗拒他要跳下去的信念，仿佛某个回声在他耳畔响起，跳下去，和她跳下去……此刻他和她变得光亮起来，有什么比爱情的光芒更能照耀一切？他双眼发亮，看着她，一种微妙的声响弥漫在他俩中间，他拉着她的手，似乎不再畏缩。她笑了笑。现在这个女人就在他眼前，她将和他一起殉情。

他拉着她的手，看着她说：

"我们跳下去。"

"跳下去？"车婉婉脸上灰白，眼睛跳动着怯懦的神色。

"只要我们在一起……"王中维拉着她的手，看到她的双腿在往后挪动。

车婉婉往峭壁下面望了一眼，说：

"不要，不要……"

"婉婉，我们一起跳，我们永远在一起……"

王中维露出一丝笑容，整个人充满了兴奋。这一刻他觉得悬崖并不可怕，跳下去就意味着他俩永远在一起。

他的目光罩住了她，他爱她，这种爱是如此勇敢，他握着她的手，握着她的中指和食指，力量有点大。这个动作显得诚挚，有着仪式的味道。他的目光坚定，仿佛死亡是一种甜蜜的醉意，他的脸充满迷醉的光亮，阳光在他脸上跳动着，仿佛摇动着一种变幻的美；甚至是，阳光在他的脸色相映下，俨然失去了美感，一切形象在他面前显得黯然失色。

"不，我不跳……"

车婉婉猛然挣出他的手，向后退了几步。

"不要怕，我们在一起……"

王中维双眼发亮，又一次抓住了车婉婉的手。

"不要，不要跳！"

车婉婉整个身子往后倾斜，也许过于用力，整个人摔倒在地。

王中维转过身子，蹲了下去，说："婉婉你没事吧？"

车婉婉说："你真的想跳下去？"

王中维双手抓紧车婉婉的肩头，他看着她的眼睛说：

"婉婉，我们一起跳，这是我们的爱情，我们要死在爱情里，也不要死在别人的手中……"

车婉婉喘了一口气，说："中维，你真的爱我？"

王中维说："这还用说吗，我们一起殉情。"

车婉婉说："你真的有勇气？"

王中维说："看着我的眼睛，只要我们在一起，跳下去又有什么？你不觉得这是我们最好的结束……"

王中维拉起车婉婉的手，又说："来吧，我们一起站在这里。"

车婉婉轻轻捏了捏王中维的手，朝他笑了笑说："阿维，原来你真的爱我。"

他感觉到她的声音悦耳，完全陶醉在此刻。有那么一刻他的手颤抖起来，他看到她的眼睛明亮，那里仿佛燃烧着圣火。她回转一下身子，看着沿盘山山路往上冲的警车，警车的呼啸声隐约传来。

然后她回过头来，朝他俯下身，亲了一下他的脸颊。他感到她的气息包裹了他，那是一种芳香，几近晕眩的感觉。他猛地搂住她的腰，紧紧地把她拥在怀里，吻她的唇。两张嘴巴紧紧地咬在一起，他俩似乎都在尽全身的力气吻着对方。王中维心中涌荡着无比的快感。他发出梦游者的呻吟，听到那些呻吟声弥漫开来，像古典音乐响起，甚至在他耳膜有一种响彻云霄的回音。

警车的呼啸声越来越大。他们停止拥吻，彼此对视。她的脸泛起一抹红晕，她轻轻喘着气，眼神有点不安地跳动，然后闭了一会儿眼睛，轻舒一口气，两只手放在她的脸庞，放在那两抹红晕上。这个动作使她显得异常妩媚。他陶醉地看着她，好一会儿，他说：

"我羡慕你，羡慕你有我这样的男人爱着你。"

她一动不动，露出了一丝笑容，然后她垂下头说：

"我现在多么想和你相爱，相爱下去……"

他脸上焕发了更强烈更热切的红光，他看着她，抓着她的双肩说：

"现在我们就在相爱，只有绝对的爱才是永远。"

她看着他，嗫嚅地说："绝对的爱？"

"绝对的爱就是永远的爱，只要我们一起殉情，我们就会得到永生，永远在一起。"

他挺直了身子，看着发蓝的海水和白帆。海浪拍打着沙滩，宁静的海和长长的白色的沙滩，还有这个玫瑰悬崖。一切笼罩于宁静中。他将葬身于这个大海。他耳边仿佛响起了莫扎特的《安魂曲》，这是最好的葬礼，他将拥有最好的葬礼。他朝悬崖边迈了一步，又说：

"我们跳下去，宁死也不要落在别人的手里，强者只会死在自己的情感中，死在绝对的爱中……"

她一动不动，看着他的背影，她的肩膀在颤动。

"过来，看着下面的大海，那里多美啊，蓝得醉人，就像一朵绽放的花朵，那里将绽放我们的灵魂，绽放我们绝对的爱……"

他舒了一口气，回过头看着她。她笑了笑，迈了过去。低下头看着大海，颤着声音说：

"我想起了《生如夏花》那首歌。"

王中维昂起头，看着天空，大声唱了起来：

      这是一个多美丽又遗憾的世界

      我们就这样抱着笑着还流着泪

      我从远方赶来赴你一面之约

      痴迷流连人间我为她而狂野

      我是这耀眼的瞬间

      是划过天边的刹那火焰

      我为你来看我不顾一切

      我将熄灭永不能再回来

      我在这里啊

      就在这里啊

      ……

她仿佛被他的激情感染了，双眼闪闪发光，说：

"我们跳下去吧。"

王中维抬起头，看着朝阳，朝阳是那么美，橙红得接近爱情的颜色。她最终还是爱上了我。这是可以肯定的，他征服了她，或者他感动了她。或者什么都不是，他们就是选择了一种悲壮的快乐。他想这是快乐的，他们选择了美的悲壮，美的快乐。此刻他心潮起伏，稍纵即逝，就像脚下的波浪……

现在他不用再掩饰什么了。那些梦故事随风而去，甚至连故事的锋芒都不再重要了，重要的是他选择了一个悲壮的结局，这是他一直渴望的。

然后他坚定地说："好的，我们跳下去。"

他站近了悬崖边沿。车婉婉朝他笑了笑，也迈开步子，走近了悬崖边沿。

车婉婉说："阿维，亲我一下。"

王中维松开了车婉婉的手，把嘴唇移近她的嘴唇，深长地吻了一下，仅仅是一下，却仿佛有着一个世纪的深长。车婉婉眯上了眼睛，发出轻轻的喘息声。阳光照在他们身上，闪烁着橘黄色的光晕。

好一会儿，车婉婉睁开了眼睛，有些激动地望着王中维，说：

"我们真的要跳下去？"

"嗯，你敢和我一起跳吗？你怕了吗？"

"我，我不怕……"

王中维把两只手掌合拢在一起，抱成拳状，放在胸前。

然后他望着车婉婉说："婉婉，你也这样。"

"为什么要这样？"

王中维嘴角露出了笑意，他说：

"你知道吗，我母亲临死前是用这个动作的。这个动作是爱情的象征……"

车婉婉看了一眼峭壁下的海水，海水是墨绿色的，闪着寒光。然后，她把两只手掌合拢在一起，抱成拳状，放在胸前。

王中维深深地吸了一口气，说："我们要跳下去了。"

车婉婉嗯了一声。

"我数到三，我们就一起跳，好吗？"

"好的，阿维。"

"1——"

王中维双眼闪亮，充满了一种幸福感。他陶醉在此刻的情结。这是一次真正的相遇，K市的人们会传说他俩的故事，圣洁的殉情，勇敢的心……

车婉婉看着远处的朝阳，没有出声。

"2——"

王中维整张脸陷入诚挚中，含着笑容望着远处。他深深地呼吸着，感觉到风中有一股湿润的味道。风润滑他有些发热的脸庞，他的双眼更亮了，不管怎样，最终他拥有了她的爱；不管怎样，他们拥有了共同的归宿……

车婉婉看了一眼王中维，两只手在颤动。

"3——"

王中维右手伸出去，拉起车婉婉的左手，整个身子往下一纵。然而车婉婉用力挣脱了他的手，身子往后退了两步。

王中维整个身子像鸟儿冲下了峭壁。

车婉婉还站在悬崖上，看着王中维的身子飞了出去。

她看着他的脸回转过来看她，眼睛瞪得很大，眼神流露出惊讶、意外，然后是伤心、绝望……一刹那间他的眼神转换了无数次，两个瞳孔就像两颗黑色的太阳黯淡下去。

然后她听到他发出了叫声，"啊"的叫声有一种撕心裂肺的绝望感，长久地萦绕着她。

她看着他坠落海水中，溅出了发白的浪花。

那一刻她的眼睛有些模糊。她放在胸前的双手颤动着。

然后她听到警察冲过来的脚步声，眼前的世界模糊起来。

她双眼流出了泪水。她无法控制泪水流了下去。

终曲

　　那个下午，阳光很好，莫飞听到这个消息后，并不兴奋。王中维居然从闸坡的玫瑰悬崖跳了下去，他想和车婉婉一起殉情，可是他没有死去，却发疯了。据说他喜欢看着天上的太阳，或者看着水中自己的倒影，嘴里老是念着一句话：她怎么不跳呢，她怎么不跳呢?

　　那时候莫飞站在屋子里，看着墙上那幅油画《背向世界的爱情》，看着油画里隐现的玫瑰悬崖，他把目光落在那对男女的背影，那时他和崔盈来到闸坡的海滩上。现在他知道崔盈已经死在车婉婉的手上，听说车婉婉在监狱里请求狱警给她一本佛经看。

　　然后他看见小白猫波伏娃站在窗台上叫起来，阳光从窗子射进来，在地面形成一个个形状各异的光斑，窗外的紫荆花开得浓密，远处的造梦古堡顶着白云，在阳光中闪闪发亮。然后他走了过去，把墙上那幅油画拿了下来，慢慢地抚摸着油画，听到手掌间有一种轻微的响动声，他的眼睛颤动着。后来他拿起那幅茶色太阳眼镜，端详了镜片好一会儿，对着墙上的镜子，慢慢地戴上。他注视着镜子里的自己，然后看见镜子里出现了另一个身影，那是江雪的身影，她含着微笑，从镜子深处向他走来，在一片紫荆花中向他走来。

又见杀手

the timely dew of sleep

一个人的记忆会以另一种形式活在另一个人心中。他现在谁都不是了。说得更确切一些，他成了另一个人。

1 绮罗香

那一年我 23 岁，一种说不出是悲戚，还是病恹恹的感情，与贾平、花芬的死交织在一起，使我陷入了燥热而苦闷的混沌中。

我知道，江湖的道路意味着把天堂变成地狱。

是的，落魄江湖载酒行。

我只有用酗酒来驱逐内心的空虚。

我知道借酒浇愁愁更愁，但我无法理解自身，也无法弄清自身的悲伤与混沌。

我居然像一个二八姑娘淌着眼泪。

那无声的眼泪，令我为自己的多愁善感而感到惊诧。

我是一个职业杀手。

一个职业杀手居然会流泪？

连我也惊诧于自己的眼泪。

要知道，我的绰号是杀手之冠。

我十三岁就当上了杀手。

父亲本来就是一个杀手，在我十岁那年他接到一桩"生意"而死，尸体被"猎物"砍了个血肉模糊。

此刻，燕飞红躺在我的怀里。她有窈窕的身段。

燕飞红是一个歌伎，洛阳最有名气的青楼"千金一笑"的艳伎。

我知道她是一个可怜的女子。她被继父奸污了，才被卖到千金一笑。

她的老板白素心告诉了我关于她的一切。我将她那无耻的继父痛打一顿，并割下了他的头颅，以慰她内心的悲苦。

有些感情是说不清的，我至今这样认为。

燕飞红说过，事实上，她是被我的眼神镇住了，然后爱上了我；她说她从来没有看到过像我这样富于狂野而忧郁的眼神。

那时，她想走近我身边，走入我的世界。她认为那是一种神秘的召唤。

后来，她把她的身体交给了我。

一直以来我以为女人是驯服的温婉的。现在我明白，女人有时就像马，既能温和也能狂野。你不应该蔑视任何一个纤纤女人。

我甚至想，她可能是穿越我的世界的一朵幻影。在幻影之上，我逮到死亡背后的纯净。

也许我和她都是"天涯沦落人"，才有孤独与凄苦的心相融在一起。她不知不觉成了我的红粉知己。

然而，我们经常又吵又闹，彼此伤害对方，有情又似无情。

或许，一个杀手与歌伎的世界是空虚、沦落、自卑、忧郁、羞耻、放浪形骸、醉生梦死。

或许，爱情对于杀手仅仅是一个白日梦、一场肉欲的行走。

青春的时光尚未消失，二十三岁的我此刻为花芬、贾平的死，居然涌出了眼泪。

我身边躺着的燕飞红却吃吃地笑了。

燕飞红手里举着一瓶流霞，吃吃地呷着。酒从她的嘴唇沿着粉嫩的脖子没入粉红色的衣服里。

流霞是江湖最近流行的烈酒。

唐朝诗人孟浩然曾说："童颜若可驻，何惜醉流霞。"

那个酿造此酒的人是不是因此而起了这个酒名？

江湖人都说，流霞是传说中的仙酒，喝了它可以韶华不老。

人生又怎么会不老呢？

岁月如刀，刀刀催人老。

"你已经喝了十瓶流霞。武哥，你为什么不和我亲热呢？"

燕飞红边说边将手中那瓶流霞一扔，酒瓶炸开，流了一地的红。

她眯缝着蒙眬若醉的杏眼，开始脱衣服。

我却把左手搁在她高耸的乳房上，右臂挥扬着手中的流霞，说：

"我不想亲热，喝酒吧。"

燕飞红吃吃地笑了，说：

"你真差劲，还会落泪，男儿有泪不轻弹，你不是男儿。"

"我不是男儿，你是？"

我用劲地捏着她的乳房，口里挤着狠狠的声音：

"燕飞红，你为什么老是来找我，我是一个穷光蛋，一贫如洗，你为什么……"

也许我太过用力了吧，她嘤的一声呻吟起来，脸庞酡红，更亢奋起来。

"我爱你，我的杀手。"

她仰着脸，脖子仰得直直的，那双美丽的眼睛逼视着我。

那不是卖弄风情的表情，那是发自肺腑的神情。

我感到一种心灵的颤抖，手中的酒瓶呼地坠向了地板。

此刻，我在精神上享受着一种难以言喻的安宁和幸福，心间弥漫了一股强烈而诚挚的温柔。

不知怎么的，我居然垂下头来。

我不敢对视燕飞红炽烈的眼神。

"你不爱我吗？"

燕飞红的声音幽幽地溢了出来。

寂静得很，我听到自己的心在怦怦地跳，杀人的时候也没有如此紧张过。

风从窗外吹来，带着一股寒意。

我抬起头，望着她。

她还是炽烈地望着我。

"我不爱你！"

我听到自己的声音裹着刀一样的残酷之意。

我笔直地坐在地板上。

透过窗子，我看见院子里的桃花开得绚丽，阳光在枝叶缝隙间闪烁。

已是黄昏。

她炽烈的目光倏地收缩了，然后她吃吃地笑了起来，似乎满不在乎。

一霎间，她的脸又变成了娼妓一样的淫荡，充满了性感的肉欲、无耻的麻木。

在轻浮的吃吃笑声中，她那双如玉似的手臂蛇一般攀上我的脖子，缠绕着我。

"武哥，你要我吧！我会让你快活得想死！"

她的双眼迸出兽性的野气，然后樱桃小嘴探出小巧玲珑的红舌，舔着我脸上那刚才为花芬与贾平涌出的眼泪。

我一动也不动，仿佛麻木了，盯着右胳膊。我的右胳膊纹着一个赤色的骷髅，那是我五岁时父亲文上去的。有时我觉得那个骷髅俨然会随时吞没我的生命。

"你的泪真甜，花芬和贾平真幸运，你居然会为他们流了这么甜的泪……"

她舔着我的脸，仿佛要把我的脸皮舔破似的。

此刻她像一头饥饿的母狼。

"别让我失望……"

她的喉咙飘出诱惑所有男人的呻吟，她的嘴唇她的手她的身体都在散发令人迷醉的热力。

我禁不住颤抖起来，那是本能的颤抖。

骤然间，我浑身的血液如潮般奔涌。

我一下子伸出双臂，拥搂着她。

然而，她却像猫一样蹿了出去，闪在一旁，吃吃地笑着。

我紧盯着她，恢复了我如狼般的敏锐和凶狠。

"你生气了？我的杀手，你很想吗？"

她的声音在吃吃的笑声中，飞着猥亵的挑衅。

她的眼神却射着一股莫名其妙的光芒，那似乎可以燃烧她也可以燃烧我的烈火，这使我想起刚才那一刻她炽烈的眼神。

彼此的眼睛在紧紧地注视着。

我的脸是怎样的神情，我不知道。

我只知道我的心充盈着一股暖气，想把她拥入怀里的暖气，那是肉欲还是爱情？

突然间，赛虎的吠叫划破了寂静。凶狠的吠叫。

赛虎是我驯养的一只狼犬，与我相依为命，跟随我近十年了。可以说，赛虎是跟我一起出道江湖的。

一种凌厉无比的杀气笼罩着整间房子。

几十道暗器以奇丽的光，巧而妙地袭向了我。

有的如燕子掠水，探地而来；有的如流星追月，凌空直射；有的如风卷落叶，旋转如轮；有的如灵蛇啸空，斜窜飞弹；有的如刀劈华山，当头就兜……

各种各样的暗器——金钱镖、绣花针、铁石子、袖箭、飞梭、毒蒺……

居然出自一个人的手中。

使暗器的人简直不可思议。

2 青玉案

我的酒意全消，一种快感在全身扩展开来。

一种接近死亡的快感。

这快感使我幻成了一匹"天马"。

江湖人都说："天马行空，神速无比。"

"天马行空"的我在赛虎的吠叫声中，一把抱着燕飞红迅疾地从窗口逸了出去。

此刻，我抱着燕飞红落在院子里的桃花树旁边，他也掠了出来。

数十道寒光射向了我，红晶晶、碧湛湛，如惊虹，如掣电。

他的确是放暗器的高手，发出的暗器又奇、又多、又快、又狠。

他莫非是杀手千手观音？

一瞬间，我拍出数掌。

掌风凌厉，身边的桃花随之飞舞起来，如飞星旋转，纷纷撞坠那些向我袭来的暗器。

这时，我看见来人有一张苍白而俊俏的脸，年纪和我相差无几。

他突然又旋了起来，像一只蝙蝠凌空拍出双掌。

掌风霍霍，更可怕的是，一道道火焰从他的掌中居高临下地射向我。

光和焰，诡异地闪现。风更急，更震人魂魄。

他使的赫然是"霹雳火"：遇风而燃，御风而行。

整个天空都弥漫着酷烈呛人的火药味。

仅仅是一瞬间的酷烈。

在这一瞬间，我抱着燕飞红冲天而起，人化成一道飞虹，居然闪过了一道道的火焰。

然后我看见他整个人跌倒在地上，他的胸膛被我击了一掌。

"你确实了不起，不愧是杀手之冠！我是千手观音。想不到，你不用你的刀就能击败我……"

他站了起来，目中泛着萧索之意。

他果然是千手观音。

他刚说罢，整个人惊闪起来。

他惊的不是我，而是另一个人的袭击。

一柄金扇子！

一柄我熟悉的武器——林静的金扇子。

林静好比出闸的猛虎，一下子抢攻。

千手观音左闪右避地躲着林静的狂攻。突然，他凝住了那双大眼睛，泛起一丝洒脱的嘲笑。

他在嘲笑林静。

然而，林静一下子点中了他胸前几处大穴。

"你看不起我！你为什么不出手？你这混蛋傻瓜大笨虫！"

林静像疯子一样晃在千手观音的面前。

显然，千手观音不屑于跟林静交手，有意让林静点着穴道。

千手观音说："我的目标是杀手之冠，你还不配，再回你娘胎里窝十年吧。"

嘭！

林静一拳击在千手观音的右眼，他大声嚷：

"说！谁叫你来杀人的？"

千手观音的右眼鲜血淋漓，拧着残酷的笑容，说：

"为了我心爱的人！哈哈哈，杀手之冠你一定会死的！"

这时燕飞红也嚷了起来："你心爱的人是谁？"

千手观音却说："千金一笑的贱女人，你没有资格问我！"

为了心爱的人！难道有女人买起我的命？

我说："我的命值多少钱？"

千手观音说："我已说过，我是为我心爱的人来杀你的！根本就不用一点钱。杀手之冠，你一定会死的，我心爱的人会为我报仇的！"

我说："我并不想杀你。相反，我很欣赏你。"

千手观音说："我不能为我心爱的人杀死你，还有什么面目去见她？我答应过她，不杀死你我就死！"

林静一把抓住千手观音的下巴说："她是谁？"

千手观音哼了一声，说：

"我心爱的人，是一个充满魅力非常温柔的人。杀手之冠，你一定会死的，我心爱的人不会放过你！"

然后，千手观音嚅动的嘴角流下了一道惨青色的浓血，显然他已咬破蕴含剧毒的牙齿。

燕飞红尖叫一下，对我说："这个人是为情来杀你的。你得罪了什么女人呀？"

我突然意识到：一种杀戮像神秘的火焰切入了我的生活。

然后我看到了林静那张忧郁的脸。此刻他凝视着我。

3 太清引

林静是高五朝的养子。

高五朝是仇武的经纪人，也可以说是仇武的老板。

江湖上流行一句话："要杀五朝，先除仇武。"

（这就意味着仇武和高五朝有着唇齿相依的关系？）

仇武的父亲和高五朝从十岁开始一起闯荡江湖，当时他们都是一无所有，而今天，高五朝却建立了威振江湖的金谷山庄，更是令人震撼的杀手集团的大老板。

不妨说，高五朝就是一头权力的猛兽，一个喜欢用残忍的手段玩弄权术的暴君。

俞天白、金何在和高五朝都是洛阳城中经营杀手行业的大人物，人称"杀手三巨头"。

江湖上的人都说：高五朝是心胸狭窄、阳奉阴违、睚眦必报的人。

当然高五朝常挂口中的是：

"宁教我负天下人，休教天下人负我。"

"一个人心中有两把剑，一把在野心里醒着，一把在情爱中睡着。"

4 濯樱曲

被人追杀，令我充满惊愕的快感。

一人江湖刀剑摧，我知道我早就进入了一个阴谋与死亡的世界。

我曾经想过，有朝一日，我会有勇气让自己不受到江湖的腐化，甚至把所谓的名利与欲望抛至脑后。

然而，当你逐步走入黑暗，黑暗是你惟一的真实。

或许，黑暗融解，成为梦境。

现在屋子里只剩下我和林静。

千手观音为谁来刺杀我，我不愿多想了。

我也把燕飞红赶回了千金一笑，我不想看到她那张关切的脸。

林静忧心忡忡，他那张俊秀白朗的脸充满了关切。

不妨说，林静看上去就像一个书生。

一个成长在杀戮与罪孽中的书生。

当你与杀戮、罪孽为伍时，你的世界是一片孤寂，是死气沉沉的黑暗。

他盯着我，说："听说杀死贾平和花芬的人是邢育林？"

据高五朝说，邢育林是我一年前刺杀的那个叫邢顾的富商的儿子。他是一个小白脸，挺帅，是锦衣卫总管邢心乱的干儿子。他是来找我报仇的。高五朝也没想到他的剑法那么厉害，花芬、贾平也死在他的剑下……

"我昨天也听高五朝说了，高五朝说你整整四天都不在金谷山庄，你跑到哪里去了？他还以为你也被人谋杀了。"

我望着窗外。最后一线晚霞已经消失了，天色凝重如铁。

"我到幸运楼去了，泡了四天四夜。"

林静的回答令我吃了一惊。

幸运楼是洛阳城最大的赌坊，它的主人"大赌后"寂寞玫瑰也和我挺熟悉，但林静从不赌钱，他去那里干什么？

"你去赌钱？"我不由问道。

"是的。我很闷，不想再回金谷山庄了，武哥，你让我住在这里吧，我真的讨厌金谷山庄，那不是人住的地方。高五朝他……你不明白的，高五朝……我真的不想回金谷山庄。"

"我知道高五朝是古板冷酷，但高五朝对你……他总算疼惜你吧！我不知道你和高五朝闹了什么，反正我劝你还是回金谷山庄。你别像个女人看着我，林静，你得像个男人，你逃避什么？"

"我情愿我是个女人，就好像燕飞红一样。我知道我住在这里，会影响你和燕飞红亲热，是不是？你不是也在逃避？整天喝酒玩女人！你不明白的，你不明白的……"

"我不明白什么？我是不明白你今天为什么嚷嚷的！你回去吧，我叫你回去！"

这是一个充满暴力与厌倦的江湖。也许，林静诅咒他所谓的命运，想摆脱命运缚着他的绳索。就像我一样厌倦杀手生涯，又深陷其中，无力从这肮脏的泥淖中走出去。他试图用逃遁来埋葬他的厌倦，逃脱高五朝的阴影。他想自由。而自由是一朵绽放在悬崖绝壁上的鲜花，他有勇气摘取吗？

"武哥，你别赶我。"

"我不是赶你。我不想让你和高五朝闹僵了。高五朝是你的养父，你也知道你没有勇气背叛他。再说，现在有人来追杀我，我不想把你卷进去。你回金谷山庄吧，高五朝在等着你，在担心你呢。"

"你别提高五朝！我不怕死，我就要……"

"林静，你别像个女人，好不好？你奶奶的，我讨厌你，我讨厌像女人一样的男人。你拿出男儿气概出来，回到金谷山庄，或者跑去西域。有种的你就跑得远远的……"

"你……我回去，我这就回去，我告诉你，高香君最近拼命地练习他的剑术，还创了一套'绝香八式'，他好像要找你晦气，你要小心点。既然我这么令你讨厌，我就回到金谷山庄，最多我死在金谷山庄里。"

林静说罢，冲出房门，在院子里展出一个鹞子冲天式，消失在浓浓的暮色中。

窗外的桃花影影绰绰地颤抖着，散着一股幽魂的气息。

这时我听到赛虎吠叫了两声，它在抚慰我的孤单。

林静对我的确抱有一种女人般的娇气与温柔，他没有什么朋友，在金谷山庄更是形单影只，而且高香君不择手段地欺凌他。

高香君也是高五朝的养子，为人傲慢冷酷。他对金谷山庄的歌伎十分刻薄凶毒，动不动就拳打脚踢她们，歌伎们简直视他如饿虎。

高香君很怨恨我，他曾与我比武而遭惨败，一直视为奇耻大辱。我一点儿也不把他放在眼里，这世界有实力才可称枭雄。何况高五朝重用我。

当然我也知道，高五朝很疼惜高香君。

林静刚才那么痛苦地不愿意回金谷山庄。莫非是高香君欺侮他？我知道高香君的武功胜过林静好多倍，但高五朝对林静也是十分爱惜，高香君总不会穷凶极恶地妄为吧。

"多少杀气何限恨，一曲清歌醉落魄。"

我想起花芬作过的诗。花芬、贾平的笑靥又飘到我的眼前。我虽是他们所谓的师父，却也是把他们推向死亡的刽子手。

我知道，即使是死，他们也是无所谓的，他们早就视死如归了。

但我想不到他们为何死得这么快。

这一次，黑暗和腐朽的气味使我有一种窒息的感觉。尽管我习惯了死亡。

　　我早已经把死亡转化成一种苍白、一种厌倦。

　　我曾经认为，武功使人痴迷，刀术使人净化。

　　现在我更明白，死亡才会使人清醒：刀是极好的凶器。刀是强悍的王者之器。刀是矛盾的……

　　杀掉他们的邢育林到底如何厉害？

　　邢育林！我真的渴望能尽快见到他。

　　千手观音那心爱的人是谁呢？她为何要置我于死地？

5 迷神引

又是黄昏，俞天白卧在病榻上，身上盖着一张血红色的被子。

此刻他望着床榻上那柄青锋剑。那柄伴他三十多年的青锋剑。

他想不到自己纵横江湖三十多年，现在居然病倒了半个月，更想不到旗下的杀手林一木和黑白豹会亲口告诉他，他们要脱离他俞天白的"清绝门"。

"清绝门"是他一手建立起来的杀手组织，在江湖上赫赫有名。

他拔出了那柄青锋剑，看着剑身赫然刻着"俞天白"这三个血红的大字。

血剑如梦，泛着幽幽的光，仿佛还浸在凄厉的杀气中。

多年来，他喜欢血腥。

他觉得他的一生是在血腥中度过。

仿佛一切都变得遥远。

那遥远的岁月，就像天上金黄的月亮，有着金黄的朗照，更有着无边的黑暗。

依然记得那个月圆之夜，他听到了风声剑声死亡的凄厉声。

——父亲倒在血泊中，身上至少被砍了三十刀，那是曾经沦为杀手却想隐退江湖的父亲。

血仿佛在烧，他听到血在月光之下燃烧：母亲被一群狂笑的人剥光了衣裳，狂笑的人轮流地压在母亲的身上，母亲发出了凄厉的尖叫。

他早已被父亲点了穴，隐藏在黑暗的角落里，只能死死地看着痛苦挣扎的母亲。

那时，他才八岁，八岁的他目睹了天上坠下来的罪恶。

直到他出道江湖多年，才明白父母的死亡其实不过是江湖上最普遍的事情。

江湖人惟有沉醉在江湖上不断增殖、繁衍的血腥中。

或许，血腥整理着他的一生，他为血腥而生，也为血腥而亡。

然后俞天白拿起榻上的一瓶流霞。

此刻他禁不住浮出一诗句："呼儿将出换美酒，与尔同销万古愁。"

在这醉生梦死的江湖，又有多少性情之人能与你痛快畅饮？

他突然感觉到一种孤独，那是一种深入骨髓的孤独。

这时，他听到窗外传来了一声凶狠的狗吠，突然感觉到一种无形的杀气。

然后，一缕箫声响了起来。

箫声，悲悲切切，像跳跃的疼痛。

俞天白看见一个人从窗子飘入，吹着一根箫。

一根奇怪的箫，像木棒一样粗圆，绿莹莹的。

吹箫人戴着一个火红色的竹笠，一身灰衣，逆着光，无法看清他脸的样子。

此时，天色越发黑了起来，甚至让人感觉到夜色凄凉。

俞天白听出来对方吹的是江湖上流行的《潇湘夜雨》：

渔灯暗，客梦回。
一声声滴人心碎。
孤舟五更家万里，
是离人几行清泪。
……

"我很久没有听到这样优美的箫声……"

俞天白浮出一丝笑容。

他曾经是一个吹箫的高手。

然后他狠狠灌了一大口流霞。

一瞬间，他感觉到流霞俨如一股火焰烤得心里暖烘烘的。

这时，吹箫人又吹起另一曲。俞天白很快听出是《秋夜客怀》：

　　　月光，桂香，趁着风飘荡。

　　　砧声催动一天霜，过雁声嘹亮。

　　　叫起离情，敲残愁况，

　　　梦家山身异乡。

　　　夜凉，枕凉，不许愁人强。

这样的歌词不止一遍涌现在俞天白的记忆里。

他知道自己一直都想忘却这样的记忆，就像他想用剑来挥霍自己的一生一样。

卧室里回旋着悲凉凄婉的乐音。

俞天白突然感觉到一种死亡来临的苍凉。他感觉到吹箫人身上那股强烈的杀气。

他又灌了一口流霞，觉得酒香仿佛一下子把他吞没了。他记起江湖人说的：醉时方休，醒时拔剑。傲煞江湖，忘忧流霞。

吹箫人仿佛无法坚硬起来。

他的身子像昭示着破碎的心灵、死亡的挽歌、残酷的存在……

俞天白突然皱了一下眉头，嘴角滑过一丝笑容。

"先喝一口流霞吧！"

俞天白将那葫芦式的酒瓶霍地掷向吹箫人，掷向他的斗笠。

这时，吹箫人抬起头来。

他的双眼霍地闪亮起来，就像灰色的土壤里突然腾起火焰。

然后他手中的箫倏地向上挥了两下。

嘭！

酒瓶炸开了。

流霞居然一滴也没坠在地上，却在半空中会聚成三道"红箭"，以迅雷不及掩耳之势射向俞天白，射向他的额头、胸脯和下身。

"好！"

俞天白大喝一声，已经拔出剑来。

没有人看清俞天白如何使出这一剑。

剑光一闪，如梦似幻，那三道"红箭"在离俞天白咫尺间，突然变幻出无数的"桃花"，漫天飞舞地扑向吹箫人。

一刹那间，空气里弥漫着销魂荡魄的杀气。

吹箫人将箫一扬，直点向俞天白，纵身冲进漫天的"桃花"中，身形之快，恰如鬼魅。

他整个身子激荡起凌厉的杀气，那些"桃花"倏地偏离方向，纷纷向四边散去。

一帘红雨桃花谢。

吹箫人绿幽幽的箫幻出呼呼的杀气，仿如"绿雨"一样逼向俞天白。

俞天白的嘴角绽出一丝冷笑。

然后，他身子一晃，身上那张被子扬了起来，夹着一股凌厉的风，盖向吹箫人。

他的剑同时哧地刺了出去。

吹箫人斜闪，疾退。被子擦身而过。

但俞天白的剑更快。

俞天白的剑如闪电刺向吹箫人的脸。

吹箫人头上的斗笠也被俞天白的剑气击飞了。

就在俞天白的剑要刺进吹箫人的脸的时刻，吹箫人的"脸"突然掉了下来。

吹箫人露出另一张脸：一脸漆黑，眉心到鼻端竖着一条赤红的剑痕——居然是他曾经的爱将黑白豹的脸。

——这个人是黑白豹？

俞天白没有想到吹箫人突然成了黑白豹，禁不住怔了下。

与此同时，他看见吹箫人的箫射出三点寒星。

三点寒星越幻越大，一下子成为三团呼呼燃烧的火球，气势汹汹地袭向他。

"星星闪，火玲珑。"

这样的念头在他的脑海一闪而过，俞天白鹰隼般飞了起来。

他同时把剑刺了出去。准确地说，他把剑抖动起来。

三团火球一下子绕着他的剑呼呼地旋转起来。

紧接着，三团火球呼地冲向吹箫人的面门。同时，俞天白的剑刺了过去。

吹箫人整个身子突然旋转起来，三团火球在离吹箫人一尺之远突然改转方向，轰然地射向俞天白。

"你大病未好，内力欠佳。俞天白，受死吧！"

吹箫人突然嚷了起来。刹那间，吹箫人的身体轰地爆炸起来，是那种全身炸出火星的爆炸，从上至下的爆炸。

此刻他全身上下都射出了暗器，激溅的火星仿佛长了眼睛一样，直射向俞天白。

咫尺之间，俞天白无法后退，只好把手中的剑向对方的撩了过来。他想用同归于尽的办法。

可惜，他的剑刚刺出一半，身子已经被吹箫人的"火星"射中了三处大穴。

然后，俞天白看到吹箫人狞笑着剥下自己的脸，露出一张额头轩朗的脸，颔下还有一绺浓密的胡须。刚才他化装得天衣无缝，让人一点也看不出他的胡须。

"是你……"

俞天白愤怒地说。

吹箫人说："是我。哼哼，趁你病取你命！杀了你我对付高五朝就更容易了。"

俞天白说："你以为杀了我就可以称霸江湖，别忘记高五朝手下还有一个杀手之冠仇武。"

"你放心，杀仇武是迟早的事。"

吹箫人轻轻地夺过俞天白手上的剑，端详一下，然后用剑刃贴着俞天白的脸说：

"可惜这把青锋剑，从今以后不再在江湖上出现了。"

6 减字木兰花

她是所谓的美人，艳而成熟，风华绝代。

她，白素心，千金一笑的大老板，高五朝的表妹。

据说江湖中的人曾将她列为江湖十大高手之一。

多年来，一直未结婚的白素心特别关切我，对我怀着一股爱意，那爱意似乎不是肉欲，而是一种我说不出来的感觉，她十分撮合我与燕飞红的婚事，可惜我却玩世不恭，每次遇到她时，都嬉皮笑脸，吊儿郎当。

"什么时候你能和我睡觉呢？素心大老板！"

我边说边腾出右手抚摸白素心珠圆玉润的左臂。

"什么时候，你才能正经点？你别忘了，燕飞红对你一往情深，可别辜负了她，她是个好女子。"

白素心轻轻地推开我的手，带着一种教训的口吻说。可惜，我已经习惯了这种口吻。

我双肩一耸，说："我每次向你求爱，你都说这样的话，没有一点儿新意，白大老板，我已经很成熟了。"

白素心说："我知道你很成熟。不过，在我的眼中，你还幼稚。阿武，你要好好珍惜你自己，不要玩……你别嬉皮笑脸，别对我抱有妄想，我的年纪足够当你的母亲……"

我伸出右手，摸向她的后背。我说："白大老板，一定有过令你刻骨铭心的男人，你还在苦思他。"

那一瞬间，她没有闪避，也没有推开我的手。她穿着一件剪裁合适的绸缎，后背很柔软，身体散着淡淡的香味。我禁不住颤抖起来，嘴唇禁不住吻向她白皙粉嫩的脖颈。

"你错了！"她一掌推开我，"你还是当心自己吧，有个叫邢育林的少年四处打探你的消息，昨天还来过这里。"

我说："生死一刀知，天命总难违。让邢育林见鬼去吧。素心大老板，我什么时候才能得到你？我爱死你了。"

我知道，我根本不会爱上这个足以当我母亲的女人，尽管她看上去还很美。我仅仅在释放自己的空虚。当颓废逐渐化为你的趣味，生活是一场暧昧的宣泄，是虚无的呻吟。

白素心盯着我，眼里闪出一股莫测的光芒。

奇怪的是，她的眼睛一下子充满痛苦，两行眼泪夺眶而出。

我想不到白素心会流眼泪。她一向是坚毅冷静的，即使以往千金一笑遭受大悲大喜，她也绝不会喜怒形于色。

白素心为什么痛苦得流眼泪？

我不禁怔住了。

白素心抹掉泪水，又恢复了冷静，斟上一杯流霞，轻呷起来。她在掩饰刚才的失态。

我盯着她说："你为什么流泪？"

白素心说："每个人都会流泪，燕飞红跟我说过，昨天你为你的徒弟流过眼泪。阿武，你应该珍惜自己，珍惜燕飞红，能痴爱你的人并不多……"

我凶狠地说："别跟我谈什么爱什么情！我问你，你刚才为什么流眼泪？你好像瞒着我什么，对不对？告诉我，你为什么流泪？"

白素心说："我是为燕飞红流眼泪，她那么痴爱你，而你也痴爱她，却在装模作样地乱说一通。我为燕飞红难过。为什么你不珍惜她？我知道你没有看不起她，我知道你爱她。你应该娶她！"

我说："我娶不娶燕飞红，那是我的事。你刚才的眼泪，我幸运了，看到你白大老板的眼泪。"

白素心说："不管怎样，我都希望你和燕飞红能有情人终成眷属。

241

那高五朝最近对你好吗？"

白素心虽然是高五朝的表妹，却从不去金谷山庄。我怀疑她跟高五朝有嫌隙。高五朝总劝我不要去千金一笑，每次与高五朝谈起白素心，他总是说："你最好少去见那个贱女人。"有一次我问高五朝，白素心为什么对我这么好？高五朝却回答："她可能贱得想勾引你呀。"然而，每次和白素心谈起高五朝，她都很沉默。难道她躲在黑暗的角落里隐藏她的痛苦？她情爱背后的阴影又是什么？

我见白素心盯着我，笑着说："高五朝对我很好。你既然那么关心高五朝，为什么不亲自去一趟金谷山庄？"

白素心说："你应该去见燕飞红了，她病了。别装出无情无义的样子，你知道你深爱着她。"

我说："那你又深爱着谁？高五朝，对不对？还是我？哼哼，高五朝也病了，你不想去见一见他？"

我知道高五朝是从来不会来千金一笑的。不知怎的，我掠过这一念头：也许白素心曾经爱恋过高五朝。

白素心依然板着脸，说："邢育林这个人不简单，昨晚他一下子就杀掉了江南三虎，你最好小心点。你该去看燕飞红了，我还是希望你俩能有情人终成眷属。"

江南三虎是威震黑道的角儿，能一下子杀掉他们，邢育林算是厉害。

邢育林为什么杀掉江南三虎呢？

7 步虚词

"在这饮血势利的江湖，爱情算得了什么？爱情是软弱无力的，只有肉体才是真实的。我相信肉体，更相信死亡。每个杀手都在奔赴死亡的路上，就像身陷梦魇中。"

说这话的是我昔日的战友零点。

零点也是高五朝旗下的杀手，绰号叫"无影剑"。他很有才气，经常吟诗作对。

可惜他已经死了，死在杀手黑白豹的手上。

黑白豹，俞天白旗下的杀手，据说他的武功出神入化。可惜我与他从未谋面。

春天是易于变幻的。阳光黯淡下来，天边掠来了乌云。

我的心似乎掠来乌云。

我搂着杏花走进燕飞红的房间。

杏花也是千金一笑的歌伎。

杏花一见到燕飞红，红着脸说："阿红，你不要吃醋，是武哥要我……

燕飞红只是淡然一笑，她卧在床上，双眼有点直，望着我和杏花。

我依然搂着杏花，嬉笑着对燕飞红说："听说你病了。"

燕飞红盯着我说："是有点不舒服。和男人亲热多了吧。"

"你应该束紧一点你的腰带！"

我开始吻向杏花的脖子。

杏花吃吃地笑，说："燕飞红，你瞧他，你瞧他……

我开始剥杏花的衣服，凶狠地。我要自己成为一头野兽，一头不需要爱情的野兽。

"哎呀，你疯了。燕飞红，你叫他别……"杏花挣扎着，打我的手。

我掏出身上一张一千五百两的银票，塞在杏花的手中。

"一千五百两银子！"

我剥下杏花的衣裳……

"燕飞红，你不要怨我，是他，是他……"

杏花几乎啜泣地说。

"他喜欢怎样就怎样，反正我们都是婊子，一千五百两银子，哪个客花得起？"

燕飞红卧在床上，淡然地说。

我一咬牙，又撕开杏花的下身衣裳。

那一刻，我感觉到一种抽搐的疼痛鞭打着我的心。

是的，此刻我成为自己的野兽。我的手变得如此陌生，就像肉体成为腐蚀眼睛的铁锈。

燕飞红还是怔然地望着我。

杏花在我的猛烈进攻下，禁不住呻吟起来。

我无意描绘这一切。一切都是虚空。一切都陷入内心的哭泣与倦怠。此刻，谁能切割一头野兽说谎的头颅？我曾经相信野兽会梦见火焰；我曾经认为火焰会让我远离内心的黑暗。有时我回忆起江湖上的日子，感觉就像一次夜间的旅行。在幻觉中我听见一个声音，一只纤细洁白的手指温柔地抚摸我的下巴，或者说，手指敲响我身体的欲望。当然，和手指一起出现的还有剑声、箫声，还有更广远的背景：古道、西风、瘦马。郁郁葱葱的竹林……在那朦胧的影像里隐藏着某种残酷的、无以名状的东西。那是我无法越超的爱情——这种纯洁的、水晶般透明清澈的东西，就像一种宿命袭击我。我仅仅是爱情下的刀锋。——就像燕飞红的呻吟，显得很近很近，却又仿佛来自遥远的梦，裹着陌生的痛疼，那暮光、微风和笑靥……

这时，一道闪电鞭了进来，惨亮得很。

雷声跟着扑了进来，隆隆地。

大雨哗然响了起来。一切来得如此突然。

屋内一下子晦暗了。

杏花带着一种崩溃的心情，整个人软瘫下来。她带着悲哀，望着燕飞红。

燕飞红依然盯着我。

我满不在乎地束着衣服，然后向燕飞红嬉笑了一下，说："不舒服就多躺着点。"

我走了出去，杏花却扑过来，说："这银票……"

"属于你的了，你爱怎么花就怎么花！"

我头也不回走出了房间。

"你太过分了！"

在走廊里，白素心拎着一把粉红色的伞愤然地说。

我笑了，说："我怎么过分了？我可是给了杏花一大笔钱呀，千金一笑不是做买卖的吗？"

"你为什么要这样折磨自己呢？"

"我折磨自己？哈哈，你不也在折磨自己？想不想和我爱一场，我会出大价钱的！"

"燕飞红对你有情有义，你应该……"

"我对你更有情有义哟，素心大老板。哈哈，燕飞红是你的摇钱树，如果她真的跟我走了，你的损失可大了，你不是愚蠢的婆娘吧？"

白素心说："总有一天，你会后悔的。你还年轻。"

我逼视着她，说："你也还年轻，为什么已经后悔了？"

"我从不后悔什么。你什么时候才能学会长大……你好自为之吧！"

白素心说罢，丢下那把粉红色的伞，转过身子，愤然走了。

我望着她消失在走廊里，感到心在隐隐地刺痛，然后一脚踢飞了那柄伞。伞在半空中像一个粉红色的梦张了起来，呼地飞出走廊，坠在院子的泥淖中。我突然渴望一场杀戮。或许一场杀戮，才能让我从无意义的臭皮囊脱壳而出，才能切割我生活的腐烂、心智的混沌。是的，我渴望那追杀我的人从天而降。

8 寒食词

大雨倾盆地打在我的身上,闪电与响雷嬉闹着。我凄冷地走在大街上。

我知道,大雨无法冲洗掉我头脑中的混沌。

路两旁的桃花在风雨中凄凉地纷飞,我茫茫然走着,突然觉得江湖充斥着血腥、阴谋、罪孽、无聊……

我听到自己内心在一迭声地呼喊:你要逃离这个是非之地。

我甚至对江湖抱着一种恐惧的心理。

当然,我很快明白,我所恐惧的不是江湖本身,而是我自己——我的懦弱、我的无知、我无法澄清的心灵……

一种眩晕袭击着我,不知怎的,我居然想到燕飞红,她仿佛是我心中一支不灭的烛火。或许我能在这烛火中寻找到一种快乐、一种真实、一种燃烧自己生命的狂热与力量。

可是,我却伤害她。

白蒙蒙的雨帘中,我看到一个人朝我走过来。

这人剽悍得很,穿一袭白衣,左手拿着一柄剑,朝我直直地走来。

他会不会是邢育林?

我一下子闪过这了念头。我逼视着他,继续直直地往前走。

这个人走近了。

他一脸漆黑,眼睛锐利如电,眉心到鼻端竖着一条赤红的剑痕。

他简直是一头黑豹。

我忆起高五朝的话:邢育林是小白脸。

这头"黑豹"不可能是邢育林。

不管怎样，他盈满了杀气，一股欲置我于死地的杀气。

彼此都立定了，他离我一丈多远。

"你是杀手之冠？"

这头"黑豹"的声音裹着一丝口吃，有点含糊不清。

"我是！你是？"

"黑白豹。"

他凛凛地回答。

我没想到他就是黑白豹。我昔日战友零点就死在他的剑下。我久闻他的大名，可惜一直没有见到过他。

此刻，这个威震江湖的杀手来杀我。

"很好，你来杀我？"

我掠过一丝笑容，从心底涌出一种快意。

"有人出价二十两银子！"

黑白豹僵着脸，带着极重的鼻音说。

"看来我的命不值钱。很好，总算有人肯出钱。"

我浮着微笑，快意聚满了脑门。

"你至少还有价值，比我幸运多了。"

黑白豹有点艰涩地说，他鼻音很重，我想以前他的口吃很厉害，现在克服多了。

"想不到威震江湖的黑白豹会为二十两银子来杀人！"

"只因为你是杀手之冠，这已够了！我过去曾尝过杀一个杀手的滋味，他是你的战友，叫零点。"

"可惜他没有拿一两银子去杀你，你真的不值钱，没有我杀手之冠这么幸运。零点的滋味，怎么样？"

"他很不错，至少能在我脸上留下这么好看的东西。"

黑白豹摸了下那条从眉心竖到鼻端的伤痕，说：

"你是第一个令我讲这么多废话的猎物。杀手之冠你放心，我绝对不会令你失望的！"

"你我毕竟是同道中人，难免惺惺相惜。算了，废话少说。你也放心，我不会刀下留情的。"

"好！小心，我要拔剑了。"

"来吧！"

我握紧了血刀之柄，全身上下都充满了快意。

一道闪电从天空鞭了下来，闪在我们俩对峙的中间，惨亮得很。

黑白豹大喝一声，拔出了剑。

他的剑是黑色的。

剑如黑色的闪电，划着奇异而凄猛的弧光，飞向我。

他整个人像道白色的闪电飞过来。

好一头黑白豹！

我已经看出这一剑：

——这一剑攻击我全身上下的九处大穴。

——这一剑招里藏招，式中藏式，至少蕴藏九种以上不同的变化。

——无论我闪去哪一个方向，这一剑都能完全置我于死地。

——这的确是不容闪避的一剑！

我只能向前一跨左腿，拔刀出鞘。

刀是父亲遗留下来的刀，薄如蝉翼，血红色一片。

血刀划向我的胸前。

血光一幻，不容喘息的一幻。

我的心如电转雷驰地奔腾。

这时，一个响雷震天撼地一样奔叫过来，掩盖了天地间一切的声音。

震天撼地的雷声中，刀光剑影顿时消失。

雷声渐渐消逝，哗然的大雨倨傲地响彻天与地。

黑白豹和我仿佛成了对立的雕木，保持一种奇特的姿态。

彼此的距离只有咫尺间。

我俩的兵器都未脱手。

他的剑弯月般地弯着，剑尖斜斜地指着我的左胸，只刺入了一点点。

我的刀锋，紧压在他的剑身上。

然而，我左手中指已点中了他两乳之间的"膻中穴"。

血染红了我的灰衣，虽然受了伤，却已将他制服。

他已经不是一头豹了，而是一只任我宰割的羔羊。

我掠过一丝笑容，然后微微往后一跃，撤刀入鞘。

"你为什么不杀我？"

黑白豹冷冷地说。他的眼睛没有丝毫的畏惧。

我望着他，笑着说："我不想让我的命不值钱，虽然只值二十两，更何况没有人肯花银子雇我来杀你，我可是一个贪钱势利的混账。"

黑白豹说："你不想知道谁花钱买你的命？"

"如果你说这种话，就不配当杀手！"

我盯着他。一个杀手是不会暴露雇主的底细的，这是行规，也是理所当然的信誉。

黑白豹苦笑了一下，说："我现在还是个杀手吗？"

"别这样说，你不过只差了一点点，其实你是我出道以来所见到的最厉害的人物。我想你不是那种轻易认输的人，胜负不过是兵家常事。"

我严肃地说。其实我的确欣赏黑白豹的武功。

在江湖，有时刀汉剑客的声名比其他一切都重要，失败与失误都不是有些人可承受得起的。像黑白豹这种倔强的人，输了一次就是永远的死亡。

"我告诉你，雇我的人是……"

黑白豹的双眼不再锐利如豹。

"不要说，我真的不想让你死。"

我诚挚地说。

黑白豹掠过一丝笑容，极其苦涩的笑容。

他正要启唇说话，忽然双眼一瞪，整个人向前扑倒。

我不由一惊，但已来不及救他了。

黑白豹没有倒在地上，手中的长剑插入泥土而支撑着他，他的身子与剑构成了一个清晰的"人"形。

鲜血在雨水中溅射着。

一柄长剑从黑白豹的后背插入，直没过胸前。

剑身是青幽幽的，剑柄刻着三个清晰的字：俞天白。

同时我看到一条人影在远处的屋檐上一闪而没。

显然，这人用一种极强的弩射出这一柄剑。

好大的劲力，好快的速度。

他是谁呢？

我没有展开轻功去追，凭那人如此身手，早就逃之夭夭了。

俞天白的剑！难道是俞天白？我知道黑白豹是俞天白旗下的杀手。俞天白为什么要杀他呢？俞天白没有如此愚笨，用自己的剑来杀黑白豹，难道有人故意陷害俞天白？

黑白豹已死！

谁想买我的命？

我没有余悸。我知道阴谋背后往往意味着一场游戏的角逐。

9 雨霖铃

闪电响雷消失了，大雨还在下。

在我的陋室里，琴声弥漫，极尽繁复变化，时而小桥流水，平缓迂回；时而慷慨豪放，气壮山河；时而温柔婉转，深情脉脉；时而颓然呜咽，哀愁无比……

那一刻，你惊异一个杀手，怎么会弹出这样富于感情的琴声。

你甚至想，在他的琴声，他是否找到另一个他：他忘却江湖，在另一个神秘的世界漫游。

林静专致地弹着七弦琴，像一个为思春期的浪漫与美好而多愁善感的女人，倾泻着唏嘘的哀愁与幽深的相思。

记忆中，我的父亲精通琴瑟，就像林静痴痴地弹着七弦琴，尽管他长得丑陋，貌似粗野。

我记得父亲说过，一个人拥有铁血是不够的，还应该拥有诗意的世界。

现在我能理解父亲的想法。可是江湖存在着诗意吗？

此刻，如落汤鸡的我，不由被琴声深深地打动了。

我站立如木。

谁说林静是个杀手呢？他应是宫廷的乐师。

我甚至觉得林静像一个行吟的诗人。

突然，琴声铮的一下断了。仿佛魂飞九天，余音渺渺。

林静仰起头，望着我。

我看到他那双眼睛充满血丝。

他注视着我，像遗忘了周围的一切。

他的脸瘦削了许多，显得异常苍白，嘴唇抿得紧紧的。

我长叹一口气，说："林静，你怎么又来我这里，你……"

林静像一个悲痛欲绝的女人，打断了我的话："你很讨厌我来这里吗？我真的很令你讨厌？"

沉默了半晌。

我望着他，一丝怜悯爬上心头。

林静像永远活在痛苦与压抑中，又是那样缚住自己，从来不用女人的肉体来发泄。

他似乎畏忌女人？

林静自言自语地说："昨晚我没有回金谷山庄。我不想回金谷山庄了，我厌倦那里我憎恨那里……"

我说："就因为高香君欺侮你，你为什么那么怕他呢？何况高五朝也很爱护你！"

林静说："我不需要他的爱护，你知道吗，我……我对高五朝说，我也想像你这样搬出金谷山庄到外面住，可他反对，还对我……昨晚高五朝看见我，想捉我回去……"

我说："他也是为你好，高五朝是一个外冷内热的人。"

我开始脱衣服，湿漉漉的衣服真他妈的令我讨厌。

"你怎么和高五朝搞得这么僵？别令我难做。高香君是不是打了你？我知道他很恨你。这混账，我迟早要打他一顿。"

我赤着上身，拿起一瓶流霞，边喝边说。

林静凝视着我赤裸的上身。好一会儿，他垂着眼皮说："你不想为花芬、贾平报仇吗？"

我说："你为什么对他们的死这么关心？死了的也不只是他们，以前的阿狗、零点不也是惨死了！"

"可这次死的是你的徒弟。我不想见到你伤心，我……"

他就像一个温柔的女人，双眼溢满真挚。

我的心禁不住掠过一阵颤抖，难道他……

"我爱上了你，你知道吗？"

一霎间，他的双眼浸在脉脉的温柔中，倾注着一股炽烈的光芒。

我没想到林静是一个同性恋者，更想不到他一直在默默地爱着我，而这种情感压抑着他，令他惶惑，令他自焚。或许，情爱的烈焰，越是遏制，越燃烧得厉害。此刻，他终于不顾一切地说了出来。

我不敢凝视他的目光，转过身子，凝望着窗外的桃花。

桃花在风雨中飘逝，那些落在泥淖里的桃花闪着可怜兮兮的虚红，显得凄凉。

"我知道，你不会爱我的，我知道……我不想说出来，不想让你真的厌烦我。对不起，我真的不想说出来，令你很难堪。我很想为你做一些事。我，我只想看见你，就心满意足了。我没有什么企求，我知道你不会爱我，你只爱女人。我真的不想说出来的，带给你烦恼……"

我听到他走过来的脚步声，是多么沉重。

"我走了，再也不……我走了……"

窗外的桃花像发出了哀鸣，将恍恍惚惚的桃红刺入我的眼睛。

"林静……"

一直沉默的我一下子转过身来，把他搂在我的胸膛里。

我听到林静的低泣声。

他的眼泪淌了下来。

这是一种怎样的悸动？

我抚摩着他浓密而柔软的黑发。

"别哭了……"

我听到自己轻轻地说。

他的脸贴在我的胸脯上，眼泪更是簌簌地流下。

我一时冲动吗？我为什么会这样做？他为什么如此流泪？人的感情是怎样一种东西？一切发生得太快。霎时间，我惊愕自己的举动。突然间，雨停了，天色变得明亮。一切都在静寂中进行着，我仿佛跃进一个缥缈虚无的梦：远离了暧昧，贴近真实的怜悯。

突然间，外面传来赛虎的三声狂吠。凭赛虎的声音，我知道有敌人来了。

"两个臭男人居然在搂搂抱抱！哈哈哈……"

紧接着，窗外传来一个人沙哑的狂笑声，声音有点做作，却隐隐泛出一种高亢的内力。显然来人武功高强。

林静像受了惊的小鸟，弹出我的胸怀，怔立一旁，注视着站在院子里的人。

这人身材高大，戴着一顶竹笠，罩着一袭黑披风，蒙着黑面巾，露出一双发亮的眼睛。

林静大声说："你是谁？"

蒙面人说："我就是想要仇武死的那个人。"

我说："你为什么想要我死？"

蒙面人说："因为你是该死的混账。"

"我现在就要你死！"

林静大喝一声，从腰中拔出金扇子，从窗口掠了出去，一道令人目眩的光华霍地闪向蒙面人。

林静这一式是拼命的打法，气势汹汹。

蒙面人冷冷一笑，手中赫然多了一柄薄如蝉翼的短剑，倏地一晃，后发却先至，刺向林静的咽喉。

我从窗口飘出去，一柄血刀闪电般斩向蒙面人的腰间。

蒙面人长啸一声，身子拔地而起，掠出一丈远。

我身子一纵，血刀一扬，一刀幻成千万刀似的，幻成了雪亮的漩涡，罩向蒙面人。

蒙面人滴溜溜地旋转起来，随着刀气幻成的漩涡旋上半空，那柄短剑随着他身子幻成一个个急促盘旋的圆圈，他居然以周身护体盘旋的剑圈破了我这一招凌厉的"刀涡之杀"。

剑圈滞住了刀涡，剑突然狡猾地蹿了出来，就像一只灵狐抓向林静。我急忙扑了过去。林静虽然没有受伤，但持金扇子的右臂的衣袖被削去一大块。

这人武功的确匪夷所思，恐怕我也不是他的敌手。

我感觉一种惊悚的快感流淌全身。手一扬，刀交错地劈了出去，幻出两道极其凌厉、极其柔韧的刀气，正是武学之中的"阴阳未判，一气混元"的杀法，这杀法讲究以意引气，阴阳交错，虚实包容。

气本无形，但我的刀气凝聚成形，犹如霜雾，有形又似无形，杀人于无形。

蒙面人居然欺身长入，一剑刺入两道虚虚实实的刀气中，铮的一声，剑刺中了刀，刀与剑便在半空中顿了下来。

好！蒙面人这一剑正是"釜底抽薪"的打法：刀本是"气之始"，以剑滞有形之刀，无疑制住无形的杀人刀气。

说时迟，那时快！我身子往后一卷，掠出两丈远。

蒙面人冷冷一笑，影随身形，掠了过来，显然要和我再比拼。

我暴喝一声，刀一扬，一股罡风扑向凌空而下的蒙面人，正是"聚则成形，散则成风"，我将刀气散成罡风。

刀有罡风，剑亦有罡风，蒙面人凌空刺下的剑气顿时化成一股凌厉的剑风，两股罡风呼地相撞，轰的一下，旁边的一堵围墙倒了下去。

尘土飞扬，蒙面人突然抓向林静。

突然，半空中传来一声娇叱，白素心掠了过来，袭击蒙面人的后背。

蒙面人见了她，身形一弹，从半空中折了过去，几个起落，消失得无影无踪。速度之快，令我禁不住骇住了：想不到江湖中还有如此罕见的高手。凭他的武功要杀我，至少有七成的把握。为什么他要雇杀手来杀我呢？

这时我看见一个白发斑斑的老太婆出现了，赛虎亲昵地跟在她身边。老太婆拎着一个装满流霞的竹篮子。

10 柳色黄

老太婆嘻嘻地笑了，露出洁白齐整的牙齿。

我才恍然大悟，燕飞红易容了。

燕飞红抓下假发，在脸上一抹，露出她娇艳的脸蛋，然后冲我说："认不出来吧，素心大老板教会我的。"

我知道白素心是易容的高手。

"你不是卧床不起了吗？又会走了？"

我故作轻松地说，但明显感到林静在悸动。

燕飞红瞟着我，说："要不是昨晚素心大老板给我吃了天山雪莲……你很关心我吗？"

"谁关心你……你真是恬不知耻，跑来这儿干什么？"

"我就是恬不知耻呀！我来这儿关你屁事。"燕飞红望了一眼林静，说，"喂，小白脸，要不是素心大老板出手，你刚才可能……"

"关你屁事！你又不会武功，你嚷什么。"

我一手夺过她手中的竹篮。

"哼，刚才那个蒙面人武功真是厉害，他是谁呢？"

燕飞红仰着脸，打量着我。

这时，赛虎汪汪地吠向我。

"你看，连赛虎都帮着我，说你只会欺侮我。"燕飞红说罢，望着林静说，"你还不多谢素心大老板。"

白素心说："蒙面人武功高强，到底是谁，江湖中使短剑的高手很少。难道他是……"

我说："他是谁？"

白素心说："我不敢肯定他是谁。为什么此人一见到我就逃走呢？难道是我认识的，怕被我看出破绽？"

林静说："莫非他就是邢育林？我听说他是用短剑的。"

白素心说："此人武功高强，恐怕仇武也不是他的对手。"

我笑着说："刚才我和他比拼过，鹿死谁手，谁也说不清。"

"你还是小心点儿好。不怕一万，就怕万一。我也该走了。"

白素心说罢，几个"燕子抄水"便消失于我们的视野之外。

这时林静盯了燕飞红一下，然后望了我一眼，说："我该走了。"

然后他头也不回，走出了院子。

他最后望我那一眼，是那样深邃。

我望着他的背影，不知怎的，感到一种莫名的失落。

"他真的古里古怪，刚才怎么盯得我那么厉害，他从来不正眼看我的。武哥，你怎么啦？"

燕飞红说罢，坐在地板上。我拿过一瓶流霞，坐到她身旁，说："你还是回千金一笑吧。我不值得你爱。"

"谁爱你呀？我只当你是一个混蛋！这里有我的一半房钱呀。何况我是来探望赛虎。赛虎，你欢迎吗？"

她抚摸着赛虎的头，说。

赛虎高兴得直点头，往燕飞红怀里钻。

"你看，赛虎多喜欢我。赛虎，不如你跟我过日子，我做很多好吃的东西给你吃呀。"

"你住嘴，你这婊子，你算什么？"

"那你又算什么，臭混蛋，很臭了，别以为你很高贵。"

"我没有你这骚女人那么高贵，你是高贵的公主，行了吧。"

"高贵不高贵，我无所谓。反正我忠告你，素心大老板已经心有所眷，她不会爱你的。"

"你在吃醋？我就是要苦恋她，让你吃醋。"

我灌了一大口流霞。

"谁吃醋？！你以为我真的喜欢你？"

她瞪着我，一把抢过我手中的流霞，灌了一口，说：

"何况想娶我的人多得是……"

"那你为什么不嫁？"我一把抢过她手中的流霞，灌了一大口。

"我嫁人不嫁人，关你屁事。反正我不会嫁给你。"她说着，又抢过我手中的流霞。

"你不嫁给我！很好，很好。"我仰着脸说。

她却坐了过来，倚在我身旁，猛喝着流霞。

"你不会喝酒，就别糟蹋了流霞。"我望着她脖子上流淌着的一道道血红的流霞。

"我不会喝酒你会哩？这是我买的酒。关你屁事！"

她说罢，猛地将手中酒瓶砸在地板上。

"你最好把篮子里的流霞都砸了！"

我满不在乎地说。

燕飞红还是倚靠在我身旁，抚摸着怀里的赛虎。

赛虎伸出舌头，舔着她的手。

"赛虎，帮我骂这个臭混蛋。"

燕飞红拍了拍赛虎的头。

赛虎仰起它硕大的头，瞪着我，沉沉地吠着我。

"喂，你找死！"

我拍了拍赛虎那硕大的头。赛虎耷下头，往燕飞红怀里钻。

"乖乖，别怕他。他连畜生都不如，赛虎才有男子汉气概呢。"

燕飞红抚摸着赛虎的身子，赛虎高兴得直伸舌头。

"赛虎，到外面去，别躺在这臭女人身上……你到底去不去？小心我揍你！"我感到一股莫名的烦恼，没好气地说。

赛虎忧郁地望着燕飞红。

燕飞红却说："别怕他，有我在这里，他不敢欺侮你。"

"赛虎，到外面去找你的女人去吧。"

这时，门外传来一声悠长的狗叫，是赛虎的"女人"的声音。

赛虎兴奋地一昂头，冲我吠了两声，飞也似的跑了出去。

"唉，真羡慕赛虎，赛虎真是个情种，比它的混蛋主人好多了。"燕飞红说罢，整个人变得平静起来，凝神望着窗外的桃花。

我看着她的侧脸。此刻她仿佛一个幻象，透出一种令人心动神驰的美。

人面桃花相映红。我心头一暖，浮出这一句诗。我知道燕飞红在千金一笑一直都是卖艺不卖身，她内心纯洁无比，尽管有时故作粗野，卖弄美艳。

燕飞红对我以身相许的恩惠、五年追随的情义，我何尝感觉不到。然而，我只懂得在她身上发泄我的寂寞、空虚、压抑……

爱情，是高不可攀的奢求？情欲，才是一笔可以付得清的债务？一个歌伎和一个杀手会有完美的结合吗？我为何要戴上蒙眼布寻找黑夜，我不是一直都渴望内心的宁静，而燕飞红也许就是给予我内心宁静的女人……

11 念离群

整整两天我和燕飞红都呆在我的陋室，沉浸在情欲的世界里。或者说，我整个身心都沉淀在宁静中，把整个江湖的杀戮抛至脑后。是的，燕飞红使我感到平静和惬意。我渴望每天都拥有这种梦幻一样的存在。

我没有想到高五朝突然光临我的陋室。

高五朝四十多岁了，高大挺拔，相貌英俊。

他冷漠地坐在我的对面，似乎永远挂着一幅不言苟笑的表情。

燕飞红依靠在墙壁，睨视着高五朝。

燕飞红对高五朝有一种嫌恶感，也许是他从来不正眼看她一下吧。

她曾经愤然对我说："高五朝不是男人，他一点儿也不像男人，他是个大混蛋。"

高五朝怎么会不是男人呢？他有男人的英俊，也有男人的冷酷，更有男人的权势。

高五朝突然干咳了几声，冷冷地说：

"姓燕的，你该回千金一笑了，我有要事跟阿武谈。"

燕飞红哼了一下，望着我，一点儿也不把高五朝放在眼里。

我望着燕飞红冷冷地说：

"你的确应该回去了。"

燕飞红逼视着我，说：

"你真想让我回去？"

高五朝整了整洁净而别致的白袍，说：

"别恬不知耻了！"

"关你屁事，我又不是问你，你这大混蛋！"

燕飞红冲高五朝嚷了起来。

她简直疯了。

如果在金谷山庄，一个女人如此对待高五朝，那么她一定会死得比五马分尸更惨。

高五朝仰了一下尖尖的下巴，板着冷漠如刀的脸，挺直强壮如牛的身子望着我。

他显然给我面子，不跟燕飞红计较。

我担心高五朝会举手之间杀了燕飞红，我知道他的武功鬼神莫测，连我也畏忌三分，尽管我相信自己可以跟他比拼一番。

我至今连高五朝用什么兵器也不知道。据说高五朝纵横江湖时，出手疾速，杀人无形，谁也不知道他用什么武器。

"燕飞红，你回去吧……我叫你回去！"

我嚷了，手中的酒瓶在燕飞红的脚跟前炸了开来。

"回去就回去，混蛋！"

燕飞红一跺脚，瞪了高五朝一眼，懒洋洋地走出门去。

一会儿，听到赛虎在院子里悠长地叫了三声，我知道燕飞红回千金一笑了。

"她就是这个脾气，你大人有大量，别跟她计较。"

我拿起一瓶流霞，看着高五朝。

高五朝整了整白袍，说："你真的爱上这女人了？"

"你说我像是爱她吗？"

我灌了一大口流霞。一股浓浓的酒香，顿时使我觉得眼饧骨软。

我知道高五朝从来不酗酒的，他似乎天生冷静，从不喜怒形之于色，这也许是做大事者的性格吧。

"你是不是责怪我把她赶走了？"

"高老板，我怎么敢责怪你？别忘了你来找我有要事！是不是又接了要我杀人的生意？"

我望着茶桌上那柄血刀：它杀人累累，浸满血腥，却从来没让我品尝到失望的滋味。我甚至想，我是天生的杀手，是为制造死亡而生的。杀人似乎是我此生惟一的职业，就像我制造的血腥一天天地增厚。我愈是这样想，便愈觉得一无所有。也许我愈觉得一无所有，便愈渴望去杀一些比较难杀的"猎物"，从惊险可怕的刺杀中得到新的快感。

"是有一桩生意要你去做……林静已经五天没有回金谷山庄了，我担心他会出事，如果你见到他，就告诉他别做一个忘恩负义之徒！我高五朝始终是疼爱他的。不过，我听说他去了西域。"

高五朝站了起来，望着窗外的桃花。

此刻我感觉到他的一丝激动。毕竟林静是他的养子，多少有些感情吧。

林静去了西域？

我懒洋洋地说："你知道他为什么要去西域，没有派人阻止他吗？"

高五朝说："我不知道他为什么那样做，高香君拦阻过他，林静只说了一句'我知足了！'你说，我能拿他怎么样？像他这样的人，到了西域还不是当杀手，还能干什么？"

林静说他知足了！他知足什么？

我想到对他的拥抱，想到他的哭泣，想到他离我而去时那道深邃的目光……

我不由黯然。我的朋友相继离我而去，以前的阿狗、零点，近日的花芬、贾平，还有林静。

高五朝会不会伤感他们的离去？

高五朝知道林静爱上了我吗？

高五朝有怎样的情史？我不知道。

望着高五朝高大的背影，我突然浮现起一种异样的感觉：也许高五朝是一个性情中人，尽管他习惯了江湖的冷酷无情。

白素心似乎对他有着深深的情愫，而高五朝至今尚未娶妻，又似乎怨恨他的表妹白素心，俩人到底是怎样的关系？

我记得高五朝曾为阿狗的死大发雷霆。

阿狗长得眉清目秀，是一个同性恋者。

阿狗曾向零点表白爱意，被零点怒骂了一顿。后来我们三人刺杀江湖巨枭东方无敌时，阿狗为救零点而被东方无敌所杀。零点一直为此负疚，说不应该辱骂阿狗。

我很想把黑白豹、千手观音刺杀我的事告诉高五朝，但我没有说出来。自己的事只能靠自己解决，我一向这样认为。而且，我不想让高五朝为我担心。

这时，暮色苍茫，山水树木，都蒙上了一层灰色的纱幔。窗外的桃花迷蒙起来。

"来洛阳的铁面御史吴过为人清廉正直，扬言要全力打击杀手组织，你是官府的头号通缉犯，你最好小心点儿。"

高五朝整了整白袍。

我拿起一瓶流霞灌了一口，说："哪一个当官的不是口出狂言，上一次的巡按司薛占旗不也扬言全力扑灭杀手组织，还不是贪赃枉法之徒。"

高五朝说："薛占旗已被革职入狱了，吴过持当今皇上朱元璋赐予的尚方宝剑来洛阳整顿法纪，有先斩后奏的特权。他不只满腔正气，而且精明强干，武功高强。他一来洛阳，就惩奸除恶，洛阳知府的儿子因为强暴民女，被他拿下大狱判了死刑。吴过绝对不是贪赃枉法之辈，你不可小觑。"

"哦！原来世上还有这样的人，我倒想见一见这傻瓜长得什么样！"

我懒洋洋地说。高五朝如此看重吴过，他必是一个脱俗不凡的人物。高五朝从不把官府放在眼里，他总说，官字两个口，不是贪就是庸。

据说，江湖出身的朱元璋对贪官酷吏一向手不留情，对非法组织更是深恶痛绝。我对政治毫无兴趣，江湖险恶，非法组织层出不穷。我一直认为，非法组织将永远存在，因为人世间的法律本就人为，更何况有权有势的人可以凌驾于法律之上，人在法律面前一律平等不过是一句空话，而且这世道贫富悬殊得那么厉害。

吴过要全力打击非法组织，他凭什么？

我希望他不会令我失望。

"吴过长得很像你，阿武，你一定惊奇他长得那么像你，我甚至怀疑你们是亲兄弟。不过，我相信他活不了多久，吴过你这样的人根本就不该活在世上。"

高五朝的话令我一怔，我说："高老板，你想杀他？还是有人想买他的命？"

高五朝说："暂时还没有。不过，就算我们不杀吴过，他也会死在别人的手上，甚至是当今皇上的手上。"

我说："高老板，你不是乱说吧？当今皇上既然信任他，又怎么会杀掉他？"

高五朝说："俗语说，伴君如伴虎，吴过……哼哼，你还是等着瞧吧。"

我说："你说他长得很像我，我倒希望他长命百岁呢。我放长双眼看看铁面御史吴过的命数如何。高老板，我还没见识过你的武功，不如我们玩几招。"

高五朝说："阿武，你还是计划这桩生意吧，我知道你武功好，我也未必是你的对手。吴过是生是死，只能骑马看《春秋》，走着瞧了。"

吴过是否喜欢看《春秋》呢?

我不由笑了。我知道世上英雄本无主,江湖的纷争与阴谋是永存的,而权力或许每天在更换主人。

12 风敲竹

这次，我要杀的猎物是一个女人，叫花如梦。她的画像看上去很娇柔，长相有些像燕飞红。想到燕飞红，我便对花如梦产生一种亲切感。

资料显示，花如梦是一个寡妇，带一个儿子，叫楚仁，已十八岁了，善使剑。惟一的保镖叫武斗胆，曾沦为杀手，善使快刀。花如梦住在洛阳东城的千人坊，那是有钱人住的地方，她的房子很大，很有气派。

虽然价格不低，但高五朝说这桩生意并不难。不管怎样，我都不能掉以轻心。事实上我每次都很小心。我知道，一次失误就是永远的死亡，尽管我视死如归。

江湖人说："月圆阴重无常生。"民间认为，月圆的时候，阴气最大，衣冠禽兽的事情容易发生，杀人的事情自然多了。

这一次，我将如何杀掉花如梦呢？

我没有想到花如梦面对我时，居然很冷静，一点儿也不胆怯。

她坐在一张竹椅上，似乎等待我的到来。

她的卧室很幽静，月光如水泻了进来。

她看上去很端庄，流逝的岁月并没有削掉她的美丽。

可惜，她的声音很沙哑。

"你是谁？"

"我是杀手之冠。"

"你终于来了，我已等了四个晚上。"

她沙哑的声音显得平静，丹凤眼却很红肿，显然刚刚痛哭过。

原来她知道我来杀她。

难道她已经伏下人马？

或者她是一个身怀绝技的高手？

凭我多年的经验，卧室里并没有伏下人马，只有她一个人。

这个女人好奇异！

我握住血刀之柄，冷冷地说："你真的想死？"

"当然，我出了五千两银子来杀我。"

我更是一震：她想杀死自己！

花如梦柔然地说："我听说高五朝做杀人的生意从不失败，所以我找到了他，希望你不要令我失望。"

"有时候，高五朝做生意也会失败，上一次，我的两个好朋友就令他失败了一次。"

"高五朝答应我，他会派最厉害的杀手来杀我。"

"你认为我是最厉害的杀手吗？"

"我想你应该是，高五朝说你绰号叫杀手之冠，冷酷无情，杀人从没失过手。"

"你不想看一看我的长相？我可是很英俊。"

我居然如此说，也许我想和她多说一些话，因为我已经对她产生了兴趣。我的手松开刀柄，摸了摸脸上的蒙面巾。

"我只想快点死！"她急促地说，"快点动手吧，我求你。"

"你为什么想死？"

"难道你不是杀手吗？动手吧！"

"你最好告诉我原因，否则……"

"否则你就杀了我！动手吧！"

"否则我不杀你，你应该这样说。我想你是一个聪明的女人。"

"我不聪明，是个傻瓜。我只想死。"

女人的双肩耸动着，声音充满悲切："求你，我求你快动手，杀了我，杀了我！"

"通常说自己是个傻瓜的人，都是聪明人。聪明人不应该杀死自己，对不对？"

我双手兜在胸前，悠然地说。

"看来我找错了人，如果你没勇气杀我，你就滚——"

女人最后一个"滚"字拉得长长的，似乎很激动。

一个如此想死的女人！

"我不会滚，只会飞，我的轻功很出色。"

我绽开一丝笑容。

这时，传来了怆急而响亮的脚步声，一个人向卧室走来。

我握住刀柄，站立如松。

朦胧的身影，一个人出现在卧室门口。

"你又在说谎，你又在勾引男人，你又在骗我……"

这声音很清脆，少年的声音。

"你是谁？"我问。

"应该我问你是谁！"少年愤怒地说，噌的一下拔出剑。

"你快点动手，杀了……"

花如梦悲伤地说。

"原来你还叫他来杀我，你是我母亲吗？你，你……"

少年颤着声音说，显得极其痛苦。

原来是花如梦的儿子楚仁。

突然，少年的剑鬼魅地刺了出来。

剑扬起一道流离的光，划破了融融的月色。

那道剑光不是飞向我，而是飞向花如梦。

我拔刀出鞘。

铮！刀剑交错，光花一闪而逝。

我的血刀压住了他的宝剑。

"你误会我了！"

我沉沉地说。

"杀手，不要杀我的儿子……"

花如梦跌撞一般地走过来，带着救子心切的急促，看起来自然逼切。

此时，谁都会以为她是一个慈母，而不会认为她想杀我。只可惜，我的心底掠过一阵涟漪，惊醒的涟漪。

同时，我闪电般掠了出去。

那一霎间，花如梦的右手几乎点住我的穴道。

好险的杀招！

"我几乎中了你们的诡计！"

我站住了，沉着地说。

"不愧是杀手之冠，我们骗不过你。"花如梦还是很端庄，"儿子，我说这家伙是辣手，你现在应该相信了。"

那少年却提剑默然。

"可惜你那一走还是暴露了你会武功的痕迹，如果你再放松一点儿，可能我感觉不到。你们的戏演得不错。"

我沉沉地说。

"我们只有这样做，才有杀你的七成机会。"

花如梦的眼睛射出一道凶光。

我说："刚才我居然感觉不到你的杀气，看来你收敛的功夫不错。你真叫花如梦？"

花如梦说："你听说过魔鞭、邪剑、黑白豹吗？"

江湖传言，黑白豹的结发妻子叫魔鞭，儿子叫邪剑，这一家人都是厉害的杀手，也是俞天白旗下的猛将。但我想不到花如梦是黑白豹的妻子。毕竟杀手属于隐者的行当，江湖上响当当的杀手都秘而不宣，鬼神莫测，有时连他们的经纪人也不知道他们的长相如何。

"我听说过。你是黑白豹的妻子？"

"不错，你杀了黑白豹，我当然想报仇，何况有人出价二万两银子杀你。"

"二万两，我的命这么值钱。黑白豹为了二十两银子来杀我。"

"黑白豹是个傻瓜。只有他那么傻的人才敢面对面去杀杀手之冠。"

花如梦说罢，呼的一下，手中荡出一条鞭子。鞭子一丈有余，银白发光，溢着凛凛的寒气。

"现在你们有几成机会来杀我呢？"

我握紧血刀之柄。

"就算有一线的机会，我们也会全力以赴！"

少年狠狠地说。可惜他站在阴暗中，我没法看清他的容貌。

"你们还有一个保镖，叫武斗胆，他怎么不现身？"

我凛然地说。

"今天早上那混蛋死在我的剑下。"少年说。

"为什么？"我说。

少年却沉默不语。

花如梦吃吃地一笑说："因为他吃武斗胆的醋。

我不禁一怔，脱口而出："他真的是你儿子？"

"你的废话太多了。"

少年狠狠地说。

"临死的人喜欢多说几句废话，你不想多说几句吗？"

我笑着说。

"我只想叫你死！"

少年凶狠地说，袖子飞出十道寒星，身子闪电般纵过来。

与此同时，花如梦狠狠地抖起了鞭子。

月光顿时黯然失色，一剑一鞭像两条银蛇发出凄厉的尖啸，闪起一网"必杀"之光。

杀手行业有一句话："必杀之光，快狠奇准。"

我的心禁不住沉了下去。

我如何闪避？

我没有闪避！

邪剑虽然狠毒，但犯了一个致命的错误——他不该放射那十道寒星。

十道寒星虽然快疾凶狠，杀人无形。可我是杀手之冠，它们只会助我一臂之力！

我的血刀挥了出去。

刀风乍起，刀光幻化如网。

那十道寒星像是我发射的，从我身前射向邪剑与魔鞭。

我的身子纵了出去，血刀再幻，幻出一片红雾。

少年的双眼瞪大了。

花如梦端庄的脸扭曲了。

仅仅是一霎间。

少年的剑坠在地上。

花如梦的鞭落在我的左手中。

我立站如松，血刀已入鞘。

花如梦叹了口气说："现在我才明白什么是杀手之冠。"

少年狠狠地说："如果我不射出暗器，你未必胜得过我们！"

我说："也许吧。高手过招，每一个机会都是杀招。"

花如梦说："你现在可以动手了，我输得心服口服。"

少年却说："我不服！"

花如梦说："阿仁，你不是他的对手，他远比我想象中的厉害。难怪你父亲会死在他的刀下。"

我说："黑白豹不是我杀的。我也不想杀你们，因为没有人肯出钱买你们的命。"

花如梦说："哼哼，我不是出了五千两银子吗？你就算不杀我们，我们也会自杀，这至少我们还可以死得好过一点儿，有个全尸。"

我说："难道你怕雇你们杀我的人杀了你们？"

"是的，杀手之冠你也会死在他的手中！那个人简直是一个魔鬼。"花如梦看了一眼少年，说，"阿仁，我是爱你的，我先走一步了。"

花如梦显得镇定，端庄如故，一道浓血缓缓地从她的嘴角流出，溶溶月光下，惨青色的。

花如梦柔软的身子缓缓地倒了下去。

"如梦……"

少年扑过去，一把搂着即将坠地的花如梦，双眼流下了泪水。然而，他狞笑一下，紧紧地吮吸着花如梦的嘴唇，他的嘴角同时流出惨青色的浓血。

轰的一下，俩人倒在地上，宛如一对同命鸳鸯。

我无言而立，心头掠过一阵寒意。我觉得自己像陷进一个噩梦中。

要杀我的人到底是谁？

居然令花如梦畏惧自杀？

我想起那个蒙面人，也许他是幕后的游戏者。

是的，千手观音的死、黑白豹的死、魔鞭与邪剑的死，使我感到自己像陷进一个死亡的游戏中。

江湖人说：江湖是残酷的游戏，是魔鬼、火、铁血、地狱。快乐与痛苦、阴谋与诬陷、寂寞与哀叹都居住在里面。

江湖人也说："戏法拆穿了都不值钱。"

那么，我何必急于从这个游戏里走出来。

13 金缕曲

夜凉如水，月光皎洁。

从花如梦的房子走回来，跨入我的卧室门口，我随口叫了一声："赛虎……"

赛虎在卧室里叫了一声，并不凄厉，却令我大吃一惊。

我警惕起来，这是赛虎报敌的声音。

这时，一道剑光向我的眉睫飞来。

剑光如电，迅疾无比。

幸好我有所准备，猛地挥出血刀。

那人的剑虽先刺出，血刀后发却先至。

"锵"，刀尖点中了剑脊。

这人是少见的高手，长剑一抽，又疾刺过来。

这时，两条人影从屋脊飞来，两道青光刺向我的后背。

我身子一旋，闪到院子里。

我尚未站稳，院子的围墙上现出十几个人，手持弩匣，对准了我。

弩箭急雨般射来。

如此近的距离，绝对不能闪避。

说时迟，那里快，我把刀猛地向地上一探一划，地上的泥土掀了起来，如一堵扇形的墙盖向那些急射而来的弩箭。

弩箭纷纷坠下，一刹那，我从窗子掠入了卧室。

卧室里，刚才出剑的剑客提剑而立，冷冷地说："好快的身手！"

我说："你是谁？"

他说："邢育林"

他就是邢育林！

他面如冠玉，身披鹤氅，一双眼睛沉着而锐利。

这时，赛虎从床底下钻了出来，望着邢育林。

邢育林说："它很聪明，会躲起来。"

我说："你也很聪明，这一伏杀足可以致命。"

邢育林说："可惜，还是杀不了杀手之冠。"

我说："你肯定我是杀手之冠？"

邢育林说："难道你不是？"

我说："我是！现在你还想杀我吗？"

邢育林说："如果刚才你的狗不叫，你躲得过我那一剑吗？"

我说："那的确是很厉害的一剑。"

邢育林说："还想领教吗？"

我说："你还有没有心情让我领教？"

邢育林说："你杀了我父亲！"

我说："可惜我杀人无数，记不起你父亲这个人。"

邢育林说："我杀了那个买我父亲的命的人，本以为这就算报了仇，可是我父亲在梦里对我说，育林，你要杀了杀手之冠。"

我说："看来你父亲在天之灵并没有好好安息。"

邢育林说："所以我要他在天之灵好好安息。"

我说："做儿子的，应该有这样的孝心。"

江湖人都说，报仇是一种甜蜜的谋杀，比蜜还甜的谋杀。我父亲曾被猎物砍成血肉模糊，至今我不知道到底是谁干的。我问过高五朝，他却说："我也不知道，生意是你父亲自己接的。"杀手被猎物反杀，无怨无恨。然而十年了，我父亲在天之灵，是否安息呢？

邢育林说："我本来想一个人来杀你。"

我说："人多热闹点儿。"

又见杀手 276

这时门外一个声音响了起来。

"公子，我们要不要进来？"

融融的月光下，门外的人充满了杀气。

邢育林说："你们都回去吧。"

那声音又响起："可是心乱总管……"

突然，邢育林身子一纵，长剑猛地刺向门外。

门外传来一声惨叫。

"再不回去，我将你们都杀了！"

邢育林在门外狠声说。

众人的脚步声远去。

邢育林又走进来，提着那柄亮晃晃的长剑，说："我要一个人杀你！"

我说："我真想热闹一点儿。"

他说："你瞧不起我？"

我说："我只想热闹一点儿，你想吗？"

他说："我习惯了孤独。"

我说："既然你带他们来，又何必赶走……"

他说："你以为我会带他们来吗？"

我说："哦，我忘了你是少爷身子少爷命，邢心乱自然不会让他的干儿子去冒险。他们也是忠心耿耿，你不该赶他们走。"

他说："有时候，忠心就像狗一样，整天缠着人。你讨厌不讨厌？"

我望了一眼赛虎说："幸好我这位伙伴从不令我讨厌。"

赛虎欢欣地叫了三声。

邢育林说："你最好叫它出去，我的剑不杀狗。"

我说："看来你的确是孤独。一个要杀人的人，是不会说这么多话的。"

邢育林说："你以为我杀不了你吗？那你就让你的狗老老实实地呆在一旁，看我如何杀你！"

我说："我担心你会令它失望。赛虎，请到一旁，坐山观虎斗吧。"

赛虎悠然地叫了一声，跳上窗子，定定地坐着，望着我们。

邢育林说："我真的不想杀你，可是我必须杀你！"

我说："在你杀我之前，我想问你一点事情。"

邢育林说："你说吧。"

我说："你有没有雇杀手来杀我？"

邢育林说："简直是废话，我用得着雇杀手来杀你吗？"

我说："你怎么知道我的住处？"

邢育林说："有人将你的地址写给我，可惜我不知他是谁，看来，想叫你死的人还不少。"

我说："最后一个问题，你为什么要揍燕飞红？"

邢育林说："燕飞红？哦，千金一笑的歌伎！听说她是你的相好。想揍她的是江南三虎！你应多谢我，我帮她杀了他们。江南三虎想一齐玩弄她。"

我说："那我就先谢谢你。"

邢育林说："英雄救美，本应该的，何况是燕飞红那样美若天仙的女人。还有什么话吗？"

我说："我希望你这英雄能全力以赴来杀我，请！"

"受死吧！"

邢育林身子一摇，身上那件鹤氅扬了起来，从他的头顶越过，夹着一股凌厉的劲气，盖向我；他人同时蹿了过来。

这一式来势奇快，锐不可当。

赛虎紧张得尖叫起来。

我飘了起来，身子凌空斜闪，挥刀劈出。

鹤氅擦身而过，剑光如流星刺向我的咽喉。

邢育林这一剑很快，甚至不顾生死，胸膛的门户大开。

他的剑快，但我的刀更快。

我的刀已劈近他的胸膛。

邢育林居然没有闪避，他想死吗？

只听"叮"的一声，他的胸膛火星四溅，我这一刀竟如劈在钢铁之上。

我一惊，还是极快地凌空一闪。

然而，邢育林的剑亦是极快。

一阵激痛涌来，他的剑刺中了我的左肩头。

我再往后一纵，靠在墙壁上。

邢育林得势不饶人，向前一纵，长剑脱手飞出，流星般射向我的下腹。

我已无退路。

我大喝一声，挥刀劈剑。

长剑呼地荡飞。我吃了一惊，邢育林手中还有剑。

原来他使的是子母剑。

短剑如流星般刺向我的咽喉。

这一剑把紧靠墙壁的我死死地封住了，容不得闪避。

"叮"的一声，他的剑刺中了我的刀，我的刀脊横在我的咽喉前。

我左掌呼地拍中他的胸膛，就像击在一块坚硬的铁盾上。他整个人还是被击得飞跌在地上。

仅仅是一霎间。

一霎间往往决定一个人的生死。

我说："你胸前藏着什么？"

邢育林站了起来，说："金丝甲。"

我说："我差点儿为它而死。"

邢育林说："你在嘲讽我！"

我说："兵行诡道，武者无法，胜者为王，何来嘲讽？"

邢育林说："不愧是杀手之冠！刚才那一掌完全可以要我的命，但你手下留情。"

我说："你的身手很快，我想邢心乱更了不起。"

邢育林说："你怕邢心乱为我报仇？"

我说："我不怕，但我不想杀你。"

邢育林说："为什么？"

我说："其实我想杀你，因为你杀了我的徒弟花芬、贾平。不过我很欣赏你，而且你父亲在天之灵还没有安息。"

邢育林捡起地上的长剑，套入那柄短剑，说："可惜我也杀人无数，记不起你的徒弟如何死在我的剑下，你不杀我，将来必定会后悔。"

我说："我会等着。你的武功已经不错，我相信你会精益求精的。"

"我会的，我一定会亲手杀了你！"

邢育林说罢，恭敬地向我一点头，挺直身子走了出去。

他的确是一个很有勇气的人。

他不像黑白豹，他有输得起的勇气，更有要赢的信心。

我想，将来的日子，江湖上一定会响彻邢育林的大名。

窗外，东边天上悬着一轮残月，黑云涌涌，分外显出一层险恶的光景。这时我听到一直坐在窗子上的赛虎欢欣地叫了三声。它一直是我最忠实的朋友。

邢育林既然不是雇杀手来杀我的人，谁又是真正的敌人呢？或许江湖就是一场无歇、无耻、无情的杀戮，你得时时刻刻跟无形的敌人作战。

14 满庭芳

> 繁华事散逐香尘，
> 流水无情草自春。
> 日暮东风怨啼鸟，
> 落花犹似坠楼人。

这首《金谷园》是唐朝诗人杜牧为西晋卫尉石崇的金谷园遗址而作的。

据说昔日的石崇曾用沉香屑铺在象牙床上，让他宠爱的姬妾在上面婀娜行走，没有足迹的便赏给珍珠。石崇虽是极尽奢侈，却是性情中人。他有一歌伎，名叫绿珠，美艳无比，善于吹笛。大将军孙秀向石崇要绿珠，石崇却一口拒绝了，孙秀一怒之下捏造罪名派兵收捕石崇。石崇正在楼上设宴，见兵士蜂拥而至，便对绿珠说："我今为尔得罪。"绿珠哭着说："当效死于君前。"便跳楼而死。石崇一门老少全部被杀。

高五朝的金谷山庄位于荒芜的金谷园遗址的附近，是无比豪华的园林。

坐在金谷山庄走廊的绿珠当然不是那个石崇的绿珠，而是高五朝旗下的歌伎。

绿珠拿着一支翡翠玉制成的笛子，凝视着前面的水池，一动也不动。

我知道绿珠一心爱着高五朝。

尽管高五朝比她大了二十岁，可惜落花有情流水无意，高五朝对她似乎并不热衷。

我一直怜惜绿珠的多才多艺和如水的温柔。我知道，金谷山庄的歌伎是很可怜很孤独的，她们不过是招待客人的尤物罢了。

此刻绿珠见了我，泪水汪汪在眼眶里闪着。午后的阳光照着她的杏脸。

"怎么啦？"

我盯着她，才发觉她脸上有几道伤痕，像是被剑划过的。

"谁干的？"我愤怒地说。

绿珠痛苦地摇了摇头。

"告诉武哥，我把他的头割下来。"

我握住刀柄。

绿珠抽泣起来，掩着脸。

"喂，辣辣，过来！"

辣辣也是这里的歌伎，见她走过来我急忙嚷。

"哎呀！武哥，你怎么这么久都不来，我好想你呀。"

辣辣不像绿珠温柔如水，她人如其名，艳而辣。

"喂，谁把绿珠搞成这模样？"我望着辣辣说。

"还有谁这么大胆，当然是……"辣辣顿住不说了。

"你说呀！"我嚷。

"还不是那小杂种！"辣辣脱口而出。

我说："高香君！"

辣辣点了点头说："你敢割下他的头吗？"

我怔住了。辣辣亲昵地偎过来，脸贴着我的胸膛说："武哥，我好想你，你也别抱不平了，谁叫我们命贱。"

我搂着她的纤腰说："高香君为什么这样干？"

"你问绿珠吧。哼，高五朝怎么会看得上咱们。绿珠，你别抱妄想了。"辣辣踮着脚尖吻了一下我的唇说，"他可不是武哥这样的人，怎么会惜香怜玉呢？"

我用手摸了一下辣辣的红唇说："高香君为什么对绿珠……"

辣辣叹了一口气说："绿珠想诱惑高五朝，高五朝大发雷霆，大骂了绿珠一顿，后来高香君这小杂种就抽出剑来……"

"你别说了，辣辣……"绿珠一下子停住了抽泣，大声说。

"我不说。谁叫我们命贱！武哥，我好想你。"辣辣颤动着身子说。

我推开了她说："我得见高五朝。辣辣，你也别对我抱妄想，当心我的刀劈了你。"

"我情愿死在你的刀下，也胜过锁在这不是人住的金谷山庄。来吧，武哥，劈了我。"

辣辣说着，又向我扑过来。

我又何尝不同情她们。

我推开了辣辣，说："当心高香君挑断你的舌头，别忘了白艳梅是为什么坐地牢的。"

白艳梅也是这里的歌伎，和一个杀手欲私奔，却被高香君捉住了，高香君挑断她的脚筋，将她关在不见天日的地牢里，令她求生不得求死不能。

辣辣说："我知道我比不上千金一笑的燕飞红，她也是女人，为什么你对她那么好？"

我说："你怎么知道燕飞红和我……"

辣辣说："整个金谷山庄的女人都羡慕她，能和武哥这样的多情种在一起。"

"我不是多情种，是杀人王。小心点儿，言多惹麻烦。"

我说罢，拍了拍绿珠的肩，说："别伤心了，总有一天，你会感动高五朝的。"

绿珠只是报以苦笑。

"总有一天？哼，只怕地狱相见。"辣辣说。

"你这么饶舌多嘴，迟早……"我却说不下去。

"最多不过给高香君那小杂种……"

辣辣突然顿住了，脸颤抖着，眼睛惊恐地望着我身后。

我扭头一看，高香君站在我的身后。

高香君的脸瘦削苍白，眼睛饿虎般瞪着，双颊颧骨高耸，下巴尖尖的；穿一袭白衣，外罩金绸子披风，一眼望去，他像一个翩翩美男子；仔细一瞧，他整个人像吃人的饿虎。

高香君按了按腰间那柄银蛇剑的剑柄，说："仇武，你来干什么？"

我睨视着他，说："高香君，为什么对绿珠……"

高香君打断了我的话说："你喜欢绿珠这小贱人，听说你很喜欢千金一笑的婊子燕飞红！哼，这是金谷山庄，不是姓仇的家！我爱怎样就怎样！你喜欢绿珠？哼哼，等一会儿，我就让她享受五马分尸的滋味。"

"高香君，你再敢动她一根头发，我立刻劈了你！"我愤怒地说。

高香君泛起一丝冷笑说："你想做护花英雄，哼，只怕你自身难保。臭混蛋，拔出你的刀，你以为我怕你？"

"你当然怕我！在我的眼中，你不过是一条狗。不，你不是一条狗，你连狗屁都不如，你不过是仗着高五朝的人势，才像一条狗罢了，可惜，你狗仗人势，却吓不倒我杀手之冠。"

我要激怒他，要他先动手。

高香君恼怒得额上青筋暴跳，"锵"的一下，拔出银蛇剑。

"叮"的一下，一颗"流星"闪现在高香君拔出一半的剑上。

高香君顿住了剑，望着放暗器的人。

那颗流星飞回了一个人的袖中。

放暗器的人和高五朝正立在走廊的另一端。

他长得高大挺拔，简直像一株巨木，发如短针，鹰鼻，左眼罩着一个黑眼罩，右眼炯炯有神，整个人显得孔武狰狞。

高五朝踱过来，说："你两个又想同室操戈！阿武，看在我的面子上，别跟香君计较。"

高香君说："我就不怕……"

高五朝打断了他的话说："金谷山庄的人应该不是兄弟胜兄弟，哪有兄弟相残的事？你划花绿珠的脸，我还没有惩罚你，还在这里胡言乱语。"

高五朝又说："阿武，我这次叫你来，是要你执行一桩大买卖，这位是星爷金放星。"

"星爷"金放星，武功诡异，江湖人都说："星爷一放星，神仙也没命。"

据说他是千手观音的同门师兄，师从"暗器王"金摘星。金摘星却是金何在同父异母的弟弟。

金放星为什么要投靠高五朝？

难道他想为千手观音报仇？

江湖上已流传杀手之冠杀死了千手观音。

这时金放星骄横地说："久闻仇武兄的大名，想不到杀手之冠会怜花惜玉……"

高五朝说："星爷是我们金谷山庄的人了。从现在起，大家是一家人，别说什么勾心斗角的话。"

金放星说："不知杀手之冠肯不肯当我是兄弟呢？"

我横了他一眼，说："我这个人从来就没有兄弟！"

金放星说："看来我高攀不起了。"

高香君说："星爷又何必跟鼠目寸光的人做兄弟呢！"

高五朝说："你们怎么啦，我叫你们精诚合作，不是相互斗气。仇武是狂傲，但你们俩别将他当成仇人。谁再说伤感情的话，我就杀了谁！"

高五朝依然面无表情。

星爷说："其实我一直仰慕仇武兄。"

高五朝说："你能明白就好。阿武，我这次要你和星爷一起刺杀金何在！"

我说："星爷，金何在可是你师父的哥哥，为什么要杀他？"

金放星说："他不仁，我不义。他杀死了我师父，我一定要为师父报仇！"

金何在杀死了金摘星？

我说："金何在为什么要杀金摘星？"

金放星说："我也不清楚，但我亲眼看见他毒杀我师父。高五朝都信任我，你又何必怀疑？"

我说："你来投靠高五朝，不过是借刀杀人吧？"

金放星说："不错，我是来借你杀手之冠的血刀杀金何在，我希望你不要令人失望。"

高五朝说："阿武，星爷既然有勇气刺杀金何在，你难道会怕了金何在？"

我说："听说金何在武功非凡，我也想见识一下。星爷，你出多少钱买金何在的命？"

金放星说："十万两黄金。"

我说："你又出钱又出人去杀金何在。可真是恨他入骨呀，要是成功我能得到多少雇金？"

高五朝说："按老规矩，干大买卖，都拿三分之一。这次，我给你三分之二。"

我说："钱财动人心呀，既然高老板有意，星爷赏脸，我岂能无心，我接了！"

金放星说："那祝我们合作愉快。"

这时，一直沉默的高香君说："我想杀手之冠一定不会失败的。"

我说："你想不想做这桩生意？"

高香君仰着头说："别以为只有你才干得了。"

我说："那我就让你干。"

高五朝说："阿武，别说笑了，香君怎能担得起这桩大买卖。"

金放星："武兄，你就别推辞了，我只相信你。"

高香君哼了一声不做声。

高五朝说："花如梦的事，你干得怎么样？"

我说："高老板，你见过黑白豹吗？你知道花如梦是黑白豹的妻子吗？"

高五朝说："我见过黑白豹，他是俞天白旗下的杀手。江湖传闻你杀了黑白豹，是不是？"

金放星说："昨天我还在赌场上见到黑白豹，他还杀了金何在旗下的石三朗。"

我不禁一怔，黑白豹不是前几天早上死了吗？

我说："星爷，你在昨天看见黑白豹，你没有记错？"

金放星说："我怎么会记错，当时我被金何在的人马追杀，逃入幸运楼。黑白豹在那里豪赌，不满石三朗嚣张的气焰，就和石三朗打起来。黑白豹脸如黑漆，从眉心到鼻梁上有一条很大的剑痕，我怎么会认错？昨天，高香君也在幸运楼，对不对？"

高香君说："不错，那确实是黑白豹，他武功还可以。仇武，难道你杀的不是黑白豹？是不是你昨晚杀花如梦时，黑白豹的鬼魂出现了，呵呵呵……"

黑白豹会死而复活？难道被杀的黑白豹不是真正的黑白豹？

我突然觉得自己如坠云雾中。

高五朝说："花如梦的事，你弄得怎样？"

我说："她已经死了！"

高香君不屑地说："听说你杀了邢育林？"

我不禁一怔，说："谁说的？"

高香君说："是我的线人，你也认识，洛阳捕快流星剑石羽！"

邢育林也死了！想到他那不屈不挠的勇气，我禁不住感到一丝惋惜。

高五朝说："你杀了邢育林，可要小心邢心乱的复仇之剑，听说他的武功鬼神莫测。"

高香君仰着尖尖的下巴说："仇武武功盖世，区区一个邢心乱又何足挂齿！"

金放星说："邢心乱是锦衣卫的大总管。仇武兄为何要杀掉邢育林？"

我说："我没杀他。你们放心，邢心乱要想复仇，叫他找我一个人好了！对了，杀金何在的事，你们计划好了没有？"

高五朝说："你真的没杀邢育林？阿武，你放心，邢心乱要是敢动你一根毫毛，金谷山庄绝不会放过他！杀金何在的事，暂时搁下来吧，邢心乱毕竟是惹不起的人物！星爷你看怎样？"

金放星说："听说邢心乱是心胸狭窄睚眦必报的人物，既然仇武兄……"

我打断了星爷的话，说："你们放心，我不会有事的！杀金何在，还是提上来吧！"

高香君努着嘴说："仇武，你可要三思而行呀！"

高五朝说："江湖越来越扑朔迷离了，洛阳城黑云压城，铁面御史吴过全力打击杀手组织，锦衣卫大总管邢心乱又来洛阳，莫非有人故意制造事端，挑起江湖仇杀？"

金放星说："难道你说现在不适宜杀金何在？"

高五朝说："如果我们帮派之间相互仇杀，正应了官府的心意，少了一股帮派势力，吴过和邢心乱就更易对付我们，所以现在还不是杀金何在的时候！"

高香君说："你不要忘了，金何在也可能和吴过、邢心乱合作，共同对付我们金谷山庄。"

高五朝说："这就是我担心的，据线报，金何在可能会这么干！因此，我想杀金何在。"

我说："现在洛阳城里三大帮派势力，金谷山庄最强盛，金何在和俞天白可能趁这机会灭掉我们。"

金放星说："难道邢心乱来洛阳是为了帮助吴过打击我们帮派势力？"

高五朝说："暂时情况不明，如果邢心乱是来对付吴过，我高五朝就高枕无忧了。"

我说："邢心乱会对付吴过？你不是说笑吧！"

高五朝说："世事难测，我们按兵不动，静观其变，杀金何在，暂时搁下来，但一有机会，绝不错过。星爷，你要忍着仇恨，阿武你要小心，别让人刺杀了。"

我笑着说："但愿我能被人刺杀！"

金放星沉默不语。

高香君说："可惜金何在还能活下去。"

我说："如果你不想金何在活下去，可以自己一个人去杀金何在……高老板，我先去一趟幸运楼！"

高香君哼了一下说："别以为你很了不起！"

高五朝说："富贵险中求，发财须忍耐，阿武，忍着吧。"

15 破阵子

黑白豹会死而复活?

邢育林居然被我杀死?

黑白豹已经死了,那么假扮他的人是怀着不可告人的阴谋,也许他就是想杀我的人,也许是那个用短剑的蒙面人?

走出金谷山庄,我来到幸运楼。

幸运楼是洛阳城最大的赌坊,主人大赌后寂寞玫瑰和我友好,我已好久没去她那里了。

我是个好赌之徒,因为滥赌,曾被赌徒们封了个绰号"大赌龙"。

幸运楼的主人寂寞玫瑰并不像玫瑰,她脑满肠肥,身体胖得臃肿,笨拙不堪的化妆和华贵豪绰的衣饰相映成趣,使她显得俗不可耐。她常常咧开大嘴说她是与爱情最无缘分的女人,她渴望轰轰烈烈的爱、轰轰烈烈的死。

死去的零点曾经对我说:"爱情应该与美丑没有关系,它与天真有关系,你越天真,你的爱情可能越美丽。"

寂寞玫瑰是不是有一颗天真的心呢?

事实上寂寞玫瑰并不缺少男人,因为她有钱,身边的往往是高大威猛的悍男或者英俊潇洒的小生。

她曾经不止一次说出价一万两银子要我伴她一宵,我都拒绝了,我不是讨厌她的长相,而是讨厌为钱和她上床,也许我这个杀手还有一点自尊吧。

寂寞玫瑰已经三十岁了,她会有怎样的情怀?

见到寂寞玫瑰,我禁不住大吃一惊。

因为她完全变了！

她不是变得漂亮，而是变得朴实了。

寂寞玫瑰没有浓妆艳抹，衣着居然土里土气，脸没有施上一点脂粉，整个人显得温顺柔和，没有丝毫暴戾之气。

"大赌龙，你好久没来幸运楼，还欠我三万三千两银子的赌债呢。喂，瞪着我干什么？不认得我了，我是不是很美？"

寂寞玫瑰笑容可掬地对我说。

"你是寂寞玫瑰吗？"

我故意瞪大眼睛看着她，耸着双肩说。

"嘿嘿，我知道我变了，变得肥鸟依人？"

"肥鸟依人？"

我还是瞪着她。

"因为我有了好男人！"

寂寞玫瑰双手放在硕然的胸前，动情地说。

"恭喜你了，是哪位好男人，令你肥鸟依人呢？"

我故意板着脸说。

"他是我眼中最出色的男子汉。林一木，快过来！"

寂寞玫瑰嚷了起来。

林一木是一个跛脚的汉子，和我年纪相差无几，头大如斗，身子结实如铁。

林一木的脸很坚毅，像他这样的人，从小一定承受过不少屈辱。他并没有自卑，相反显得坚强。他整个人确实富有男儿气概，尽管他是跛腿的。

林一木亲昵地和寂寞玫瑰笑了一笑，然后望着我说："你是大赌龙，我听过楼下的赌徒提起你。你，你是杀手之冠！"

知道我是杀手之冠的人并不多。正如江湖人所说："杀手是神秘的魔鬼。"的确，每一个杀手都会蒙上神秘的面纱，活在旁人不知道的阴影里。

我说："你怎么知道我是杀手之冠？"

林一木说："有人曾要我去杀你，他画了你的画像，你一走进幸运楼我就觉得你像画中人。"

"你是名震江湖的杀手之冠？"寂寞玫瑰瞪着眼睛。

"不错。"我说，"林一木你也是杀手？魔杀林一木？"

"是的，以前我是跟俞天白的，但现在已经上岸了。我想和寂寞玫瑰结婚，过些平淡的日子。"林一木沉着地说，"那人找我时，出二万两银子买你的命，可惜我没心情杀人了。"

我说："是什么人？"

林一木说："一个女人，独眼，身材高大，蒙着脸，声音很粗鲁。我怀疑她是易容的。"

我说："既然你没接下生意，为什么她会给你看我的画像？"

"因为我的兄弟接下，叫黑白豹。"林一木说，"他只拿了二十两银子，因为他只需要二十两银子买流霞来喝……"

我说："为什么要告诉我？"

"因为黑白豹不是你的对手，我不想让他送死。他毕竟是我同生共死的好兄弟。我并不是轻视他的武功，而是他的心情确实不适合去杀你，他之所以接上这桩生意，是因为……"

林一木顿住不说了。

"因为他与妻子闹别扭？"

我掠过花如梦与她儿子临死之前的情景，他们像一对情侣，而不像母子俩。

林一木瞪大眼睛，说："你怎么知道？"

我说："你认识黑白豹的妻子？"

"当然认识，她叫魔鞭。每一个人应该有他的隐私，我不知道他与妻子发生了什么，但他确实为妻子而酗酒，每天至少要喝上三十瓶流霞。"

"三十瓶流霞，确实不少，他现在怎么样？"

"他昨天还在这里大赌一场，我以为他真的死在了你的刀下。"

"你确认昨天那个人是黑白豹？"

"你为什么这样问？"

"因为前几天早上，有一个叫黑白豹的人拿着一柄黑剑来杀我，我亲眼看见他死了。"

这时寂寞玫瑰说："不可能！昨天他还恭喜我呢。他说他想去西域！"

林一木急促地说："杀你的人鼻音很重，从眉心到鼻端有一条血红的剑痕，脸很黑，剑是黑的，人是穿白色衣服？"

我说："不错，他的剑法十分厉害，我并没有杀掉黑白豹，当时我点住他的穴道，他被人从后面用强弩射了一柄青锋剑，剑柄刻着'俞天白'三个字。"

林一木说："俞天白怎么会杀黑白豹呢？"

我说："我这次来这里，就是想查清昨天那个黑白豹在这里干什么。"

林一木说："黑白豹在这里赌钱，还跟我们说了一阵笑话，却没有喝酒，对了，还杀了金何在旗下的石三朗。后来他又说想去西域。他真的是黑白豹呀，我不会认错。"

"但是你当时没有想到有人会假扮黑白豹，你看我的声音像不像黑白豹的声音？"我装着黑白豹声音说："其实易容的高手都能做到这一点，化装成另一个人并不成问题。"

林一木说："你认为那个假扮黑白豹的人昨天出现在幸运楼，目的何在？"

我盯着林一木说："也许那个人想杀俞天白，要接近俞天白，就必须让俞天白相信他是黑白豹，而你是黑白豹最好的兄弟，如果连你林一木都不怀疑他是黑白豹，那么俞天白更不会怀疑了。"

"俞天白……"

林一木突然凌空弹起，一腿踢向身后的窗户，那扇紧闭的窗户砰然碎裂。

木屑纷飞，一个人穿窗而入，竟是金放星。

林一木喝道："金放星，你来干什么？"

金放星哈哈一笑，瞪着独眼说："林一木，你知道俞天白已经死了吗？"

林一木不禁一怔，说："杀他的人是你？"

我感到金放星充满了杀气。

金放星说："不是，是金何在。"

林一木说："在幸运楼假扮黑白豹的人是金何在？"

金放星说："不是他，也不是我。而是一个比魔鬼更可怕的人！杀黑白豹的就是这个人。"

林一木说："到底是谁？"

金放星说："你没有必要知道，因为你快要死掉了。哼，还是到阴间问一下黑白豹吧。"

"我听说你金放星狂妄自大，一直想称霸江湖。"林一木说，"你知道我已退出江湖，脱离俞天白帮会了。"

金放星说："我知道，不过高五朝命令我杀你，我不得不执行！"

"你什么时候投靠了高五朝？"林一木说，"金何在对你不薄，你不是说过要誓死追随金何在吗？！"

金放星说："少说废话！仇武，我们一齐杀了他们！"

寂寞玫瑰说："大赌龙，你来杀我？刚才你说什么假的黑白豹全是废话，原来你是想出其不意杀林一木和我。"

我说："寂寞玫瑰，你误会了！"

"仇武，杀了他们。何必跟他们啰嗦！"

金放星手中掣出一个流星锤，扑向林一木。

金黄的流星锤小巧玲珑，化作一道迅急的流星，凌厉无比。

林一木右腿一扫，踢出一张檀木桌，人蹿了上来。

流星锤闪过檀木桌，奔向林一木的头部。

林一木拧身一折，手中掣出腰刀。

刀是弯刀，好像一轮黄莹莹的弯月。

弯刀卷着锐不可当的劲风，劈向金放星的左腰胁。

金放星拔身一跳，凌空一抖流星锤。

流星锤突然射出两颗更小的流星锤，一左一右击向林一木头部。

林一木疾退，已是迟了。

砰砰！两个小锤打在两柄剑上。

剑是寂寞玫瑰的，她飞身扑救林一木。

金放星一抖锁链，两颗小小的流星锤又没入流星锤当中。

"仇武，还不帮手！"

金放星凌空喊着，流星锤划着诡异的光圈，激荡如潮地涌向寂寞玫瑰和林一木。

寂寞玫瑰和林一木被逼得连连后退。

"住手！"

我拔出血刀，一刀劈向金放星的后背。

金放星像早有防备，猛地一闪，说："仇武，难道你想背叛高五朝？"

我说："林一木已退出江湖，何必杀他！"

金放星说："我只听命于高五朝！"

"仇武，多谢你的好意。"

林一木说罢，整个人旋转如轮，但见刀光人影混为一体，冲向金放星头部。

寂寞玫瑰双剑如电，飞刺向金放星下腹。

金放星身子一沉，流星锤奔向旋转如轮的林一木。流星锤不只气势逼人，还射出一网蓝芒。

同时，数道蓝芒从金放星左手中射向寂寞玫瑰，有的曲射，有的折射，有的直射，无形中织就"必杀"之网。

寂寞玫瑰眼见就毙命于"必杀"之网！

我纵过去，凌空挥刀，那张"蓝网"黯然而灭。

金放星说："仇武，你真的吃里爬外？"

我说："俞天白既然已经死了，又何必杀他们！"

"赶尽杀绝！"

金放星说罢，流星锤呼地击向寂寞玫瑰。

他袖中飞出数道蓝芒，射向林一木。

他想先杀寂寞玫瑰？

林一木将弯刀一晃，那几道蓝芒居然射向金放星。

金放星大吃一惊，收锤闪避，但已迟了，几道蓝芒射入他的左腿，身子禁不住趔趄一下。

林一木飞身劈刀，刀如闪电，又快又凶。

金放星的头颅眼见不保。

我飞身一扑，抢在金放星的前面，一刀挡住了林一木凌厉的飞杀！

然而，我大惊！

只觉脑后生风，我忙将刀往后一撩，身子向旁飞掠。

嘭！我身子禁不住一震，向前飞跌在地。

幸亏我闪得快，否则这一锤不是击在我的刀上，而是击在我的后脑上，岂不是一命呜呼？

数十道蓝芒袭向跌在地上的我。

又见杀手 296

金放星独眼怒睁，欲杀我而后快。

我连忙出刀挥挡。

蓝芒纷纷坠下。

金放星露出诡笑。

"为什么要杀我？"

我左手捂着胸脯，痛苦地说。

金放星得意洋洋地说："你有没有听人说过'要杀五朝，先除仇武'，只要杀了你仇武，我对付高五朝就容易多了。"

我说："你投靠高五朝是假的！"

"我的目的是诱惑你去杀金何在，到时候我们再设计杀你。金何在是我的亲生父亲，我怎么会背叛他！"

林一木说："你是金何在的私生儿子？"

金放星说："不错。他杀死了暗器王，也是为了我！"

我说："原来金何在和暗器王金摘星的老婆私通，才生下你这么一个杂种！"

"可惜你仇武会死在我的手上。你中了我的剧毒暗器，只要一使劲，就全身剧痛，毒气攻心，不到半个时辰，你就会化作一摊臭水。"金放星说，"我最厉害的暗器杀招还没有使出呢，仇武，你等着死吧！不要用内劲支撑了！"

寂寞玫瑰满脸泛着蓝紫色，显然毒气攻心了。

林一木虽然没中暗器，也脸露焦急之色，说："快把解药拿出来！"

"除非你从我怀里拿出来。可惜你林一木不是我的对手！"金放星得意忘形地说，"我怕的是仇武，刚才不过故意让你。"

"你太聪明了！"

我猛地扑了出去，一刀幻出。

血光一幻，仿佛幻出一池春梦。

金放星睁大眼睛，嘴巴嚅动一下，却来不及挤出一个字。

血飞溅。

我的刀锋从他的咽喉穿过。

"我根本就没有中你的暗器，我在诈你！你无法使出最厉害的暗器。"

我从他的怀中掏出解药，抛给寂寞玫瑰。

我抽出血刀，金放星的尸体砰地倒了下去，那只独眼还瞪着。

"你这个独眼鬼！"

吃了解药的寂寞玫瑰走过来，朝金放星的头狠劲一踢。

金放星那只戴着眼罩的右眼呼地射出几道蓝芒，寂寞玫瑰连忙一闪，幸好那几道蓝芒是借寂寞玫瑰脚力弹出的，并不凶猛。

好阴险的金放星，如果让他使出这一招，真是出其不意，杀人无形。

"不愧是杀手之冠，刚才那一刀我无法看得清楚。"林一木走过来，说："我曾经妒忌你，你仇武居然比我魔杀的声名还响，现在想来真傻。"

我说："其实你也不错，金放星说没有假扮黑白豹，那是谁呢？"

林一木说："会不会是金何在？"

"很可能。"我说，"俞天白真的死在金何在的手上？"

林一木说："俞天白早就患了不治之症，身体日趋衰弱，杀他并不困难！其实我对他没有好感。"

"我对高五朝也没有好感。"我说，"你退出江湖，有什么打算？"

林一木说："我想和寂寞玫瑰一起回乡下。"

寂寞玫瑰说："仇武，谢谢你救我一命。你欠我的三万三千两银子，不用你还了，就算给我们的婚礼贺金吧。我知道以后的日子需要我和林一木好好努力，但我们会尽力地面对。对不对，林一木？"

林一木紧搂着寂寞玫瑰的肩，沉沉地点了点头。

我感到一阵激动，很羡慕他们。

我的脑子里掠过燕飞红的面孔，如果我与她选择回乡下，又会如何呢？

人生不过是选择，我还要厮混下去吗？

想到现在被人追杀，我又黯然了。我还有选择吗？

难道想杀我的人是金何在？

16 御街行

我和林一木并肩走在洛阳的启明南路上。

午后的阳光并不耀眼，但天是蔚蓝色的，白云如絮浮着。在春雨泛滥的季节，一个晴朗天是多么难得。

林一木凝望着前方说："你为寂寞玫瑰和我的事感到奇怪吧？"

"不，我一点儿也不奇怪，我曾经有这样的冲动。一个过惯了饮血生涯的人总想拥有温馨的家庭生活。不客气地说，寂寞玫瑰外表很丑，可是她的心不丑，她很会体谅人，是温柔的水，这一点就够了。因为她和你一样，都是孤独的江湖人。孤独的心碰在一起，就有美丽的火花。"

"看来你很会说话。你现在不像杀手。"

"我以前有几个同道中的朋友才真正不像杀手，他们吟诗、作词、弹琴……也许我和他们相处多了，近朱者赤，连我也有诗意了，想不到我今天说个不停，哈哈哈……"

我的脑子里浮现出零点、林静、阿狗的面孔。

"选择当杀手的人都是疯子，仇武你相信这句话吗？"

"我相信，因为我就是一个疯子。不知是不是无药可救的疯子呢？我倒希望能有灵药妙方来解救我，林一木你好像有了，你有了寂寞玫瑰这妙药呀。"

"哈哈哈……仇武，真想和你大醉一场，可惜我戒了酒。"

"你戒了酒？"

"喝酒伤身误事，我和寂寞玫瑰都打赌，以后不再酗酒。以前我和她是比拼酗酒，现在比拼戒酒！我以前最喜欢喝流霞！"

"看来我也应该戒酒了……林一木，你很坚毅！"

"都是环境逼出来的，像我这样的人，不坚毅不行！"

"是啊，要活着，不坚毅不行。"我说，"为自己心爱的人戒酒，值得！"

"你呢，有没有心上人？"林一木说。

"我不知道，何况我现在也不想连累她。"

"这么说是有了，仇武，她是个怎样的女人？"

"她是一个歌伎，很美很纯真，你笑了，是不是可笑，歌伎也会纯真？"

我看到林一木的嘴角绽开一丝笑容。

"不，我不是笑你，我是开心地笑，因为你的话令我想起我母亲。我母亲是一个妓女，她很美很纯真。纯真的是一颗心，虽然她是一个人尽可夫的妓女。"

林一木望着远方，双眼闪闪发亮，说：

"你知道我是怎么生下来的吗？我母亲被五个混蛋轮奸后怀上了我，我一生下来就是跛脚，母亲为了养活我才去当了妓女。"

小时候我很喜欢读书，特别喜欢看司马迁的《史记》，我想长大后当一个有名的史学家，可当我再懂事一点儿，我就想为我母亲做一点事。因为我想，只要能使她过得快乐一点儿，只要她不再强颜欢笑暗自悲伤，我情愿去死。

从十一岁起，我就想去赚钱养活她，我不想让她再辛苦。那年我瞒着她去当杀手，原以为有了钱可以使她快乐幸福，可我错了，大错特错啊！母亲要的不是儿子的钱，而是她儿子能脚踏实地堂堂正正做一个人。但我已陷得太深了，我辜负了她……"

"其实你应该感到幸福，你有一个好母亲。"

我右手不由搭上他的肩头，说：

"林一木，谢谢你，你把我当兄弟看。"

"也许我们一见如故吧，仇武，你在幸运楼里为什么要救我呢？"

"你刚才不是说我们一见如故吗？因为我从你身上看到了自己的影子，寂寞玫瑰会成为一个好母亲好妻子的，林一木，你要珍惜呀。"

"仇武，你那个心爱的女人，也要好好珍惜。记得第一次和寂寞玫瑰相遇，她好俗气好令我厌恶，可我太郁闷了，于是我和她斗酒，没想到她向我倾吐她的心事，原来外表粗丑的她居然……"

"就像你母亲那样，有纯真的一颗心，对不对？"

"想不到我们这两个杀人不眨眼的杀手，却在一起谈论感情……"林一木举头望着天空，发出一阵豪爽的笑声。

我也发出一阵豪爽的笑声。

一群群少年游荡在启明南路上，他们当中有贫穷孩子，也有富家子弟，厮混在一起，拉帮结派，自称"鹰派"、"暴剑一族"、"虎门"等等，扬言要掀起江湖新浪潮；他们经常比拼刀剑，玩死亡游戏，到处惹是生非，发泄内心的空虚和不满。

"我就是在这里长大的，他们很像年轻时的我。"

林一木说着，长叹一声。

"我初到洛阳时，也喜欢在这里厮混，那时我对江湖的成名人物非常向往。我和两个徒弟在这里相识，可惜他们没有成名就死了。"

我感慨地说，脑子里掠过贾平与花芬的面孔，他们年少气盛的狂妄，都已成为如烟的追忆。

这时，我见到四个少年向我俩走过来。其中一个说："他奶奶的，终有一天，我会比杀手之冠还出名。"

另一个少年说："杀手之冠算什么，新来洛阳的铁面御史吴过才够斤两，他的旋风之剑出神人化，连当今皇上都很赏识他。"

又一个少年说："他们算什么，总有一天，我用刀杀了他们，我的大名一定响遍江湖，你们等着瞧吧。"

没有人怀疑名与利的威力，追名逐利似乎是人必走的一条路。

"若没有名与利，我一文不值。"

高五朝曾经这样对我说，他认为活着就是追名逐利，不顾一切地成为大人物。

为了成名，我刻苦地磨砺自己，苦练武功，不择手段去杀那些成名的武林中人。

从十三岁出道至今，我杀了多少人？我计算不清。

二十岁，仇武的名字终于响彻江湖，被人称为杀手之冠。

成名给我带来了什么？

是旁人的企慕、愤怒、嫉妒、怨恨？

是自己的满足、疲乏、惶惑、痛苦？

我无法说清楚。

"喂，两条狗，拔出你们的刀，咱们玩一下，我一个人斗你们两个。"

突然间，一个身材高大的少年扑了过来，用刀指向我和林一木。

其余一帮帮少年立刻围拢过来，有的还骑着高头大马蹿过来，大声嚷着。

"不拔刀，就不是男人！"

"力哥对这两个混蛋，六比四，怎么样？"

"喂，两条好汉拔出兵器来，杀了大头力！我买你们。五十两！我的全部家当呀！"

"妈的，怎么不买大头力，这两个混蛋像毛虫！我买大头力，二十两。"

"杀了他们，大头力，我买你五十两！"

"我买大头力，五两！"

……

人吼马嘶，此起彼伏，震耳欲聋。

我感到一股莫名的悲哀，全身几乎变得僵硬。

我想林一木也是这样。

我俩怔怔地立着。

阳光暖暖地照着，围拢着我们的少年激荡如潮。

"扯呼，吴过来了！"

一个声音骤然飞起来，那些少年纷纷鸟散兽窜。

一群官兵骑马而来。

领头的是一个白衣白脸、玉树临风的剑客，长相居然很像我，几乎和我一样年轻。

他就是铁面御史吴过。

吴过盯着我。

我想不到吴过会突然出现。

"我找你很久了，杀手之冠仇武！"

吴过按剑说。

"你想捉我？"

我昂首挺胸地说。

林一木沉默无语。

"你既然是江湖上头号的杀手，就应该受到惩罚！"

吴过刚毅的脸充满自信。

"我已被通缉好久了，也想品尝一下被官差捉拿的滋味。"

我望着那些远远躲在角落里的少年们，他们探头探脑的神情与刚才那狂妄不羁的神态完全相反，令我感到啼笑皆非。

吴过一扬剑眉，凛然说："你认为我没有能力拿下你吗？"

我凝神望着吴过，说："我相信你有，我很欣赏你，所以希望你能拿下我。听说这些日子，你不只捉了很多巨盗悍匪，还捉了一批贪赃枉法的豪强污吏。"

"仇武，放下屠刀，立地成佛。"

"你看我像一个佛吗？"

"事在人为，一朝为寇并不等于终身为寇。仇武，你洗心革面，痛改前非，仍有一线生机。"

吴过的眼睛溢起满腔正气，我已很久没有看到像他这样充满正气的男子汉了。

"我又怎么洗心革面，痛改前非呢，吴大人？"

"只要你肯重新做人，我可以让你加入我们的官差中去，为民请命，伸张正义。"

"你想招安我吗？吴大人，你相信你可以做到为民请命、伸张正义吗？"

"为什么不可以做得到？皇上赐我尚方宝剑，就是令我理尽人间不平事，让老百姓过快乐安稳的日子。"

"吴大人你似乎很忠于皇上？"

"忠于皇上是我一生的信念，伸张正义是我一生的抱负。仇武，我看你并不是一个良知泯灭的人，为什么不肯做一个堂堂正正的男子汉？"吴过下了马，朗声说，"难道你一定要过那些满身血债藏头露尾的日子吗？"

"朱元璋杀掉了一批批的开国功臣，又是什么良知？又是什么伸张正义？锦衣卫横行霸道，你又敢动他们的一根头发吗？"

这时，一个声音响了起来，一个蒙面人掠过来。

他身材高大，戴着一顶范阳斗笠，有一双犀利的眼睛，整个人显得精明干练。

他是谁呢？

吴过盯着蒙面人，说："当今皇上是驱鞑子、一统神州、救万民于水火的大英雄。乱臣贼子人人得而诛之，我们这些为臣子为侠士的岂能一叶障目，对正义失去信心？那试问天下还成天下，人间还有正道吗？"

蒙面人沉吟了一下，说："朱元璋疑心重重，多少忠臣被满门抄斩，多少义士血溅街头，试问吴大人就这样一叶障目？"

吴过朗声说："为了一个安稳的天下，总要有一些人作出牺牲，付出代价，何况乱臣贼子人人得而诛之，现在的老百姓不也是丰衣足食，不再受异族鞑子的欺凌。"

蒙面人说："官有官道，贼有贼道。做官的可以乱点灯火，做贼的也有放火的理由，你我官贼势不两立，你忠于你的皇上，我们忠于我们的江湖道义。吴过，你在洛阳城确实秉公办案，我佩服得五体投地。不过，小心你也会被人参上一本谗言，朱元璋派锦衣卫对你杀无赦！"

吴过说："你是谁？"

蒙面人说："相逢何必曾相识，你我山水有相逢，实话告诉你，皇上已派锦衣卫来这里了，要撤掉你的尚方宝剑，拿你入狱审问，看来，你是死罪难逃。"

"我吴过一生光明磊落，何罪之有？皇上会查个水落石出。"

蒙面人说："自古至今，莫须有的罪名层出不穷，只怕到时候你百口难辩，更何况小人们众口铄金，朱元璋疑心重重，牺牲你一个小小的吴过，又何足挂齿，正所谓宁可杀错一万，不可放过一个。你知道吗，当朝十多个富有权势的文武官员联合参了你一本，说你草菅人命，滥杀无辜，贪赃枉法，更重要的一条是勾结乱党，图谋造反，哼哼，谁叫你不会做人做官呢！"

吴过说："你到底是谁？"

蒙面人说："我是谁你又何必多问，我劝你还是远走高飞，否则死路一条。"

"哼，我吴过岂是贪生怕死之徒，皇上英明神武，一定还我清白。"

这时我说:"吴大人,你还想捉我吗?"

吴过昂首挺胸地说:"为什么不捉!吴某一日职责所在,一日不放弃心中的信念。仇武,拔出你的刀!"

"愚忠可杀人啊!"蒙面人仰天一叹,说,"仇武虽是杀人如麻的杀手,但我知道他有三不杀:一不杀清官,二不杀善良之辈,三不杀老少无力之人。"

这蒙面人为什么要这样说呢?

事实上我没有蒙面人说的这么完美,曾几何时,我为了扬名为了金钱,什么生意都接,什么人都刀下无情。

此刻我听了这话,不由感到自惭形秽。

吴过望着蒙面人说:"既然是贼,我这做官的就要捉,你到底是什么人,也是贼?"

蒙面人说:"你真的要拿下仇武?"

吴过正气凛然地说:"不错!"

蒙面人说:"我劝你还是远走高飞,皇上真的……"

吴过打断了他的话:"废话!"

"你知道不知道,仇武可是你同母异父的亲弟弟!"蒙面人一语惊人。

"你说什么?"吴过怔了一下。

蒙面人是不是信口雌黄?然而,吴过和我长得很相像。

吴过怔了下,说:"哼,就算他真是我的亲弟弟,既然他是贼,我就要拿下来,以正国法!"

"好一个大义灭亲。国法?哈哈哈……"

蒙面人仰天大笑,又说:"吴过,你果然执迷不悟。可惜,可惜呀!"

吴过说:"像你们这些目无王法、横行无忌的人,居然还自以为是,说什么江湖道义,简直一派胡言。蒙面人,如果你是贼,我也会将你拿下!"

"凭仇武和我的武功，你区区一个吴过岂是我们的对手！你背后的那班官差，都是饭桶。"

蒙面人说罢，双手一扬，飒飒掌风，旁边一株碗口般的树齐腰而断。

"你的功力确实不凡，但我还是说，你还不配！"

吴过说罢，一拔长剑，咪的一下，指向我，大义凛地说："仇武，是我动手，还是自己投诚？"

"邪不胜正，你杀了我吧。"我居然这样说。

"仇武，你三思呀。"一直沉默的林一木说。

"仇武你疯了。"蒙面人说，"你真以为他是你哥哥，刚才我不过是骗他罢了。"

吴过说："仇武你乖乖地跟我回衙门！"

蒙面人说："仇武，不能呀，以你的刀法完全可敌住他的旋风之剑，别自暴自弃，何况他自身难保，锦衣卫等一会儿就来拿他下狱。"

这时，五匹健马咴咴地急冲而至。

为首的是捕快"流星剑"石羽，其余的都是锦衣卫士，个个冷脸肃容。

石羽说："吴大人，皇上派的钦差大人已到，请你速去迎接。"

一个脸有刀疤的锦衣卫士说："吴大人，邢心乱总管亲自驾到，请速回接圣旨。"

吴过向天望了一眼，撤剑入鞘，又望了我一眼说："仇武，你好自为之，我不会放过你的。"

吴过说罢，翻身跨上自己那匹白马，一阵风驰去了。四个锦衣卫士紧驰其后，跟随吴过的那班官兵也骑马而去。

只有石羽停留原地，望着我。

"石捕快，好久不见了。"蒙面人说，"这次锦衣卫来到洛阳，恐怕吴大人性命难保！"

"你是谁？"石羽说，"吴大人为人刚正清廉……"

"那你想救他吗？"我望着蒙面人说。

蒙面人沉吟。

"石捕快，我希望你替我留意吴大人的消息，要是锦衣卫真的加害于他，你随时来找我。"我肃着脸说。

"仇武，你为什么肯帮吴大人？"石羽说。

"难道他不值得我们帮忙吗？"我说。

"吴过的确是条顶天立地的汉子，可惜，我不能帮他呀！"蒙面人说。

"阁下是什么人？"我逼视着蒙面人。

"你日后自会明白。"

蒙面人说罢，掠起身子，转眼间消失在长街的屋檐上。

"仇武，为什么不追他？"石羽说。

"此人对吴大人并没有恶意，何况你都看到他绝妙的轻功，我也未必能追得上他。"

林一木说："他到底是什么人？洛阳城还有这样的高手？"

我说："对了，石捕头，你曾对高香君说我杀了邢育林，是不是真的？"

石羽说："你没有杀邢育林？"

我说："我没有。"

石羽说："邢育林从京师来洛阳，找的第一个人便是我，我当然不肯将你的地址告诉他，我不想他死在你的血刀之下，他毕竟才十八岁。刑育林虽然从京师带来一批高手，但他一直住在我的家里，昨天晚上他却死在卧床上，床席上题着杀手之冠四个血字。"

林一木说："是谁杀了邢育林？难道是金何在？他想嫁祸于你，让邢心乱对付你！"

我问石羽："听说金何在杀死了他的哥哥金摘星，是不是？"

石羽说："不错！"

我说："邢育林的尸体还在你家吗？"

"邢心乱已弄走了。"

我说："邢心乱不是刚来到洛阳吗？"

"其实邢心乱来洛阳有三天了，他提早来这里，看来不只是对付吴过，还对付你仇武。"

我说："你怎么知道他来了三天？"

"因为我清晨发现邢育林尸体时，邢心乱突然出现在我身后，他对我说他已来洛阳城三天了。他详细看了邢育林的卧室，就带走他的尸体。他还说，遇到仇武，让我告诉你，邢心乱的剑等着你的刀。看来，他知道我是高五朝的线人。"

我知道锦衣卫总管邢心乱有深不可测的武功，他的剑"龙霸"就是朱元璋亲赐的。

邢心乱提早三天来洛阳，目的何在？

邢育林是谁杀的？

17 锦缠道

想杀我的人自然有许多，我并不忧心忡忡。

我却为吴过担心，这似乎显得不可思议。

和吴过面对的那一刻，我居然心甘情愿地让他擒拿，当时我为什么会有那种心态呢？

是吴过满腔正气打动了我，是我厌倦了饮血杀戮的杀手生涯，还是我当吴过是兄弟呢？

我和他做兄弟，我配吗？他是正气凛然的英雄！我不过是一个充满杀孽的无聊之徒！

我还是回乡下吧，还混在洛阳干什么？杀手之冠名扬江湖？这又脏又臭的名声是什么？我为什么追名逐利？我还是和燕飞红回乡下吧。她不是一直想和我过相夫教子的生活吗？她对我有情义，我为什么不满足她？为什么不让她快乐？我为什么不过正常人的日子呢？为什么还要如此沉沦颓废下去？

即使在白天，千金一笑也很热闹。

到处都有那么多醉生梦死的人。现实的无情与无奈，心灵上的孤寂，使许多人都沉溺于片刻的寻欢作乐当中。

流霞在江湖上流行，不也是反映了人心需要麻醉？借酒浇愁愁更愁，到青楼买笑买乐，岂不是一样吗？

没有出息的我，曾经那样沉醉白素心的肉体，尽管我没有和她发生肉体的关系。

美人迟暮是让人伤感的，她有没有想到在老态龙钟之前，找到一个可以相依的男人呢？

告别林一木和石羽，我蹿到白素心的客厅里。

院子里的桃花灿烂如锦，生机盎然。

"白大老板，你有没有想过和一个男人结婚生孩子？"

我听到自己阴郁的声音，没有以往的嬉皮笑脸。

白素心静静地立着，眼皮跳动了一下，她拿起酒樽，倒了一樽流霞。

我说："为什么不回答我？"

"你现在想和燕飞红回乡下，是不是？"她像看透了我的心思似的。

我说："你想不想？"

"我的家就在这里，我的根永远扎在这里。"她注视着我，眼神充满了坚定。

我说："永远不需要男人？"

"我的年龄足以当你的母亲……我一直把你当作我的儿子……"

"我想你误会了我的意思，以前我会对你抱着可笑的念头，但现在明白你不可能成为我的女人，我只是想知道，你真的一辈子不嫁人？"

"你应该珍惜燕飞红，她和你是天生的一对，好好爱她吧，人的一生没有多少个值得你爱的人，你应该去看燕飞红，而不是来看我。我听说有一个丧妻的商人想娶她，那商人为人忠厚，不计较燕飞红……我希望你和燕飞红能有情人终成眷属，不要事过境迁才悔恨一生。"

"谢谢你，我知道你一定有过痴爱的人，我该走了，以前对你嬉皮笑脸，希望你能原谅。"

"你能明白过来，我再开心不过了。"白素心绽开一丝笑容，说："邢心乱来了洛阳，你杀了邢育林，可要小心呀。"

我脱口而出："我没有杀邢育林，邢育林可能是被一直追杀我的人杀的。"

白素心一怔，说："莫非是那天的蒙面人？你担心那人会伤害燕飞红，所以迟迟不肯和她回乡下？"

"也许吧，不过最主要的是我一直没有成家立室的念头。"

"现在有了吗？"

"我……现在有人买杀手杀我，我知道他一定要置我于死地，才肯方休……"

"你怕连累燕飞红？"

"是的，我现在真想让她幸福快乐。"

"燕飞红为了你连命都不顾的，你应该知道。"

"我当然知道，但我不想让她为我而死，我欠她太多了。"

"也不能说谁欠谁的，爱本来就是彼此奉献，如果你能给她幸福快乐，她就是死了也心甘情愿。幸福快乐不过是一种感觉，能为所爱的人去死，她也会死得其所，让她跟着你吧，别再找借口了。"

"可我真的不想让她死，想杀我的人很厉害，连魔鞭和邪剑都害怕他而自杀，燕飞红要是跟着我，随时都会有危险。"

"你有这种心愿，燕飞红知道了，一定很开心。你终于明白什么叫爱情了。仇武，你长大了。"

"我长大了？白大老板，你认为我以前很傻吗？"

"每一个人都会在自己成长的路上不知不觉做一些傻事，没有人一生下来就是聪明的，我看着你成长，现在又看着你真的长大了，仇武，不管怎么样，我今天真的很开心呀。"

白素心的笑容就像桃花一样绽开，我看在眼里，心中盈满了暖意。

我真的长大了吗？

白素心这么能言善道地纵谈情爱，她一生中又经历过如何刻骨铭心的爱情呢？

难道她仅仅有一颗善感的心，却从来没有拥有过真情？

18 剑器近

午后的阳光灼热烫人，桃花开得红红火火。

我走在铺满大理石的走廊，向燕飞红的房间走去，我的心出奇地跳着。

"爱，是命里注定逃不脱的怜悯与感激。仇武，总有一天，你会激动起来。"

死去的零点说过的话又飘在耳边，此刻我体会到什么叫激动了。

我的心越跳越快了。

燕飞红在她的房间干什么？她在做美梦吗？

"我又在梦中见到了你，你这混蛋……"

我渴望听到她这样的声音。

在我要迈入燕飞红的房间时，我的心不由急促地下坠。

凌厉的杀气，从背后射来。

生死之间，我拔刀出鞘。

血光一幻，不容喘息的幻！

我的刀幻向如箭矢般向我射来的蒙面人。

蒙面人蓄势已久，无疑是竭尽全力地刺出这一剑。

雪亮的剑光飞入我的刀光中。

一声惨叫迸起来，蒙面人的惨叫。

我提刀而立，左手还捏着他的蒙面巾。

他清晰的面孔映在我的眼里——流星剑石羽！

石羽整个人呆立了，双眼已呆滞。

一柄剑穿过他的胸口，是从他背后刺进去的。

石羽的背后站着一个人，此人又高又胖，额头轩朗，眼睛杀气逼人，颔下一绺浓密的胡须，随风飘扬。

是"风火狂龙"金何在！

石羽为什么杀我？

金何在为什么救我？

金何在整个人就像一柄杀人的利剑，充满了杀气。

"你来杀我？"我说。

"我来杀你！我只有放星一个儿子……"

金何在艰涩地说，显然丧子之痛令他极为悲痛。

我沉着地说："你一直都想杀我，难道你真的以为杀了我，就可铲除高五朝吗？"

"要杀五朝，先除仇武。这是江湖人流行的话。可我错了，我不该让放星亲自去杀你。"

"你为什么不雇用杀手杀我呢？比如黑白豹、魔鞭……"我试探他们是否受雇于金何在来杀我的。

"我没有雇用杀手杀你，因为放星说想亲手杀了你，所以他拿了我从俞天白手中夺下的剑，去送给高五朝，假装投靠他，没想到高五朝居然相信他。"

金何在说得诚恳，不像说谎，而且现在来杀我，没有必要说谎。

"邢育林是你杀的吗？"

"邢心乱的干儿子，我没有杀他，他也不值得我出手。你知道石捕头为什么杀你吗？"

"我不知道。"

"因为我刚从石羽的嘴里知道，一直比我更想杀你的人是高香君。"

"你为什么杀了石羽？"

"因为我要亲手杀了你！"

以高香君的武功绝对不会令魔鞭花如梦畏惧而自杀。难道想杀我的人是高五朝?

我的脑海掠过这种想法。我知道我一直都不敢往这方面去想。

高五朝没有道理杀我——他和我父亲是结拜兄弟,我又是他旗下的得力杀手,而且为他卖命十年。石羽很可能听命于邢心乱而来杀我,不过是向金何在撒谎。

"仇武,你只能死在我的手上!"

金何在拔出箫,石羽的尸体砰地倒在地上,他的箫好奇怪,箫身像木棒一样粗圆,绿莹莹的。

一种奇怪的兵器,绿箫。

"但愿你不要让我失望!"

我挥刀蓄势。

"我会成全你!"

金何在一挥长箫,整个人像怒龙袭了过来。

他人箫合而为一,绽放出惊人的酷绿。

我旋了起来,刀幻如虹。

刀是血刀,赤红的"虹光"冲破了惊人的酷绿。

然而,酷绿中爆出八点火星,不是刀箫相击而出的火星,而是绿箫绽放出来的火星。

绿箫巧藏机关,竟然藏着"霹震火"。

八点火星激射而出,越幻越大,刹那间幻成八团火球,分八个方向裹向我。

我左手猛地划出八掌,掌风飒飒,劲气破空,八个火球便飞射向金何在。

我向金何在纵了过去,刀气纵横凌厉。

金何在凌空一折身子,冲天而起。八团火球从他脚下呼啸而过,嘭嘭嘭地炸在走廊的几条石柱上。

我劈出十八刀，刀刀落空。

很少有人能接得下我的一刀半式，何况十八刀。

我捕获到一种莫大的快感。

一霎间，金何在一翻绿箫，招式陡变，一支箫幻成了十三支箫，十三道森寒的杀气蹿向我十三处要害。

他抢攻了！现在，金何在纵了过来。

仇恨扩张他的杀气，甚至凝结了他的霸气，就像在黑色的江湖中，死亡早就成为剑客的宿命。

霸气就像从一头野兽的身体上汹涌而出，强大的杀气此刻淹没了我，一浪高过一浪，我感到身体仿佛和空气产生一种咻咻的摩擦声，俨然随时会燃烧起来。

我像一尾鱼跳跃其中。

我只能稳守反击。

刀箫一刹那交击，叮叮当当珠走玉盘似的骤响，闪起一蓬蓬火星。

火星闪逝，桃花在激扬，扩散出一圈圈流光溢彩的漪澜。

突然，一条人影如惊鸿般掠过来，手中剑刺向金何在。

来人是白素心。

金何在猝然遭袭，身形一缩，挥箫去挡白素心那一剑，这时他胸门大开，我的刀乘势劈了过去。

金何在身形一闪一滑一腾，凌空大喝一声，乌光电闪，暗器从他手里急射向白素心和我。

金何在那绺被我刀光削下的胡须，兀在空中飘浮。

我只能撤刀疾闪。

白素心也旋闪出去。

金何在闪电般地扑过来，点向我的脸门。

我探出左手，用石羽的尸体挡向他的箫，箫咻地刺过石羽的尸体。

我挥刀劈向金何在持箫的右手。

金何在飞出右脚，踢中我的右手。

我的刀险些被踢飞，但左手拍出一掌，拍在他的右脚跟上。

这时，白素心闪电般地刺向金何在。

金何在右手松箫，整个人斜纵而起，只可惜，他的速度呆滞一下，白素心的剑不可竭止地刺在他左小腿上。

血飞溅，金何在倒在走廊的地上。

"好身手！"

一个声音响了起来，高香君从燕飞红的房间窗户里掠了出来，满脸倨傲，睁着一双豹眼，手中提着动弹不得的燕飞红，她显然被点了穴道。

"你这混蛋！"

金何在骂向高香君，他的右腿上插着三根寒光闪闪的针，正是高香君的暗器"冷月之光"。

其实，高香君的冷月之光本来袭向我，谁知金何在腾空而起，替我挨了它们。

金何在的脸已涨成紫色，显然冷月之光淬了剧毒。

"仇武，我帮了你一个大忙，你怎么谢我！"

高香君右手按着腰间的银蛇剑，左手依然抓着燕飞红的头发。燕飞红瞪着愤怒的双眼。

"放了她，高香君！"

我用刀点着高香君说。

白素心突然持剑向高香君纵了过去。她刺的不是高香君，而是挡暗器。金何在作垂死前的一击，竭尽全力地射出一蓬银针。金何在毕竟中了毒，银针射出的速度和力度打了个折扣。

那蓬银针在白素心的剑下纷纷坠落。

金何在那双虎眼呆滞了，死不瞑目的呆滞。

高香君突然把燕飞红朝我一扔，同时拔剑向我刺过来。

我左手急探，将燕飞红拦腰抱住，挥刀劈向高香君。

高香君中途呼地旋了一个大弯，剑刺向一柄袭向他的弯刀。

弯刀如月，正是林一木的弯刀。

凌空袭向高香君的林一木接连劈出六刀，高香君被逼得连续后退。

"你凭这样的武功也来杀仇武，真是不知天高地厚！"

林一木说着，刀像骤风急雨般攻向高香君。

高香君咬牙切齿地挥剑反击。

刀剑相击，一时竟难分胜负。

我解开了怀中的燕飞红的穴道，望着她说："你没事吧？"

燕飞红说："武哥，我没事，高香君想乔扮成我，躺在床上去刺杀你，谁知你在外面和金何在打起来。他为什么要杀你？"

我说："他一直怨恨我，也许他怕高五朝器重我，冷落他。燕飞红，你真的没事？"

燕飞红绽开一丝笑容，说："我没事，我才不怕他的，只要你在我身边……"

这时白素心走过来，对我说："你想怎样对付高香君？高香君是一直想要你命的人吗？"

我说："我想他不是，他来杀我，不过是出于对我的嫉妒。想杀我的人一定是邢心乱，他怕邢育林死我的手上，才不惜花重金雇杀手来杀我。"

白素心说："可是杀死邢育林的人又是谁？"

我说："也许邢育林还没有死，石羽不过是在说谎，他可能已经投靠邢心乱，这次来杀我，也是邢心乱的命令！"

白素心说："石羽一向对高五朝忠心耿耿……想杀你的人会不会是高五朝？"

我说："高五朝为什么杀我呢，你没有听江湖人说'欲杀五朝，先除仇武'吗？高五朝怎能做自毁长城的事？"

燕飞红说："你仇武在高五朝眼中未必是他的长城。武哥，你还是小心高五朝那混蛋！"

我说："别乱说，你对他有偏见。"

白素心说："高香君武功平平，居然敢来杀你仇武，也太狂妄了！"

我说："其实他的武功也算一流，只可惜他一向目中无人……"

林一木忽然长啸一声，冲天而起，身形一展，人刀化成一团光芒，居高临下劈向高香君，这一招的攻势简直可夺高香君的性命。

这时，一条人影从一屋檐上掠了过来。

我不由一惊，那人居然是林静。

林静手中的金扇子锐不可当，呼呼呼地数下，将林一木逼得连退数步。

林静不是去了西域吗？

高香君似乎想不到林静会救他，呆立一旁。林静的武功变得异常厉害，林一木被他逼得毫无还手之功。

燕飞红说："这人不是林静，林静的右耳不是有颗红痣吗？"

一语惊醒了我，这个林静右耳没有红痣！

"素心老板，你护着燕飞红！"

我掠过去，出刀如风，劈向"林静"。

"林静"脚法出奇灵活，金扇子使得诡异飘忽，我和林一木一时占不了上风。

白素心娇叱一声，连人带剑，飞刺向"林静"。

"林静"一挥金扇子,骤然旋出一股金黄的漩涡,逼住我和林一木,同时踹出一脚,居然把白素心踹了个跟斗,他显然很熟悉白素心的剑法。

　　我劈出一刀,刀气如剪,剪开那股急旋的漩涡,长驱而入。

　　林一木凌空劈下,从侧面攻击"林静"。

　　"林静"嘴角牵出一丝残酷而嘲弄的笑意,似乎很瞧不起我们。

　　那一股漩涡忽而在碎散中,又拉长了,居然幻出七股漩涡,凌厉无比地罩向我和林一木。

　　这时,白素心鱼跃龙门地一剑刺向立着的高香君,她想"围魏救战"。

　　果然,"林静"闪电般一折身子,向白素心冲过去,金扇子幻出七股漩涡,罩向白素心。白素心不得不一退数丈。

　　林一木大吼一声,弯刀脱手而飞,袭向"林静"的后脑。

　　我飞蹿过去,刀砍向"林静"的后背。

　　"林静"一侧身,左脚弹出,踢飞林一木的弯刀,右手的金扇子回打我的血刀。

　　我身形一闪,闪过他的金扇子,刀撩向他的面门,他紧闪中,刀尖撩落了他脸上的人皮面具。

　　他年纪三十多岁,有一张宽大白皙的脸,额头轩朗,鼻子又高又直,两道眉很长,面颊和下巴丰腴,双眼很小。

　　"邢心乱!"

　　林一木一纵身,抓住他的弯刀。

　　他是邢心乱?

　　为什么拼命救高香君?

　　难道眼前这个高香君也是易容化装的?

　　"不错,我是邢心乱!我们走!"

　　邢心乱一手拉起高香君,像一只鹤一样冲上屋檐,速度之快令人肃然起敬。

"别追了！"

我喝住林一木。

林一木持刀说："为什么不追？"

我说："他既然要杀我，自然还会来！他是邢心乱？"

林一木说："他很像邢心乱！我来千金一笑就是为了告诉你，吴过被邢心乱囚禁了，没想到邢心乱会在这里伏击你。"

我说："吴过被囚禁了？"

林一木说："当时我想去救吴过，谁知被锦衣卫发现了，邢心乱还和我交了手，他武功确实厉害，我胸口也被他打了一掌，幸好他手下留情，还要我转告你，邢心乱的剑等着你的刀，还希望你今晚三更来劫狱。他还说明天早上押送吴过回京师。"

我说："难道刚才的邢心乱是有人易容扮演的？"

林一木说："我怀疑刚才的邢心乱是假的！那个高香君应该是真的吧？"

我说："高香君应该是真的。林一木，你想让我今晚去劫狱？"

林一木说："吴过是一条顶天立地的好汉，我林一木虽然没脸见他，但也佩服他为人正直清廉，我想和寂寞玫瑰今晚去劫狱，我知道我俩的武功不是邢心乱的对手，但如果你去……"

白素心说："仇武，我看你还是别去劫狱了，邢心乱武功高强，锦衣卫高手如云，你别多管闲事，带燕飞红回乡下去吧！"

燕飞红凝视着我，充满了期待。我多么想拥抱她，忘掉一切的杀戮和血腥。

白素心又说："我知道你是一个男子汉，你有权选择自己的路。不过，我还是说，吴过是官，你是贼，官贼势不两立，你没有必要救他，我希望你尽快和燕飞红离开洛阳。"

我见林一木目光如炬注视着我，不禁感到羞愧了，一下子不知如何是好。

林一木拍了拍我的肩头说："不管怎样，我都当你是我的好兄弟！我应该走了。如果你想去劫狱，到幸运楼找我。"

林一木说罢，双臂一展，掠上屋檐，转眼间消失了。

白素心望了一下院子里的桃花，说："仇武，不要那么固执了，桃花虽艳，但劫后则凄凉，你要谨记在我的客房里你说过的话。仇武，你看看燕飞红，还管什么闲事？"

"武哥……"

燕飞红像一个充满期待的淑女望着我。

"别对我抱有妄想了！"

我边嚷边蹿上屋檐，身后传来白素心的声音：

"仇武，你疯了……"

19 蝶恋花

如果说江湖的道路意味着把天堂变成地狱，那么一个杀手不过是地狱里一把毫无光华的刀。爱情是纯净的火焰，让你活在地狱中，心中仍有一盏无形的亮灯？我知道自己无法忘却燕飞红。如果我抛弃她是代表一种爱，那么，现在我仅仅是吞噬自己的刀锋。

我坐在房间里，望着暮色的天空。

江湖的天空似乎永远是暮色的。

什么时候我才能从江湖的恐惧、疯狂、阴谋、遗忘中抽身出来？

赛虎坐在我身边，舔着我的手，似乎抚慰我的孤单。

邢心乱一定是厉害的人物，我去劫狱必定凶多吉少！

今天下午那个邢心乱是真的吗？如果是真的——他的武功诡异精深、变化多端，功力也远胜于我，尽管凭我奇快凌厉的刀法，可跟他拼一拼，但取胜的机会还是少。

想杀我的人是高香君还是邢心乱？

我有点恼悔自己为什么不去金谷山庄找高五朝帮助。

高五朝能帮助我吗？

我一向认为自己的事只能由自己解决，何况我淡薄生死。现在我苦恼我与燕飞红的情爱。

可是，吴过的生死，给我带来一种从未有过的颤抖，这颤抖使我充满激动，我愿意为他赴汤蹈火。

我决定今夜和林一木、寂寞玫瑰一起去劫狱。

夜充满隐秘。我仿佛在旷野里奔跑着，我成为一头狼，一头嚎叫的狼。面对内心的傲气，我从没想到会害怕。这一次，我必须去劫狱。这是一个江湖人必须去做的事情。即使吴过是代表官府。这就是说，那个无所事事的杀手仇武消失了；我判若两人，成了一个行侠仗义的人？

突然间，赛虎欢欣地叫起来。

燕飞红出现在我的陋室里，她喘着气，怀着无比的兴奋，整个人显得楚楚动人。

这一次她没有带来流霞。

我内心不由涌出一股能见到她的幸福感。但我故作冷漠地望着她。

她似乎被我的冷眼弄得有些不安，咬着唇站了好久，才缓缓地说："我要结婚了。"

我脑子禁不住掠过白素心对我说过的话：有一个丧妻的中年商人要娶她为妻。

我拿起一瓶流霞，缓缓地说："恭喜你了。"

她凝视着我。

我只好一味地喝着流霞。

"我是说真的。"她缓缓地说。

"我知道，素心老板对我说过，那人很厚实，你不要错过，这很好。"我边喝酒边说。

"你真的无所谓？"燕飞红还是盯着我。

"你当我是什么人，我……要不要喝口流霞，还是你以前带来的，嫁了人，就不能随意喝呀。"我嬉笑地说。

燕飞红扑过来，一把夺过我手中的酒瓶。"砰"的一下，酒瓶在地板上炸开，一道道的"血水"在地板上蜿蜒开来。

我觉得心头一阵绞痛，再也嬉笑不了，讷讷地说："你怎么啦？"

燕飞红盯着我，急促地说："你爱我的，我知道你爱我的，你为什么不要我？"

"我，我对你……我不值得你爱。"

我不敢看她，低头说。

"素心老板都告诉我了，她说你爱我的，你为什么……我只想嫁给你，我不怕死，我只想跟你在一起！"

她扑过来，投入我的怀抱中。我无法抗拒，看到她眼中溢出的眼泪，晶莹剔透的眼泪。

"就算嫁给那个人，我也不会快活，我只有和你在一起才快乐。"

她仰起脸，带着泪光说。

我想拭掉她脸上的泪水，但明显感到手在颤抖，我抬不起手啊。

"你不要这样，你和那个男人生活在一起，也会快乐，你不要看不起自己。"

我一咬牙，狠声地说：

"你之所以不敢嫁给那个人，只因你瞧不起自己，做歌伎又怎么样？做歌伎也可以成为好妻子好母亲。"

她昂直脖子说："你才是瞧不起自己呢，你为什么不可以做个好丈夫好父亲，你为什么要逃避？你这混蛋，只想害死我，你为什么要这样，为什么？你不是的！你爱我的！我不要这样，我不要……"

她脸上的泪水还在簌簌地流，粉拳擂着我的胸膛。

我终于伸出双手，一下子搂住她。

她伏在我的胸怀哭泣着。

她一颤一颤的哭泣是那样抚弄我的心弦，我紧紧地搂着她。

我突然觉得一个人如果活在情爱中，是可以把他所有一切抵押出来的，要的是两颗纯真而朴实的心相融在一起。

我曾经认为，燕飞红，这个名字印证我的一生。我是说，我或许会死在这个名字的亮丽之下。江湖人都说，女人的痴情摧毁一切。我觉得燕飞红和我都陷入某种疯狂之中了。无疑，她的痴情浸润着我。爱情的气味使我感到软弱。或者说，她的气息使我的狂野得以净化。

现在我又一次上路了，我必须去营救吴过。这意味着我战胜了燕飞红的痴情？！

"我不怕死。"

她伏在我的怀里，声音颤抖。

"我知道。"

我拭去她脸上的泪水。

"不要让我嫁给别人。"

"我不让。"

"还要让我跟着你。"

"我让你跟着我。"

"我还不准你再跟别的女人混。"

"我不混，我再也不混。"

我捧着她的脸，说：

"不要再流泪了，从今以后，我不会再让你为我流泪，我要你快乐地笑……笑一笑，笑一笑。"

燕飞红含着泪眼，绽出一丝灿烂的笑容，然后嘤的一声伏在我的肩上。

我紧搂着她，仿佛搂着我的一颗心。

"汪汪汪……"

赛虎在我们脚边欢快地叫了起来。

"瞧，赛虎在为我们俩高兴呢。"

燕飞红抚摸着赛虎的头又说：

"以后我们就是一家人，到时候我会生好多的孩子，你就有伴玩了。"

赛虎闪着亮晶晶的眼睛，欢快地叫了一下。

我说："赛虎，把你的女人也带回来，好不好？"

赛虎欢快地叫了两下，点了点头，然后扑入燕飞红的怀里，羞涩地钻着。

我和燕飞红不约而同地笑了。

燕飞红说："武哥，我们喝流霞吧。"

我说："为什么要喝流霞？"

燕飞红娇涩地说："因为今天是我们大喜的日子……"

"相信我，我以后再也不酗酒了。现在我才明白，你就是我最好的流霞，有了你，以后我每天都是醉流霞。"

我想永远搂着她，忘了江湖中一切的恩怨饮血杀戮名利地位。燕飞红，现在成为我手上的一道风景。我甚至感觉到，从来没有看到像她这样美的女人，一种超凡脱俗的美。

很久以来，我不觉得世界存在着美，只存在着阴谋、卑鄙和杀戮。我相信胜者为王，甚至相信江湖就像一只巨大的手，你张开的梦想都无法逃脱它的魔掌，就像死亡迷住我的眼睛。我忘却自己的存在。即使在情欲的世界寻找我的慰藉，我也无法逃逸宿命：我是一个嗜血的杀手，我父亲是一个遗臭江湖的杀手。

或者说，杀手的世界有着某种幻觉的存在，江湖是残酷、血腥、尔虞我诈……就像有人说的：江湖太复杂太残酷，难以还原成一把简单的刀。多年来，我独来独往，一个人被巨大的黑暗所吞没。我感觉不到黑暗的尽头。我一个人刺杀着黑暗。我的刀带着某种疯狂。我知道江湖中的人都说我是恶魔再现。我不在乎，我从来不在乎别人的眼光。我蔑视这个江湖。

现在，我突然觉得江湖的名利与黑暗仿佛都变成了骗人的圈套。是的，此刻我感激的心在跳动，我这个杀手找到消除不幸的惟一良方，那就是爱情。正如死去的零点说过：有了爱，就会使鲜花盛开；没有爱，就是荒凉的沙漠。

赛虎躺在燕飞红的怀里，眼睛一闪也不闪地望着我们俩。

"你羡慕了，是不是？"我不由对它说。

"赛虎，你也有好的女人啊。"燕飞红说。

赛虎羞涩地闭上眼睛，又往燕飞红的怀里伏着。

燕飞红和我的笑声又欢畅地飞起来。

20 更漏子

温馨的时光是短暂的。我没想到高香君会光临我的陋室。

江湖就是这样，一切都很突然，你的敌人随时从天而降。我曾经这样设想：空气仿佛蛊惑着危险的火花，阳光在竹林中飞舞，我抱着燕飞红，一路飞奔，仇敌在后面追赶。那个下午，我的刀就像一首没有感情的诗……斑驳的舞蹈、晃动的阴影、致命的呼啸……一切沉寂了，我看到刀在阳光下闪出黑色的亮光。还有燕飞红忧郁的眼睛。

此刻，高香君穿着一身缟白，苍白的脸冷漠如刀，眼神冷漠如刀。

他下午不是想杀我吗？现在又跑来干什么？

他站在院子当中，冷冷地说："你果然喜欢这婊子！"

我搂紧燕飞红的腰说："不错，我就是喜欢她，她现在已是我的妻子，你赶来喝喜酒吗？"

高香君哼了一声说："我告诉你，今天下午和你们交手的那个人不是邢心乱，而是高五朝！你明白吗？想杀你的人一直是高五朝！"

我淡然一笑，说："你想离间我和高五朝！"

高香君仰着头说："高五朝之所以不杀你，因为他想玩你！"

我说："他为什么想玩我？"

高香君说："因为你本是该死的混蛋！"

我说："你很想叫我死？"

高香君："你以为我杀不了你吗？"

我说："听说你练了什么绝香八式，我倒想看一看你的剑法如何飘香。"

高香君说："我现在就送你们下地狱喝喜酒！"

燕飞红说："你死了，我相公还没有死呢！"

我脚下的赛虎愤怒地向高香君吠起来。

"你这条死狗！"

高香君一扬手，五点寒光射向赛虎。

我淡淡一笑，拔刀出鞘，刀光一幻，五根针便贴在我的刀身上。

针是青莹莹的，显然淬了剧毒。

"你太令我失望了，高老板不该让你来糟蹋他的'冷月之光'。"

我左手搂着燕飞红的腰，右手提着刀说：

"娘子，以后你替我缝补衣服，就不愁没有针了。"

燕飞红噘着樱桃小嘴说："相公，我才不用那么高贵飘香的针呢，我用的是无用无能臭不堪闻的绣花针。"

"既然没有用，还给他吧！"

我将刀一扬，五根"冷月之光"激射而出，兵分五路，奇正相交。

高香君急忙纵身一旋，速度比以往快捷十倍，还是慢了，一根"冷月之光"射中左肩头，血一下子染红了他洁白的衣裳。

"哎呀，我把大贵之人的衣服弄脏了，怎么办？"我歪着头对燕飞红说。

"你这么穷，赔得起人家的衣服吗！幸好不用赔银两，只用水洗掉那高贵的血就行了。大贵之人呀，要我帮你洗吗？"燕飞红歪着头说。

赛虎歪着大脑袋，欢快地直叫。

高香君站直了，从怀里掏出一粒药丸放进口里。

"好一对狗男女！受死吧！"

高香君霍地拔出银蛇剑，剑是蛇形，白惨惨地映着寒光。

"香满乾坤！"

高香君大喝一声，长剑一抖，凌空一弹，幻出无数道光箭，虚虚实实地射过来。

"燕飞红，你看我的'臭满裤裆'！"

我一纵身，凌空一刀，幻出无数个光球，光球飞旋，旋破一道道的光箭。

光箭的确可怜，不得不呻吟而亡。

高香君纵上院子的围墙上，横剑护胸，脸色苍白如霜。

我站在地上，提刀，睨视着他。

"哗，相公，你的'臭满裤裆'真臭啊，臭得他跳上了墙。"燕飞红在一旁拍着掌说。

赛虎也欢叫着，抬起两只前腿大力地击着。

我说："他只会闻高贵无比的香！臭的东西，他嗅不起哟……"

"别得意，更香的还在后头。香横洛城！"

高香君说罢，人如弩箭一般射了过来。

银蛇剑幻起凌厉的寒光，织起一张锐不可当的光网，罩向我的头部。

"好！我臭横大腿！"

我旋起来，血刀再幻，骤起刀风，绞灭那张锐不可当的光网。

"哧"！一缕白绸布飞起来，在空中颤抖着。

高香君眼神颤抖一下，然而还是站定了。这一次，他却站在屋檐上，左腿露出白森森的皮肉。

我还是站在刚才的地方，睨视着他。

"喂，相公呀，你这'臭横大腿'怎么把人家赶上屋顶了，也太臭了！还非礼人家的大腿，幸亏人家不是大姑娘。"燕飞红笑着说。

赛虎连连伸着舌头，不知想说什么。

"老婆，我只希望你不要吃醋。幸好，我答应你不再混女人。"我说。

"以后也不准混男人，特别是像他这样香气无比的大男人哟。"燕飞红说。

"谁叫你是我的娘子，我不想答应也得答应。"我看着高香君，说，"别怪我不混你，我老婆不准呀。"

"好一对该死的畜生！哼，香影藏形！"

高香君身形一掠，又向我刺来。

"我臭……"

我禁不住大惊。

我惊的不是高香君的剑，而是惊他的"冷月之光"——数道寒光射向燕飞红，好毒的杀招。

我掠向燕飞红，将刀横挥出去。

那数道寒光被击散了。

两股血箭射了出来，散成灿烂的血花——一道是从我的左胸溅射出来，另一道是从高香君的左臂激飞出来。

"武哥，你没事吧？"

燕飞红扑了过来，抓着我的左手。

"我没事！"

我斜提着刀，凝视着高香君。

这次，高香君又站在院子的围墙上，咬牙切齿地望着我。

虽然我被高香君削了一剑左胸，但他的左臂却被我砍了一块血肉。其实，那一刀完全可以要他的性命，我刀下留情了。

"高香君，你想杀我，还不配，下辈子吧，我看死你了，给我滚吧，我不想杀你，我给高五朝面子，你还不滚！"

我说罢，撤刀入鞘，冷冷地望着他。

"仇武，你果然是臭！"

高香君那张苍白的脸一下子变成酱红色，突地一扬银蛇剑，只听"嚓"的一声，一蓬血雨横映出来，他居然将自己的左臂斩了下来。

正所谓"蝮蛇噬手，壮士断腕"，高香君为什么要这样做，难道因为受不了我的耻辱？

他双眼依然瞪着如刀的寒光，脸上又恢复了冷漠的苍白。

"仇武，你不杀我，就会后悔终生！"

高香君说罢，人影一晃，转眼间消失了。院子里横着他那条断臂，血淋淋的。

　　"他是不是疯子？"

　　燕飞红讷讷地说。

　　"他不疯，因为高五朝宠爱他。"

　　我看着院子的桃花。

　　"他想让高五朝教训你？"

　　"我想高五朝不会那么无知，他器重我，你放心，高五朝只会请我喝流霞。"

　　"可是他刚才说高五朝一直想杀你……"

　　"高五朝怎么会杀我，高香君不过恐吓我吧。"

　　"武哥，你的胸口怎样，流了好多血。都是我不好，要是我会武功的话……"

　　"这点小伤算得了什么！傻瓜，这不关你的事。"

　　"一个高香君，都令你受这么重的伤。要是再多几个人……我只会连累你，我现在才明白你以前为什么不让我跟着你。武哥，我……"

　　"你还敢跟着我吗？"

　　"我要是真的是你的包袱，我……"

　　"傻瓜，你已是我的妻子，如果你后悔爱上我的话……"

　　"我不后悔，我绝不后悔。"

　　我禁不住抚摸她激动的脸说："刚才真的好险呀，你怕不怕？你随时都会死去，你知道吗？"

　　"我不怕，只要你没事，我死了无所谓。下次要是……"

　　"别说了，飞红，我不会让你死的，还要你为我生一大堆孩子，教导他们做一个脚踏实地堂堂正正的人。不过，我还要办完一件事才能和你回乡下。"

"什么事？"

"我想救吴过出来！"

"吴过！他是好官哩，洛阳的老百姓听说他被拿入狱，都哭了。"

"你反对我去劫狱吗？"

"我现在是你的妻子，夫唱妇随，不管你做什么，我都不反对。更何况吴大人是一个好官。"

燕飞红凝视着我说。

"阿燕，相信我，一办完这件事，我就和你回乡下过正常人的日子。"

我抓着燕飞红的双肩，坚定地说。

"我相信你！"

燕飞红坚定地说。

我再次搂着她，她整张脸埋在我胸怀里。我搂着她，有一种感动的颤栗，我感觉自己不是搂着她，而是搂着我的灵魂和整个世界的温暖。

21 碧云深

"你终于来了,仇武,我邢心乱欢迎你的到来。你还带来两个帮手,想必是林一木和寂寞玫瑰。"

当我们三个人掠入通往囚狱的走廊时,一条高大挺拔的汉子突然从一株古槐树上落在我们的背后。

月光格外明亮,照得大地如霜。夜风飒飒吹来,令人格外清醒。

"你就是邢心乱?"我说。

"我就是邢心乱,你是第一次见到我吧。"邢心乱说。

"今天下午,在千金一笑,也有一个邢心乱,他长得和你一模一样。"我说。

"那人是易容乔装的。仇武,听说你被人频频追杀,你的仇家居然连我也敢冒充,真是好样的。"邢心乱说。

"你想替邢育林报仇?"我说。

"可惜杀邢育林的人不是你!一开始,我以为是你杀了邢育林,因为他的武功具备了我的七分神韵,在江湖上能杀他的人并不多。后来我发现令他致命的不是表面的刀伤,而是咽喉内的一枚针,闻名江湖的'冷月之光',可能想杀育森的人低估他的武功,何况他又穿金丝甲,然而育森一下子使出杀招,杀他的人慌忙中放了独门暗器。仇武,你应该明白杀手是谁了!"

"你是说杀我的人是高五朝?"

我突然感觉到一种疑惑:高五朝为什么要置我于死地?

"你是一个聪明人,我不用把话挑得太明吧。"

邢心乱突然笑了起来。

"你不想为你的干儿子报仇？"我说。

"君子报仇，十年未晚。何况他不过是我的一个干儿子。我有皇命在身，吴过这大贼才是最重要的。你们想劫吴过吗？"邢心乱说。

"不错！"我说。

"我希望你能劫走吴过，可惜你做不到！"邢心乱说。

"我知道锦衣卫高手众多，但我们也要拼一拼！"林一木说。

"我一个人足够了。你们看，这里静悄悄，只有我一个人。我让手下都去睡了，明早他们才有精神押送吴过上京师！"邢心乱说。

"虽然你的龙霸天下闻名，但是我们三个人的武功未必斗不过你。"我说。

"我知道魔杀和大赌后的武功也算一流，可惜我只欣赏你仇武。我希望你们两位不要因为我的轻视而伤心。"邢心乱说。

"我大赌后不会伤心，邢心乱，你为什么叫仇武来劫狱？"寂寞玫瑰说。

"为什么？因为我好久没拿出我的剑了，我想它寂寞得很，无敌最寂寞呀，你明白吗？它今天终于碰到一柄血刀。"邢心乱说。

"你只想和我比试武功，难道你不怕我们劫了吴过？"我说。

"我希望你们能劫走吴过，只要你仇武不败在我的剑下，我可以让你领着吴过大模大样地走出去。"

"你不是喝醉了吧？"我说。

"我很清醒，虽然我刚刚喝了三瓶流霞。仇武，我很欣赏你，就像欣赏吴过一样。来吧，你我刀剑尽情一醉！"

"我仇武倒要看一看你的龙霸如何厉害！"

走廊旁边恰好有一宽阔的泥地，我和邢心乱立在那里。

邢心乱看着林一木与寂寞玫瑰，说："两位真是幸运之士，可以一览江湖上至尊的刀剑相醉，我希望你们睁大眼睛。"

寂寞玫瑰说："我们会睁大眼睛的，你还是拿好你的剑吧。"

林一木说："你最好不要让我看到你的剑输不起！"

邢心乱说："我的剑还没有输过，因为我的剑是龙霸。古人说'人付于剑灵气，剑付于人霸气'，记住，龙霸永远是赢的剑！"

"你的废话太多了！"我说。

"有时候人兴奋起来，难免会啰嗦一点儿。毕竟我好久没有这么兴奋过了！"邢心乱说。

"你又在讲废话，"我说。

"好！不讲废话。"

邢心乱说罢，噌的一下拔出剑。

剑犹如一条耀眼的银龙，剑长三尺三，与我的血刀一样长！剑头反比剑身大了三倍，剑尖闪烁，月光映在那里，反添寒意。好一柄夺人魂魄的"龙霸"。

邢心乱横提龙霸，充满了霸气。

我紧握血刀之柄，看着他。

"你先出招，还是我先出招？"

邢心乱沉沉地说。

"既然你这么兴奋，自然让你先出招。"

我报以一笑。

"好，我不谦让了，看招。"

邢心乱说罢，整个人像蛟龙一样纵过来。

剑舞如风，一泓细小如针的寒光直刺我的咽喉。

我像一朵棉花扬上半空，手中血刀一幻，幻成一张密不透风、坚不可摧的"光盾"，迎上剑光。

"好！"

邢心乱闪电般地一个"纵云梯"，像蛟龙一样，人剑合一，刺了下来。

人在剑上，剑刺如雨。

雨注如线，十八道彼此交错、迅疾无比的"雨线"织就一张"雨网"，向我当头罩了下来，简直夺人魂魄。

凌空的我脚上如挂巨铅，直往下坠，血刀如弧形的闪电向上挥去。

"闪电"便闪在"雨网"中，焕发出一种肃杀而耀眼的光辉。

"妙！"

邢心乱迸出一声，像蛟龙翻天一样，人几乎贴着地面掠了过来，剑似乎有气无力地刺向我，"霸气"似乎成了"拙气"。

一个高手能使出"拙气"并不容易，大巧若拙大智若愚是上乘的境界。

"拙气"无形无招，无论我向任何方向闪避，都闪避不了。

此刻，我立于泥土中，又在刚才那一道"雨网"的威逼下，没入泥土有一尺多深，要往上掠已经来不及了。我只能站立如松，血刀一幻，幻出一股无形无招的"拙气"。

"拙气"相撞，仿如一串幻影在飞翔。

"奇！"

邢心乱又一声厉喝，人已往后直退，退如风！他身子保持着几乎贴地的飞掠。

我没想到他的轻功如此出色，然而我并不示弱，人也掠了出来，几乎贴着地面向前飞掠。

他退，我进。

血光再幻，不容喘息地幻。

——我的血刀一下子劈出九九八十一刀。

霸气狂啸，不容喘息地啸。

——他的龙霸随之刺出九九八十一剑。

八十一刀与八十一剑融入皎皎月光中，灿烂如桃花，动听如妙曲。

"灿烂"和"动听"只是一瞬间。

一瞬间已足够了，

这一瞬间，我领略到：

—— 一种从未有过的兴奋。

—— 一种刀剑相惜的沉醉。

—— 一种无敌最寂寞的快感。

······

"绝！"

邢心乱和我不约而同地叫起来。

我们立定了，保持着一种奇特的对峙姿态。

他的剑尖点着我的左胸膛。

我的刀尖点着他的左胸膛。

鲜血没有飞溅出来。

只有彼此目光的凝视。

"看来我的剑还不会寂寞。"

邢心乱掠过一丝笑容，沉沉地说。

"我只希望你不要忘了刚才所说的话。"

我报以一笑，冷静地说。

"姓邢的，不要没口齿！"

寂寞玫瑰大喝着。

"我想邢心乱总管不是一个言而无信的人！"

林一木握着弯刀之柄，沉着地说。

"仇武虽然没有打赢我，但没有输在我的剑下。我虽不是君子，却也不想让你们失望。"

邢心乱说罢，撤剑入鞘。

我的刀还点着他的胸脯。

我说："你不怕我杀了你？"

邢心乱掠过一些笑容，镇定地说："我相信你是个君子，尽管你是臭名昭彰的杀手之冠。当然，你仇武有权选择出手。"

"你真的肯释放吴过？别忘记你是锦衣卫的总管，当今皇上的心腹呀。"

我的刀还没有撤掉。

邢心乱含笑地说："我就是大大方方地让你们劫走吴过，可惜你们还是劫不走！三位如果想看一看如何劫不走吴过，请进入牢中，见一见令三位舍生忘死豪情满天的吴过，自然会大彻大悟起来。"

"邢心乱，你别耍花样！我大赌后不是鼠辈！"寂寞玫瑰厉喝起来。

"我倒想见识一下如何劫不走吴过，就算里面是龙潭虎穴，我也当它喝流霞了。"林一木豪情地说。

"林一木，你已经戒酒了！"

我笑着撤刀入鞘。

邢心乱镇定自若地站着。

"好酒还是要喝的，我现在真想喝流霞，寂寞玫瑰，你想不想？"林一木说。

"浮名乱舞何足道，笑看风云醉流霞。你不是也这样说过。其实，我不想我的金樽空对月。"寂寞玫瑰说。

现在，我也真想醉一醉我的流霞。我脑海一下子浮现燕飞红的娇脸。

"好一个'笑看风云醉流霞'，可惜我没机会与三位一齐醉流霞。"邢心乱一扬手说，"三位，请进吧，你们会看到如何劫不走吴过的！"

我却笑着说："好，我们就进去，看一看里面什么好戏。"

牢狱里面潜伏了多少高手和机关呢？

22 贺圣朝

十年磨一剑，

霜刃未曾试。

今日把示君，

谁有不平事？

数盏昏暗的油灯映着一首题在墙壁上的诗，字迹已很模糊，不知是谁题上去的。

吴过戴着亮光光的手镣和劲枷，他穿着一身白袍，脸有些憔悴，但掩饰不了眉宇间的凛然正气。

他站立如松，目视着我们走进。

看守他的只有两名狱卒，他们显着猥琐，看来是一般的官差，不像武林高手。

牢狱中并没有设下森然的戒守。

邢心乱微笑地说："吴过，有三个想当你朋友的人来这里劫狱，您想不想越狱呀？"

吴过瞪了我一会儿，说："仇武，你来干什么？谁当你是朋友？"

"我……"

不知怎么的，我的心一阵颤抖。

"吴过，你们俩长得这么相像，说不定彼此是兄弟呢。"邢心乱说。

"我吴过没有这样的兄弟！"吴过说。

"喂，咱们是来救你的，别把好心当……"寂寞玫瑰大声说。

"吴大人，我知道我仇武不配当你的朋友，更不配当你的兄弟，但是朝廷对你如此不义，你何必……"我却说不下去了。

"吴大人可是期待着'雨过天晴'呀。"邢心乱轻描淡写地说。

"皇上英明神武，自然会还我清白，我吴过堂堂朝廷命官，岂可和你们同流合污，你们的好心，吴某心领了，你们走吧。"吴过朗声说。

邢心乱双手一摊，悠然说："我都忠告过你们，你们是劫不走他的，毕竟官是官，贼是贼，哪有官贼同坐一条船呢。更何况吴大人坐的是正气之船！每个人都有自己的信念，所谓不到黄河心不死，像吴大人这样的人，就是到了黄河，心也不会死掉。可惜，吴过，这一次你却会死掉！"

"你明知道他是无辜的，被人陷害的，为什么不为他洗脱罪名，你邢心乱不也是当今皇上的大红人吗？"我说。

"因为我无能为力！否则我也会被人参上一本，就会有像吴大人一样的下场，你懂吗？十几位皇亲国戚文武高官对吴大人的贪赃枉法滥杀无辜勾结乱党欲图谋反……唉，我只是一个尽忠皇上听信于皇命的人。"邢心乱含着笑说。

"看来，你过得并不舒适！"我说。

"世上哪有真正的舒适？也许你仇武过得比我还舒适。可惜我是代表王法和权威的，而你仇武，只不过是一个臭名昭著的杀手，一个被官府四处缉拿的罪犯。这才是真正的现实，你明白吗？"邢心乱微笑地说。

"我明白，但我还是愿意做我，而不愿意做你，尽管锦衣卫总管很体面很风光。"我说。

"我情愿做我的大赌后！林一木，你可不要当官啊。"寂寞玫瑰说。

"我哪有资格当官呢。你没听江湖人说做官的都是听话的孩子，越是大官越最听话。我天生就不是听话的孩子。"林一木说。

"所以这世界才有所谓的官与贼嘛！可惜，现在吴大人也成了贼，还是一个大贼。唉，可惜，太可惜了！"邢心乱说。

"像你这样做官，做人又有什么意义？大丈夫生当人杰，死为鬼雄！我本来敬重你邢心乱是一条汉子，可惜你太令我失望了。"吴过凛然说。

　　邢心乱笑着说："只有像我这样的人，才能做官做得体面又长稳，像你吴过这样的人，根本就不适合做官，因为你吴过根本就不懂得官道。官道比江湖路更难走呀！唉，虽然我欣赏你，敬重你，可我不能成为像你吴过这样的官！还记得洛阳启明大街上那个蒙面人吗？他就是我。我很可笑吧？"

　　我想不到那天对吴过和我说话的蒙面人居然是邢心乱，他还骂了朱元璋和锦衣卫呢！他为什么要这样做？这人真不可思议！

　　"原来是你……邢心乱，我多谢你的一番好意，大丈夫视死如归，君要臣死，臣不得不死，我吴过绝不是贪生怕死之辈！"

　　"可是你这样死了，值得吗？"寂寞玫瑰说。

　　"何必……"林一木却说不下去。

　　我更哑口无言，只能眼睁睁望着凛然而立的吴过。

　　"三军可夺勇，丈夫不可夺志。吴大人志向不凡呀！仇武，你现在应该明白什么叫多管闲事了。仇武，你不应该来。"邢心乱说。

　　"看来我确实不该来，不过，我绝不后悔这一来！"我说。

　　"仇武，如果你真的想当吴过是你的朋友，或者真想为他做一点事，我可以成全你。他的家乡在江南镇江。你应该明白，一旦他的罪名成立，就会株连九族。你可以去那里救他那个貌美如花、贤淑无比的妻子白雪晴和他妹妹吴春花。"邢心乱说。

　　"你为什么不去做？"我脱口而出。

　　"为什么？你不应该说这样的废话，我欣赏吴过，就像欣赏你一样，可惜他不是我的朋友，你明白吗？"邢心乱说。

　　"我明白，因为你的心再也没有朋友这两个字。"我说。

　　"你说得不错，我的心确实已再没有朋友这两个字。因为能登上锦衣卫总管的人，朋友这两个字是多余的，也正因为我没有朋友，才能稳坐官座。如果我邢心乱是二十岁，你也许是我的朋友。可惜年华流水，青春易逝，岁月无情啊。"

"不是岁月无情，而是你青春的心已死了！"我注视着邢心乱说。

"是啊，我青春的心确实死了！仇武，别令我失望，我希望你能去江南镇江！"邢心乱说。

"我一定会去的！"我说。

"好了，你们三位，应该走了！"邢心乱扬了一个请的手势。

"慢着，仇武……"吴过突然说。

我盯着吴过，他想干什么？

"如果你去救我的妻子白雪晴，我希望你将这块玉交给她，你一定劝她活下去。"

吴过双眼闪着满腔的热忱，将一块心形的红玉递给我。

我的心禁不住激动地跳了起来，紧攥着那块玉，说："为什么你不去呢？如果你真的爱她，就应该自己去。"

吴过却沉默了，双眼艰涩地微垂下去。

邢心乱说："因为他是吴过，他已别无选择，很可惜呀，这才叫忠臣，忠爱难以两全呀，仇武，你是聪明人，你应该明白。"

吴过转过身去了，望着那首题在灰白墙上的唐诗，双肩在微微颤动。我想，他在竭力抑制自己，他深爱他的妻子。

"吴大人你放心，我一定会把这块玉交给你的妻子。吴大人，你多保重。"

我望着他高大的背影，抱拳说。

寂寞玫瑰却流下一行眼泪，女人毕竟是女人。她抑制不住自己。

林一木坚毅地搂着寂寞玫瑰的腰说："仇武，我们走吧。"

"是呀，三位，还是请吧，这里不是儿女情长的地方。"邢心乱说。

"走就走，你看我干什么，没见过大美人流眼泪，你奶奶的无情无义无朋友的邢心乱，一辈子也没女人为你流眼泪。"寂寞玫瑰豁开大嘴巴，吼向邢心乱。

邢心乱微笑地说："你这大美人说得不错，这确实是我的不幸，没有吴过这么幸运。不管怎么样，三位毕竟还不是囚犯，请吧。仇武，看来你应该去找真正想杀你的人。"

23 疏影

天色已近晨曦。圆月西斜，悬在竹林间。天地间一片苍凉。

从监狱中走出来的寂寞玫瑰、林一木和我，一直走得黯然。

"吴过真是固执呀……"

林一木打破了沉默，声音有点颤抖。

我说："也许邢心乱说得对，每个人都有自己的信念……你们觉得邢心乱这个人怎么样？"

"我佩服他的武功，可恨不起他这个人……他可是一个有出息的人哟。"林一木说。

"我大美人才不会喜欢邢心乱这样有出息的人呢。"寂寞玫瑰没好气地说。

"所以你这大美人才会喜欢我这没出息的混账。"林一木搂住寂寞玫瑰肥胖的身子说。

我望着这一对心心相印的情侣说："你们什么时候回乡下？"

林一木说："我们不想回乡下了，只要我们能在一起，不管是在乡下还是在大城市里，都是一样的。仇武，我真想喝流霞，咱们应该畅饮一顿。"

我不由想起我对燕飞红所说的——"你就是我最好的流霞，有了你，以后我每天都是醉流霞！"

"好戏要看，好酒要饮，何况酒逢知已千杯少！仇武，你有什么打算，真的去江南镇江？"寂寞玫瑰说。

燕飞红还在等着我呢！我眼前浮起燕飞红那张明媚的脸。

"哦，我明白了，你在想你的女人。仇武，你是不是想和你的女人一齐回乡下？"林一木说。

"我真糊涂，还和你们两个慢慢地走。我得快点回去，不能让她久等了。"我说。

"仇武，白雪晴的事……"寂寞玫瑰说。

"江南是个好地方，最多我带着我的女人一起下江南，我相信她会喜欢去的。"我说。

"仇武，我们想跟你一起回去，看一看你的女人长的什么样。"寂寞玫瑰说。

"咱们就一起下江南，好不好？"林一木说。

"好！咱们施展轻功！"我说。

"好"

寂寞玫瑰和林一木不约而同地说。

这时，五个人从竹林子掠了出来，后面还跟着十六个武士，个个都背负着长长的弯刀。其中一个壮汉将一包裹扔在地上，滚了几滚，露出一个血淋淋的狗头，竟是赛虎的头。

赛虎双眼定定地瞪着，充满了愤怒。

死不瞑目的愤怒！

我愤怒的血液在狂奔。

我大喝："畜生，你们是谁？"

当头的中年妇人说："今天我们血河四星来会一会天下第一杀手仇武。"

她那袭黑色的大氅在风中呼呼作响，仿佛全身涌出凌厉的攻势。

血河四星，乃是江湖上有名的杀手四人组。

谁雇他们来杀我？

一骨瘦如柴的汉子说："仇武，是高五朝出钱杀你的，他还掠走了你的女人，说不定先奸后杀。"

我说:"你们这帮畜生别乱放狗屁。高五朝怎么会杀我。到底是谁叫你们这帮畜生来送死的?"

一胖子说:"哈哈哈,仇武,高五朝要杀你,你居然还一头雾水。你再细看一下,这十六个武士都是金谷山庄的人吧?"

另一个高瘦青年说道:"仇武,你别自命不凡了,你不过是一个自欺欺人的笨蛋,你以为你真的是天下第一杀手?别人怕你,我们血河四星就要叫你死无葬身之地。还有,你这两个混账朋友林一木和寂寞玫瑰,都要死在我们血河四星的手上!"

林一木骂了起来:"呸!操你奶奶的血河四星,放屁四星,狗屁不如。吃屎四星⋯⋯"

寂寞玫瑰说:"那十六个武士是高五朝的?"

我禁不住一怔,那十六个武士的确是高五朝的手下。难道高五朝真的要杀我?

这时,高瘦青年狂吼一声,双手往下一按又向上一扬,地下的泥土便如墙一样掀起,呼呼地扑向我们。

我们只能迅疾地四散分飞,像鸟一样。

林一木跃入竹林,赤手劈断一根长长的青竹竿,一跃三丈,当空挥舞出来。

一圈圈密麻麻的竿影,裹着劲风,凌厉无比。

尘土飞扬中,十六名武士惨声四起,纷纷倒下,竟已倒下了八个,不过一转眼间。

一武士遏制不住愤怒,双手执紧弯刀,如鹰隼一样,暴射而出,劈向刚刚着地的林一木,这一式真是勇猛如电。

林一木猛一侧转,快得难以言喻,竹竿猛地插在地上。他的弯刀已经出鞘了。

那武士双手举着刀一动也不动,刀锋不过离林一木的额头只有半寸,他的双眼却透着死亡的恐惧。林一木手中的弯刀已扎入了他的咽喉。

这时，风声骤起，余下的七名武士闪电般掠出，七柄弯刀化作七道飞虹，极快地砍向林一木全身上下的七个重要部位。

林一木临危不乱，弯刀猛地抛至上空，左手极迅速地抓起竹竿一点地，人随着竿势，借力使力，如弹丸一般地弹了上去，竟有七八丈高。

"小心，暗器！"

中年妇人边嚷边将身上那袭黑色的大氅罩向空中的"竹箭"，然后一个折翻，飞鸟般蹿向一旁。

只见无数道"竹箭"从空中如骤雨一样直射下来，原来林一木在空中将竹竿劈成无数截，将它们当成暗器，射了下来。

一瞬间，四名武士倒下了。

林一木持刀凌空落下，杀气凛凛。迎面三个武士抡刀便劈，刀快如风。

林一木冷笑一声，刀光飞旋错舞，三声惨叫不约而同地随风而起，三名武士同时翻起三种不同姿态的筋斗倒跌出去，咽喉皆是一抹红。

中年妇人哼了一声，突然向我扑来，双爪直抓向我的面门，我不由暗暗惊奇，身形一动，快若闪电，双掌向她拍去。

中年妇人哼了一声，双爪横划，变招奇快，袭向我的心窝，下手凶狠无比。

我身形一旋，旋上半空，闪过她奇快凶狠的怪招。

中年妇人却身形一弹，流星般向我抓来，出手歹毒，快得我根本没有时间去躲闪。

那一瞬间，我惟有运出十成功力，射出一团口浆，口浆如弹丸，直射她的咽喉。

中年妇人的双爪本扑我面门而来，身子横空，见我急生奇变，急忙凌空一翻，飞鸟一般向我抓来，只见爪影飒飒，竟然有十四道爪影向我的面门扑来。

"小心！"

寂寞玫瑰向我扑过来。

事实上，我早已身形弹起，凌空横蹿。

寂寞玫瑰这一扑救，简直是飞蛾扑火。

中年妇人的双爪击向寂寞玫瑰的胸前，却飞快地向后划去。原来林一木身形乍闪，飞身袭其后背，她不得不回爪防护，借身子旋转之际，踢出一腿，踢向寂寞玫瑰的头部。

惊虹乍起，我拔刀出鞘，劈向中年妇人的飞腿。

中年妇人如飞鸟凌空一弹，使出"纵云梯"，一跃再跃，又鹰一般俯冲下来，击向我。

满天爪影，如乌云一般，扑向我的面门，这一式比先前那一招更快疾，更凌厉，不容闪避。

电光火石的一刹，我再度挥刀，血刀挥势速疾，无法形容，刀花如梦如虹地向上飞，飞向满天爪影。

中年妇人咦了一声，大概想不到我的刀法会如此快捷无伦，但她轻功的确出色，人虽在半空，却扭身倒卷，速退如风。

"着！"

林一木大喝一声，将刀凌空狂舞，斩向中年妇人的腰身。

我如一支箭射过去，向中年妇人砍去。

中年妇人怪叫一声，身子凌空一折，又一个"纵云梯"，跃上五丈多高。好绝妙的轻功。她怪诡地笑了笑，又一折身，弩箭般射向一旁，点在竹林旁一株古树上，借力使力，拔剑出鞘，以雷霆万钧的身势，刺了过来。

这时，我斜下里掠出，将刀晃出一蓬血光，袭向中年妇人。

胖子和瘦汉射出一把银针，袭向林一木。

他们拦住林一木。

胖子手中执着一双明晃晃的铜钺，他暴喝一声，迅如猛虎，一道流亮的光袭向林一木。锵然一声巨响，弯刀铜钺相击，迸起一串火星。胖子得势不饶人，狂风般地抢攻数十招，逼得林一木透不过气来。

瘦汉叱喝一声，扬剑抢入战圈，刺向林一木。

竹叶纷飞，杀气狂舞，三人战在一起，兔起鹘落，惊心动魄。林一木以一斗二，毫不逊色，他的弯刀轻灵、狠毒、迅速；瘦汉和胖子配合有致，浑如一体，他们各自的招式本就凌厉，再加上双人合璧，力量倍增。

此刻，寂寞玫瑰挥舞双剑和高瘦青年战在一起。高瘦青年使的是黑色的蛇形剑。黑色的闪电在飞舞，白色的惊虹在飞舞，两人倏起倏落，剑气纵横，一时难分高下。

"八方风雨！"

中年妇人亢奋得声音有些嘶哑，她身形一扭，在剑花中像陀螺一样盘旋而起，手中剑随势一划，十三道剑光气势汹汹地覆盖向我。

我仿佛变成一只鸟，身子灵巧地凌空一翻，她的剑竟从我的胯下刺了个空。转眼间，一道凌厉杀气拂向她的鼻尖。她急忙反身弹出，左臂衣袖还是被我的刀削去了一截。

"哧哧"绝响，中年妇人鬼魅般攻来，只见人影憧憧，剑影飘飘。

我扶摇直上，犹如旋动的箭镞凌空起舞，刀发出飒飒的响声，横扫向中年妇人。

中年妇人脸露惊讶之色，我想她惊诧于我的快捷。

她一下子被我逼得手忙脚乱起来。

这时，瘦汉斜下里冲过来，一剑刺向我后背。

两股弧光倏然往上飞卷，颇有挟雷携电之势，我急忙往后倒翻，然后空中一旋身，再跃丈二，人在剑上，剑如惊虹直泻而下。

中年妇人如鹰般跃起，同时出剑。

电光石火的一刻，刀剑齐鸣，妇人一个乳燕穿空，剑如灵蛇般刺向我。

这时，数道寒星从瘦汉的双袖里飞出来。

我厉喝一声，人剑合一，手中剑幻出一圈圈光轮迎向中年妇人，同时左手猛拍两掌，拍向瘦汉射过来的暗器。

瘦汉惨叫一声，整个人跪倒在地上，他大腿中了三枚自己发射出来的暗器。

我凌空一刀，以雷霆万钧之势，将中年妇女的剑招化解了，直撩向她的心窝。

她顾不上跪倒在地的瘦汉，身子一旋，飞过他的头顶，向竹林掠去。

刀气流转，我飘到她的背后，血刀眼见要劈在她的肩膀，看来她要做刀下亡魂。

一声凄厉的叫声骤起，是胖子的声音，原来胖子在生死关头，舍去林一木，奋不顾身地袭向我，却被我砍中一刀。

血刀刺入了他的心窝，鲜血飞溅。

"二师兄……"

中年妇人和瘦汉大嚷起来，她拼命地反手一撩剑，想和我拼个同归于尽。

我再挥一刀，血刀离中年妇女的颈脖半寸停滞下来，原来瘦汉死死地抱住我的双脚。

说时迟，那时快，中年妇人的剑哧地刺向我的心窝，幸亏林一木的弯刀从侧面截了过来。

中年妇人的双眼被林一木凌空击中，血淋淋地插着两枚竹叶，她的剑刺到一半就变得无力，我歪身闪过。

这时高瘦青年发出惨叫，他被寂寞玫瑰一剑穿过后背。

林一木的弯刀将瘦汉的头劈了下来。

"仇武，你不得好死，高五朝一定会杀死你！"

中年妇人说罢，用手中的剑狠狠刺入腹中，然后整个身子砰然倒地。

"想杀你的人果然是高五朝！"林一木说。

"也许不是高五朝，是他的养子高香君！"我咬牙切齿地说。

"为什么高五朝要这样对待你？"寂寞玫瑰说。

"因为高香君嫉妒我，嫉妒高五朝对我的信任和器重。高香君，这次我一定杀了你！"

我挺直身子，攥住血刀。

风冷冷地吹着。

赛虎离我而去了，燕飞红会不会离我而去？

24 捣练子

"仇武，你终于来了！大赌后和魔杀，你们两个也来送死吗？"

在金谷山庄富丽堂皇的大厅里，高五朝坐在虎形玉石椅上，凛然地说。

高香君则站在他身边，浮着一丝冷笑。

燕飞红被绑在一条大柱子上，衣裳破烂，秀发凌乱，脸被划了一条条鲜血淋漓的剑痕，一张美丽的脸完全被无情地毁了。

燕飞红望着我，激动而痛苦地翕动嘴巴，却一句话也说不出来。

我想不到高五朝会如此对待我的女人。他为什么要这样做？难道为了高香君？

"是你干的！"

我觉得全身血液都冲上我的脸。我咬牙切齿地注视着高五朝。

"不错，一切都是我干的！千手观音是为我去杀你的，黑白豹是我雇去杀你的，魔鞭和邪剑也是我安排去杀你的……你女人的脸是我亲手划破的，她的肉很嫩呀！"

高五朝站了起来，激昂而狠毒地说。

这时林一木说："射杀黑白豹、易容扮成黑白豹的也是你？"

高五朝说："不错。杀死俞天白的人是金何在。金放星拿俞天白的剑来投靠我，我当然不会轻信他，所以要他帮我拿下你林一木的人头，也想借助他的力量来清除异己，只是没有想到，他居然会去杀仇武。"

"我还以为想杀我的人是高香君。我一直都不敢往你身上想，居然会是你！"

我愤怒地说。我愤怒得快要燃烧起来。

"原来你不知道是我干的。香君，你不是说他什么都知道了吗？"高五朝望了一眼高香君，说。

"他现在装糊涂，不过企求你饶他一条狗命罢了。否则他为什么斩掉我的左臂。纸是包不住火的，你想借助别人的力量要他的性命毕竟是不行，你应该亲手杀死他！亲手杀死他，岂不是人生一大快事？"高香君冷冷地说，似乎很想要我立即死掉。

高五朝注视着我，又坐在那张虎形玉石椅上，说："香君，你还不明白我的意图，我之所以不想那么快要他的命，是因为我要玩死他。我要黑白豹、魔鞭、邪剑、血河四星这些混蛋去杀他，不过是制造一个游戏，我知道他们没有把握杀掉他，也担心邪心乱和吴过联手对付我，他还有利用价值。现在，吴过被邪心乱拿下人狱，俞天白和金何在死了，我就高枕无忧了。仇武，我要亲手杀了你！"

"你为什么要杀我？高五朝！"

我握住血刀，大声喝道。

"为什么？因为林静爱上了你！你居然从我手中抢走了他，他本来就是属于我高五朝的！他居然要离开我，为了你说'我知足了'！你以为他真的去了西域吗？没有！他现在已在黄泉路上，都是因为你，因为你才逼我出手杀了他。贾平和花芬也是我杀的，因为贾平居然不喜欢我，拒绝我的爱！顺我者昌，逆我者亡。我得不到的东西就要毁灭它们。我不能没有爱，我要有爱！"

高五朝岩石一般的脸仿佛要撕裂似的，他又说：

"现在我才发现，一直深爱我的人，只有一个，就是高香君。香君，谢谢你。"

"你早就应该明白，这个世界上只有我才真正地爱你，愿意为你做出一切。"高香君动情地说。

"以前我一直都三心二意，一直都伤害你，我居然去喜欢别人，去寻找那些可恶的心。香君，我对不起你。"高五朝望着高香君说。

"别说对不起，我不会怪你的，来日方长，只要我们以后好好相爱，好好珍惜……不过现在，我们要杀了站在面前这些可恶肮脏的东西。"高香君说。

"你说得不错，确实应该杀了这些可恶肮脏的东西。"高五朝板着脸，睨视着我们三个人。

天啊，这两个人是不是疯子？

我简直不相信我的耳朵。

这时，寂寞玫瑰扯开喉咙，"你们这两个疯子，简直令人恶心，还敢大言不惭！"

"只有疯子才说别人是疯子！你这可恶的臭女人！香君，你说她该死不该死？"高五朝说。

"这个世界本来就属于男人，女人本来就该死。只有他们这些可恶愚蠢的男人才会爱女人。先杀了这个贱女人！"高香君说。

"不错，先杀了这个贱女人！"高五朝挺着强壮的身躯说，"香君，看我怎么杀了这些令人恶心的东西！香君，相信我，我一定会令你快乐的。"

"我一直都相信你，因为我一直都为你感到自豪。立刻杀了他们，他们太令我感到恶心了！"高香君大声说。

"你奶奶的两条狗东西，有种的过来吧，你爷爷我不怕你！"林一木大声说。

"高五朝，滚过来！"我忍不住地说。

"仇武，我一直畏忌你的武功，现在我知道，你根本就不是我的对手！香君，看我杀他们！"

高五朝说罢，身子一纵，飞也似的扑向我们。

虎形玉石椅随之激射而出，比高五朝射得还快，夹着锐不可当的气势，袭向我们。

一刹那，劲气急激飞扬。

我们三人不得不在凌厉的劲气中如飞鸟散开。

高五朝凌空一拧身，鹰一般抓向寂寞玫瑰。

寂寞玫瑰滴溜溜地一旋，挥出双剑。

林一木飞扑过去，来不及拔刀，双拳如风，擂向高五朝。

我右脚一点一根柱子，盘旋出去，拔刀出鞘，飞砍高五朝。

高五朝左手一扬，向我飞射一蓬"冷月之光"，极为迅速。

我不得不飞速地往后旋闪。

林一木也被"冷月之光"逼得往旁旋闪。

一股鲜血飞溅了出来，寂寞玫瑰的右腿裂开一道血口。

高五朝右手有了一柄袖剑，剑尖垂着一线血丝。

"我宰了你！"

林一木拔刀出鞘，拼命地劈过去，弯刀扬起一溜弧形的闪电。

我再按血刀，刀光比林一木的弯刀更快。

"哧"的一声，血刀削断高五朝的一个衣角，我不由掠过暗喜，高五朝并不是不可战胜。

高五朝凌空一个翻滚，一霎间，他人剑合一，人在剑上，剑从半空中罩下一蓬白亮的光雨，所有的东西似乎被光雨淹没了。

这一剑之威，足可以夺人心魄。

血刀根本来不及挥出，我才发现，高五朝让我削断衣角，不过是诱敌之计。

我还是及时地向前飞掠。

我听到林一木一声呻吟。

"林一木……"寂寞玫瑰大叫。

我这才看到林一木的左臂被砍断了，血飞洒了一地，断臂血淋淋地躺在地上，林一木掠在一旁，依然坚忍地站着，寂寞玫瑰则立在他身边。

"受死吧！"

高五朝一声厉喝，身形猝变，幻出九道人影，影影绰绰虚虚实实地向林一木和寂寞玫瑰杀过去。

寂寞玫瑰首先出击，双剑一抖，向中间三道人影刺过去。

林一木挥刀劈出三道刀光，向左边三道人影劈了过去。

然后，我听到一声惨叫，寂寞玫瑰的惨叫。

寂寞玫瑰整个人像断了线的纸鸢，摇摇晃晃地跌到一丈多远，肥胖的身子全是血，原来她腹下中了一剑，肠子也突了出来。

"我宰了你！"

林一木挥刀再劈，刀逾千钧。

我将血刀再幻，速疾无比。

我俩一左一右砍向高五朝，织就一网"必杀"之光。

高五朝不得不凌空后翻，接连三个跟斗，向上翻飞，越翻越高，比"纵云梯"的轻功更妙。

我们立定了。

林一木的断臂还在淌血。

寂寞玫瑰忙用衣裳和金创药裹住林一木和自己的血口。

"你们休息着，让我来对付他！"

我提刀大声说。

"仇武，你根本就斗不过我，别做梦了！"

高五朝站定了，站在一个黄金铸造的武士的头顶上，居高临下地说。

"高五朝，别得意。你的剑虽然出神入化，轻功已臻化境，不过，你却犯了致命的错误，你不该一早就暴露你的缺点，让我发现了。我的刀法还没有完全发挥，高五朝，你死定了。"

我坚定而朗声说道。我一定要沉着自信，更要打击高五朝的信心和杀气，令他有所畏忌，这样，他出手就有所滞气，我可捕捉稍纵即逝的机会拼杀他。

"仇武，别自我安慰了，你能看出我有什么缺点！"高五朝凛然说，眉头还是微微拧紧了一下，"看在你父亲的情面上，我可以饶你一杀狗命！"

"你的功力并不胜我多少，我已看出你的缺点在哪里，你就死定了！林一木、寂寞玫瑰，你们俩呆在一旁，好好看我如何杀了这天杀的高五朝！"我一扬手中的血刀，说。

"仇武，把你的右臂砍下来，否则我杀了你的贱女人！"高香君果然胆怯了，将银蛇剑点着燕飞红的咽喉。

"高五朝，你是不是害怕了，怕你打不过我？"我充满了快意。

"我高五朝岂会害怕你！你父亲仇恨天都死在我的剑下，何况你这小杂种！"

"高五朝，你杀了我的父亲！"

"不错，当年就因为他不爱我，却痴爱千金一笑那个贱女人白素心，我高五朝就让他死。"

"我真想不到我父亲会与你这样的混蛋结为兄弟！"

"哼哼，他只有和我结为兄弟，才能接近我那下贱的表妹白素心。可他长得太丑了，白素心这贱女人根本就不喜欢他，她只喜欢我这个英俊潇洒世间少有的伟男人。哈哈哈，这贱女人，我就是让她痴等下去，从不碰她一下，你懂吗？就因为她是女人，是贱货；因为你父亲喜欢她而不喜欢我。"

"你简直是畜生不如。我父亲长得那么丑，你为什么会喜欢他，高五朝？"

"因为我从来没有爱过一个丑陋的男人，他居然拒绝了我，我高五朝是世间最伟大的男人，他为什么要拒绝我，却去痴爱那个贱女人白素心！哼，你父亲和你一样，都是我手中的一粒棋子，为我卖命为我积累财富！我想要你死你就得死！"

"我现在就要你的命！"

一个粗哑的声音愤怒地响了起来。

然后一道人影掠了进来，剑如匹练划空直刺向高五朝。

高五朝双眼怔了一下，身形旋闪，险险地避了过去。

那人居然是我父亲！

我父亲不是死了吗？

"你是谁？"

高五朝颤声喝道。

我父亲双眼迸射着愤恨之火，手中剑依然疾刺，剑快如风，剑光飞舞。

一刹那间，眼见剑距离高五朝的咽喉不足三寸。

高五朝却露出笑容，一丝十分得意的诡笑。

这时候，我不禁大吃一惊，惊的是高五朝出剑之快。

我的刀同时劈了出去，但已来不及劈向高五朝，只好改弦更张，刀劈出一半，闪电般折向高香君。高香君来不及反应，一蓬血雨暴闪而出，高香君的右臂被砍了下来。

这一瞬间，我父亲手腕鲜血直滴，整个身子跪倒在地上，剑坠在一旁。

我陡然一惊，我父亲露出一张我熟悉的脸——白素心！

高五朝左手拿着一件精致的面具，右手的剑指着白素心说："白大婊子，你想扮仇恨天的鬼魂来杀我，可惜我高五朝是鬼神不怕的伟男人。我现在要慢慢地玩死你们！"

我将刀一抖，刀尖点着已经没有手臂的高香君的咽喉，厉声说："只怕你玩不起！"

高五朝剑点着白素心的咽喉说："仇武，你知道这位是谁吗？哼哼，她就是你的亲生母亲！一人换一人，怎么样！"

我禁不住一震，说："别花言巧语了！"

高五朝凶狠地说："素心大婊子，你最好告诉你的儿子这到底是怎么一回事！"

白素心说："仇武，你别听他胡言乱语，我不是你母亲。"

高五朝厉喝一声，将白素心的粉脸深深地划了一剑，又用剑点着她的咽喉说："连儿子都不认，简直是贱人！"

白素心脸上的鲜血直淌，她说："你才是病态的贱种，嫉妒让你变得狠毒，当年你母亲……"

高五朝又用剑划了白素心的脸一下，说："不准你提那贱女人！我宰了你这贱女人……"

"你敢杀她，我就杀了你这混账情人！"

我用刀尖划破高香君颈上的肌肤，鲜血渗了出来，我左手同时飞快地疾点，点断缚住燕飞红身上的绳索。

燕飞红的脸激动地颤抖，嘴唇紧紧地咬着。

"燕飞红……"我不由艰涩地低唤。

"武哥，我没事的，别顾我……"

燕飞红那声音令我更愤怒地注视着高五朝。

"高五朝，放了她，我同意一人换一人！"

"看来你儿子还有点人情味。仇武，我告诉你，仇恨天为什么和这婊子生下了你。当年这婊子还是青春十八时，仇恨天这混蛋居然强暴了她，还强迫她生下了你。可惜这婊子只痴爱我高五朝，从来没有喜欢过你父亲。"

"你乱说，他没有强暴我，我是情愿的。仇武也不是我的儿子。"白素心咬牙切齿地说。

"你情愿的？哈哈哈，为什么你又不和仇恨天一起过日子？你之所以生下仇武，不过是因为你对我不理不睬的报复，为什么你白大婊子还一直痴痴地等着我高五朝呢！”

我感到一种无形的悲哀，白素心一直忍受着心灵的煎熬，我却一直嬉皮笑脸地说些令她难堪的话，做母亲的她会怎么哭泣呢？我想到那一次她当着我的面流泪，我的心更是滴血似的痛。我不明白，她为什么不敢对我说出她是我的母亲呢？难道我真的不是她的儿子？

“我没想到你居然是一个只喜欢男人的畜生，只怪我有眼无珠！”白素心咬牙切齿地说。

“可惜你现在知道得太迟了，为什么你不一早就觉悟呢！”高五朝得意洋洋地说。

“因为我没想到你是如此该死的畜生！”

白素心说罢，右掌极快地切向高五朝那拿着袖剑的右臂。

她快，高五朝的剑更快。

鲜血如花飞溅。

高五朝的剑已刺入了她心脏。

然后，他一挥剑，把白素心整个人甩向我。

我紧抱住了白素心，然而，她已经气绝身亡。

“高五朝，你这混蛋……”

我感到头要炸开了，正要扑过去。

高五朝突然飞向一条巨木柱子，左手一拍，柱子呼地裂开一扇半弧形的门，里面躺着辣辣和绿珠。两个人都满身是血，绿珠的一只眼被挖了出来。

“你知道她们为什么会落到这种下场？因为她们偷听我要杀你的话，居然想逃到你那里去！快放了香君，否则我杀了她们！”高五朝嚷着。

“你这恶魔，你不得好死。仇武，别顾我们，杀了高香君那杂种！”

辣辣高声说。

"你这贱女人！"

高五朝突地一剑刺在辣辣心窝上，又一挥剑，辣辣便飞起来，猛地撞中一石柱，横卧在地上。

"仇武，还不放人，否则我杀了她！"

高五朝将剑一扬，带出了绿珠。

绿珠挫倒在地上，大腿鲜血泉涌，她却毫不畏惧，瞪着惟一的一只眼睛，逼视着她曾经深爱过的高五朝。

"你杀了我吧，你杀吧！"

绿珠大声嚷。

"我知道你痴爱我，可惜你是贱女人。仇武，还不放开香君！"

高五朝穷凶极恶地说。

绿珠猛地往旁边的石柱撞去。

她想自杀！

然而，高五朝更快，一脚扫倒了她，绿珠便趴在他的脚跟下。

"别顾我了，杀了他们！"

高香君突然大声叫，然后"哧"的一下，竟然将脖子猛地穿入我的刀尖。

我撤刀已来不及了，他咽喉露出一个血洞，血汩汩地流。

"香君……"

高五朝撕心裂肺地一声惨叫。

这时，绿珠突然抱住高五朝的双脚，说："快杀了他……"

林一木和寂寞玫瑰闪电般挥刀挺剑杀了过去。

我扑了过去，刀幻了出去。

这电光石火的一刹那，高五朝整个身子像箭一样，连带紧抱他双脚的绿珠，直射上去。

半空中传来一声惨叫，绿珠重重地坠了下来。

寂寞玫瑰急忙抱住她，然而绿珠的天灵盖被打了个稀烂。

我腾了上去，凌空一刀劈向高五朝。

高五朝长啸一声，凌空一扭身形，像团烈火似的冲向燕飞红。

我大吃一惊，连忙折身飞冲，紧逼其身，挥刀再劈。

寂寞玫瑰把绿珠的尸体一甩，阻住高五朝。

高五朝不得不回手一剑，剑卷飞珠似的挡向我的刀。

我将刀一抖，挥洒自如，凌空接连劈出十八刀。

高五朝凌空反撩其剑，接连撩出十九剑。

一瞬间，刀剑相交，杀气飘荡。

一道鲜血淋漓而洒，血腥气直冲我的鼻尖，我觉得一阵刻骨疼痛，被他的第十九剑削中右臂，削出一小块血肉。

我还是咬牙握刀，飞疾地掠到燕飞红的身旁。

"武哥，你……"燕飞红关切地说。

林一木和寂寞玫瑰拼命扑杀高五朝，杀势猛烈凌厉。高五朝晃身一蹿，避过他俩，得势不饶人，剑风驰电掣地刺向我的面门。

说时迟，那时快！我急中生智，左脚一挑，挑起高香君的尸体。

尸首如风！

我的血刀同时再幻！

血光一幻，杀气飞扬。

鲜血如漫天飞花。

高五朝的剑不可竭止地刺在高香君的脸上，他双眼禁不住一怔，人迟缓了一下。

只因这一迟缓，他吃了我的一刀。

这一刀，削瞎了他的双眼。

高五朝惨叫一声，凌空一个倒翻，向后站住了，满脸鲜血的他提剑抱着高香君的尸体说："香君，对不起，我不是故意的，香君，我杀不了他们，我会到地下陪着你的。"

我护着燕飞红，提刀戒备。

燕飞红虽然泛出惧意，却坚强地立着。

林一木护着寂寞玫瑰，他的断臂还滴着血。寂寞玫瑰下腹血流不断，毕竟伤得太重了。

"寂寞玫瑰，忍着！"林一木关切地说。

"我没事。"寂寞玫瑰说。

"我现在就要你死！"

高五朝突然大呼一声，放下高香君的尸体，整个身子飞起，身影一晃，幻出九道人影扑杀林一木与寂寞玫瑰。

瞎眼的高五朝丝毫没有迟缓，这一杀势实在猛烈凌厉，有如高山之崩，足以震散人的魂魄。

我纵了过去，以最快的速度抖出一刀九式劈向高五朝后背。

寂寞玫瑰急忙挺直身躯，冲上前，将林一木挡在她身后。

然后我听到她惨绝的叫声。

她为救林一木而死！她整个心脏被高五朝的剑掏了出来，一颗红心还扑扑地跳在剑上。

"寂寞玫瑰……"

林一木的刀电闪出去，劈在高五朝的右臂上。

血飞溅，臂坠了。

断臂的高五朝飞快一转身，居然让他断臂的肩头迎向我的刀锋。

"哧"的一下，我的刀便卸下他的右肩。

然而，我大骇。

高五朝在一转身之际，把一蓬银雨射向伫立在一旁的燕飞红。

我不顾一切地飞身扑去，用刀去挡高五朝的"冷月之光"。

"燕飞红……"

我几乎要掉泪了，我怎么这么大意，那一刻我只顾杀高五朝，而忘记了燕飞红的安危。

燕飞红缓缓地倒了下去，三根"冷月之光"分别射在她的脸颊、胸膛和咽喉中。

高五朝仰头大笑说："仇武，你终于也尝到心爱的人死掉的滋味了，哈哈哈……"

他的声音嘶哑了，林一木的刀从他的背后穿过他的前胸。

高五朝狰狞的血脸还绽着一丝残酷的笑容。

林一木猛一抽刀，大叫一声，腾起身子，凌空一刀。

血雨暴射，高五朝整个头颅被劈成了两半。

"燕飞红……"

我搂着燕飞红的身子，大声叫唤着。

"我是不是很难看……"燕飞红声若游丝地说。

"不，你一点儿也不难看，你很美，你永远都很美的。"

我的泪水无法抑制，夺眶而出。我抚摸着她满脸的血水。

"谢谢你，武哥，谢谢你为我流了眼泪，我很开心，你要保重，要好好活着……"

"燕飞红……"

"我很开心，真的……"

燕飞红嘴边绽开一个灿烂的笑容，那双眼睛闪着光彩，好像在梦中闪着一种美丽而幸福的光彩，然后她安然合上了眼睛，歪躺在我的怀中。

"燕飞红……"

在泪眼蒙眬中，我看到林一木伏在寂寞玫瑰的头发里，伏在无限的悲恸里……

25 如梦令

暮色渐浓。仇武站在船头上，看着雨一点点洒着。

绵绵不断的江南细雨，像无数的魂灵在说话，向整个江湖倾诉着它颤动的情感。雨落在河里，像散了的梦一样。雨水顺着脸滑下，仇武感到直钻心底的凉意，那是一种俨然醉酒的快意。

这是通往镇江城内的水道。河水湍急地向东流淌，裹挟着枯败的树枝。

一条细小的乌篷船，船家是爷孙俩，老头精瘦，孙子矮小，两人穿着蓑衣，戴着范阳斗笠，有些吃力地摇着船。仇武注意到船是顺流而下。这时，他看见一山雄踞城东，石壁嵯峨、山势险固，宛如一条昂首翘尾的巨龙。

于是，他问旁边的林一木："这山如此雄壮，叫什么山？"

林一木说："这山叫北固山，有京口第一山之称，共分前、中、后三峰。镇江山水，气势之雄，首推此山。镇江有三大名山，北固山之险峻，金山之绮丽，焦山之雄秀，风姿各异，人称京口三山甲东南。'江左形胜地，最数古徐州。'陆游这一名句中的古徐州就是指镇江。"

仇武深吸一口气，他早听说镇江风光旖旎多姿，以真山真水见长，有"天下第一江山"（六朝时梁武帝萧衍题写）之美称。

仇武的目光转向船家老头，说："船家，这江南的雨老是这么细小？"

老头笑着说："江南的雨有时也会下得很大。天有不测风云啊……"

林一木伸了一个懒腰，把手中的流霞酒灌了几口，嘴里轻吟起来：

江左形胜地，最数古徐州。

连山如画，佳处缥缈著危楼。

鼓角临风悲壮，烽火连空明灭，往事忆孙刘。

千里曜戈甲，万灶宿貔貅。

露沾草，风落木，岁方秋

使君宏放，谈笑洗尽古今愁。

不见襄阳登览，磨灭游人无数，

遗恨黯然收，叔子独千载，名与汉江流。

看着林一木空荡荡的左臂，仇武禁不住想起金谷山庄一战，那血腥、那阵痛，就像梦魇一样攫住了他，即使是美好的记忆，也像一帘幽梦逝去了。

听着林一木的声音，仇武记起林一木说他从小特别喜欢看司马迁的《史记》，希望长大后当一个有名的史学家。然而最终沦为杀手。

天下英雄谁敌手？刀上飞花凝泪痕。

是的，他从林一木的身上看到了自己的影子。一曲杀手的挽歌为他而吟，孱弱的意志在与废墟中的江湖做徒劳的抗争，那是一种无休止的刑罚。

其实他并不是一个适合做英雄的人。所有流逝的时光，忽然间，仿佛就在林一木的声音里起起落落。他甚至羞于回到过去。

现在两个惺惺相惜的杀手，一起到镇江救一个人称"铁面御史"吴过的妻子白雨晴和他妹妹吴春花。

或许，世间有一种比爱情、友情和亲情更加强大的力量，让他最终选择了这条道路。

或许，那就是手中的刀和心中的道义。

现在他就像一条奔向大海的河流，终于甩掉了那个杀手的自己，他要行侠仗义？

他不再陷于虚空与战栗的杀手世界？

在这铁血江湖，谁又能浩然踏雨，散漫逍遥？

他曾经认为，这个江湖并不存在着真正的圣徒与无辜者。一个人或许是因为虚空而感觉到要有事可做。恐惧与战栗来自内心的孱弱。

仇武下意识地摸了摸怀里那块心形的红玉，想起了吴过闪着满腔热忱的双眼，想起了他的声音：

"如果你会去救我的妻子白雨晴，我希望你将这块玉交给她，一定要劝她活下去。"

吴过的妻子白雨晴是怎样的一个女人？

但不管怎样，他一定会把这块玉放在她的手掌上，就像他对吴过说的："你放心，我一定会把这块玉交给你的妻子。"

写到这里，我突然意识到《如梦令》这些文字，更像另一部小说的开头。或许，在那个叫镇江的地方，仇武又开始另一个江湖传奇。比如内容可以这样，仇武和林一木去江南镇江营救大清官吴过的妻子，却遭到不少杀手的追杀，各路帮会和英雄枭雄一时粉墨登场，斗智斗勇，争抢宝藏和展现野心，特别是庞大的杀手组织无影帮再起风云，帮主无影更是神秘莫测。谁是真正的无影帮帮主？谁是制造江湖血腥的野心家？仇武和他的朋友驰骋江湖，再一次揭开了铁血与黑暗中潜伏的大阴谋……这样的故事是否老套，或者更需功力？我突然想起一句话：每一个少年都有一个武侠梦。那个做着武侠梦的少年，试图用他的"大破大立"的招式比拼江湖中的"侠之大者"。很多时候，我想通过描述江湖的侠骨柔情一展文字的抱负和志气。创作《又见杀手》时我曾经认为，我可以淹没在刀光剑影、快意恩仇的幻觉里。幻觉就像波浪推动着我。我感兴趣的不是这个世界，而是死亡在这个世界的地位。如果你用生命点燃一支蜡烛，比在黑暗的诅咒中枉度一生强过一千倍。就像一个人的记忆会以另一种形式活在另一个人心中。燕飞红会活在我的记忆中。活在这艰难而荒诞的江湖，你会发现爱情有一种深邃的动人的美。

窗外已是一片秋光，我想起写给一个女孩的诗句：隔窗犹听风吹雁，谁见黛眉喜相逢。或许，江湖已远，瞬息浮生。活在充满物欲的都市，江湖气息已经模糊，侠骨丹心更是难寻踪迹。现在我明白，我感兴趣的是"江湖"这两个字。那种远离庙堂、快意恩仇、侠骨柔情、龙蛇混杂的江湖。从春天到秋天，我涉足江湖，弹指春秋，从一个杀手身上窥见自己内心的幻象。也许我经历了"笔尖惊起江湖梦，血刀浮动一芳春"，然后感受"海棠月下花信，明朝陌上红尘"，所有的破匣出刀、倚剑作歌，无非是内心汹涌的幻象，我渴望以金属般闪闪发光的才华，逼视这个世界永无休止的残酷和美丽，逼视"灵魂的安宁"、"爱"、"古典主义趣味"。

那么，就让我继续开始智力与想象的绝美之旅，就像我坚信的：

天生龙翼三千丈，信有江湖万里秋。

后 记

又是春天。恍惚间，春天传达给人一缕知命之感，我感到某种宿命的血光正向我频频招手。我意识到今天应该开始写一部武侠小说。是的，我感觉到幻觉中所见的一切：鲜血的舞蹈、阳光的苍白无力、刀剑的笑……然后我紧握着一柄利刀。那种呼啸在狂野之中的激情，或者是一种冷血、一种伤逝、一种我做着白日梦的感觉。

此刻，早晨的阳光穿过窗户落在我的手臂上，带着某种暖暖的孤独。我开始臆想自己驰骋连绵不绝的幻象：比如情爱与仇恨、瞬间与永存、阴谋与卑劣、死亡与神秘……此刻我想起黑塞在《一个世纪儿忏悔》说过：情和爱是一种不能解释的神秘。它的威力之大和不可思议，并不下于那高悬在空中的引力法则。现在，我不过是用一个"我"（不妨把"我"叫作"仇武"）从一个梦出发，向时间的深处走去，去印证世界的罪孽与温情，印证情爱的力量与可怕，印证生活的厌恶与虚构……或者说，所有的美丽都是虚妄的，我渴望的光荣与美丽，无非是一场幻影的重叠：在浪漫的空白上，在时间的碎片中，我穿越了自己的死亡……

于是，我开始设想故事内容："天下第一杀手"仇武愤世嫉俗又玩世不恭，他深爱青楼名伎燕飞红，却偏偏装作无情的样子。然而他遭到杀手不断的追杀。想杀他的人到底是谁？仇武踏上追查的道路，演绎了一个令人心往神驰的铁血相击、情仇纠结的传奇……

很多时候我都沉浸于杀手的情怀。呵，弑君的情节、蝶恋花的梦、禁忌的幻影、纵横的晕眩……我甚至把自己看作一个杀手。我沉浸于一个人的战争。

博尔赫斯在他的小说《结局》中写道：仿佛是拙劣透顶的迷宫，音符无休无止地纠缠在一起然后又解开……他点点滴滴回想起现实，回想再也不能改变的日常事物。……他在草地上擦净那把染血的尖刀，缓缓向房屋走来，没有回头张望。他完成了任务，现在谁都不是了。说得更确切一些，他成了另一个人：他杀了一个人，世界上没有他容身之地。

埃利蒂斯在他的长诗《英雄挽歌》里说：

每一声霹雳都是驰骋天空的死亡，

每一声霹雳都是一个笑对死亡的人，

——让命运随意怎么说吧，让命运。

在故事中，我成了一个忧郁的漫游者吗？我与"仇武"重叠了？我知道我把这个小说叫做《又见杀手》。杀手，一种毁灭。杀手，有着隐喻的指向吗？

事实上我不想补白什么。所有的想象不过是自己内心的遭遇。就像钝器和锐利的刀，苍地上的鲜血，无处不在的疼痛，你无法区别是谁指引暴力的名字。爱情其实是一种暴力，甚至比暴力更暴力。

此刻我看见天色开始昏暗。我的手再次拿起女朋友"燕飞红"的来信（信此刻成了早晨的阳光，甚至是我自己的漫游、内心的倾诉）："正午的阳光下，雪迹无存，风依然吹着，北方的风。我的心境时时处于平静，像北方的风，常年不变。我的情绪像今晨的雪，来得快，去也神速。我喜欢仿若一湖秋水时的平静，那才是真实的我。我也喜欢短暂飞扬的我，如烈焰升腾……"

是的，一个飘荡的她，一个渴望爱与宁静的她。此刻，我看见爱情在我手上闪闪发光。我恍若如梦：从信纸上眺望风景，眺望《又见杀手》一样的命脉——很多时候，我无视黑暗的存在，我在半空中疾跑，朝着一个方向，一个接近"燕飞红"的方向。那是爱情摇着我，在梦中抹去衰亡与忧伤的味道。或许，一个人走向另一个人，其实是拯救自己……

　　或者说，面对时间，面对衰老，面对若明若暗的爱情，难道我们仅仅陷于麻木、暴躁、内心分裂的日常状态，甚至只能产生近于绝望的感觉？真不知道，离开幻象，我们的生活何以依附。那么，就让我们在幻象中抵消空虚，沉浸想象的美。我们只满足于狂乱的梦，即使我们离地狱已经很近了。甚至是虚无、飘荡、爱情所酿成的光芒，才使我们得到了温暖，走向真实。

　　现在，我不妨把这部武侠小说看作是一个幻想者穿越死亡与神圣的独白："我明白在生与死之间，只隔着薄薄一层雾或一层黑暗，我明白谎言在真实和表象之间穿梭结线，因为时间只不过是我们的焦虑所汹涌的幻觉。"正如我明白，如果我想在这个世界上有容身之地，那么必须在文字的世界刻下我的幻觉、怪谲、疼痛、柔情、谎言、神奇……这就是幻象的真实。这就是人生。现在我不过是讲述一个关于自己走向幻象、抵达真实的故事。我相信幻象就是真实，甚至比真实更真实。就像我怀携着一个诗人的声音：

　　梦是戏剧的演出人，

　　在他架设于风的舞台上，

　　他往往穿着美丽的黑影。

如此善良、如此邪恶、如此悲伤

吴洋忠

在我眼中，陈世迪是个老顽童。他总是勇于在作品中尝试各种创作手法——甚至有过度迷恋和炫耀的意味。当然，在《莫扎特的玫瑰》里，陈世迪的嗜好依旧：叙事风格鲜明、独具个性。但是，《莫扎特的玫瑰》并非想象中那么雍容华贵、高不可攀，大概出于为读者着想的缘故，陈世迪放弃了本该极端的小说实验，将其打造成了一本有着罕见阅读快感的小说：

这是一部幻想式的小说，一个现代城市的寓言，一曲爱情悲歌的行走，一个充满诡异的梦境的抚摸。狼人、药丸、奇境、野心、幻想、超现实、绝对的爱……小说讲述几个青年男女在现代城市里的爱恨情仇，呈现出一个又一个的深度诱惑，刻画出人性的多重性。小说主角王中维集野心家、冷酷者、情圣于一身，在他的野心国度纵横驰骋，却最终死在自己的爱情里。

重表，更需重里。看到流行的艺术元素出现时，也许，你会误认为《莫扎特的玫瑰》和市面上的畅销小说大同小异。然而，毫无疑问，陈世迪绝对不是只识字能写字而缺乏文学修为的作者。恰恰相反，陈世迪有着极高的文学素养，正如有人在评论陈世迪的小说《人皮面具》（台湾生智文化出版社 2005 年 3 月首版）时，略微夸张地预测的那样："过于喧哗与骚动的汉语文坛，急需沉寂、停顿和休整，同时更期待着某个转瞬之间便能占据这种期待气氛的中心位置的人物出现，也许，陈世迪便是我们所期待出现的人物之一。"

如果说《人皮面具》以诗意的语言，叙述着"肉欲"狂欢的话，那么《莫扎特的玫瑰》则更为丰富和饱满，叙述着爱恨情仇的因果始终，叙述了善与恶的互对互立以及善毁灭恶的规律。可谓是，仇恨因爱而起，因爱而毁灭。小说主角王中维（恶的化身）集野心家、冷酷者、情圣于一身，在他的野心国度纵横驰骋，却最终死在自己的爱情里。另一主角，莫飞（善的化身）在从梦之丸魔鬼般的控制下由人变成狼人，因心怀无限的爱，又从狼人回归为人，甚至成了拯救整座城市的隐形英雄。人性多复杂、多么的可怕，又多么值得尊重。关键还在于，个人怎样把握自己的方向。

细腻、优雅的内里，并没给《莫扎特的玫瑰》带来麻烦，反而使它获得了充沛的叙述激情，增强了叙述自由，拓宽了小说的视野，在这个看似狭小的空间里，陈世迪将各元素和人物相互交错、穿插、缝织，既获得了形式的美艳，又获得了良好的质地。这个小说还像个破车回收场似的散发出各种令人着迷的气息：情欲的、仇恨的、死亡的、谋杀的、暴虐的气息从荒芜之地悄然升起——混合——令人着迷——使人恍惚——溢出围墙，飘散进围墙之外的更加广阔的无形空间。

也许我在夸大，但绝对没有贬损，好的作家在进行一个新小说的写作时，都会自觉或不自觉尝试着把小说的定性打开一点。说得通俗点就是，写一些人们过去少见而又接受、赞同乃至赞美的东西来。与《莫扎特的玫瑰》中的人物唯有在梦的场景下以死亡游戏的形式对自身内强大到伤害自己的能量进行充分消耗、转移和分娩一样，艺术家也只有在非常态下才能洞察到艺术终极：以无限的虚构逼近世界的真相，洞察生命及艺术的终点——死亡。

好了，被陈世迪引领着在幽暗的梦的国度走了一遭后，被陈世迪抛进黑夜无边的深渊经历了一番恐惧后，在这场噩梦之旅终于结束之际，我才偶然间发现：现实世界是这么的温馨，善总是感动和改造着一切。善恶争斗，孰赢孰输都无关紧要，重要的是被抽空的爱，在一梦之间已经被填满。

在"诡秘奇情"中抵达暴力美学

扶 苏

陈世迪以现代小说的手法切入武侠小说的创作中,从"杀手"这个独特视角,描绘杀手的内心世界与生存状态,生动地展现了一个令人心往神驰的铁血相击、情仇纠结的传奇。无疑陈世迪关注的是小说的现代性,他在各种奇思异想中深入武侠小说的现代意义,以其独有的方式贴向人性的刻画。

《又见杀手》继承传统武侠小说对人物个性的塑造、故事情节的曲折离奇,更注重人性刻画,一个个杀手在一定时期一定的环境里面表现得人性十足,可以说情感激荡,以情取胜,着力刻画人物性格,揭示其内心世界。

小说以第一人称来叙述,以情感为主线,辅以纯熟的写作手法,将一束束梦幻般的光华凝聚其中:生死情仇,肝胆相照,聚散相依。比如仇武深爱燕飞红却不停地折磨自己,因为怕燕飞红和他受苦;林静作为一个同性恋者表白了对仇武的爱后被杀(仇武对林静的同性之爱充满深切的同情与悲悯);仇武对来杀他的杀手们惺惺相惜的"侠骨"(以及和林一木生死与共的友情);白素心深爱"绝情绝义"的高五朝,而又为了儿子的安危在临死前也始终隐瞒一切真相;寂寞玫瑰为爱而改变,为爱而牺牲;就连"狠毒"的高香君、高五朝也为爱而死(无论是正常的爱还是"扭曲"、"不被常人理解"的爱都是那么真切激烈);清官吴过的忠心耿耿换来的是阶下囚(一曲悲歌的行走。甚至是作者别有用心的世态讽刺);邢心乱深知官道却不乏良知的矛盾心理(同样显示了某种世态的讽刺与谴责);仇武和林一木去劫狱的侠义行为;作者甚至刻画了一条善解人意的狗(从一个侧面烘托了主人公那孤

377

独矛盾、愤世嫉俗的心理。他宁愿把一条颇具人性的狗当作倾诉对象）……小说在冷峻中显示了人性的底色，一个个人物呼之欲出、栩栩如生。这让我们看到："人性并不仅仅是愤怒、仇恨、悲哀、恐惧，其中包括了爱与友情，慷慨与侠义，幽默与同情。"

值得一赞的是，作者突破了武侠小说那些陈旧的固定形式，采用了第一人称的叙事方式，在结构上用词牌名贯穿小说，又吸收了现代小说的心理刻画，在刀光剑影之间孕育着一片淋漓尽致的内心宣泄，从而有力地刻画了人性。如主人公仇武的内心独白："如果说江湖的道路意味着把天堂变成地狱。那么一个杀手不过是这个地狱里的一把毫无光华的刀。爱情是不是纯净的火焰，让我们活在这地狱中，心中仍有一轮无形的灯盏？我知道我无法忘却燕飞红。如果我要抛弃她是代表一种爱；那么，现在我仅仅是吞噬自己的刀锋。"……人性和存在的矛盾，爱和恨的矛盾，江湖和道义的矛盾，在这些内心独白的自我剖析中表现出来，显示了作者关注人物精神境遇的情怀。

作者不再是把武侠人物当作一个"高大全"的"侠之大者"，而是还原为一个人。一个大名鼎鼎的杀手徘徊在侠义与沉沦、名声与杀戮、爱情与肉欲、阴谋与江湖之间的内心挣扎，更呈现人物的人性与真实感。这就是一个曾经沾满"杀戮与血腥"的杀手内心依然不乏"侠骨与柔情"的召唤，是如何面对心灵的真实，面对情感的真挚，面对侠义精神的渴望，面对自由的渴求……作者正是描述这种"人在江湖"的杀手的"焦虑、欲望和解脱"，从而找到了一种鲜活的现代武侠小说的讲述方式：更关注人的存在，关注人的内在的挣扎。

小说的语言简洁明快，清丽秀美，显现出丰富的情感、力量和激情。比如："或许，一个杀手与歌伎的世界是：空虚。沦落、自卑、忧郁、羞耻、放浪形骸、醉生梦死。或许，爱情对于杀手仅仅是一个白日梦，一场肉欲的行走……""我曾经认为，自己可以淹没在刀光剑影、快意恩仇的幻觉里。幻觉就像波浪推着我。现在我知道，我感兴趣的不是这个世界，而是死亡在这个世界的地位。如果你用生命点燃一支蜡烛，比在黑暗的诅咒中枉度一生强过一千倍。就像一个人的记忆会以另一种形式活在另一个人心中。燕飞红会活在我的记忆中。活在这艰难而荒诞的江湖，你会发现爱情有一种深邃的动人的美。"

作者处理武打的场面更是精彩激烈、生动紧张（语言动作的描写很有文学色彩，悬念的设置上起到一种先声夺人、引人入胜的效果），让人怦然心动，让人感受到武侠小说的"暴力美学"。如仇武和邢育林一战，节奏奇快，惊险紧张，呈现一种新颖别致的快感。最后金谷山庄一战，更是铺陈得虎虎生气，惊心动魄，让人如身临其境。

现代小说往往注重死亡的刻画。死亡是欲望的归宿，是另一种形式的主题。在死亡中，我们释放的是阅读的震撼。在《又见杀手》中，作者描述了一系列的死亡，指向欲望的解脱、噩梦的隐喻和人性之光：死亡已经不只是一种悬念的设置、一种罪与罚，更是一种残酷人生的表证（江湖本身就意味着残酷）；一种冲向激情的演绎（小说中的爱比死更残酷，爱成为死亡的制造……）；一种侠义的选择（在欲望与阴谋的江湖，"只计侠义，不计生死"，侠义往往成为一种视死如归、慷慨赴难的理想的体现）。

武侠小说或许比"常规小说"难写，创新更是难乎其难。因为它已经在大众的眼里形成了固定的框框。当然文无定法，不囿于武侠的"正宗"而大胆去写，或许会闯出一条更新的道路，走向现代小说更广阔的空间。无疑陈世迪关注的是小说的现代性，在"诡秘奇情"中抵达暴力美学，呈现一个张力十足的虚构文本。就像作者在序语中说："我感觉到幻觉中所见的一切：鲜血的舞蹈、阳光的苍白无力、刀剑的笑……然后我紧握着一柄利刀。那种呼啸在狂野之中的激情。或者是一种冷血、一种伤逝、一种我做着白日梦的感觉……如果我想在这个世界上有容身之地，那么我必须在文字的世界刻下我的幻觉、怪诞、疼痛、柔情、谎言、神奇……"

可以说，《又见杀手》以充满激情、细腻独特的心理描写，清丽流畅的语言风格以及精练严谨的结构，曲折离奇、充满悬念的情节，生动撼人的动作场面描写，融进了武侠小说的现代性的创作中，显示了一个残酷而诗意的令人震撼的武侠世界，也显示了作者相当深厚的写作功力。